谁想随想

2023
中国年度随笔

徐南铁 ▪ 主编

SHUI
XIANG
SUI
XIANG

漓江出版社
·桂林·

图书在版编目（CIP）数据

谁想随想：2023 中国年度随笔/徐南铁主编.--
桂林：漓江出版社，2024.2
ISBN 978-7-5407-9717-1

Ⅰ.①谁… Ⅱ.①徐… Ⅲ.①随笔—作品集—中国—
当代 Ⅳ.① I267.1

中国国家版本馆 CIP 数据核字（2024）第 003471 号

SHUI XIANG SUI XIANG：2023 ZHONGGUO NIANDU SUIBI

谁想随想：2023 中国年度随笔

徐南铁　主编

出版人：刘迪才
责任编辑：辛丽芳
书籍设计：石绍康
责任监印：张璐

出版发行：漓江出版社有限公司
社址：广西桂林市南环路 22 号　邮编：541002
发行电话：010-85891290　0773-2582200
邮购热线：0773-2582200
网址：www.lijiangbooks.com
微信公众号：lijiangpress
印制：香河县闻泰印刷包装有限公司
　　　［河北省廊坊市香河县安平镇二街　邮编：065402］
开本：690 mm×1000 mm　1/16
印张：21.75　字数：301 千字
版次：2024 年 2 月第 1 版
印次：2024 年 2 月第 1 次印刷
书号：ISBN 978-7-5407-9717-1
定价：52.00 元

目 录
contents

言 说

世 事

人　生

情　怀

 言 说

【主编者言】如何面对生命的重重痛苦？是逆来顺受，还是奋起反抗？不同的文化人格有不同的表现，甚至同一个人也有阶段性的不同。但是我们必须对得起那些痛苦。

无愧于所受的痛苦

程亚林

人是可能性和偶然性的交汇。造物主给了我们各种各样可能性后就将我们抛给偶然性支配。个人不过是"可能性"原始模型的"偶然性"变种。从逻辑上说，张开"可能性"的臭皮囊，任由花样翻新的"偶然性"来填充和支配；纵浪"偶然性"构成的大化之中，与它融为一体，恣意嬉戏，是最佳生存方式。这大概是西方 20 世纪下半叶比较流行的一种观念。然而，身处西方思潮"前卫"地区巴黎而又饱经沧桑的米兰·昆德拉在他的小说《不朽》里用文学方式，对这种时髦观念提出了令人深思的质疑。

他发现，不少西方人放弃了对基础、本质、存在、真理、上帝等超历史、超时空的永恒的东西的追求之后，就把"偶然性"当成个体独特的本质来捍卫，给世界带来了新的灾难。比如，我们的"姓"和我们的"脸"并非我们自己所创造，完全是偶然地落在我们身上的，但人们忠心耿耿地使用他们的姓，坚定不移地相信他们的脸显示了人群中独特的"我"，满怀激情地将它们与个人生死融为一体，视它们为自己独有的、不可替代的本质，随时随地都在为捍卫它们而斗争，甚至愿意为此献出生命。与此同时，他们也关注别人的姓，别人的脸，恨不得将一切姓氏下的一切逸闻趣事收罗殆尽，将一切脸在一切时空中的表情尽置眼底，以显示他们对"姓"和"脸"的普遍重视。于是，世界充满了这样的场景：为了让别人记住自己这个姓和这张脸，故意粗暴无理，闹闹嚷嚷，制造各种噪音，甚至下决心不在人群中显示美丽，肆意表现丑态，成为人们追逐的"时髦"；窥探、监视，让无所不在的眼睛吸人膏血，让深入密室的摄像机对准个人隐私，以制造具有轰动效应的新闻，成为人们津津乐道的"时尚"；"抢先发言"，宣布自己有为某一"独特"爱好进行战斗的意图，将千百万有相同爱好的他人一下子贬为可悲的"模仿者"，尊自己为领袖，或者利用"名人"作"蹦床"让自己弹向"不朽"的天空，也成为流行的"生存策略"。生活变成了所有人都参加的、规模巨大的放荡聚会，变成了人人都在显示浅薄自我的竞技场。几乎没有人想过：将自己的姓氏和脸印在一本共有223张脸的杂志中，充当一张脸的223种变形之一，究竟有什么意义？带着狂热不断制造使人一听就恶心的声音，一看就厌烦的文字，又有什么意义？更没有人意识到：再加一滴水，坛子里的水就会溢出来了；再增加一分贝噪音，这个早已被徒劳的喧嚣和骚动涨满的世界就会引爆！

与此同时，与大众传媒联系紧密，能满足"偶然性"需要的"意象学"也应运而兴。"意象学"可以将任何有逻辑的思想体系简化为一连串富有启发性的图像、象征和口号；可以在人们只关注"自我"而不关注现实的情况下制造虚假的"现实"；可以利用有选择的"民意测验"生产"真理"；可以抛开历史进化而将世界的变化解释为前后左右的"位置移动"；可以制造各式各样的"图腾"，将它们置于"意象学"的轮盘赌上，让它们各领风骚三五天或三五年，迅速地影响人们的行为、政治观点、审美趣味，甚至影响人们喜爱的地毯颜色和书籍选择。那些以各式各样"偶然性"为本质的人就在意象学制造的五颜六色的光谱上获取大量富有刺激性的"偶然性""兴奋点"，用由它们堆积、无限延伸的"加法"武装"自我"，全身披挂、叮当作响、累死累活地在短促人生中忘命狂奔。

这种景观曾使某些人狂喜，认为它标志着世界已进入了人人确立"自我"、众生到处喧哗、随时都可以举行渎神狂欢的时代。但昆德拉冷静地指出：那些受意象学支配、不断把"偶然性"纳入"自我"并不断扩大"自我"影响的人，实际上是在消灭自我，公式化世界。他们不过是决意使生活贫乏的意象学家的傀儡。而高高在上、君临一切、主宰一切的意象学家们又是些什么东西呢？一部分是金钱和权势的工具，是只拥有"一两个非常浅薄的观念""没有羞耻心，没有任何自卑感"的"广告业骗子"；另一部分人则在"严肃认真"地制作意象"游戏"，丝毫不感到这种"认真"的滑稽可笑，已丧失了发现他们宣扬、推动的"游戏"生存方式与他们自己真实、"认真"的生存方式之间存在悖论所需要的幽默感，已不会在夜阑人静之时对镜中的自己苦涩一笑。而人类心灵的建构，芸芸"自我"的塑造，都攥在他们手里！

看来，昆德拉已发现了当代时髦话语的荒谬和阴险：当它用"可能性"代替了"固有本质"、"偶然性"代替了"必然性"并使之成为中心话语、权力话语之后，人们并没有放弃对"本质"的追求，只不过在它的熏陶下学会了抓住"偶然性"当自我本质或利用这种情势借助金钱和权势以售其"固有本质"之"奸"的本领而已；生活也没有隐匿它那有因必有果的"必然性"，照样在展示轻浮的自我膨胀和阴险的意象学策略必然结出的堪忧之果。这究竟是话语的缺失，还是现实的缺失？不能不引人深思。

昆德拉特别注意到：在由轻浮、阴险、金钱、权势组成的十字架上，心灵苦难最为深重的是富有文化传承使命的知识分子。

"媚俗"使一部分知识分子成了自己掘墓人的杰出同盟者。据说，悲剧和使悲剧得以成立的根据——理想的价值高于人的价值，为理想而战等观念是与不把人当人的战争逻辑地联系在一起的，只有"轻浮"才能反抗、结束沉重的"悲剧时代"和"战争时代"。轻浮是一种根本性的减"重"疗法，各种事物将失去百分之九十的意义而变得轻飘飘的。在这种稀薄的大气中，各种理想导致的狂热消逝了，悲剧和战争将变得没有可能。因此，人们应该"改变生活"，"走向生活本身"，"绝对现代化"。这是不少西方知识分子在俗河里洗脑幡然悔悟之后痛快淋漓地发表的宏论。但昆德拉不无忧虑地暗示：轻浮使有些人狂妄、骄横，不知道"理解人"是什么意思；使有些人盲从，越变越蠢，一任权力话语、各种意象摆布；轻浮者为了在舆论面前争夺"真理权"，同样会寸语必争；把自然粗俗的情感当作"价值"来追求，很容易导致"灵魂恶性膨胀"，导致战争；"走向生活本身"很可能成为"走向淫乱"的代名词；"改变生活""绝对现代化"的强制性口号使富有历史感的人们想起了专制时代的恐怖。更具讽刺意义的是：能区别、分析沉重与轻浮，能用历史文化为轻浮辩护的人，自身早已有了与生命融为一体的文化修养和文化承担，绝不可能像他自己所说所写的那样轻浮。他们昧着良心或做改过自新状地为"新潮"说话，扮演的不过是自身掘墓人的杰出同盟者而已。事实上，心地善良但积极为"轻浮"等时髦观念、时髦行为辩护的书中人物保罗在现实生活中就陷入了悲惨境地："意象学家"取消了他在电视屏幕上"帮闲"的权利；为"取悦自己"而游戏人生的人让他头上长出了绿角；一次张冠李戴的恶作剧成为他婚姻、家庭不幸的导因；不知道"理解人"是什么意思的女人和被他称为"绝对现代化"标本的女儿之间的冲突破坏了他生活的宁静；他积极为之辩护的人往往使他受骗上当。他就在现代"轻浮"和"阴险"有意无意的暗算中，变成了前言不搭后语、无所适从、"聪明"、"复杂"、"悲哀"、"滑稽可笑"的变形人。

"孤高"使另一类知识分子不得不"与人类分道扬镳"。他们清醒地意识到：历史时钟已走过了一切都保持平衡的最后一分钟，留给他们的世界已失去透明度，变得模糊不清，不可理解，冲进了不可知的泥潭。人也变成了普通的、抓不住的、难以描绘的外表，分不清"我"究竟存在于自己心里还是别人眼里。因此，以"偶然性"为自我特质，让"意象学""游戏论"乘虚而入，听凭金钱和权势制造虚假的"现实"，似乎已是势所必然。但是，在他们内心深处，清净的孤独，在山间小道上"慢慢走，欣赏啊"的习惯，对一个发自内心的优雅手势的迷恋，对难以忘怀的诗意瞬间的欣赏，对告别喧闹、恐怖、强权的向往，依然是不可亵渎的净土。尽管他们同样不知道这些观念、情感、冲动从何而来，但他们仍然执着这一切而深感与喧闹、轻浮、充满强权的世界格格不入，无法协调。甚至宁愿手举一茎勿忘草，眼睛紧盯着那一朵蓝色小花，旁若无人地在噪声鼎沸的人群中独来独往，仅仅为了求得纯属个人的孤独和清静，仅仅为了向那"再走一步，一切都可能变得疯狂"的世界提出异乎寻常的抗议！然而，他们是软弱的。他们仅凭直觉就知道孤高无论如何不是轻浮和阴险的对手。他们的理智既告诉他们这个时代不属于他们，他们活动的指针已过了午夜，才能失去了舞台，台词已无人要听；又告诉他们企图逃脱"生命的主题"去适应新时代，"从零开始"建立一种与先前生活毫无关系的"新生活"只是空想，就像哥伦布难以适应运输公司经理的生活，莎士比亚不会为好莱坞写电影脚本，毕加索不愿画连环画一样。他们在现代社会既找不到位置又找不到改变自己以适应社会的根据，只能像空中楼阁般悬着，像影子般在时代阴影里做徒劳挣扎。他们用以安慰自己的仅仅是相信有一种"存在基础"在决定他们的生存方式，是"命运本质的密码"注定了他们的生存处境。尽管"存在基础""命运本质密码"等说法坚持个体固有的"基础""本质"，是对"可能性""偶然性"的拒绝，是他们"负隅顽抗"的理由，但这丝毫改变不了他们的处境。因为这种观念即使能够普遍化，具有另一种强霸"基础""本质"的他者仍然会将他们置于包围之中，将他们吞噬。这又是无可奈何的命运。他们隐隐约约透露的希望，也只是期待时间指针在历史钟面上循环往复，会在将来某一历史时刻重新证明他们存在的光荣。但这遥远的梦，无法给他们生存勇气。更何况，他们对建构独特的、属于自己的"话语"已失去了信心。他们认为，任何"话语"不过是上帝创造的、从每个人身上穿越而过、无人格的"河流"，独特的自我存在并不能在普适的、有限的"话语"中挺立。他们的情感也已纤细到不屑于"恨"、不屑于"斗争"的程度，因为在他们看来，"恨"和"斗争"的过程中存在着使他们与自己厌恶的他者"亲切"地纠缠在一起的瞬间，而这是不能忍受的。所以，他们只能"与人类分道扬镳"，梦想飞升到"没有脸""每个人都是他自己的作品，每个人都是他自己创造的"外星上去，到那儿去享受"非存在的快乐"。据说这种快乐好像一缕淡淡的蓝色轻烟。这就是以书中女主人公阿涅丝为代表的一类人物的心灵和生命历程。

昆德拉显然对"孤高者"充满了同情。他在全书末尾再次深情地写道：

> 汽车在按喇叭，传来愤怒的喊叫声。从前，在同样的环境里，阿涅丝想买一株勿忘草：她想把它置于自己眼睛前面，当作隐约可见的美的最后痕迹。

为了这"隐约可见的美的最后痕迹"，阿涅丝宁愿付出一生。这究竟是对永远消逝的历史的追忆还是对书中反复提到的"在时间之外"的永恒的美的执着，不同读者会有不同理解。但它至少用令人触目惊心的形式表明，在世界被诋毁得全无意义，"游戏"成了许多人人格隐喻的时代，还有一些无奈而又决不肯就范的人在发出悲怆、愤激的浩叹！这一声浩叹，也能让人涌出感动的泪水。

问题当然不在于同情，不在于凭情感去维护某种自己认可的生存方式，而在于当姓、脸、各式各样的话语都不是"我"，当把偶然性当本质，一味轻浮或鼓吹轻浮，或以神秘"基础"和历史循环自慰，一味孤高等各种生存方式都无法建构让自己心安理得的"自我"之后，也就是当一切都没有意义，任何生存方式都无法找到证明自身合理的充分理由之后，人该怎么办？这正是昆德拉一一剖析之后亮出的问题。他比一般人深刻之处就在于：他没有陶醉于那种人人都在洪水里沉浮、挣扎、漂荡的"平等"，而是看出了这种表面平等中的实质不平等，看出了金钱和权势对这种表面平等的愚弄。他比一般人睿智之处也在于：他并不认为自己同情的生存方式就是合理的生存方式，并未产生召回"道德理想主义""理性至上主义"的冲动，而只是指出种种现实存在和它们的局限，只是让它们在自己冷静的观察、思考和阐释中"敞亮"。也许，他要说的只是：这个世界没有天堂。乐观的发展主义、进步主义只有片面、相对的意义。为不断涌出的各种问题所困扰，在各种困扰和不同情势、境遇中感受比冰和铁更刺人心肠的快乐和痛苦，按照自己对生命价值和意义的理解不断做出痛苦的、最不差的抉择，在人生路途上含泪行进，是人类的宿命。而永远清醒地感受着，痛苦地思索着，可能是最不差的生存方式。所以，对笔者来说，读这本书感触最深的不仅是昆德拉对当代西方社会人文精神危机有比较深入的认识和批判，更在于这种分析和批判的灵感来自他不愿矫饰、自自然然的感情和永不止息但决不专横武断的思索。书中的许多细节表明，他从来没有忘记自己过去所受的痛苦，从来也不打算掩饰现在所受的灵魂煎熬。他永远是自己创造的自己，永远在维护独立思考的高贵。正因为如此，他才能在嚣嚣尘世中保持独立、矜持、批判性的思考。而这种思考反过来又证明：他无愧于他所受的痛苦！

也许，这才是"我痛故我在"的真义！

原载公众号"粤海述评" 2023 年 7 月 12 日

【主编者言】一种文化性格成为一个时代的鲜明写照，而一本书又成为这种鲜明写照的集中呈现。我们阅读碎片化的历史，阅读文学光照下的种种人生，体验时代的心情。

魏晋风流的传神写照

王能宪

《世说新语》是对中国文学乃至思想文化，特别是士人精神产生过深远影响的一部古典名著，以生动传神的笔触、优美精练的语言，分门别类记录了魏晋时期的历史人物和名士风流，广泛反映了这一时期两百多年间的政治斗争、学术思想和社会风尚，是一个时代的缩影。宗白华先生曾经把魏晋时代称为"世说新语时代"（参见宗白华《论〈世说新语〉和晋人的美》，载《艺境》第 126 页，北京大学出版社 1987 年版），用一部书的名称来指称一个时代，除了孔子的《春秋》和这部《世说》，恐怕再也找不到别的了，可见其影响之大，价值之高。

一、《世说新语》的作者

《世说新语》问世至今已有 1500 余年，关于它的作者，自最早著录此书的《隋书·经籍志》到《四库全书总目》，历代主要史志目录或私家目录都著录为南朝宋临川王刘义庆。

鲁迅《中国小说史略》对此提出了异议，认为："《世说》文字，间或与裴、郭二家书所记相同，殆亦犹《幽明录》《宣验记》然，乃纂辑旧文，非由自造。《宋书》言义庆才词不多，而招聚文学之士，远近必至，则诸书或成于众手，未可知也。"（鲁迅《中国小说史略》，《鲁迅全集》第九卷第61—62页，人民文学出版社1998年版）

这段话有两层意思：一是说，《世说新语》如同《幽明录》《宣验记》，乃"纂辑旧文，非由自造"之作；另一层意思，就是对《世说新语》的作者提出了"成于众手"的推测，其理由是《宋书·刘义庆传》称其"才词不多"而"招聚文学之士"，此外并没有申述其他理由。这也许是因为《史略》是一部纲要性质的书，且由讲稿缩成文言，所以语焉不详。

鲁迅先生这一看法影响很大，"成于众手"之说现在几乎被普遍接受，认为《世说》是刘义庆及其招聚文士共同编撰而成。然而，鲁迅先生的推测是否符合实际，是否堪为定论，我们必须结合相关史料进行实事求是的考察研究（我在博士论文《世说新语研究》及本人解读的"中华传统文化百部经典"之《世说新语》中均有详细考证，可参考）。

总之，我们应当珍重历史文献的记载，认定《世说新语》的作者就是刘义庆。而鲁迅先生所言不过是推测之词，可为一家之言，但不可轻易奉为定论。

二、《世说新语》的文体特征

《世说新语》分类系事，篇幅短小，截取精彩片段，记载逸闻隽语。它是我国笔记小说或者说文言小说的典范之作，其文体和风格对后来的笔记小说产生了深远影响。

胡适曾批评《世说新语》"虽有剪裁却无结构，故不能称作短篇小说"。很显然，这是以今天的小说观念来观照、审视《世说新语》。我国的小说，有文言笔记小说和白话通俗小说两个各自独立的发展系统。前者长于理趣，属文人作品；后者长于情节，属市民文学。尽管白话通俗小说自唐传奇和宋元话本发端以来，至明清有了长足的发展，如《三国演义》《水浒传》《西游记》《红楼梦》等四大名著，其影响远远超出了文言笔记小说。但是，即使是明清时期，文言笔记小说也并没有因为白话通俗小说的兴起而走向衰亡，而是继续沿着传统的道路向前发展。这是中国小说发展史的客观事实。

今天的小说观念，是以明清白话通俗小说为参照系，并经梁启超、王国维等人竭力倡导和引进西方小说观念而形成的。而笔记小说的源头，则可上溯到春秋战国时期诸子百家中的"小说家"。《汉书·艺文志》云："小说家者流，盖出于稗官。街谈巷语，道听途说者之所造也。孔子曰：'虽小道，必有可观者焉，致远恐泥，是以君子弗为也。'然亦弗灭也。闾里小知者之所及，亦使缀而不忘，如或一言可采，此亦刍荛狂夫之议也。"东汉初年，桓谭在其《桓子新论》中亦有类似见解："小说家合丛残小语，近取譬论，以作短书，治身理家，有可观之辞。"

从以上两段话中，我们可以发现两个值得注意的词语，一曰"短"，二曰"缀"。短者，是就其篇幅而言，因为是"街谈巷语、道听途说"的"小道"，而又有"一言可采"，所以它只能是"丛残小语"的"短书"。缀者，是连结、拼合的意思。这是就其编纂方式而言，因为是"一言可采"的"丛残小语"，所以必须掇拾采录，把散金碎玉串在一起，即所谓"缀而不忘"。《世说》的编撰，在形式上大体是与此相符的。

可见，在中国传统观念里，"小说"（小道理）是相对于"大道"（大道理）而言的，这正如"小学"（语言文字之学）是相对于"大学"（治国平天下之学）而言一样。因而，小说家虽然也在诸子之列，却是不入流的，所谓"诸子十家，其可观者九家而已"。但是，孔子并不鄙视小说家言，认为其必有可观。我们正是可以从这个意义上去认识《世说新语》的价值及其文体特征。

《世说新语》通行的版本分为 36 门共 1130 则，将魏晋二三百年间的各类人物 1500 余人（包括刘孝标注在内）纳入其中，假如没有独到的审美眼光和高超的剪裁技巧，是不可想象的。

三、魏晋风流的主要表现

魏晋风流，或者叫魏晋风度，是对魏晋士人的精神特质和言行风范的概括。《世说新语》以记载魏晋士人的言行逸事为主，最集中、最充分、最生动地表现了魏晋风流，借用书中顾长康的话，可谓是魏晋风流的"传神写照"，而此书恰成了观察魏晋风流的"阿堵"。（"阿堵"是当时口语，相当于现代汉语的"这个"，这里指眼睛。《世说·巧艺》十三："顾长康画人，或数年不点目精。人问其故，顾曰：'四体妍蚩，本无关于妙处，传神写照，正在阿堵中。'"）

翻开《世说》，迎面走来的是一群率真旷达、恣情任性的风流名士，诸如玉柄麈尾的清谈家，辨名析理的玄学家，月旦人物的鉴赏家，服药求仙的道士，论道讲佛的高僧，清才博学的文士，芝兰玉树的俊秀，纵酒的醉客，裸裎的狂士……真可以说是一幅风流名士的人物长卷。

正是从这个意义上说，冯友兰先生把《世说新语》称为"中国的风流宝鉴"（《论风流》）。

《世说新语》所反映的魏晋风流，其表现形式主要由以下三方面构成，即魏晋名士的谈玄之风、品题之风、任诞之风。

（一）谈玄之风

谈玄，通常称"清谈"，亦称"清言"，又称"共论""共谈""讲论"等。因清谈的内容主要是玄学，故称"谈玄"。

谈玄之风源自东汉太学清议。东汉中叶以来，宦官专权和外戚为祸，造成了政治的腐败和社会的动荡，太学生们群聚京师，高言放论，批评朝政，臧否人物，此即所谓太学清议。《后汉书·党锢列传》云："桓灵之间，主荒政缪，国命委于阉寺，士子羞与为伍，故匹夫抗愤，处士横议，遂乃激扬名声，互相题拂，品核公卿，裁量执政，婞直之风，于斯行矣。"到了魏晋时代，由于社会环境和学术思想的变化，"品核公卿，裁量执政"的太学清议，一变而为"辨名析理"的名士清谈。

《世说新语》中的《言语》《文学》《赏誉》等篇记载了大量谈玄的内容。谈玄是在上流社会尤其是在士族阶层进行的。魏正始年间，何晏、王弼等祖述老庄，崇尚虚玄，士人之间辨名析理，相煽成习，一时形成谈玄之风。到了东晋时代，谈玄之风更是愈演愈烈。上自帝王大臣，下至士族文人，乃至僧侣道士，相互景慕，流为风尚。谈玄成为他们日常生活的主要内容，成为一种学问和智力的竞赛，借此可以显示各自的高贵风雅和学养才能。

清谈家们相聚谈玄，其论辩通常是在两人之间展开，但也有主客相对或自为客主；临时拈题，四座皆通；两人论辩，一人评判等多种方式。至于谈玄的内容，主要是《易》《老》《庄》所谓"三玄"，以及老庄与圣教（儒教）异同，佛理，"声无哀乐"，"才性四本"，等等。

下面举例一则："何晏为吏部尚书，有位望，时谈客盈坐。王弼未弱冠，往见之。晏闻弼名，因条向者胜理语弼曰：'此理仆以为极，可得复难不？'弼便作难，一坐人便以为屈。于是弼自为客主数番，皆一坐所不及。"（《文学》六）

未曾弱冠的王弼到学问和地位都很高的何晏那里拜访，何晏用自己最擅长、钻研最精深的义理来与王弼论辩，不料被他轻易驳倒。在场的人也都不是他的对手，王弼只得"自为客主"，自己与自己反复辩难，都是大家所达不到的层次。

诚然，魏晋玄学家们谈玄论辩，辨名析理，是一种高妙精微的智力活动，正如冯友兰先生所言："在中国哲学史中，魏晋玄学是中华民族抽象思维的空前发展。"（冯友兰《中国哲学史新编》第四册第 44 页，人民出版社 1986 年版）魏晋玄学是在"独尊儒术"的两汉经学桎梏之下的解放与突破，充满着自由的精神和思辨的色彩，是我国春秋战国时期百家争鸣之后又一座思想文化的丰碑。

但是，玄学家们整天谈玄论辩，有时甚至连饭也顾不上吃。更有甚者，一些当权者居然"摆拨常务，应对玄言"，为了谈玄，国家大事可以抛到一边。因此，后人批评魏晋"清谈误国"，这也是值得警醒的。

（二）品题之风

品题，是指对人物的品性、才能、容止、风度等方面的评论和品鉴，《世说》有时称之为"题目"，或简称为"目"。《识鉴》《赏誉》《品藻》等篇专门记载人物品题，另外《言语》《政事》《容止》等篇亦涉及这方面内容。人物品题在《世说》中占有相当比重，是此书所要表现的重要内容。

如果说，清谈玄理讲究学力与思辨，那么品题人物则重在识力与鉴赏。因而《世说》中的人物品题，往往以对人的洞察远见和精鉴妙赏，并判别其才性优劣、流品高下为旨归。

《品藻》篇多通过比较来评定人物的高下。《识鉴》篇则多强调对人物的品性、才能，特别是政治才能的识见与鉴别。这种人伦识鉴，体现了品评者的慧眼卓识。最能反映当时品题风气的，还是《赏誉》篇中那些具有审美特点的人物品题。赏誉，即是对人物品性、才情之美的欣赏和赞誉。假如说汉末察举的乡党评议主要特点是"评"，那么魏晋人物品题的特点便是"赏"。赏，即是认识美，欣赏美，赞誉美。也就是说，魏晋的人物品题是一种审美过程。

魏晋人物品题由汉末的政治性和实用性转向审美性和鉴赏性，在表现形式上有一个十分明显的特点——形象化。翻开《世说新语》，无论是品鉴人物内在的品性才调之美，还是外在的风度仪容之美，多是通过比喻，用形象化的手法加以表现的，使人物的人格之美与自然的物象之美互相契合，达到了人格美与自然美的统一。例如："世目李元礼：'谡谡如劲松下风。'"（《赏誉》二）又如："公孙度目邴原：'所谓云中白鹤，非燕雀之网所能罗也。'"（《赏誉》四）《世说》在这类比喻性品题中，有一系列最能契合魏晋人物精神风貌的自然物象，反复出现，经常使用，凝结成一些较为固定的意象，颇能看出魏晋品题人物的审美标准和审美趣味。这些物象主要包括"松下风""岩下电""玉树""玉人""鹤""龙"等等。

（三）任诞之风

我国古代知识分子奉行"穷则独善其身，达则兼济天下"（《孟子·尽心》）的处世哲学。魏晋士人崇尚老庄，"越名教而任自然"，他们任诞放达的生活作风把"独善"的一面推向了极致，达到了空前绝后的境地，对中国士人精神产生了极为深远的影响。《世说新语》中的《雅量》《豪爽》《栖逸》《任诞》《简傲》等篇，充分而又生动地记载了魏晋士人的任诞之风。

《世说》所载任诞之风，包括服药、饮酒、裸裎、隐逸等种种特出的言行风尚。他们这种人生态度和生活作风，有些在今天看来，似乎是无法理解和不可思议的，殊不知这种任诞和放达是魏晋士人在险恶的政治环境和老庄哲学的影响之下，为了全身远祸所采取的一种极端行为。尽管这种行为本身带有消极和颓废成分，但就其精神而言，却又具有某种积极因素和浪漫色彩。

例如，《任诞》六："刘伶恒纵酒放达，或脱衣裸形在屋中。人见讥之，伶曰：'我以天地为栋宇，房屋为裈衣，诸君何为入我裈中。'"刘伶裸体待在家中，人家批评他不当如此，他反而振振有词：我以天地为房屋，以房屋为衣裤，谁让你们自己钻进我裤裆里来了。如此放浪形骸，实在到了惊世骇俗的地步。然而，"我以天地为栋宇"，却又不能不使人感佩其境界之博大，气魄之恢宏。

魏晋名士任诞放达的种种表现，只不过是一种文化心理的外化，这种文化心理的核心便是玄学，亦即老庄哲学。对于魏晋名士任诞之风与老庄的关系，钱锺书先生有十分精辟的论述："晋人之于《老》、《庄》二子，亦犹'《六经》注我'，名曰师法，实取利便；藉口有资，从心以扯，长恶转而逢恶，饰非进而煽非。晋人习尚未始萌发于老、庄，而老、庄确曾滋成其习尚。"（钱锺书《管锥编》第三册第 1128 页，中华书局 1979 年版）冯友兰先生则讲得更为通俗形象，他说："竹林名士讲老庄，而且受用了老庄。"（冯友兰《中国哲学史新编》第三十九章，人民出版社 1986 年版）所谓"受用"，亦即钱锺书所云"名曰师法，实取利便"。魏晋名士越礼脱俗，率真任性，我行我素，无拘无束。他们以这种极端的行为方式，尽情地享受人生，享受生活：服药行散，以强身延年；纵酒食肉，以满足口禄；冶游山水，以娱目怡情……这些虽然是一种消极颓废、玩世不恭的人生态度，但其精神本源是老庄的"真"和"自然"。这种崇尚"真"和"自然"的精神，在那个时代表现出一种自由解放的气象：反对虚伪的礼教，蔑视功名利禄，一切皆顺其自然，不伪饰，不矫情，不为外物所累。这种精神通过种种任诞放达的行为举动，形成一种新的道德风尚和审美理想，对中国士人精神和社会文化产生了极为深远的影响。

原载《中华瑰宝》杂志 2023 年 2—3 期合刊

【主编者言】望山和临水给人的感受不一样。望山得到的是崇高，临水得到的是恒远。奔流不歇的江水把人引向历史的深处，因而也引向心的深处。叹由此起，愁由此生。

万古愁

刘晓峰

一

《论语·子罕》云：

> 子在川上曰："逝者如斯夫，不舍昼夜。"

面对着流动的河水，两千五百多年前，孔子留下了这句著名的话。

那个时代还有位先哲在河边留下了一句著名的话。这位先哲是古希腊的赫拉克利特。孔子与赫拉克利特，东西这两位哲人年龄非常相近。孔子出生于公元前551年，赫拉克利特约生于前544年，孔子只比赫拉克利特大六七岁。他们的生活有很多不同又有很多相同。最大的不同是出身。赫拉克利特本是王族，但据说他将王位让给了兄弟，自己去了神庙隐居。孔子的祖先是宋人。宋人是殷商亡国后的遗民。他的父亲是鲁国的小贵族，与孔子的母亲野合生了孔子。家境不好，孔子从小到大"多能鄙事"，他热心学习，"三人行，必有我师"，师郯子、苌弘、师襄、老聃，最终把自己培养成一个大知识分子。相同的是他们都热爱思考。赫拉克利特是爱菲斯学派的创始人，而孔子尽管布衣，但他的知识"学者宗之"。"自天子王侯,中国言六艺者折中于夫子,可谓至圣矣!"是中国至圣的圣人。

两千五百多年前,在欧亚大陆的东西两端,孔子和赫拉克利特面对一条河,都说了一句非常有影响的话。

河边的孔子说:"逝者如斯夫,不舍昼夜。"

河边的赫拉克利特说:"人不能两次走进同一条河流。"

二

对于赫拉克利特,河流是不动的河床构成的空间,流动的河水代表着一个个流动的时间点。当人涉足水中,每一刻流过河床的河水,都是互不重复的时间点。如此面对河流的赫拉克利特,思考的核心是变动。在他那里,万物永远是变动的,是永远按照一定尺度和规律变动的世界,万物按照一定的逻辑生成和互相转化,变动是世界的根本,"太阳每天都是新的,永远不断地更新"。他认为万物的本原是火,是"永恒的活火"。赫拉克利特说:"这个世界,对于一切存在物都是一样的,它不是任何神所创造的,也不是任何人所创造的;它过去、现在、未来永远是一团永恒的活火,在一定的分寸上燃烧,在一定的分寸上熄灭。"火比其他元素更活跃,更富于变化。火是万物的本原,火不仅纯净,而且永远在变动中,并且可以让其他物质转变到运动的状态中来。他认为,世界万物起源于火,又复归于火,火与万物之间存在着转化生成的关系:"一切转为火,火又转为一切,有如黄金换成货物,货物又换成黄金。"

而孔子所面对的,是一条中国的河。这条河上面是中国的天,周边是中国世界。这片中国的天,是"天何言哉,四时行焉,百物生焉"的天。循环往复的春夏秋冬,在这个时代已经被赋予非常丰富的文化含义。这是中国的世界,有一个宇宙的中心在天上,叫北斗——为政以德,若群星之拱北斗也;这个天空下有一个和天空的中心对应的大地的中心，叫成周。由天心与地中构成的中国时空里，是中国的礼乐世界，那是孔子一生醉心其间并力图恢复的世界。立身这样一个世界中的，是一生致力于"克己复礼"的孔子。

我们不知道面对河流的孔子具体的年龄，是到了而立、不惑还是知天命以至耳顺或随心所欲，我们知道的是立身河边，面对时间不舍昼夜、永无休止的流逝，他感慨的是消逝不已、一去不返的人生时光。话语短短，直接而感性，在人类文明的这一极，他创造了中国人思考人与时间这一主题影响深远的祖型。

三

每个民族都有自己文化表现的基本祖型。这种祖型拥有核心传播力量，注定在未来的历史中反复出现。当其反复出现时，会展开得摇曳多姿、色彩斑斓，而内部却又栉比鳞次，秩序自在，万变不离其根本。思考这种文化祖型时，我常想到黑格尔《精神现象学》序言里谈到的那颗橡树的种子。按照黑格尔的看法，一颗橡树种子包蕴了这棵橡树展开的所有命题。"绝对理念"被局限在橡实硬壳中，但却拥有如何长成一棵树干粗壮、枝繁叶茂的橡树全部的程序编码。一棵橡树的生长，就是这套程序从硬壳脱出，在现实的世界里展开，物化，最后回归的过程。换成农民的话，就是"种瓜得瓜，种豆得豆"。一个民族时间文化表现的祖型，就是这个民族文化所孕育的文化种子。

站在河边的孔子，感慨如奔流不息的河流一样滚滚而去的时间，这意象构成了中国古典文学的一个祖型，这就是人与河，是水边的中国。从古以来多少读过《论语》的人，都会不由自主地记住这句话，头脑中都会浮现一个画面：瘦高的夫子站在河边，面对河水感慨岁月流逝。人与河构成"水边的中国"，这直接、感性、充满张力的意象，仿佛是一块千万度高温下碳元素突然聚合而成的单质晶体，金刚钻石一样简单结构中折射出纯粹的美，让我们从任何角度观赏，都看得到一份彻底的通透和灿烂。

我们身边有两种时间：一种是直线型的，是我们生命的过程；一种是循环型的，是大自然春夏秋冬的循环变换。生命从小到大，从婴儿到老人，是一个一去不返、不能回头的过程。哪怕是秦始皇、汉武帝和其他众多帝王费尽力量寻找长生不死药，沉醉于铸鼎炼丹，但天界一何虚渺，神仙终不可期。人最终还是要直面有限生命的悲哀：在循环不尽的自然时间面前，人生一去不回头的有限生命是那么短暂、那么不可倚恃——美好永远是一瞬，青春紧连衰老，鲜花后面就是坟墓，所有你拥有的，都注定会失去。一念及此便忧从中来不可断绝，这就是生而为人便永远挥之不去的万古愁。从孔夫子开始，"人与河"成了中国文学有关永远流逝的时间与有限的生命的思考最感性、最经典、最基础的意象结构。这结构仿佛是一个高级而神秘的装置，平时藏在我们的生活中，但只要遇到有缘人触碰机关，大幕的一角就会为他徐徐拉开，他会幸运地成为主角登场。

让我们回首细数两千五百多年前，孔子播下的这颗种子飘然落于中国这块肥沃的土地上，长出过什么样的果实；看看有谁曾登上河边中国这个大舞台，留下水边感慨岁月流逝的黄金篇章。

四

乐府是汉代诗歌最有代表性的一类作品。《长歌行》是其中流传最广的一篇。

　　青青园中葵，朝露待日晞。

　　阳春布德泽，万物生光辉。

　　常恐秋节至，焜黄华叶衰。

　　百川东到海，何时复西归？

　　少壮不努力，老大徒伤悲。

当一去不回头的时间感慨遇到了人与河，当"百川东到海，何时复西归？少壮不努力，老大徒伤悲"这二十个字排到了一起，这首诗歌就已经进入了一个经典的序列，被打上不朽的印记，汉人发奋向上之心，也跃然纸上。

公元 353 年的暮春三月，王羲之在为一次兰亭雅集上的诗文作序。南国崇山峻岭的茂林修竹中，清流激湍潺潺流过，一群江左才俊流觞曲水间，仰观宇宙之大，俯察品类之盛，游目骋怀，极视听之娱，陶然乐也。但乐极生悲，不小心就触动了人与河的装置：

夫人之相与，俯仰一世。或取诸怀抱，悟言一室之内；或因寄所托，放浪形骸之外。虽趣舍万殊，静躁不同，当其欣于所遇，暂得于己，快然自足，不知老之将至；及其所之既倦，情随事迁，感慨系之矣。向之所欣，俯仰之间，已为陈迹，犹不能不以之兴怀，况修短随化，终期于尽！古人云："死生亦大矣。"岂不痛哉！

"向之所欣，俯仰之间，已为陈迹"，当我们短暂的生命面对这永恒的世界，谁不"临文嗟悼，不能喻之于怀"？"一死生为虚诞，齐彭殇为妄作"，当《兰亭集序》的笔触伸向人与时间，当王羲之一笔一画写到古今"若合一契"的兴感之由，这篇短序已然有了足供世人流传的分量，更何况有一代书圣书法代表作的加持，在千古名篇中，有一席之地已是必然。

唐是中国文学辉煌灿烂的年代。走到了河边的大诗人很多。篇幅关系，这篇文章只谈三首诗歌。

一首《春江花月夜》。闻一多绝赞这首诗，"在这种诗面前，一切的赞叹是饶舌，几乎是亵渎。……这是诗中的诗，顶峰上的顶峰"。而这首诗"夐绝的宇宙意识"，正是在人与河流之间搭建而成的。"逝者如斯夫"在这首诗里流转为对人与自然的关系这一究竟问题的叩问："江畔何人初见月？江月何年初照人？

人生代代无穷已，江月年年望相似。不知江月待何人，但见长江送流水。"后人称誉这首诗"孤篇压倒全唐"，良有以也。

二首《将进酒》。李白是何等侃快之人，开篇直陈人与河流的主题："君不见，黄河之水天上来，奔流到海不复回。君不见，高堂明镜悲白发，朝如青丝暮成雪。"个体生命的短暂在李白这里碰撞上奔腾不息的黄河激越出的一份苍凉，横绝千古。这份苍凉来自我们有限的生命直面流逝的时间，是无解的"万古愁"，所以不论后面这位大诗人怎样长呼"人生得意须尽欢"，怎样啸傲"天生我材必有用，千金散尽还复来"，也不论如何烹羊宰牛一饮三百杯，只要清醒过来，短暂生命面对无限时间之河的悲哀，这份万古愁依旧无法最后销得。但李白的决心是酒的决心。大唐盛世的男人遇事根本不需要那么多复杂的弯弯绕，五花马，千金裘，呼儿将出换得美酒，只要醉得畅快，一醉已足。

三首杜甫《登高》。"风急天高猿啸哀，渚清沙白鸟飞回。无边落木萧萧下，不尽长江滚滚来。"如果说孔老夫子的目光是追随河流流逝而去，《登高》中老杜却是迎着长江不尽的滔滔江水，在万木萧瑟中凝视自己悲情的命运。这四句诗后来有人评论说有力拔泰山之势。读小说《庆余年》，穿越了的主人公范闲，就是以抄写这"无边落木萧萧下，不尽长江滚滚来"得以名称一时，读时觉深得我心。可知作者猫腻对这诗也是印象深刻。惜乎这位"万里悲秋""百年多病"的诗人，到底是李白的迷弟，面对人与时间的关系这样究竟的问题，也只能慨叹"潦倒新停浊酒杯"，恨不能和大哥一样一醉了事。很少有人知道，《登高》本是《九日五首》中的一首。之所以其他四首默默无闻，单独这一首流传久远，和这首诗触动了人与河的装置，自是不无关系。

五

宋代文学家中，有幸进入人与河这个序列的，是被贬黄州的苏东坡。东坡是写水的圣手。西湖在他笔下是"水光潋滟晴方好，山色空蒙雨亦奇。欲把西湖比西子，淡妆浓抹总相宜"，钱塘江潮在他笔下是"欲识潮头高几许，越山浑在浪花中"。但只有等到苏东坡贬到了黄州，当滚滚长江水唤起他对三国往事的追怀，他才真的触动了人与河流的装置。"大江东去，浪淘尽，千古风流人物"，这是何等惊人心魄的诗篇。苏东坡的前后《赤壁赋》，更是给水边的中国，添出了新的乐章。曹操是了不起的诗人，更是三国时代的一代英雄，但于今安在？英雄如曹操尚且如此，何况我们这些渺小普通人，那么这生命的意义该如何理解？苏东坡回答说：

> 客亦知夫水与月乎？逝者如斯，而未尝往也；盈虚者如彼，而卒莫消长也。盖将自其变者而观之，则天地曾不能以一瞬；自其不变者而观之，则物与我皆无尽也，而又何羡乎！且夫天地之间，物各有主，苟非吾之所有，虽一毫而莫取。惟江上之清风，与山间之明月，耳得之而为声，目遇之而成色，取之无禁，用之不竭。是造物者之无尽藏也，而吾与子之所共适。

《念奴娇·赤壁怀古》中"人生如梦，一尊还酹江月"的慨叹，在这里变得复杂了。江水滔滔奔流东去，大江恒在；暑往寒来日升月落，山川永存。变与不变、有限与无限、人与自然之间，苏东坡为人找到了精神的落脚点。他不再郁结于当下痛苦，不再因人生命的短暂而悲伤，而是从超越时间和空间的层次上，为灵魂找到寄托和价值。自然在这里的角色，不再是短暂生命的对立面。相反，流动的山水成为蕴含无穷哲理的宝贵财富，四季瑰丽奇美的循环，变得令人回味无穷。苏东坡秉性豪放旷达，乐观率真，当他的感性与思想碰撞到一起，味道堪称老辣深沉。这答案让船上同游者们得到灵魂的安堵，"相与枕藉乎舟中，不知东方之既白"。

元代读书人日子不好过。九儒十丐，生活在元代的文人是臭老九，位置只排在乞丐前边。那些最有才情的读书人，很多都把自己的才华埋在了小曲和杂剧剧本里。元代文人中最有名的当然得数关汉卿。关汉卿触碰到人与河流的主题的，是一部《单刀会》：

【双调新水令】大江东去浪千叠，引着这数十人驾着这小舟一叶。又不比九重龙凤阙，可正是千丈虎狼穴。大丈夫心别，我觑这单刀会似赛村社。

（云）好一派江景也呵！（唱）

【驻马听】水涌山叠，年少周郎何处也？不觉的灰飞烟灭。可怜黄盖转伤嗟，破曹的樯橹一时绝，鏖兵的江水由然热，好教我情惨切！（带云）这也不是江水，（唱）二十年流不尽的英雄血！

这是有元一代文人眼中的长江水。这也不是江水，是二十年流不尽的英雄血！

六

明人触碰到人与河流主题的，是被胡应麟称为明代"读书种子"的杨慎的《临江仙》：

滚滚长江东逝水，浪花淘尽英雄。是非成败转头空。青山依旧在，几度夕阳红。　白发渔樵江渚上，惯看秋月春风。一壶浊酒喜相逢。古今多少事，都付笑谈中。

这首《临江仙》中作者把自己相对化、客观化得比苏东坡还要彻底。滔滔江水淘尽英雄，而是非成败已空无意义，苏东坡悟到的流动山水蕴含的无穷哲理被相对化成了惯看的秋月春风，而且即便所有古今英雄的事业，也都被相对化，变成了笑谈的内容。和杜甫的《秋兴》一样，这段《临江仙》也不是单独一篇，而是《历代史略词话》里《说秦汉》中的一段。《说秦汉》后面的部分还有"转回头，翻覆手，做了三分。……前人创业非容易，后代无贤总是空。回首汉陵和楚庙，一般潇洒月明中"，"落日西飞滚滚，大江东去滔滔。夜来今日又明朝，蓦地青春过了。千古风流人物，一时多少英豪。龙争虎斗漫刨劳，落得一场谈笑"，但清人唯独选出这首词冠于《三国演义》回目之前为卷首词。吹尽狂沙始见金，这就是历史的淘洗，历史的选择。

遗憾的是，尽管很想在清人著作中找一篇文学作品写进来，最后居然没有找到一个合适的篇什。所以，最后进得这"水边的中国"序列的，是毛泽东《沁园春·长沙》：

> 独立寒秋，湘江北去，橘子洲头。看万山红遍，层林尽染；漫江碧透，百舸争流。鹰击长空，鱼翔浅底，万类霜天竞自由。怅寥廓，问苍茫大地，谁主沉浮？　携来百侣曾游，忆往昔峥嵘岁月稠。恰同学少年，风华正茂；书生意气，挥斥方遒。指点江山，激扬文字，粪土当年万户侯。曾记否，到中流击水，浪遏飞舟？

这首大家熟知的词，已经不需要笔者过多解读。这里只想从人与河这个祖型出发做个简单梳理。面对李鸿章所说的"三千年未有之大变局"下的中国，毛泽东面对河流而思考的"万类霜天竞自由"后面，是"物竞天择，适者生存"，是中华民族之危亡，青年毛泽东已经在追问"苍茫大地，谁主沉浮"；他"到中流击水，浪遏飞舟"的激越，如一份遗传基因注入了今天的共和国，这是一种极为宝贵的战天斗地的斗志，浪漫而又坚如钢铁。万古愁情，至此已演变出了全新的旋律。

《论语》，中国文化的源头；川上之叹，中国人永远的惆怅。蓦然回首，过去的两千五百年间，中国古人沿着人与河这一祖型思考人与时间的关系，已然留下了诸多深邃哲思和多彩文字。止笔之际，我心头禁不住萌发悠然之思：河在那里、人在那里，未来走进这个序列的，还会有谁呢？那会是怎样的佳作呢？花甲之年已过的我看得到吗？此刻仰首天际，一轮明月缓缓升起，身旁漫衍开去的，竟然已是人间苍茫的万古愁情。

原载《读书》2023 年第 6 期

【主编者言】一首脍炙人口的词，伴随着流逝的时光被多少人反复咀嚼，引发过数不清的感叹。本文作者分析了这首词的各种文学因素，但用的不是冰冷的理论阐述。

说晏殊《浣溪沙·一曲新词酒一杯》

黄天骥

一曲新词酒一杯，去年天气旧亭台，夕阳西下几时回？

无可奈何花落去，似曾相识燕归来。小园香径独徘徊。

——晏殊《浣溪沙·一曲新词酒一杯》

在宋代，晏殊可以说是最为幸运的词人。他生活在宋真宗和宋仁宗统治的年代（991—1055）。这段时期，外患逐渐减少，经济有所发展，政局相对稳定，统治者推行"重文轻武"的政策，文官的地位也愈来愈高。这一来，文官内部因利益不同，政见不同，"党争"也出现愈演愈烈的趋势。

晏殊在少年时代，即被视为"神童"，顺应时势，十四岁便中进士，踏上了文官的阶梯。此后，仕途尽管有起有落，但多数时期，他在中枢机构工作，大体上一帆风顺。晚年还升官拜相，门第风光。欧阳修说他"富贵优游五十年，始终明哲保身全"（见《晏元献公挽辞》。元献，晏殊的谥号）。据知他为政稳重，毛晋在《珠玉词跋》中说他"赋性刚峻，遇人以诚，一生自奉如寒士"。他又很重视对人才的培养，《宋史》本传称："自五代以来，天下学校废，兴学自殊始。"这说得有点夸张，但注意"兴学"，也确是晏殊的一大功德。在词作方面，晏殊写有《珠玉词》三卷，现存词一百三十多首。这"珠玉"的名字，和他提倡词风要展现"富贵气象"的主张，是相称的。不过，请勿就此以为他主张在创作上鼓吹宣扬"珠""玉"等表现财富的姿态。刚好相反，他反对在词作中滥用过多艳丽缤纷和玲珑纤巧的字句，认为这是俗陋的作风。他提倡的是在词作中呈现出优雅闲适，亦即只有士大夫才有的情怀和气度，需要有贵族般的高雅胸怀，而鄙视浓妆艳抹、以声色示人的伶工气习。这种主张，和当时词坛上一些人为适应歌伎们演唱流行曲调的需要，过多使用纤巧的辞藻、争妍斗丽的手法，有所不同。这种主张，也表明宋代词坛在创作上有了新的进展。上引的《浣溪沙》一词，恰好是他所倡导词风的代表作。

这首词，开始便说"一曲新词酒一杯"，语气平顺。作者只记述了自己的两个动作：听歌伎唱了一曲新的词，喝下一杯酒。据叶梦得说，"晏元献公虽早富贵，而奉养极约，惟喜宾客，未尝一日不燕饮……稍阑，即罢遣歌乐，曰：'汝曹呈艺已遍，吾当呈艺。'乃具笔札，相与赋诗，率以为常"（《避暑录话》卷上）。这番话，恰好是晏殊词中所写这两个动作的注脚。至于他是听了一曲新词，还是写了一曲新词，便喝了一杯酒，这不重要。是仅喝了一杯酒，还是频频举杯，也不重要。晏殊只突出地写这两个细节，从而让读者进一步品味这娴雅举动包含的意思。

按一般的写法，作者是会接着表明他喝酒的举动或思想状态的。但出人意料的是，晏殊说"去年天气旧亭台"，只点出当下听曲喝酒的天气和地点。原来，他当下面对的一切，和过去一样，没有变化。这七个字，既没有动词，也没有任何带情感色彩的字眼，但出现"旧"和"去年"两语，让它与首句出现的"新"字，相互对应，也就暗示着这里景色依旧，但人事已非。这巧妙地让读者感受到，作者一面对酒当歌，一面想着过去的日子，怀念着旧时的事，思念着过去在这里与他共醉的人。于是，这不带情感色彩，不露痕迹，只是平顺写来的两句，却让读者觉察到作者在笔底之下，泛起了淡淡的愁思。这也就是他所提倡的娴雅优游富贵人家的格调。接着，晏殊又提出一句："夕阳西下几时回？"这一问，很有意思。首先，"夕阳西下"一语的出现，说明他饮酒听曲，逐渐到了黄昏。天色昏暗，他的心情也变得黯淡，于是提出了"几时回"的疑问。这提问，似乎是多余的，甚至是毫无意义的，因为太阳下山，明天又会升起，这是常理，也是自然界的客观现象。不过，联系到这词前边两句作者流露出的物是人非的情愫，面对前景，他在主观上却捉摸不定，于是问：明天的太阳，会是和今天同一个样子吗？它没有任何变化吗？这一点，晏殊曾在另一首《清平乐·秋光向晚》中提出："暮去朝来即老。"显然，他在这首《浣溪沙》上片结句的提问，也流露出对前景没有把握，感觉到物是人非、时光易老的忧愁。过片处，晏殊写下了广为人们传诵的两句："无可奈何花落去，似曾相识燕归来。"这一联，写得如行云流水，隽永深刻，意味深长。它既承接上片所表现的百无聊赖的感情，又进一步深化展示思想的矛盾。按说，"无可奈何"是人们日常所说的大白话，是人们主观的心理状态；"花落去"则是事物的客观现象。在春天，花开朵朵，良辰美景，让人们十分爱惜。但是，鲜花总归是要落下去的，这是自然界的客观规律，不以人的主观意志为转移。面对这一不可抗拒的规律，人们虽然希望春花永不凋落，但好花不常开，好景不常在，惜花人只好带着"无可奈何"的心情，面对这不由自主的局面。当然，人们希望春花不会凋谢的主观要求，和春花必然落下的客观存在，是相互矛盾的，但是，这一对矛盾，又不是对抗性的。我认为，晏殊运用"无可奈何"一语，实在精到，因为，对待这非对抗性的矛盾，作为主观方面的人，只能降低自身对矛盾的态度去适应调和。如果用过于悲切激烈的态度来对待，或者以无动于衷的语言去表达，都不能确切地解决这非对抗性的矛盾，唯有用"无可奈何"这看似寻常却又非常微妙的表达，才能准确地传达作者无法抗拒，而又惆怅失落的心态。这心态，和上片的结句对"夕阳西下"的提问，在情绪上是互相照应的。与"花落去"照应，下片的第二句即写"燕归来"。燕子是候鸟，传闻它在冬天，会从北方较寒冷的地方，飞到南方。一般在春天时分，又凭感觉飞回旧巢。燕子回巢，这是自然界客观的现象，人们往往把"燕归来"，视为眷恋旧情和不离不弃的比喻。让人们最担忧的，倒是它去而不复返。所以《诗经·邶风》写"燕燕于飞，差池其羽。之子于归，远送于野。瞻望弗及，泣涕如雨"。人们也害怕燕子归来时，找不到旧窝，"旧时王谢堂前燕，飞入寻常百姓家"（刘禹锡《乌衣巷》）。而晏殊则直说"燕归来"，他看到了燕子毕竟南归，这景观让他舒了一口气。他不是在词的上片，感慨景色依旧，人事已非吗？有意思的是，晏殊在这"燕归来"的前面，又加上了"似曾相识"这看似普通的定语，那么，就诗人的主观方面而言，这景象又具有了不确定性。他看到的燕子，是回归旧巢为他熟识的燕子，还是新来乍到的燕子，他没有把握能辨认清楚，但眼前出现的情景，又并非完全没有重寻旧事，恢复过去理想状态的可能。这一来，"燕归来"的自然界客观存在，和诗人的主观认知，又存在矛盾。当然，这一对矛盾，也是非对抗性的。如果晏殊以确切性的语言给予表述，反而不能准确地展示他主观情绪的复杂性。也只有用"似曾相识"这模棱两可的词语，才能显示他有所希冀，却没有落实的疑问。这种状态，典型地展示了他在复杂的环境中忐忑不定的心态。我们知道，"浣溪沙"原是唐代教坊曲调，属黄钟宫，音色明亮，节奏悠扬，更重要的是，曲调灵活，可以有多种变体。所以，在宋代，无论是婉约派还是豪放派的词人，填词时都喜欢使用这一曲牌，因为词人可以根据自己所要表达感情的需要，使用这既有正体又可变体，既可明快又可舒徐，灵活性较大的曲调。若按"浣溪沙"的正体，下片开始两句，应为对偶句。若用变体，则可做非对偶句。而上引晏殊的这首《浣溪沙》，最为重要的是下片开首两句，从字句的词义而言，大致对偶，却非工整。它是对偶句，却又非完美的对偶句。固然，"花落去"与"燕归来"，是对称的；但"无可奈何"与"似曾相识"，这对词组和句式，则不成搭配。而这参差中见整齐的对偶方式，却让语言节奏既具有齐一性，又具有灵动性的艺术效果。更重要的是，在这相互对应的两句中，上句情绪有所失落但不至于哀伤，下句则有所希望却不至于兴奋。上句与下句的思想状态是互相对立的，但它们之间的关系又不是对抗性的，这两者既有矛盾，又互相融汇；两者在对立中虚虚实实地结合起来，让读者觉得作者只是在不经意间，自然而然地把句子顺手拈来，便充分地展示出内心既感失落，又有所期待的忐忑难安的微妙心态。卓人月说："实处易工，虚处难工，对法之妙无两。"（《古今词统》卷四）晏殊《浣溪沙》这虚写作者心态的对偶句，收到上下呼应浑然一体的效果。

这首词的结句是"小园香径独徘徊"。晏殊在写他经过一番感慨后，再以行动描绘自己的心境。他不再听新曲，不再饮闷酒了，而是在夕阳西下的时候，走出了亭台，在花园的小路上独自徘徊。在这里，他强调"独"字，指他没带随从，没有同伴，只是一个人，独自在还有花开着的小路上彳亍。"徘徊"一词，运用得十分准确，把他一面来回踱步，一面沉默思考的神韵展现无遗。这一句，其实是晏殊正面点明自己创作这首词时的心态。晏殊的这首《浣溪沙》，优悠雅淡，没有华丽的辞藻，特别是"无可奈何"两句，好像作者只是信手拈来，不经意碰着了恰当的字眼，幸运地写出了成功的词句。其实，哪里是这么简单！刘熙载说："词中句与字有似触着者，所谓极炼如不炼也。晏元献'无可奈何花落去'二句，触着之句也。"（《艺概》卷四）这说得颇有道理。表面看来，晏殊写这一对偶句，的确"似触着者"和"如不炼"之笔，实际上，它是"极炼如不炼"而已，如果不是经过认真的思考，诗人是不可能获得如此深刻的神来之笔的。在诗词创作中，人们常把字和句的作用，看得十分重要，陆机在《文赋》中提出："立片言而居要，乃一篇之警策。"他的意见，许多人表示赞同。清代的刘体仁在引述陆机的意见后，认为词的创作，也应如此，"词有警句，则全首俱动"（《七颂堂词绎》），他把"警策"，理解为警句，晏殊"无可奈何"两句，便属警句。字和句，对诗词创作是重要的。当诗人要把意象化为文字符号，大脑皮质细胞紧张活动，会有多种信息在记忆区中闪烁。而哪一个符号更能恰切表达意象，缔造意境，诗人有一番斟酌选择的过程，这就是所谓的"炼"。近体诗和词须炼字和炼句，是为了解决有限的篇幅和要求包孕无限内涵的问题。一般而言，所谓炼字，是在诗句中选择了最具新意和最能表达意象的词语，如"红杏枝头春意闹"的"闹"字，"云破月来花弄影"的"弄"字，都是属于在炼字方面成功的例子。所谓炼句，不是提炼某个文字符号，而是追求在作品中让句子最能明确表现出具有思想感情的典型性。我认为，在诗词创作中提炼出警策、警句，往往比提炼出个别新奇巧妙的"字"，更不容易。因为它要诗句既是流畅的，又能概括地展示具有典型意义的情态。潘德舆说："任举一境一物，皆能曲肖神理，托出豪素，百世之下，如在目前，此达之妙也。"（见《养一斋诗话》）确实，诗人在进行艺术构思的时候，能够提炼出警句，亦即能够用语言在诗句中曲尽事物的情态，能够把人之情、物之理最为幽微深刻之处，传达出来，让读者能够领悟诗作内涵的精妙。

我们一再申明，晏殊的这首《浣溪沙》，整首词没有任何尖新奇巧和华丽的辞藻。词中有些句子，甚至是把前人的诗句随手拿来，像"去年天气旧亭台"，就是化用了唐代郑谷《和知己秋日伤怀》诗中的一句。晏殊把它拿过来，就用上了，它与"一曲新词酒一杯"之句，相互对应，连成一气，也颇自然。但是，请勿以为看似平顺而有深意的字句，作者可以信手拈来。梅尧臣说："作诗无古今，唯造平淡难。"（《读邵不疑学士诗卷》）王安石也说："看似寻常最奇崛，成如容易却艰辛。"（《题张司业诗》）这都是经验之谈。如果以为晏殊"无可奈何"这两句是看似寻常的警策，很容易写成，那就错了。据吴曾《能改斋漫录》卷十一引出一段传闻，说晏殊赴杭州时，"道过维扬"，知道都尉王琪的诗写得很好，"召至，同饭。饭已，又同步池上，时春晚，已有落花。晏云：'每得句，书墙壁间，或弥年未尝强对，且如"无可奈何花落去"，至今未能对也。'王应声曰：'似曾相识燕归来。'自此辟置，又荐馆职，遂跻侍从矣"。这传闻未知真假，退一万步说，"似曾相识"一句，是晏殊在王琪的启发下写成的，也说明晏殊为了提炼这一警句，确实经过了长期的思索。如果这传闻属实，那么，晏殊是"踏破铁鞋无觅处，得来全不费工夫"。问题是，他曾"弥年未尝强对"，花了一年的工夫，还找不到合适的诗句。这起码说明晏殊创作这首词，是经过了长期思考的，一旦受到别人的启发，茅塞顿开，这"不炼之炼"的警句，才脱颖而出。从他"弥年未尝强对"到他解决问题时高兴痛快的情状中，可以窥见他提炼这一警句的艰辛。因此，即使晏殊受到王琪的启发，从而发为佳句，我们也必须承认这是他长期思考锤炼的劳绩，承认这警句的创作权属于晏殊。

在文学史上，作者在别人作品的基础上，加工提炼点铁成金的情况，是时常会出现的。像汤显祖《牡丹亭》的名句"良辰美景奈何天，赏心乐事谁家院"，其实出自宋代聂冠卿的《多丽》："想人生，美景良辰堪惜。问其间、赏心乐事，就中难是并得。"可见，一经名手借用点化，很普通的句子，也会熠熠生辉。有关晏殊采纳王琪意见的传闻，如果属实，我们也不能抹杀他的著作权。不过，晏殊这首《浣溪沙》的警句，也只有在整首词所包孕的总体意象中，才能显出其精警，如果胡乱使用，则并不显得出色。这一点，在晏殊自己，就有过教训。看来，他很喜欢这一偶句，于是在《假中示判官张寺丞王校勘》一诗中，又重复使用了一次：

> 元巳清明假未开，小园幽径独徘徊；
>
> 春寒不定斑斑雨，宿醉难禁滟滟杯。
>
> 无可奈何花落去，似曾相识燕归来；
>
> 游梁赋客多风味，莫惜青钱万选才。

这首七律，其中三句，竟然在《浣溪沙》中都出现过。但即使他把"无可奈何"这两句放在诗中，也毫不显得出色。这首诗一直寂寂无闻。有人说，这两句只适用于词，而不适用于诗。其实，关键在于这诗的前言后语，和"无可奈何"一联所表现的空灵幽淡的气象，全不搭配。你看，这律诗写清明时分，诗人一个人在幽径徘徊。为什么失落徘徊？他没有说。然后，颔联写春寒下雨，已经喝醉了酒的他，还禁不住再去吃酒，至于以"斑斑雨"对应"滟滟杯"，也显得生硬。转进颈联，晏殊又说喝醉了酒的自己，忽然又有"无可奈何"的淡淡忧愁，又会模棱两可地有所希冀，这使读者感到异常突兀。

上面说过，在《浣溪沙》一词里，上片最后一句"夕阳西下几时回"，词人一面叹惜好景不长，但对明天又有所企盼。他无法左右一切，忐忑难安，最后才以"小园香径独徘徊"，以踽踽独行的举动，抒写百无聊赖的心境，在默默无言中表现出欲说还休的韵味。而在律诗中，这对联的出现，则过于突兀。至于在诗的颈联后，晏殊直截了当地吩咐友人，说这地方人才不少，应不惜血本地选拔。这样的写法，实在没有多少诗味。可见，警句的创造，必须和整首作品的含义结合起来。晏殊在诗词创作上的成败，很值得后人记取。晏殊的儿子晏几道，曾为其父辩白："先公平日小词虽多，未尝作妇人语也。"（见赵与时《宾退录》卷一引《诗眼》）这话说得有点勉强。作为名士，在歌楼舞榭中，偶与歌伎们酬酢势所难免。事实上，在晏殊的词集里，也有表达男女之情的作品。不过，晏殊的词风，确与专门从妇女角度表达情痴爱恨的作品不同，他往往通过写歌伎的遭遇，抒发自己对社会现实的态度。正因如此，他才会在另一首《浣溪沙·一向年光有限身》中，写出"满目山河空念远，落花风雨更伤春"这样怀远伤时的句子。王国维在《人间词话》中，也认为晏殊的《蝶恋花·槛菊愁烟兰泣露》中"昨夜西风凋碧树，独上高楼，望尽天涯路"之句，和《诗经·蒹葭》一样，"最得风人深致"，而且显得"悲壮"。他还视此句可以比喻"古今之成大事业、大学问者"，必然经过三种境界之一。一辈子忧国忧民的王国维，如果不是看出了晏殊词作具有深刻意义的一面，是不可能给予如此高度的评价的。

晏几道为其父辩白，虽然说过了头，却也说明在宋代的词坛上一些作者和评论者，已经不认同那些"作妇人语"、热衷于为歌伎们炮制"流行曲"的词风，而推许词作直接抒发知识分子的内心世界。事实上，从张先、晏殊等人的词作看，当时词坛的风气，与宋初受晚唐花间派影响，以及与柳永等人热衷于表现市民审美态度的情况，大不相同。晏几道强调晏殊作品不"作妇人语"的姿态，标志着宋代词坛风气发展的另一种趋势。一方面，为寻欢买醉者"作妇人语"的流行音乐，依然受到广大市民群众的欢迎；另一方面，更多的词人，已和唐代多数有成就的诗人一样，把词这一体裁，作为宣泄个人感情、揭露社会和时代矛盾的载体。就此而言，由晏殊等人开始的宋代词风中的新风气，具有积极的意义。就上引晏殊的《浣溪沙》看，它的确没有"作妇人语"，有的只是作者抒发的淡淡哀愁，以及对人生前景忐忑难安的忧虑。这首词有很深刻的思想内容吗？没有，但整首词，特别是"无可奈何"两句，却典型地展示了在社会矛盾中，一些混迹官场人士的思想状态，也反映了封建时代人性的复杂性。欧阳修不是说过晏殊是"富贵闲人"吗？不错，他们是好朋友，晏殊也多次提携欧阳修；但他们的政见不尽相同，晏殊也不满欧阳修过激的言行。他们之间是有矛盾的。欧阳修说他是"富贵闲人"，当然是贬词，有说他的词作无病呻吟之嫌。其实，问题并非如此简单。晏殊家势确属富贵，但他却不是闲人；他确是在呻吟，却不是无病。幸而，欧阳修也说了半句公道话，他不是也说到晏殊"明哲保身全"吗？晏殊的这种态度，和他处在险恶的政治环境中有着密切的关系。宋真宗、仁宗时代，在朝廷还没有过多地限制不同思想的文官，以及杀戮敢于犯颜直谏者的情况下，长期处于各种矛盾中心地位的晏殊，算是比较幸运的。但是，即使在表面上比较承平的年代，在封建王朝内部，也不可能不存在严重的冲突。如何处理各种利益的冲突？在深刻的历史变革和各阶层的激烈冲突中，晏殊是不可能置身事外的。长期处在火山口上貌似"富贵闲人"的晏殊，其实内心是忧心忡忡的。这一来，如何避祸解厄，就成为他心中无法摆脱的话题。在晚年，他即使当了宰辅，还不是被赶到下面当地方官吗？为了避免在官场斗争中出现种种危险，长期担任高官的他，竟然还写过长文《解厄鉴》。这是一篇在封建时代为官做吏的经验总结，他告诫人们："厄者，人之本也；锋者，厄之厉也。"他还警告，为官要"慎言"，"言之祸，无论优劣也；语之弊，由人取舍也。君子不道虚言，实则逆耳。小人不表真心，伪则障目"（《慎言》）。总之，为官之道，最好什么也不想，"一念之失，死生之别也"（《戒欲》）。很明显，这是晏殊为官之道"明哲保身"的总结。这也足以说明，他如果不是身居高位，具有如临深渊、如履薄冰的感受，是不会写出这解厄避祸的心得的。这也说明，似乎是"闲人"的他，长期处在危机中，实在有许多难言之隐。所以，像上引的《浣溪沙》，以及《珠玉词》中的不少词作，表面上写得平淡娴雅，其实在严酷的社会斗争中，作者内心隐藏着深沉的苦闷。"无可奈何"一联，正是他既担忧失去一切，而又有所期待，这特有的矛盾心态的概括，是人性微妙复杂的具体表观。夏敬观说，"殊父子词，语浅意深"（《二晏词·导言》）。确实，看似浅近的语言，包藏着深沉的感情，这正是晏殊许多词作的特点。

原载《书城杂志》2023 年 7 月号

【主编者言】其实我们都坐在井里。不过井的大小是相对的，所观的天也就有大小的不同。只是也有人希望别的人永远坐在井里。我们需要的是心胸不被井口控住。

《坐井观天》序

方志远

一

去年 12 月中旬，收到刘进宝老师的微信，说甘肃文化出版社拟出一套学者随笔，我欣然从命，既是出于感谢进宝老师的盛情，也是因为对甘肃历史文化的向往、对美好甘肃的记忆。

汉唐时代的甘肃，是何等威武雄壮，又是何等人才辈出，一条"河西走廊"、一座祁连山脉，演绎出多少惊天动地的故事。改革开放后推出的《读者》杂志，在"陕军东进"之前，就以开风气之先而风靡全国，成为引领思潮第一刊。

大概是在 2008 年或 2009 年的两会期间，江西代表团的几个朋友在一起闲聊，不知怎么说起广告和宣传，我说在短信（那时还没有微信）上看到甘肃的宣传，很有新意：我们没有什么文化，只有一本《读者》；我们没有什么科技，只有一座航天城；我们没有什么资源，只有一条黄河；我们没有什么美食，只有一碗拉面。众人一致称赞，说这个有意思。这时，一位领导微微笑道："你们知不知道这是谁的主意？"大家没回过神来，问："谁的？"领导有些得意："区区在下。"原来，是这位领导在甘肃时集中大家的智慧琢磨出来的。于是大家祝贺，喝酒。

说到拉面，有一段掌故和大家分享。2005年8月，西北师大田澍教授受中国明史学会的委托，主办中国明史国际学术会。散会的那天，我们一行八人坐下午的航班，闲着没事，出去看看兰州的市容市貌。走着走着，有人提议，中午一起去吃马家牛肉面。那时大概十一点刚过，田澍安排陪同的小伙子说，这个时候去，拿号排队，估计要等到下午两点才能吃得上。这么牛？那就不去了。又有人提议，既然到了兰州，吃不上马家牛肉面，总得吃碗牛肉面吧？大家一致赞成。有人右手一指，说："那里不是有一家牛肉面馆吗？门面好像蛮干净的。"

　　来到牛肉面馆，外面的装饰并不豪华，但很清爽，第一感觉很好。我们八人和陪同的小伙子，一行九人鱼贯而入。整个面馆空间不大，窗明几净，十来张四人座或两人座的桌子，整整齐齐地排列着，而且墙上有提示：本店不提供酒类。好像还有一句，意思是不得在本店饮酒，但用词比较委婉。第二感觉也很好。由于来得早，面馆里的客人只有我们九个，每人预约一碗。一边等，一边聊，有人去前台转悠，然后很快返回，极为兴奋地悄声说道，前台那收银的女孩真漂亮！大家闻声而动，包括去而返回的那位，不动声色地轮流离席去看美女。一群人中，好像我的年龄最大，所以故作矜持，最后一个出动，先向右走到侧面，然后向收银台走去。这样，既可掩饰真实目的，观赏的时间也可以更长一些。走近收银台时，我假装不经意地扫了一眼。小女孩抬起头来，也看了我一眼，微微一笑。我大吃一惊，天底下真有这样的小美女？那不是一般的漂亮，绝对秒杀风靡一时的热播剧中的女主角，如《红楼梦》《天龙八部》等。

　　牛肉面上来了，不知是因为环境、美女，还是因为这个面、面里的牛肉，还有面的汤料，真的好吃。第一口的感觉是，此品只应天上有。这个时候，陆续有人进来，我连忙申请再来一碗，接着又有两人申请，好像是郭培贵、何孝荣（记得不是太清）。最终结账的是张英聘教授，一碗面一元五角，每碗有二两牛肉，三元，整个一碗四元五角，张英聘花了约五十元，让我们留下了近二十年乃至永生都难以忘怀的记忆。

出来之后，有两位年轻人（应该也都有三四十岁）返回面馆，估计是上厕所，我们移步到人行道等候，一上人行道，两位就出来了。说不是上厕所，而是想再回去看一眼小美女，但是换了一位收银员，感到十分遗憾。难怪这么快就出来了。

回到南昌后的一段时间，我只要见到兰州牛肉面馆，不管是否到了饭点，就要进去吃一碗，但每次都失望。一次吃完后我对老板说："你的这个兰州牛肉面不正宗，是牛肉不行还是面不行？"老板说："我这个牛肉是专门从兰州空运来的，是你们南昌的水不好。"这个我就不同意了，谁说我们江西的水没你们甘肃的水好？他说："你们喝的是自来水，是河水，我们在兰州喝的是泉水，是祁连山冰雪融化后的水。"原来如此，我服了。

十年后，田澍教授邀请我去学校讲课，为了弥补上一次的遗憾，提前预约，带我去吃马家牛肉面，每人一大一小两碗，却感觉没有十年前街边店的兰州牛肉面好吃。但十分感谢田澍，让我吃了正宗的马家牛肉面，又安排去了有小江南之称的天水，这里是姜维的故乡，去了向往已久的麦积山，有生以来第一次吃了正宗的羊羔肉。后来我想，每次来客陪吃面，也不知道这些年来田澍到底吃了多少次马家牛肉面，犹如我不知游了多少次南昌滕王阁一样。

二

也许文学界对当代"随笔"有特定的定义，但根据我的理解，所谓"随笔"，就是不必故弄玄虚，就是字面的意思。"随"即自由，目之所及、闻之所止、念之所至，都可以写。怎么写，并无一定之规。也就是说，写什么、怎么写，一切随意。如果这个理解不是过于离谱，我想历代的笔记，皆可以视为"随笔"。如明代陆容的《菽园杂记》、王鏊的《震泽长语》《震泽纪闻》、王士性的《广志绎》、张瀚的《松窗梦语》、朱国桢的《涌幢小品》、沈德符的《万历野获编》，明清之际张岱的《陶庵梦忆》《快园道古》、叶梦珠的《阅世编》，清代王士禛的《池北偶谈》、钱泳的《履园丛话》、梁章钜的《归田琐记》，等等，皆是。

南宋洪迈《容斋随笔》的开篇，有一个简短的说明，也可以说是"小序"。洪迈的这个"小序"，给"随笔"下了这样的定义："意之所之，随即纪录，因其后先，无复诠次，故目之曰'随笔'。"洪迈对"随笔"的解释，深合我意，心中不禁有些得意。因为我是在写下前面那段对"随笔"的理解之后，才在电脑上调出洪迈的《容斋随笔》及这个"小序"的。

从小学到中学，后来恢复高考，后来读研究生，最不愿意做的事情就是"作文"。所以，尽管1981年研究生毕业，到1986年才发表第一篇论文，说来十分惭愧。但也有挡箭牌，先师欧阳琛教授第一次召见我的时候说了一番话：先读十年书，十年之内，不要急于发表论文。当然，对于这篇论文，我自己还是比较得意的，发表后被人大资料中心《明清史》复印，被《高等学校文科学术文摘》转载，还获得江西省社科成果三等奖。特别是接着在《中国史研究》《南开学报》和《文史》发表论文，于是觉得有了点底气，开始了"随笔"的写作。

那是在1989年，为了帮一位朋友在《南昌晚报》副刊上发文章，我去报社找到大学同一个宿舍并睡在我下铺的同学、副刊的主编。那小子说，发你朋友的文章可以，但你得给我写稿子。这就有点为难了。因为就在不久前，同门师弟曹国庆在《江西日报》副刊上发了一篇短文，也可以说是"随笔"。老师对此有些不满，问我看没看那个"豆腐块"，我说没看。事后问国庆，国庆说那还是多年前读研时的事情，被几个中文系的研究生鼓捣，写了一篇《管仲论相》。他已经有了"前科"，而且不知老师是否在给我打预防针。怎么办？于是我想，如果做，就做点名堂出来，挨骂就挨骂吧。于是说，可以给他们写稿子，但不是单篇，而是开个"专栏"。他们很高兴，说副刊有开专栏的先例，但主要是知名作家的散文，一直想开历史方面的专栏，只是没找到合适的人，没想到你撞进门来。双方议定："专栏"的名称定为"闲话古今"，两周一篇。当然，只是话古，并不论今。

随着一篇又一篇一两千字的"豆腐块"的刊出，那个专栏逐渐有点火了，连带副刊也有更多的人读了。赞扬的人很多，说是写得好；批评的人也不少，说为何不多说几句呢？在我的印象中，那段时间先后发了五六十篇。《江西日报》副刊的朋友看到《南昌晚报》的副刊有新动作，找了我几次，希望我把这个"闲话古今"挪到他们那里去，稿费是《南昌晚报》的三倍。这种事我当然不能做，当然，对稿费也是有点动心的，那个时候真是缺钱用。于是和《江西日报》副刊商量，《南昌晚报》的"闲话古今"是不能动的，否则我对不住朋友，但是可以再约两位朋友，给他们另辟一个专栏。为这个事，我好像找了邵鸿和有写"豆腐块""前科"的曹国庆。因为后来大家都忙，这个事还没正式启动就熄火了。我在《南昌晚报》的专栏也变成一个月一篇，后来实在没时间，无疾而终。但我十分感谢我的同学马林和责任编辑张步蓉，给他们的稿子除了一篇因故未发外，全部刊出，而且没要求我修改。

在这个过程中的某天，老师让人带来一张两寸宽的"手谕"，让我去他家一趟。因为我们分别住在江西师大的本部和南区，中间隔着一条北京西路，老师过马路不安全，那个时候家里没有电话，有什么吩咐，都是隔三岔五让住在南区的同事上班时带着纸条交给住在校本部的我。很后悔的是，这些纸条都没有留下来（突然想到，明朝皇帝的"手谕"，就是用两寸宽的纸条写的）。去了之后，一眼就看到茶几上有一摞《南昌晚报》，我想，完了，东窗事发。于是摸着后脑壳傻笑。老师说："有人告诉我，隔周的周六一篇，我让他们每期都给我买了。"我没敢吭声，等着挨批。当然，即使批，他也从来不对学生说重话。见我不吭声，老师继续说，这些文章读下来，发现文字还是过了关的，以后每篇都给我送来，省得我让别人去买。这就算"大赦"了。

后来我把这个事告诉曹国庆，国庆笑死了，说再告诉你一件事。读研期间，他写了一篇作业（好像是说明代的"廷杖"），自认为有所创见，向一家刊物（现在的等级是 CSSCI）投稿，还真被刊发了，心中激动，迫不及待送到老师家里，想得到表扬。没想到挨了批："路还没走稳，不要想着跑。学生时代读书有限，习作是用来练笔的，不要急于发表。"他说到这个事情，让我想起老师第一次召见我时说的一番话："先读十年书，十年之内，不要想着发表论文。"那个时候对学生的要求，和当下完全不一样。告诫学生多读书，不急于发表论文，书读多了，发表论文就是水到渠成的事情，这才是对学生的真正培养和爱护。

这种爱护不仅仅是对学生，也对其他系里的老师。那个时候评职称已经要考外语，老师出题并阅卷，一位教世界史的老师被判了40多分，取消了评副教授的资格。知道这件事情之后，我劝老师别那么较真。老师说，这么浅显的英文都看不懂，教什么世界史？这就有点固执了，我不免有些腹诽。他自己大学是在清华读的，研究生在西南联大，导师是邵循正先生，硕士论文是《明末购募西炮葡兵始末考》，引用了诸多的英文、葡文资料，并且向郑天挺、方豪、尹达诸师请教，与何炳棣一起参加了留美考试（据《郑天挺日记》，当时只有一个指标，何炳棣名列第一，去了美国，欧阳琛名列第二，连同后面的，都没能去成）。有这样的经历，外文不好都不行。再看看那位被判了40多分的老师，中学、大学就没机会好好读书，毕业正是20世纪60年代中期，还能记得住一点点，能够考40多分也就算不错了。但是，正是因为受老师给的40多分的激励，那位教世界史的老师知耻而后勇，两年后申报职称时，英文考了70多分，命题和阅卷的，还是老师。

可以说，我的"随笔"写作，就是从1989年在《南昌晚报》开辟《闲话古今》开始的，并且得到老师的首肯。同时悟出一个道理，即使是"豆腐块"文章，如果能够坚持下来，把它做到有一定的影响，就从毫无意义变得有点意义了。所以我想，老师对师弟"豆腐块"和对师兄"豆腐块"的不同态度，原因或许在这里。谁让他写一篇就收手了？

此后，"随笔"写得长了，报纸无法容纳，于是放到刊物上，以《文史知识》刊发得最多，有十多篇。感谢张荷、胡友鸣、于涛诸友，只要是寄过去的"随笔"，都是随发随刊。2000年、2002年，好像是吉安市委宣传部、江西省社科院分别和《文史知识》合作，刊出"庐陵文化"专辑和"宋代文化"专辑，胡友鸣兄发话，希望你们邀请方某某写稿，提高档次。因为是"北京"的刊物负责人点名，弄得我在家乡文人中特别有面子，也在江西社科院的圈子里小小风光了一把。现在回头一想，那个时候也是五十岁出头的人了，实在是没什么面子。从此以后，对于写"随笔"之类的"普及读物"，有了更多的兴趣。有时候想，我最终被《百家讲坛》拉上"贼船"，很大程度上就是因为有这些写作的"前科"。当然还有一个更为重要的原因，那就是一直认为"史学"是"人学"，应该接近大众而非远离大众，并且在一个"读书随笔"中写了这样一段话：

　　从本质上看，科学起源于大众对自然、对社会、对人类自身的认识。而各门学科的建立过程，则是一个逐渐脱离大众、逐渐由专门人员掌握的过程。这一过程本身是有阶段性的，因此，虽然科学越是专门化，离大众的距离也就越远，其阶段性过程中所形成的知识和专业人员的层次性，却使科学永远和大众密切相连：一方面，人类的新认识、新发现通过各条渠道、各个层次，逐渐专门化；另一方面，专门化的知识也通过各种渠道、各个层次而全方位影响大众。各个学科最前沿的成果，反映了人类对这一领域的最新和最有价值的认识，但又离大众最为遥远，甚至最难以为大众所了解、所认识、所接受。这就需要有一条与大众联系的纽带，或者说要有一个向大众进行传播的渠道，这条纽带或渠道便是学科知识和专业人员的层次分布。作为专业研究人员，应该根据自己的条件和才情，为自己选择合适的位置和层次。处于不同位置和层次的专业人员之间，应该充分尊重，而不应该相互歧视或诋毁。这无论对一个学科还是这个学科的研究人员来说，都有着一荣俱荣、一损俱损的关系。

　　后来在《光明日报》发表的一篇文章中，我提出了一个自认为很重要的观点——"学术需要生态和生态链"，再次论及学术的普及，特别是史学的大众化问题。

三

这个集子之所以取名为《坐井观天》，是因为迄今为止，除了一年半载的短期外出求学及讲学，我的一生都是在江西度过的。1950 年出生在江西吉安，幼年、童年、少年及青年时代的开始阶段，从来没有离开过这座城市；1968 年"下放"到安福县山庄公社秀水村，大部分时间在林业队种树、砍树、放排。1971 年"招工"进了江西第四机床厂，从此就在南昌生活，屈指算来，已有五十多年。1977 年恢复高考，由于各种原因，学了文科，做自己最不在行的事情——"作文"，而且，本科学校去不了，只是读了大专。有时，我很羡慕现在的年轻人，幼儿园、小学、初中、高中、大学、硕士、博士，可以连续上 25 年学，但我除了小学 6 年、初中 3 年之外，大专和研究生加在一起 3 年半，博士是在职读的，在校的上学时间，大概刚刚是他们的一半。1981 年研究生毕业留校后，我一直在江西师范大学工作。其间，有过几次离开南昌的机会，都因各种原因放弃。从这个角度说，我的一生都是在江西这口"井"中。

但是，虽说是"坐井"，却时时想着要"观天"。回想起来，我从小学一年级到五年级，都是懵懵懂懂过来的，特别是四年级升五年级的那个暑假，根本就没有做作业。干什么了？天天看小说，从《封神演义》《西游记》到《薛仁贵征东》《薛丁山征西》《罗通扫北》等，于是想入非非，盼着哪一天一阵狂风到来，把自己卷去某个洞，拜太乙真人、菩提祖师或者慈航道人为师。现在想来可笑，但最早的"观天"，未必不是从那个时候就开始了。六年级的时候，我发现自己还是能读书的，开始步入"好学生"的行列；到初三的时候突然反思，几年下来，其实并没有怎么发力，于是有了进一步"观天"的想法：高中的时候用点功，上清华、北大，以后做个数学家或天文学家。但是，1966 年初中毕业时没书读了。1971 年进工厂后，我一个月有 20 元工资，开始订阅《航空知识》《地理知识》《历史研究》三本杂志，天上的事情、地上的事情、人间的事情都想知道。我又从古旧书店淘来了线装的《春秋左传正义》《汉书》《后汉书》《御批历代通鉴辑览》等，以及曾经读过的《关于国际共产主义运动总路线的建议》《九评苏共中央的公开信》等。也就在那段时间，《马克思恩格斯选集》出版了，我如获至宝。我想，这些无目的、非功利的阅读，某种意义上奠定了我后来"观天"的基础。而司马迁的三句话，"究天人之际，通古今之变，成一家之言"，则成为我以学习历史、讲述历史、研究历史为职业后的人生信条。

这个集子收录的 30 篇文章，几乎都想"坐井观天"：

《明朝百年启示录》旨在揭示明朝乃至中国历代的普遍性发展进程，《明清小说与明清社会》试图通过小说的变化，观照"明清社会"的演变。

《奸臣传》之立，是中国政治文化史上的大事，从此中国只有奸臣而无昏君暴君，任何变故，都可以拎出几个奸臣垫背。

苏轼的率真，成就了他在文学上的伟大，也导致了他在政治上的失意。人可以不信宗教，却不可以没有信仰。

明朝是中国"士风"张扬的时代，而知识分子的脊梁，则是在清朝被折断的。一个政权，最好不要发展到需要王安石、张居正的地步，通过他们的手术，最终是死是活还真不知道。

文天祥的"浩然正气"、文天祥之成为"忠臣"样板，是汉族人、女真人、契丹人、蒙古族人共同维护，特别是元世祖忽必烈成全的结果。否则，上辣椒水、老虎凳，你降还是不降？

"鸡缸杯"发生的时代，正是明朝多元化时代的开始，"鸡缸杯"上的公鸡并非成化皇帝，而是万贵妃；而戚继光华丽转型为"元敬词宗"先生，代表着又一个新时代的到来。

在历史人物及事件的"盖棺定论"中，舆论引导民众乃至倒逼庙堂，乃是经常发生的事情，戏曲《鸣凤记》在"奸臣"严嵩和"忠臣"杨继盛的定位中起了重要作用。

王阳明及"心学"挑战的不仅仅是内阁，而是一切权威，他（它）是以"良知"之是非为是非而不是以君主或权势的是非为是非。

一座城市的永久，不在于它的建筑，而在于它的文化。试想，没有《滕王阁序》，谁知道曾经有过滕王阁？没有《岳阳楼记》，谁知道曾经有过岳阳楼？

晚明的社会开放，不但来了欧洲的利玛窦、汤若望，还来了美洲的红薯、花生、玉米、烟草，当然，晚清的时候还来了鸦片，所以，开放的善与恶、成与败，全在我们自己。

　　……

收入的文章，最早一篇发表在1988年，最后一篇写作于2021年，前后时间的跨度有30多年。文章发表时，刊物会根据版式要求做一些改动，这个集子收录的，是未经改动的"原稿"。所以，每篇文章所表达的，代表我那个时候的认识。回过头来看，有些令我意外，那个时候就能有如此高见？有些则令我有些汗颜，那个时候就这个水平？梁启超有一句名言，常以今日之我攻昨日之我。人的世界观、人生观、价值观都有可能随着时代的推移、形势的变化及自我生存状态的变化而改变，对具体事物、具体人物的认识，更会随着研究的深入而推进，对以往的认识也会有不同程度的修正乃至完全的颠覆。所以我常和朋友交流，也在一篇文章中提出：

> 以历史学科为例，人文学科能够解决的，主要是"有形"的问题，即具体的人物、具体的时间、具体的地点、具体的事项，等等。周一良先生曾经用六个"w"概括学习历史、研究历史的诸要素：who（何人）、when（何时）、where（何地）、what（何事）、how（如何）、why（为何）。我们能够解决的，充其量只有两个半"w"，即时间、地点，以及人物或事件的部分内容，其他的只能是解释。

既然只是解释而非解决，修正和颠覆就十分正常了。即使有些被认为是已经解决了的问题，当新的文字材料、实物材料、音像材料被发现、被破译之后，也可能被修正、被颠覆。所以我在和朋友说王阳明及其"心学"的时候经常说一个观点：他（它）的每一次"顿悟"，都是"渐悟"的阶段性成果，只要生命尚存，就有新的阶段性"顿悟"发生，就有旧的阶段性"顿悟"被推翻。

前贤虽不可及而心向往之，受梁章钜《浪迹丛谈》及续谈、三谈，以及鲁迅《华盖集》及续集的启发，将这个集子拟名《坐井观天》，闲暇时再收集续编、三编。

原载《坐井观天》，甘肃文化出版社，2023 年 7 月

【主编者言】命运高高在上神秘存在。所谓"知识改变命运""性格决定命运",其"改变"和"决定"难道不就是命运的显现吗?所以命运是一个经久不息的有趣话题。

论命运

陈传席

一、命运存在吗

所谓命运,就是人生的过程和结局,是由冥冥中一种神奇的力量控制而预先安排好的。这种命运是否存在,目前还无法证实。只好等待科学高度发达再去论证。

孔子不太相信冥冥中有这种神奇的东西,但他有时又有点相信,似乎孔子也处于半信半疑之中。《论语》中记"子不语怪、力、乱、神",神、怪这些不可知的内容,他都不谈。孔子认识的臧文仲养了一只大乌龟,并给乌龟盖了一间雕梁画栋的好房间,认为乌龟很灵,可以用来占卜,测吉凶。孔子认为这是可笑的,乌龟怎么能知道吉凶呢?"子罕言利与命与仁。"所以《庄子·齐物论》中说:"六合之外,圣人存而不论。""六合"是天地四方,"六合"之外,即命运、鬼神等。孔子存而不论,可以保留,但不置可否。

孔子有时又有点相信,他又说:"五十而知天命。"孔子的学生伯牛有疾。孔子说:"命矣夫,斯人也而有斯疾也……"又说:"道之将行也与,命也;道之将废也与,命也。公伯寮其如命何?""不知命,无以为君子也。""君子有三畏,畏天命,畏大人,畏圣人之言。小人不知天命而不畏也。"孔子所说的"命",

似乎是自然规律中的一些偶尔和必然。"五十而知天命"就是人到了五十岁这个年龄，一切都差不多定了，是生理因素（老化），而不是冥冥中的一种力量安排的。"死生有命"等，也是这个意思。总之，孔子对命运之有无是怀疑的，不信的成分多一些。

司马迁对命运是否存在，也是怀疑的。他在《史记》一书中，有时记载某人占卜很准确，有时记载某人占卜并不准确。

如《史记·齐太公世家》记："武王将伐纣，卜，龟兆不吉，风雨暴至。"很多人都害怕，认为"不吉"，不能伐纣，唯姜太公强行出兵，结果打败了纣王。这说明"龟兆"是不准确的。这段内容王充《论衡·卜筮》上记："周武王伐纣，卜筮之，逆。占曰'大凶'，太公推蓍蹈龟而曰：'枯骨死草，何知吉凶？'"枯骨是龟甲牛骨，死草是蓍草，就是直立的菊科草本植物，古人用以占卜吉凶，枯骨和死草，怎么能知吉凶呢？太公推算，"大凶"，即不能成功，结果却大获全胜。但《史记》一书中记载占卜准确的事更多。比如汉文帝的宠臣邓通，富可敌国。一个看相的人说他嘴边有一道饿痕，将来"当贫饿死"。汉文帝不相信，干脆赐给他一座铜山，让他自己铸钱，想铸多少就铸多少，"邓氏钱布天下"。邓通是全国最富有的人，钱财多得他一辈子、十辈子也吃用不完。但结果却真的穷得一无所有，最后饿死了。这真是命运。总之，他都如实记载下来，供后人参考研究。

唐韩愈是相信命运的，他说那些上层大人物，十分显赫，"是有命焉，不可幸而致也"，又说："吾道其命于天者以解之。"

古代中国人相信天命的人不少，不相信的也不少。

我的意见，男人在四十岁之前，不要相信命运。到了四十岁后，开始相信一点，相信百分之二十吧。到了五十岁，相信百分之三十或四十，以后逐年增加，但永远也不要百分百地相信。女人到了三十多岁，就要相信一点，主要在婚姻方面相信；然后到了四十岁，要相信百分之五十；然后逐年增加，也是到死不可百分之百地相信。

男人四十岁前，应该努力拼搏，在社会上闯荡，为实现自己的最大理想而奋斗，即使有命运，也要和命运抗争，争取扭转命运。只考虑前冲，不考虑后退，也不必兼顾左右，即使碰得头破血流，也还有时间恢复。所以说："男儿四十，不算华颠。"过了四十岁呢，或者近五十岁呢，人开始走下坡路，人的身体、精力、记忆力，都下降。你再拼命，就有可能把命拼掉。比如我的一位朋友，画画不错，又在一个国家级的很好机构，但他忽然要去国外留学。四十一岁去国外留学，他的外语很差，到了美国，补英语，但四十一岁的人，学习效果很弱，又要忙赚钱生活，结果外语没学好，画画也退步。后来得了病，很年轻便死了。如果他在国内，他会成为一个很好的画家，而且生活十分舒适。事业、生活、成就都会高于他在国外，至少不会早死。所以人过四十，必须瞻前顾后，你想留学，你要衡量自己基础如何。如果基础不行，你就要相信，你命中无留学的一项。

孔子说："四十、五十而无闻焉，斯亦不足畏也已。"（《论语·子罕》）男人到了四十、五十岁，还没有成功的迹象，他以后的成功的可能性就很小了。当然，你五十岁已有成功的基础，那还可以，但也必会"有闻"，必会有成功的迹象。否则，你就要考虑，天命如此。你就会减少很多痛苦。

但也不尽然。姜太公八十遇文王，成就了灭纣兴周大业。东晋时高僧法显以 65 岁高龄动身去天竺国取经。途中上无飞鸟，下无走兽，没有路径，唯有以死人枯骨为标识的大沙漠，翻越崖峰险绝、壁立万仞、临之目眩的葱岭……游历了 30 余国，历时 14 年，同行 10 余人，唯他一人以 80 高龄回到中国，后来完成了佛经的翻译和《佛国记》的写作，成为历史上著名的高僧。

二、"天幸"和"数奇"

王维《老将行》诗有句云："卫青不败由天幸，李广无功缘数奇。"一个是

"天幸"，即天帮助他；一个是"数奇"，即运气不好，命运不好，都和命运有关。据《史记》所记，卫青家世和武功远不及李广，然卫青老是打胜仗。卫青是其父与主家的一个女仆私通而生的孩子。其父的妻子"奴畜之"，不承认他是自己的孩子，以奴隶待之。但后来当上大将军，此"天幸"之一也。卫青打仗遇到的敌手，不是弱了，就是人少，或者对手麻痹，故每出征必胜。比如元朔五年，卫青为车骑将军率三万人击匈奴右贤王，而右贤王判断卫青"不能至此"，结果喝得大醉。卫青率兵至，右贤王"独与其爱妾一人壮骑数百驰"，逃跑北去。卫青俘获其小王十余人，众男女一万五千余人，畜骑千百万，大获全胜而回。结果被封为大将军。元狩四年春，卫青与匈奴战，卫青兵少，是时"大风起，沙砾击面，两军不相见"，而匈奴误以为汉兵多，便逃走了，结果被卫青捕斩万余人，"得匈奴积粟食军""悉烧其城余粟以归"，又大胜。所以《史记·卫将军骠骑列传》说其"有天幸"。应该败反而胜。所以，卫青得封万户侯。

而李广是名将之后，世传善射，"冲陷折关及格猛兽"，皆无敌。汉文帝也说他如果当汉高祖时，"万户侯岂足道哉"。但他的运气不好。汉景帝时，诸侯国吴楚等七国联合起兵反叛中央，李广跟随太尉周亚夫击吴楚军，取旗，功劳甚大。本该封侯，但身为汉将的李广却私下接受梁王授给他的将军印。这等于背叛朝廷，故不得封赏。后来出雁门关击匈奴，匈奴兵太多，李广力战，还是被俘，但李广杀死匈奴兵数百人逃了回来。虽然威震敌胆，人称"飞将军"，但毕竟打了败仗，"当斩"，结果被废为庶人。另一次和卫青一起出征，卫青以四千人击匈奴二千人，当然大胜。而李广出动四千人，匈奴出动四万人围住他。他虽然杀人数百，但仍未得胜。四千人打四万人，怎么能得胜呢？所以《史记·李将军列传》说他"数奇"，即命运不好。

卫青的"天幸"，李广的"数奇"，到底是命运呢，还是巧合呢？再研究二千年，也不会有结论。卫青哪一方面皆不如李广，但卫青被封为万户侯，而李广不得封。其实，"巧合"也是命运。

笔者曾经游湖北赤壁，认真看了当年曹操与周瑜大战之地。曹操大军在长江北岸（西北方向），孙刘联军（主要是周瑜指挥的军队）在南岸（实则东南）。曹操率兵数十万（号称八十万），而周瑜仅有兵三万，加上刘备的兵，也不足四万。若正式交战，周瑜必败，只有用火攻。根据天气规律，隆冬时只有西北风，不可能有东风或东南风。曹操是大战略家，当时懂天文地理，而周瑜年轻，忽略了隆冬季节只有西北风而无东风的事实。如果火攻，西北风一吹，是烧自己。而当时就忽然有了东风。我问了当地的气象专家，说：历史上仅一次即汉献帝建安十三年（公元208年）隆冬时有东风，其他年份的隆冬再也没有东风。这也是"天幸"。如果那一年没有东风，曹操打败孙刘联军是很容易的，那么当时就统一了，也不会有三国局面。曹操败了，孙权、刘备各据一方，形成了三国局面，我当时吟诗一首云：

赤壁从来欠东风，孔明何处祭借之。

三分一统皆天意，千载何须苦叹思。

《三国演义》记司马懿及司马师、司马昭率兵在上方谷被诸葛亮围住，大火烧断谷口，山上火箭射下，地雷一齐突出，预先堆积的干柴都烧着，火势冲天。司马懿抱二子大哭曰："我父子三人皆死于此处矣。"三人自度必死，但天忽下倾盆大雨，满谷之火，尽皆浇灭，三人得以逃走。如果没有这场倾盆大雨，三人必死，也就没有以后的晋朝了。所以，诸葛亮叹曰："谋事在人，成事在天。"这大概也是命运，也是"天幸"。（按，此事《晋书》不载）

三、半信半疑者佳

世界上有两种人最相信命运，一是十分顺利的成功人士，有高官，有巨富，也有十分成功的艺术家、文学家、科学家等。一是十分不幸，总处于倒霉、贫困潦倒状态，地位十分低下者。其他人大多处于半信半疑的状态。也有完全不信的。

我认为对于命运，半信半疑者佳。半信，信其有报应，有应验，则其人自有约束，不敢作恶。如佛之"诸恶莫作，众善奉行"，如《易经》有云："积善之家，必有余庆；积不善之家，必有余殃。"半疑，则凡事自当努力争取，不会守株待兔，坐等天降，也不会坐以待毙。前面说过"谋事在人，成事在天"，你不谋，不努力，怎么会成功，怎么会得到呢？机会总是光顾那些有准备的人，有准备就是努力过、谋过。天不会赏给那些懒惰、无所用心的人任何机会。世界上所有成功人士，所有"命运好"的人都是经过努力的。

如果对命运全信，认为一切天已定，命运已定，"命中有时终须有，命中无时莫强求"。如果经过努力而失败后，用之解嘲，当然很好。但事一开始你就等待命运的赏赐，无所作为，无所用心，等待你的就是空空和失望。穷困的会继续穷困，地位低下的会继续低下。

全不信，则无约束力。中国儒道提倡"慎独"，"暗室不欺"，全不信者，独时未必慎，暗室未必不欺。佛家的"诸恶莫作，众善奉行"，对于他们来说，根本无用。事实上，很多作恶多端的人都是不相信有命运的。正因为他全不相信，没有任何约束力，他做起坏事、恶事才肆无忌惮。这种人也是很可怕的，下场大多不好。

最后再谈谈命运的好与坏问题。

人人都想成功，人人都希望"心想事成"，但是"十有九输天下事"。成功者是很少的，不成功就埋怨命运不好，其实：

大需要，造就大人才、大成功。

成功者需要两个条件，一是天赋超人，二是时代需要。天赋就是命运，为什么有人十分聪明，有人又十分愚笨，这就是天的因素。时代也是人无法选择的。你生在这个时代，可以成功，生在另一个时代，便难以成功。苏联元帅朱可夫，天赋很高，但小时他只能以在街头为人补鞋为生，他曾吹牛欺骗一个女孩，说自己将来可以开一个补鞋店，至少可以带两个徒弟。但战争需要他入伍，必须参军。他在军队中锻炼，打败了强大的希特勒，保卫了自己的国家，他成为世界上著名的军事家。大需要成就了朱可夫的大成功。没有战争的大需要，他只能当一个补鞋匠。

正面人物如此，反面人物也如此。希特勒是个坏天才，是个恶魔。当时德国战败，民不聊生，国家破烂不堪，穷困已极，还要向很多战胜国赔偿。德国人受到极大的屈辱，埋下了仇恨的种子，几乎人人心生怨恨，希特勒的纳粹正是德国人的需要。德国著名作家托马斯·曼说："希特勒的出现并非偶然……真正的恶魔其实在每个德国人的心里。"希特勒本来是个乞丐，后来卖画为生但不够。他考两次美术学院，未被录取。维也纳美术学院如果录取了他，也许就没有二战。他无法生存，走投无路，通过努力，当上了国家元首，继而为复仇打败很多国家。只是在攻击苏联时，因天气原因遭到失败。希特勒如果不生在那个时代，也就没有后来的希特勒。这都是天意，也是命运。

二战时期，还有丘吉尔、朱可夫、蒙哥马利、巴顿、艾森豪威尔等一大批大军事家。这都是大需要赋予的命运。

但个人努力也很重要。中国1924年成立的黄埔军校，学员只在那里学习六个月，后来产生了很多国际级的军事家。粟裕一天军校也没有上过，却是更有名的大军事家。而中国当时军校学历最高的一人叫王庚，留学美国学习军事八年，著名的西点军校毕业生，但他没有指挥过一次战役，也没有人说他是军事家，如果不是因为他当过陆小曼的第一任丈夫，不会有人记起他。

以上所说的命运，是天安排的，上帝安排的。这天和上帝，如果理解为和人差不多的"实相"，那是不存在的。它不具体存在但又存在。老子曰"大象无形"，就是这个道理。

原载公众号"粤海述评"2023年9月17日

【主编者言】今人喜赞盛唐，主要夸说它的强盛。这里说的则是它的"气度"。既然强盛，就应拥有自信。这种自信，是以气度来表现的。本文列举的故事，都是历史注脚。

盛唐的气度

原平方

虽然子不语"怪力乱神"，但孔老夫子可以自己不说，却没法管住别人的嘴，尤其是生冷不忌的唐朝人。应该说，"怪力乱神"的很大一部分是"妖魔鬼怪"，问题是唐朝的人为什么尤其热衷于谈与妖怪有关的故事呢？而大家都谈涉及妖怪的故事会有什么后果呢？

唐朝妖怪特别多

先看看什么是妖怪。

一般来说，反常即为妖，不同皆是怪。这样看来，妖怪常常是异类。这样与人不同的异类在古代人的观念里，则表现为具有超自然力或者拟人化了的动植物，《西游记》里的牛魔王、黑熊怪、虎力大仙、鹿力大仙、十八公、杏仙和《白蛇传》里的白娘子就都属于这类。物老成精，无论是动物还是植物，不管是自然变老还是修炼学习，老而不死就变成了妖怪，所以才有千年的狐狸、乌龟和白蛇成妖精这种说法。不过，如果再细一点划分，按照颜值分类的话，可能长得难看的称"妖"，长得好看的叫"精"。当然，笼统来说，不管好看与否，都叫"妖怪"。

唐朝的人为什么喜欢谈妖说怪？因为谈妖说怪是唐朝人的文化娱乐生活，就像看电影是我们现代人的休闲消遣一样。

除了金榜题名的努力与进取，除了作诗这种主流的工作，紧张的身心需要放松，日常的生活要过，"只工作不玩耍，聪明孩子也变傻"，洒脱的唐朝人懂得这个道理。人们的生活水平提高了自然会有精神需求，但媒介传播技术又没达到现代视听的程度，只能靠口头和印刷两种媒介形式进行娱乐。于是，在长安、洛阳这样的大城市就兴起了"说"这种民间艺术。什么是说？就是"讲故事"。不仅街头的艺人讲"目连救母""昭君出塞"的故事让人娱乐，当时的文人聚会也经常"谈心"，以"谈"自娱，比如"说怪话"（《庐江冯媪传》）、"谈此事"（《长恨传》）、"因言而怪事"。在"绿蚁新醅酒，红泥小火炉。晚来天欲雪，能饮一杯无"的非工作时间，在有雪有酒、一切就绪的情况下，聊一些名人逸事、谈一些神鬼故事，岂非乐事？根据郭湜的《高力士外传》记载，甚至晚年寂寞空虚冷的唐玄宗也经常听"说话"排遣孤独，解闷取乐。

底层艺人口口相传讲故事，讲完就完了，毕竟口头传播的范围有限，但在唐朝由于造纸术取得重大突破，用生长迅速的竹子造纸成为可能，而同时唐代的文人不只是口头讲，而且把口头讲的故事变成了书面文字，更重要的是还进行了富有想象力的创作。

如果说艺术来源于生活，那妖怪则来自人的想象与创作。

至此，讲鬼怪故事的唐传奇成为文人写作并主要写给文人看的一种文学形式，涉及鬼怪故事的小说等印刷量直线上升。纸质印刷小说的传播可以留存，可以突破时间空间的限制，写妖怪的人多，看妖怪小说的人也多，我们今天所熟悉的妖怪形象开始深入人心。唐朝文人讲唐朝故事讲妖怪的多，所以在唐朝出现的妖怪种类也远比前代多。据统计，在汉魏六朝370年历史里，文学作品里出现过的"动物妖怪"只有25种，而在唐代仅仅290年时间里，"动物妖怪"居然冒出来40多种。

唐代人对于妖怪的态度

唐人沈既济的《任氏传》讲了这样一则故事：故事发生在当时的帝都长安城，一个叫郑六的落魄书生在街上闲逛的时候偶遇了一个姓任的白衣姑娘。男人好色，没钱的郑六也不例外。郑六与貌美倾城的任氏搭讪，没想到姑娘不但不生气，还很解风情。既然姑娘对自己有好感，郑六自然跟着任氏回了家，眉来眼去，两情相悦，两人度过了美好的一晚。然而第二天郑六从邻居那里得到准确的小道消息是，"这个白衣姑娘是狐狸"。但"色胆包天"的郑六没有丝毫的恐惧和厌恶，反倒是任氏姑娘躲着郑六不见面。锲而不舍的郑六找到任氏后，任氏很认真地说："公子既然知道我是妖怪，干吗还要找我？"郑六的回答是："虽知之，何患？"翻译成现代汉语大概是："我知道你是妖怪，那又有什么关系？"

联想到《白蛇传》里的许仙在知道白娘子是白蛇后一下子被吓死，郑六真是勇气可嘉。既然郑六不嫌弃任氏是狐狸精，任氏自然没有拒绝的理由，于是郑六和任氏就在长安城里租了间房子住了下来。任氏姑娘不仅人长得漂亮，而且忠贞不贰，没有嫌贫爱富的心理，更重要的是还聪慧机敏，会做生意，帮郑六赚钱理财。后来时来运转的郑六要到一个远郊县就职，坚持要任氏同行，善良的任氏虽深知此行去不得，但架不住郑六的再三劝说，只得与之同行，最终任氏命丧途中，被狗咬死。

在这则人狐恋的故事里，每个人包括作者本人都把任氏视作一个活生生的人，为她的美貌与善良沉醉，为她的聪慧与忠贞赞叹，为她的香消玉殒叹息，评判她美丑善恶的标准是她的为人处世而不是她的出身。虽然是妖怪，可任氏作为女人的形象几近完美。相较而言，作为男人作为丈夫的郑六反而任性自私且不成熟。作者沈既济能专门为一个作为妖怪的女人作传，也可见作者没有后来所形成的世俗狭隘偏见，没把任氏当作妖来对待，而是视作与自己一样的人。

如果说间接被丈夫害死的任氏还有一些儒家所谓的"从夫"品质，那唐传奇《孙恪传》里的袁氏无疑要刚烈自主得多。

袁氏姓袁，因为袁氏本来是猿。穷书生孙恪也了解长得艳丽动人的袁氏是猿，但孙恪非但不害怕，还和她共同生活了十几年，而且生了两个可爱的儿子。或许应该说，不是这只猿高攀了孙恪，相反是孙恪高攀了这只猿，因为袁氏要颜有颜、要才有才、要钱有钱，持家有方、治家甚严，真是上得厅堂、下得厨房的贤惠妻子，只是袁氏一看到青松高山，就显得闷闷不乐（每遇青松高山，凝睇久之，若有不快意）。终于有一次路过深山老林的时候，袁氏现了原形，毅然决然地离开了丈夫和两个儿子。

原来袁氏嫌弃人间的繁文缛节和陈规陋矩，不愿意一直待在生活的牢笼里，所以忍痛割爱，选择"不如逐伴归山去，长啸一声烟雾深"。没有什么能够阻挡袁氏对自由的向往，包括爱情和亲情。作为一只猿，袁氏爱的是自由。猿犹如此，人何以堪？这样看来，不是人嫌弃猿，反倒是猿嫌弃人！

比人高明的不只是猿。《东阳夜怪录》讲了这样一个故事：一个叫成自虚的彭城秀才在一个风雪交加的夜晚路过渭南县东阳驿，只好到路边一座破旧的寺庙求宿。庙中没有火烛照明，好在庙里的"高僧"好心愿意分些干草禾秆御寒防冷，结果半夜来了几个来历不明、牛气冲天的人，互相介绍姓名，分别是卢倚马、朱中正、敬去文、奚锐金。深夜无聊，众人环坐，虽无觥筹交错，却都各自吟诵了自己作的一首诗，月旦人物，评品文章，后来又有苗介立和胃家兄弟加入，气氛愈加热烈。谈兴正浓的时候，忽闻远寺撞钟之声，众人骤然不知去向，成自虚只觉风雪透窗，腺秽扑鼻。天明之后，成自虚方知庙里的"高僧"是一头骆驼，卢倚马是驴，朱中正是牛，苗介立是猫，胃家兄弟是刺猬，都是一群动物。成自虚的反应也不是恐惧和害怕，只是"慨然，如丧魂者数日"，大概是因为这群动物竟然也会吟诗作赋、才学俱佳，甚至比作为秀才的自己都强过许多。这也太打击人的文化自信心了吧？难怪王小波说"关于美和幻想，看唐传奇就明白了"。

如果说这些都是唐朝人讲的唐朝故事，是故事里的事，但故事里的事说是也是，至少是对唐代生活的间接反应。

唐朝的气度

盛唐的实力强悍、国力强盛，人口众多、生活繁荣，宫中有端庄威严的金吾卫、京兆尹，民间有逞强斗勇的五陵豪杰、侠客少年，朝堂上、军队里为大唐效力的外族面孔更是不在少数，而且这些有能力的人都能位居高位。陈寅恪即认为："李唐一代为吾国与外族接触繁多，而甚有光荣之时期。"

"长安大道连狭斜，青牛白马七香车。"据记载，当时有三千外族人在唐朝做官，其中晁衡和高仙芝就是比较出名的两位。晁衡是谁？晁衡是日本人阿倍仲麻吕，高仙芝则是高句丽人。其时长安城南北纵横数十条街道，是当时全世界最大的国际化大都市，各种肤色的人都有，胡食、胡舞、胡乐盛行，胡姬、胡商比比皆是，显赫富贵人家的标配就包括：新罗婢、菩萨蛮与昆仑奴。新罗婢、菩萨蛮应该是朝鲜和印度的女人，她们容貌姣好、能歌善舞。至于昆仑奴，估计指的是当时东南亚一带皮肤比较黑的人，甚至包括被贩卖到唐朝的黑人。因此，所谓昆仑奴，就是皮肤比较黑的奴。

唐传奇讲了这样一个有关昆仑奴的故事：唐代宗大历年间有一位任宫中警卫的崔生，有一天去探视生病的大官（据说是郭子仪），没想到年轻帅气又有上进心的崔生与大官家的小妾红绡姬一见钟情。然而红绡姬身居高门大院，又是大官家的小妾，大官的女人碰不得，深宅府邸进不去，没有人棒打，这样的鸳鸯也难成。幸亏崔生家有一位叫磨勒的昆仑奴。磨勒不仅聪明机敏而且身轻如燕，直接将崔生背着翻墙而进，就这样二人约会成功。后来磨勒觉得麻烦，又直接将红绡姬背回崔生的家里。大官家丢失了一个小妾，一个大活人，自然会发现。大官了解了整个事情的原委后，非但没生气，还顺水推舟成全了二人。这里的昆仑奴不仅忠义可嘉，而且有勇有谋，没有昆仑奴的出谋划策和尽力协助，世间最美的爱情也没有结果。

可见，盛唐的人们不论身居朝堂之高，还是处江湖之远，都具有一种开放、包容的气度。唯其如此，唐玄宗才能够对"天子呼来不上船"的李白笑脸相迎，郭子仪、崔生才能不以异样的眼光看待不同肤色的"非我族类"，郑六、孙恪和成自虚们才能将各式各样的妖怪视为人。或者可以认为，唐人对于妖怪的态度其实代表唐人对与人不同的异类、与汉族相异的外族以及那些特立独行人士的态度，唐人的心胸宽广，盛唐的气度确实非同一般。这种气度不是沽名钓誉的作秀，不是自吹自擂的狂欢，抑或是坐井观天的妄自尊大，而是大而不骄的仁爱，是推己及人的谦逊，是包罗万象的宽厚，更是一种波澜不惊的自信与从容。

事实上，唐传奇很多都是以盛唐为背景，比如《任氏传》的故事发生时间是"天宝九年"，"袁氏"则是由于"安史之乱"从宫中流落到民间。或许，这些唐传奇故事都有些"白头宫女在，闲坐说玄宗"的意味，但也说明在唐朝，当时的人也在回望感念盛唐的胸怀和气度。

几百年后，吴承恩的《西游记》把孙悟空、猪八戒和沙僧三个妖怪设定为与唐僧一道西天取经的徒弟，应该也是平等对待不同种类的唐代的一种回响吧。

原载公众号"必记本" 2023 年 8 月 26 日

【主编者言】毕业讲演不容易。套话是一定不被欢迎的，但又不能脱离大环境天马行空。近年每逢毕业季，都有优秀的讲演出现。希望这个讲坛成为化育年轻人精神力量的所在。

在权力的包围中不要熄灭真善美的光

叶敬忠

各位同学：

大家好！

祝贺大家毕业！不知这些年你们的学习是否顺利、生活是否愉快，但能毕业就好！

前几天，清华大学的一位教授在朋友圈里说，一到毕业季，大学的毕业讲演就开始了：有的循循善诱，有的春风化雨，但经常是把自己做不到的事情都叮嘱给毕业生。我深以为然。但又能怎样？虽然未能做到，但至少没有熄灭眼里的光，因为学生正是老师眼里的光。

本以为今年不会再作为院长做毕业致辞，也曾感到一丝解脱。因为我的讲话无非是基于当下的时代，向同学们做些叮嘱，而面对时代并与之较真，常常需要有扛着痛苦的勇气。

作为中国人，我们为国家保持长期的稳定发展以及取得的巨大成就而感到骄傲和自豪。但是，从世界范围来看，这个时代正在发生的一些事情，让我每天醒来都恍若隔世。战争灾难、凶残杀害、欺辱霸凌、网络暴力……知名学者煽动鼓噪狭隘民族主义，主流媒体情有独钟娱乐花边新闻，公共部门系统编造虚假统计数据，等等，等等！

我从来没想到在21世纪的文明社会里还会发生这么多的事情。一百七十五年前，马克思曾感慨道，"一切坚固的东西都烟消云散了，一切神圣的东西都被亵渎了"。今天，我们需要再次用冷静的眼光看待我们的处境，需要再次面对一百零五年前梁漱溟之父梁济因迷茫未来而投湖殉清前的生死之问："这个世界会好吗？"

从世界范围来看，我每每感到"三观"被打破，底线被击穿，想象力严重赤字。我对"明天会更好"极其怀疑，对"文明的进程"极度不确定。我们时常忙碌在各种无可奈何的工作中，除了满心疲惫外，常常感受不到存在的意义是什么。我的一位同事曾说，以前一般到周五才会感到疲累，而现在到周三就开始倦乏，且不知道为什么会如此。

同学们，这或许就是你们即将穿行的世间。请不要怪我在毕业之际不去对未来做一番令人亢奋的憧憬，其实你们也不缺少这个。

在此时代，我想叮嘱大家"保持底线"，因为人类行为正在不断击穿底线；我想叮嘱大家"回归常识"，因为人类行动常常违背常识；我想叮嘱大家"真实做人"，因为人类交往每每是合作表演；我想叮嘱大家"高雅做事"，因为人类活动往往是江湖共谋；我想叮嘱大家"把人当人"，因为人类发展已经将一个个鲜活的人看作一个个数字；我想叮嘱大家"记住创伤"，因为人类会在亢奋中轻易忘却曾经经历的苦难。

但是，我今天更想叮嘱大家："在权力的包围中保持清醒！"

同学们，在你们离开校园进入社会之后，你们将立刻感受到权力的无处不在，甚至无所不能。

无论你们是单位领导还是普通员工，只要工作岗位与人相关，就拥有了某种权力；无论你们从事什么工作，哪怕是灵活就业，甚或不从事任何工作，只要与公共部门或他人打交道，就必然要面对各种权力。因此，你们会更加深刻地感受到自己身处权力的包围之中。

我很担心，你们会在权力的包围中"入乡随俗"，渐渐地迷恋上权力，迷失了自我，迷茫了人生。

权力确实有着巨大的吸引力，可以让人迷恋上瘾，从而变得"精致"圆滑。多年前，有一位大学生返乡，由于其母是地方领导，因此自他下火车开始，便有各种妥帖的安排，从食宿到出行，无微不至，其间还伴随着各种赞许和捧场。那时我的第一感受并不是排斥，而是觉得，或许每个人都有可能对如此周密的安排上瘾，也都会迷恋上这种无处不在的优越感。还有一次，某著名高校的一位教授曾兴奋地言说他到地方调研，该地领导亲自接待，其一腔一势无不流露出对这种优越感的无比陶醉。

正因如此，有些人在不经意间开始迎合权力，追逐权力。在权力面前，他们惯用一套左右逢源、精致圆顺的"话术"，"见什么人说什么话，在什么场合说什么话"。乍听起来，会觉得别人怎么"那么懂事、那么会说话"，但仔细一想，总感觉不那么真实，不像是其本真的话语。

权力确实有着巨大的支配力，可以让人变得傲慢任性，从而迷失自我。权力系统的一个动作就可以让收割机在高速公路上排起长队，将绿水青山开垦成梯田泥石流，将昨日的"退耕还林"变为今日的"退林还耕"。权力总是被摆在显位并被推至高位。久而久之，一些人习惯了一切以自我为中心。某地举办学术会议时，年过花甲的老教授在烈日下排好站位，等候年轻的领导前来合影，一等就是近20分钟。更为严重的是，权力还可能制造出无所不能的幻象，因此在光天化日之下"强行变码""指鼠为鸭"。

正因如此，有些人开始迷失自我，将拥有权力视作代表真理——即便是不经意间说出的一句话，也常常被合理化、合法化、操作化。他们很难了解或感知权力可能给无数的普通人带去无奈感、无力感、无助感，以及由此产生不安感、挫折感、疏离感。

权力确实有着巨大的规训力，可以让人变得机械刻板，从而麻木迷茫。职场培训常常要求学生要学会"服从"，这虽然听起来刺耳，但不得不承认已经成为实践中的惯常做法。一位学生在南方某污染治理部门工作，每天制造海量的数据报表，唯一要求就是确保数据达标；一位学生在西部某督查部门工作，每天按照上级要求上报百分之百的村民扫码率，但很多村庄的村民甚至都没听说过扫码这件事；一位学生在东部某地负责食品安全督导工作，每次也只是在乡村超市前停留半分钟拍照，有了照片便是"尽职免责"。一些学生刚入职时强烈抱怨形式主义，但一个月之后，他们自己都承认慢慢习惯了形式主义。

正因如此，就如鱼儿每天在水里游来游去却不知水为何物一样，当人们形成无意识的惯性后，便陷入不断加速的循环之中，无限地忙碌着，眼里只有制造出来的文件、数据、痕迹，而没有其背后活生生的人。他们每天都在重复人类学家大卫·格雷伯所戏称的没有意义、不必要，甚至有害的"狗屁工作"，同时还要熬夜加班、假装热爱。

同学们，在权力的诱惑、支配和规训之下，其实每个人都很难独善其身。尽管如此，我还是希望你们不要因为权力的吸引力而变得"精致"圆滑，不要因为权力的支配力而变得傲慢任性，也不要因为权力的规训力而变得麻木迷茫。因为，你们永远都是老师眼里的那束光。

在我看来，学生最大的特点就是简单、真实、干净。大家从小学开始就学习要求真、求善、求美。在过去的毕业讲话中，我说要"在复杂的社会里守住纯真"，就是希望你们做事时求真；我说要"像弱者一样感受世界"，就是希望你们待人时求善；我说要"在理性的路上记住感性"，就是希望你们在对待世界、社会、自然和生活时求美。

同学们，权力从本质上并无好坏之分，但权力的实践既可能带来说谎造假、使坏行恶、比丑摆烂，也可能实现诚信真实、积福行善、审美向上。

面对权力的包围，人们或许会因为眼中只有权力而忘掉人民，会因为权力无所不能而忘掉真理，会因为机械执行权力而忘掉背后的人和工作的意义。这样下去，尽管可以获得一些荣誉，但却缺乏美德；也许可以享受一些快活，但却缺乏幸福；或许可以拥有一些权威，但却缺乏尊重。这样的世界并不真实，这样的社会难言善良，这样的人生并不美丽。我相信你们也是这样认为的。

面对权力的包围，我不能要求你们像一枚鸡蛋撞向坚硬的高墙，但希望你们能够保留装在脆弱外壳里那颗真善美的灵魂；希望你们不要熄灭灵魂深处那束真善美的光；希望你们保持向着真善美的那束光自由奔跑的勇气，即便摔了一跤，也可以面带微笑。你们的奔跑或许可以让更多人获得平等，让更多人享有自由，让更多人得到尊重。

同学们，在去年的学院教代会上，我结合担任 8 年院长的经历，分享了学院治理的感悟。我说，学院权力的最高境界就是让师生感觉不到权力的存在。中央要求，任何人行使权力都必须为人民服务，国家最大的权力就是为人民服务。我想，只要不熄灭真善美的这束光，不泄掉自由奔跑的勇气，不丧失人类解放的信心，或许某天，人类可以被权力包围而感觉不到权力的存在。我相信，那一定会是最优的权力、最美的世界、最好的社会。

同学们，这些年来，你们或许受了些委屈。因为在有些人看来，人文与发展学院和人文社会科学无足轻重，小白楼和民主楼也没有那么宏伟高大。但是，我们把低矮的楼宇收拾得干净、亮堂、温馨，让每一位老师都感觉到放松、平静、和谐；我们让沉闷的课堂散发着思想、精神、价值，使每一位学生都感受到自由、平等、尊重。

在你们即将离开学院之际，我希望你们，亲爱的同学们，能够带着一股无法抗拒的力量，向社会表明人文与发展学院的理想，那就是：不让虚假蒙蔽真实，不让邪恶取代善良，不让丑陋压制美好！

谢谢大家！

原载公众号"中国农业大学人文与发展学院"2023 年 6 月 22 日

【主编者言】这是关于一部书、一个传说、一种境界、一个理想的扩展性追寻，以及关于某个时代别种方式的解读。读经典有许多种读法，但是其中最基本的精神力量却是永恒的。

桃花源里可耕田？
——《齐民要术》的另一种读法

周朝晖

成书于公元六世纪前期的贾思勰所著《齐民要术》，是中国第一部完整系统的农学著作，也在世界农史上享有盛誉。此书系统地总结了魏晋南北朝时期我国北方中原地区农、林、牧、副、渔等领域的生产技术和实践经验，有"农业百科全书"之称。不拘泥于农学范畴，以我浅尝辄止的阅读体验而言，这部森罗万象的经典可以多侧面阅读，在农学领域之外，从科技文明史、经济史、社会生活史乃至民族心灵史等角度进入也可以读出不同况味。比如，于科技文明史，本书成了李约瑟研究中国古代科技文化的一大资料来源；在人文名物方面，日本汉学家青木正儿曾从这部南北朝时期的农书里，复原了诸多中古时期中国人文生活的细节，构建他的"中华名物学"研究；又如日本食物史家篠田统、田中静一曾从中考证出中华饮食形态如何经由海上丝绸之路深刻影响日本等，可谓"横看成岭侧成峰"。

一部记录一个大时代社会生产生活的农书，即便是吉光片羽，必然会映照出那个历史时期的某些重要表征和侧面。从这个意义上看，不妨把《齐民要术》当作社会生活史文献来读，它所反映的魏晋时期我国北方某种自给自足的经济形态，很大程度上也折射了在被称为中国历史上"大动荡、大分裂、大融合"

的转型期中,在政治、社会、经济秩序遭遇崩坏后,中原人民聚居在被称为"坞堡"(或称"坞壁")这样一个特殊空间里,如何生存发展诗意安居的努力和智慧。

虚实"桃花源"

> 晋太元中,武陵人捕鱼为业。缘溪行,忘路之远近。忽逢桃花林,夹岸数百步,中无杂树,芳草鲜美,落英缤纷。渔人甚异之。复前行,欲穷其林……

"坞堡""坞壁",让我不禁想到陶渊明的《桃花源记》。上面这段中学时代烂熟于胸的文字,讲述了乱世中一个渔夫的奇遇:在一次例行的出船捕鱼中走错了水路,被沿途开得鲜美妖艳的桃花林击中,失了魂魄似的一路穷追不舍,终于找到了神奇的光。然后发现了一个平展、广阔、坦荡的地域,一个生机勃勃而又富足安详的美丽世界——桃花源。自此,一千六百多年来,它一步一步走入中国人的心灵,进而成为一代又一代中国人梦想栖息的"理想国"(Utopia),成为精神史的一个部分。我不知道中国古代还有哪一篇文章能像《桃花源记》一样对中国人,尤其是读书人产生如此广泛而持久的影响,诚如沈从文所说:"全中国的读书人,大概从唐朝以来,命运中就注定了应读一篇《桃花源记》,因此把桃源当成一个洞天福地。"

只是,这个"洞天福地"的桃源究竟在何处,是子虚乌有的梦幻或是真实的存在?抑或兼而有之?围绕着这些问题,历来争论不休,更不乏好事者按图索骥,各种对号入座的桃花源众说纷纭又莫衷一是,给人留下无尽的悬想和迷思,充满神秘气息。

史学家陈寅恪曾在《清华学报》上发表《〈桃花源记〉旁证》(1936年1

月，以下简称《旁证》），对这篇名文提出令人耳目一新的见解。他指出，桃花源并非乌有之乡，而有现实反映，《桃花源记》乃是陶潜以西晋北方坞堡聚落的某种现实生活为素材，再以理想化加工写成。《旁证》非常有趣，虽是严谨史学论述，却有日本推理小说特有的解谜妙趣，结论极具颠覆性，论证却自成逻辑——从魏晋时期乱世避祸入山的普遍现象，到聚族而居的坞堡组织，再具体到檀山坞和皇天原，从皇天原所在地即是古之桃花林而推到桃花源，层层推演出这样一个论断：真正的桃花源在华北弘农、上洛一带而非南方武陵源；桃花源居民"先世避秦时乱，率妻子邑人来此绝境"，避的是苻坚之苻秦，而非始皇帝之嬴秦；文中纪实部分，乃是据义熙十三年春夏随刘裕入关西征的左军之见闻写成，云云。

《旁证》思接千古，极具创意，最有趣的部分是将"坞壁""坞堡"这一魏晋乱世时期最常见的社会现象，与桃花源建立关联，予人无穷的想象，读来兴味盎然。"坞"是古代华北方言，据古汉语权威辞书《故训汇纂》注释，"坞，小障也，壁垒也，里也，营居曰坞"。意为建在深山里兼具防卫与生产生活功能的聚落。坞壁、坞堡是乱世的产物，形成于汉末。中国历史上，每逢乱世民不聊生，集体逃入深山以避祸害恶政者屡见不鲜；或遭逢外族入侵等动乱，豪门大户亦难瓦全，为求安生必须率族自保自存，如集体武装抵御敌寇入侵。但以民间之力无以构筑城池高墙一类大型防卫设施，面对有组织、大规模祸害，最佳办法就是寻找远离中心区域的边缘地带，利用天然地形的庇护构筑坞堡来维护安全。同时为了长期的繁衍生存，坞壁必须同时具备生产生活功能，如接近水源，有可供农业生产的耕地林地等。魏晋十六国时期，中原板荡祸乱纷起，北方豪族巨室为避战乱举家迁居到险要地方筑堡安家，稼穑储藏繁衍生息的事例不胜枚举，这些线索也引起陈先生的极大研究兴趣。

《晋书》载：义熙十三年（417），东晋刘裕率师北伐，进攻洛阳、长安征讨姚秦。这场战事影响之深远，不仅在于它是一次重大军事行动或政治事件，还在于它也是一次在当时就引起轰动的文化事件。因为它打开了人们的视野，为南北割据百年后的南方作家提供了了解华北的山川形胜、风土人情的机会。当时很多东晋的学者、作家以幕僚或书记员的身份奉命随军出征，并且留下了作品，如著名山水诗人谢灵运，史学家裴松之，江左文人戴祚、郭缘生等都曾随军从征，并且都有征记文字传世，如《撰征赋》（谢灵运）、《北征记》（裴松之）、《西征记》（戴祚）、《述征记》（郭缘生）等。这些随军作家不但是陶渊明的同代人，有的还是与陶渊明过从甚密的朋友。这类军记文本在当时影响相当大。比如戴祚（字延之）记录这次北伐期间所见所闻的《西征记》中，大多是勘察上洛、弘农一带地形水文的内容，包括沿途遇到听到的逸事传闻。此书亡佚，相关片段保留在郦道元的《水经注》里。这些"军记物语"中记录的某些人文信息，则成了陶渊明创作《桃花源记》的基本叙事框架，如将其中某些内容两相对照，会有很多有趣的发现。

在公元 417 年的东晋北伐途中，戴祚曾和一个名叫虞道元的同僚奉刘裕之命沿着洛水溯流而上寻找能让水师抵达的河源："即舟溯流，穷览洛川，欲知水军可至之处。"他们沿洛水一直行进，到洛阳西南方向时发现了人烟聚落："洛水又东，径檀山南，其山四绝孤峙，山上有坞聚，俗谓之檀山坞。"而且这些随军作家还与生活在坞堡中人有过近距离的互动——在檀山坞附近，有一个叫三乐的地方，他们见东晋的使者和乘坐的大船，都惊奇诧异，不可名状：

三乐男女老幼未尝见舡，既闻晋使溯流，皆相引蚁聚川侧，俯仰顾笑。

戴祚等随军作家所记坞堡生活的细节，可能构成了后来陶渊明写作《桃花源记》的一大素材。对坞堡、坞壁，陶渊明也不陌生，尽管他没有前往体验，但一如陈寅恪考证：作为同代人，陶渊明不仅熟知那场战事，且和不少参加征战的左军（参谋、幕僚）有故，比如曾经随军的羊长史，即是故人。417 年，刘裕击败后秦，征服长安，东晋朝廷派遣羊长史前往长安劳军，陶渊明即作五言长诗《赠羊长史》相赠。和戴祚一样，羊长史等人也可能在这次出征途上无意中发现了桃花源，后来以作品阅读或交谈的形式激发出陶渊明的写作灵感。

陈先生的《旁证》滴水不漏，但将桃花源这样一个洞天福地安置在弘农上洛，多少颠覆了人们的既成印象。毕竟，粗粝雄浑的华北平原与"忽逢桃花林，夹岸数百步，中无杂树，芳草鲜美，落英缤纷"这样一个诗意葱茏的江南景观反差太大。或者说，弘农、上洛何处才是桃花源的原型呢？在此试以个人旅途体验及相关地理常识略加蛇足补证。

古之弘农即今日之华阴，位于秦岭北麓渭水之南。五年前春夏之交曾到陕西华阴境内一游，感触颇深。登上华山极顶举目四望，不乏深沟茂林，地势偏高，山高谷深，水流湍急，根本无法驾船行舟，且华阴山地西接坦荡之关中平原，绝非可以藏匿隐居之地。而陕西东南部的上洛则大异其趣，早年读贾平凹"商州笔记"，对商洛乃是"汉中江南"的印象尤为难忘，实地游览更觉贾文所言不虚。此地北望古之长安，东部与河南南阳相接，东南部与古之千里云梦泽近邻，地形复杂隐蔽；境内有洛江、丹江流过，水系发达水流丰沛，物流人流可赖舟船；山地一带则遍布深沟幽谷参天古木，河谷之间有适合多种作物的可耕之地，物产颇富。相比弘农，商洛更具备适合避难自保自存的坞堡功能。假定如陈先生所旁证，陶渊明的桃源取材于华北，那就是上洛而非弘农了。

陶渊明为何要将故事舞台从北方中原移到南方的武陵源？陈寅恪说，这是因为陶渊明写《桃花源记》时受到当时流行的怪谈文本《搜神记》的启发。为了彰显故事的纪实性和可信度，《桃花源记》结尾插入南阳刘子骥前往实地考察未果而终的段子，乃是采自《搜神后记》中第六条刘驎之上山采药迷路的逸事——这，构成了《桃花源记》创作蓝图的另一素材来源。刘子骥即刘驎之，是真实人物，《晋书》卷九十四中，曾记载他到湖南衡山采撷仙药的事迹。于是，为了与刘驎之这一实存人物事迹相吻合，陶渊明遂将本应在弘农、上洛的桃花源，挪移到南方的湘西武陵源。

《齐民要术》与桃花源

林尽水源，便得一山，山有小口，仿佛若有光。便舍船，从口入。初极狭，才通人。复行数十步，豁然开朗。土地平旷，屋舍俨然……

这段描绘桃花源安居乐业与丰饶富足的文字，千年来不知感动过多少读者。当然一种普遍迷思也在神往之余浮起：水深火热乱世中，这一切真的可能吗？文艺来源于生活，文学作品往往是一定时期社会生活的反映。那么，设若桃花源非乌有之乡，其中的营生又是如何具体运作展开的？文学创作，需要虚构与想象才能升华审美等级，但其中反映的生活形态和情感，无不以现实的真实为基础。一种社会形态的真实存在，总要涉及诸多非常具体的生活细节。入乎其内的现实素材与出乎其外的架空想象，正是两者间的这种微妙的张力，构成文学一大魅力所在。因此要深入理解某一文学经典，还需要能反映当时社会生活的文献来旁证。对此，青木正儿在《中华名物考》里有独到见解："中国诗文讲究触物起兴和感悟兴怀。脱离了真正的物，要理解古人的神思所在，则多间阻之慨。"这个认识，给了我探索桃花源这个魏晋版"乌托邦"的某种思路，转而再读《齐民要术》，不禁略有"复行数十步，豁然开朗"之感。

西晋末年，持续不断的内乱、饥荒和民变事件，引发了长期驻足在塞外的边疆民族的内迁狂潮。永嘉三年（309），内迁的匈奴人乘机举兵大规模南侵中原，揭开"永嘉之乱"的序幕。八年后，西晋覆亡，在南方士族拥戴下，琅琊王司马睿在建康另立中央，是为东晋。以匈奴为先驱，原本居住塞外的少数民族纷纷南下中原，并陆续建立了十六个北方政权。在长久的动乱旋涡中，中原的社会政治经济秩序彻底瓦解，士民四处逃难，有的追随司马皇族南渡，有的远走他乡另寻托身之所；也有累世官宦豪族，因根系太深或家口过于庞大，不能或不愿迁移而留住中原，在变乱时局中顺应形势，在一个又一个走马灯般轮换的胡族政权之间斡旋过渡，如当时的陇西李氏、清河崔氏、范阳卢氏、荥阳郑氏、太原王氏等五大中原名门；此外更有大批既不事外族也不愿迁徙的豪门大族，纠结乡党流民，举族聚居在地形封闭地势险要之处，据险而守，开垦经营，繁衍生息，这样形成的大聚落就是陈寅恪所称的"坞堡社会"。

这类现象在《三国志·魏书》《晋书》等史籍中多有记载，如东汉末年军阀割据，天下大乱之际，河北逸民田畴（字子泰）率领一族避乱远走他乡。当他们途经北平徐无山（今河北遵化东）时，发现这里地势平阔，有水源深林，适于田园耕种和隐居，于是就此安居下来，躬耕以侍养父母繁衍子息，不久远近来聚者超五千家。在他的管辖之下，徐无山人和睦相处，甘苦与共，将徐无山打造成一个有声有色的宜居新天地；还比如长广郡主簿苏峻在永嘉动乱之后在掖县纠合宗亲乡党数千家，结成坞堡武装自保；还有，原西晋朝廷中书侍郎郗鉴在中原动乱中，曾率领本族千余人避难齐鲁的峄山……这些中原汉人大族为了求生存，不仅要凭借坞堡、坞壁来防御自卫，为了解决生活问题，还必须制定出一整套躬耕自给的方案，陈寅恪写道：

> 凡聚众据险者固欲久支岁月及给养能自足之故，必择险阻又可以耕种及有水泉之地。其具备此二者之地，必为山顶平原，及溪涧水源之地，此又自然之理也。

中原人民据险自守，必择山险水源之地建造坞堡。受制于自然环境的局限，必须尽可能在有限之中努力获得最大收效，必须积极大量发展主食、蔬菜、牲畜、桑麻、竹木等，以保障坞堡群居生活的可持续发展；由于人多地少，还要改革耕作的制度与技术，总结古代中原地区的农桑经验。《齐民要术》对小块土地深耕深种，施肥、播种、育种、选苗等农业技术都做了深入的研究和实践，充分利用挖掘有限的耕地的潜力，不断开发农产品的多种利用技术，贯穿了坞堡聚居生活从农业生产到日常应用的所有过程，就像书中劈头言明的"起自耕农，终于醯醢"。综观全书，所涵盖的范围非常之广，确是"资生之业，靡不毕书"，甚至连"如去城郭近，务须多种瓜、菜、茄子等，且得供家"等这样细枝末节地利用有限耕地的要领也交代得巨细无遗。

书中所记生产技术以种植业为主，兼及蚕桑、林业、畜牧、养鱼、农副产品贮藏加工等各个方面。在种植业方面则以粮食作物为主，兼及纤维作物、油料作物、染料作物、饲料作物、园艺作物等方面；还有有关农闲时期如何进行弓箭等武器的制作和保养。此外，对与本地区生产生活关系辽远的事物，如对南方、域外的物种则仅存名称，大有"关涉无多，但供尔辈参考可也"的态度。坞堡虽然封闭却是个自给自足的世界：男耕女织，渔樵稼穑，秋收冬藏，盐酱酒醋，一切饮馔用度无需外求，可谓丰衣足食，远客来访，"便要还家，设酒杀鸡作食"热情款待。

在这里，坞堡、桃花源和《齐民要术》反映的社会生活形态建立了关联。如果说，陶渊明的《桃花源记》是北方坞壁生活在文学上的反映，抒发了渴望逃避乱世幸福安居的美好愿景，陈寅恪的研究，从史学角度证实其真实存在，那么，可以说《齐民要术》就是关于如何在乱世中经营桃花源的日常生活指南书。

"桃花源"里的经济文化生活

《齐民要术》所展示的生活条件，不仅反映魏晋时期某种自给自足经济形态，也表现了永嘉之乱后，我国北方黄河流域特殊的历史环境和以庄园经济为主流的社会生活状况。其中所展示的内容，有的隐约勾画了以坞壁为主要形式的生产生活；有的则清晰、完整地描绘了业已成形的大庄园经济的运营画面，体现了"聚族而居"的中原阀阅望族的某种生活景观。

所谓庄园经济，是从春秋战国时期开始，随着私有土地制的出现，地主豪强通过大量兼并成为大土地所有者而出现的经济形态。魏晋时期王纲不振，地方豪强势力不断壮大，土地越来越集中在少数特权阶层手中，独立性很强的庄园经济迅速发展并趋于成熟，成为当时的主要经济形态。庄园经济的表现方式，最典型的如北方的坞堡坞壁，南方则是大田墅大田园等。庄园经济是典型的自给自足经济，庄园主根据自己的生活文化需要进行规划运筹，使男耕女织、日常食事与教育文化相结合，把庄园建成一个独立封闭、生机葱茏的小天地。

民以食为天。除一般农林作物的培育、家禽家畜和养鱼等副业的生产要领外，占《齐民要术》绝大比重的有关烹饪等食物加工技术介绍，详尽得令人叹为观止。不仅网罗当代食事百态，还博采《诗经》《礼记》《四民月令》《尔雅》和崔浩《食经》等一百八十多种古籍的饮馔记录，包括各种食物的加工、烹饪，酒、醋、豉、酱的酿造，菜、肉、鱼的腌熏技法，果品、饼面、点心、乳制品和制糖工艺等，不一而足，内容之宏富远超农桑范围，更像一部"日常饮食百科大全"，乃至在日本学界有"中国最古老的现存料理书"一说。从书中反映出来的这一特点来看，它从一个侧面恰恰反映了当时中原豪族累世群居的某些显著特征。《齐民要术》引用最频繁的是崔浩编纂的《食经》，近四十条，若以前后互文联系计之，当不下百条。根据元代韩公望《易牙遗意·序》的统计，魏晋南北朝时期问世的食谱多达上百卷，几乎都出自豪门之家，其中以崔浩《食经》和虞悰的《食珍录》最为著名，分别代表着北朝与南朝门阀士族饮馔之道所达到的标高。

崔氏《食经》之受贾思勰青睐，原因不外乎内容的丰富性与适用性，也就是具有普遍性。崔浩出身中原名门世族，是北魏著名政治家与儒学领袖，虽然后因"国史之狱"被诛，但此前崔氏却是如假包换的中原百年望族，信而有征的先祖可以追溯到曹魏政权的司空崔林，至崔浩这一代已经繁衍七世。大家族制是中原汉族一大传统，尤其在动乱中，豪门大族往往聚族而居，族中资财物品有无共与，一同饮食起居。人口上百数百甚至上千的庞然大族同炊共灶，是维系一个大家族累世不坠的重要纽带。与此相反，南方则盛行小家庭制度，《魏书·裴植传》就将一族之中"各别资财，同居异爨，一门数灶"的现象视为"江南之俗"。南北家族制度的迥然差异，仅从饮食规模上也可一见端倪。

今人或许对魏晋南北朝时期的"天下盛门"不甚了了，但透过崔浩《食经》中食材的内容和制作规模，则不难一窥其面貌。比如，食谱中所载捕杀烹饪上千斤黑熊的"蒸熊法"，其烹调手法之繁复，香料搭配之精妙，足以让今人瞠目结舌；每年秋冬之交酿造豆酱，需要用三间大屋，百石（一石约140市斤）大豆来制作；制盐，所用的容器是容量上千斤的大陶瓮；而制作白饼点心，所需的面粉要上千斤。如此巨量制作的食品纯属日用而非商用，且食材都是自给自足，从动植物的生产到制作加工消费，都是依托庄园内部，不假外求，如《齐民要术》所说的"起自耕农，终于醯醢"，正是魏晋南北朝时期士族阶级自给自足的大庄园经济生活的缩影。

饮食虽小道，却联系着一个广阔的世界，它不仅和人的日常生活基本需求相关联，而且饮食的内容、规模又反映了某种社会经济形态特点，人们对饮食的态度也折射出某种文化习俗与价值观念而具有思想文化的意义。因此，《食经》并不是单纯的料理之书，而是关于在传统社会政治秩序与价值体系分崩离析之后，在胡汉杂糅的世道中，如何从日常饮食方面践行士族豪门礼仪和行为规范之书。魏收在《魏书·崔浩传》中著录了他写的《食经叙》，是交代撰写食单的缘起，从中可一窥其用心:《食经》是崔浩根据母亲卢氏的口授整理而成的。崔浩位高权重日理万机兼一族至尊，罔顾"君子远庖厨"的古训，对日常饮馔琐事亲力亲为，正是出于居安思危的未雨绸缪和慎终追远的治家使命，以便让后人万一遭遇"丧乱饥馑"的乱世，仍能"具其物用"并维持"四时祭祀"不断，保证士族家风不坠。

保持家风不坠，核心是文化教育的传承与弘扬。作为中原地区延续数百年的豪门望族，流徙于乱世中，危难相携，存亡与共，大力发展农业生产，维系家族的存续固然是重中之重，但衣冠望族不同一般庶民百姓，其担负的更大使命还有维系一个门阀世家文化传承，也就是贾思勰在《齐民要术》序言中一再表述的"要在安民，富而教之"的儒家理念。尽管书中对此没有展开充分论述，但内容编排上所呈现的"耕读传家"这一儒家价值观则不难窥见。

比如，《齐民要术》中很多有关农事活动，都以儿童入学、放假、开学的时间基准来安排，说明教育的常规化。在卷九的"煮胶和制笔墨法"、卷三的《杂说第三十》等篇章中，相当详细介绍了写书、看书、藏书的经验。书籍在古代是难得之物，何况身在乱世，所以如何保护书籍，诸如防虫、防湿，如何选择曝书的天候、晾晒多长时间为宜都写得清楚明白。《杂说第三十》还专列一项传授修补残破、折裂书籍的要领等。一部农书中出现这些风马牛不相及的内容，给人以唐突芜杂之感，若以乱世坞堡生活需要的视点观之，则正常不过。简而言之，就是基本刚需，无论是煮胶、制作笔墨纸张，还是保护书籍，都反映了聚族而居的庄园社会的日常文化需求，这是为庞大的家族子弟提供学习工具的基本保障。

教育的盛行是魏晋时期庄园生活的另一大特点，对中华民族文化教育的发展影响极为深远。自魏晋时期门阀社会形成之后，培育美好家风，传承深厚家学，培养子弟读书知礼才是正路已成社会共识。即便在乱世中崛起的地方豪强，子弟要进入士族阶层，也要走通经致仕之路；魏晋南北朝政局多变，风云一时的权势人物虽然依仗自身优势给家族的发展带来便利，但在乱世迷局中招致覆亡之祸者也屡见不鲜，说明土豪没文化不能长久。相反，那些底蕴深厚之族，虽然遭受挫败，但因代有人才，家族兴盛，绵延不绝。比起财力权势，学问与才干才是门第世族基业长青的可靠保障。所谓"书香门第，诗礼传家"的理念即来源于此。

两汉时期，在政治统一的社会背景下，教育及学术文化掌握在国家手中，首都的皇家太学、各级政府主持的官办学校，承担着文化教育的使命。但汉末以来，除西晋短期统一，社会长期陷于分裂对峙状态，官学处于兴废无常的状态。在这一社会背景下，门阀士族担当起传承振兴学术文化和教育的重任，诚如陈寅恪所指出："故东汉以后学术文化，其重心不在政治中心之首都，而分散于各地之名都大邑。是以地方之大族盛门乃为学术文化之所寄托。"魏晋南北朝，在文化上有"三多"——食谱多、家训多、私学多，这正是大庄园聚族而居生活形态的反映。《齐民要术》中收了如此之多的当代食谱，可以说是当时社会生活的一个记录文本。

原载《书城》2023 年 1 月号

【主编者言】小说家观察生活入木三分，刻画人物更是游刃有余。这样一篇发议论的短文，文字并不枯燥，叙述也不乏味。把"真正虚伪"的面具揭开来给读者看，让人思考。

真正的虚伪

迟子建

一

读师专二年级时，一个秋高气爽的日子，有位男生突然发疯了。

他手执一根铁条，先是把三楼走廊的玻璃砸得稀里哗啦，然后他又跳到二楼，依然噼啪噼啪地用铁条砸走廊的玻璃。

同学们从教室如惊弓之鸟般望风而逃，他像孙悟空提着无往而不胜的棒子一样神气活现地在整座楼里痛快淋漓地造反，所向披靡。我们站在楼外面，听着惊心动魄的玻璃的破碎声，紧张地盯着教学楼的大门。一旦他出来，我们就准备狂奔撤退。既然他疯了，没准也会把我们的脸当作玻璃顺路砸下去。校领导、老师和保卫处的干事一筹莫展，因为他手中有根杀伤力极强的铁条，所以没人敢进楼去制止他。他也就一路凯歌高奏地把所有的玻璃砸了个片甲不留，然后十分亢奋地英雄气十足地走出教学楼。

他一出来，便被隐藏在门口的保卫干事给奋力擒住。原来，他是数学系的一名男生，模样斯文，平时从不大声说话，学习很用功，逢人便露出谦卑的笑容。虽然我与他从未说过话，但偶然与他相遇时，也领略过他点头之后的谦卑一笑。

二

他的突然发疯在校园引起了轩然大波，有人说是因为爱情，有人说是因为功课的压力，还有人说是对社会的不满，总之莫衷一是。

我觉得若是因为爱情发疯还让人同情，如果因为功课的压力则太荒唐可笑了。因为我们那所师专随便你怎么混都会安然毕业，何必自讨苦吃呢。

至于对社会的不满，我不知道他受过怎样的挫折，在我看来全世界没有哪个地方是真正的天堂和净土，对社会的一些丑恶现象抱有不满是正常的，但如果正义到使自己发疯，是否真的就能说明你自己是一个彻头彻尾的真理捍卫者？在我看来真理捍卫者首先应该是坚强者。

那位同学被家长接走送入了疯人院。学校不得不运来一汽车玻璃，由玻璃匠把它们一一切割再安装上，足足镶了两天的时间。新玻璃给人一种水洗般的明亮感觉，走廊也为此豁然明朗了。我们在这走廊里说笑和眺望窗外的原野和小河，全然把这位发疯的同学给忘记了。

只是到了快毕业的时候，突然又有人说起他，他不明真相的发疯又引起了大家的议论。人们都惋惜他，说他若是不发疯，也会像我们一样走上工作岗位了。凡是与他有过交往的同学都对他评价极佳，认为他最大的优点便是谦卑，是个好人。

他们共同强调"谦卑"的时候我的心头忽然一亮：没准是"谦卑"使他发疯的呢。试想一个人整天都压抑着自己的好恶而在意别人的脸色，他的天性和本能必然要受到层层阻挠，早晚有一天他会承受不了这些而发疯。

三

"谦卑"一词在《现代汉语词典》里是这样注解的：谦虚，不自高自大（多用于晚辈对长辈）。

我以为括号里的提示尤为重要。既然谦卑多用于晚辈对长辈，那么在同龄者的交往中表现"谦卑"是不是就不正常？

谦卑过分让人感觉到夹着尾巴做人的低贱，同龄者之间更多的应该是坦诚相对地嬉笑怒骂。

我想那男生发疯的最主要原因在于他把可怕的谦卑广泛展览给了同龄人，他就仿佛把自己吊在半空中一样上不去也下不来，处境尴尬，久而久之他就灵魂崩溃了，所以他最后才会对待玻璃毫不谦卑地奋勇砸下去。

谦卑其实是一种经过掩饰后出现的品格。它含有讨巧的意味。它是压制个性健康发展的隐形杀手。

在现代生活中，由于错综复杂的人际交往和形形色色的利益之争，谦卑有时还成了保护自己的一种有效方式，那便是伪装谦卑、装孙子，从中获得好处。因为我们这个素有"礼仪之邦"之称的中华民族视谦卑为美德。看到一个人在你面前战战兢兢、低眉顺眼、小心翼翼、点头哈腰地与你交谈，总比看一个人居高临下、眉飞色舞、颐指气使甚至飞扬跋扈地与你交谈要舒服得多。所以假谦卑在社会上风头极健，大行其道，明知它是一种伪善，偏偏还是一唱百和。

四

真正的谦卑是伤害自己（如我那位发疯的同学），因而令人同情；而伪装的谦卑则会伤害别人，它想做的事就是逼你发疯。这是我最近才深深感悟到的。

不久前我到一处名声很大的旅游点参加会议。主办者在接待上确实周到热情，令人感动。无论是饮食还是住宿，都让人觉得很舒服。

其中某位接待我们的人则更是满面谦卑，一会儿问住得好不好，一会儿又问吃得可不可口，这种无微不至的关心有时甚至让人有诚惶诚恐的感觉。

这人与你讲任何话，都要先说一句"对不起"，那一瞬间你便会心慌意乱地以为自己做了什么错事，然而这人对你说的无非是明天几点起床吃早餐，午后去哪一处景点等诸如此类的话。这就不免令人怪讶，觉得这礼貌用语实在没有来由。

我对毛笔字一向生怯，所以逢到签名时便忐忑不安，若是主人备有碳素软笔便可解除这份尴尬，偏偏有时只有毛笔横在砚台旁，看着文房四宝就像看到刑具一样使人顿生寒意，虚荣的我便常常提前离开热闹的签名场所，逃之夭夭，唯恐自己的字丢人现眼。

有一天我便这样溜了，然而没想到总是满面谦卑的这人却找到我说，人家招待你们的人没什么恶意，只求你们这些名人签个字，是尊重你，怎么你却一脸的不屑一顾？我如临大敌地实情相告，然而无济于事。这人大概已经认定我是在要"名人"的派头，真是冤枉！把我想成名人抬举了我不说，没有哪个赴会者会想着去得罪主人。

于是我想，先前我所看到的谦卑只是杀气腾腾背后的一层假意温和，事实也证明了这一点。当我后来在那个景点对某新闻单位的采访讲了几句真话，说这风景我并不陌生、不觉新奇之后，马上遭到了另外的谦卑者的攻击：口气真大呀，太自以为是了……那么他们需要我说什么呢？我终于明白了，是要把我也塑造成一个如他们一样的谦卑者，微笑着对着陈旧的风景无心无肺地抒情，对每一个接待者（不管其气质你如何不喜欢）都低三下四地拱手相谢，大概只有这样，我才是他们所认为的完善的人吧？

可我不想成为那样的谦卑者，因为那种谦卑会令我发疯。我活得虽不灿烂，但很平实，既憧憬爱情又热爱文学，不想疯。而且，我相信一颗真正自由的灵魂会使我的激情和才情永不枯竭。只有这样，我才会对得起自己和上帝。

原载公众号"原乡书院"2023 年 6 月 23 日

，世事

【主编者言】为什么学名总容易被人弃置不叫？也许因为叫尊姓大名就缺少了那份亲切，忽视了岁月凝聚的情愫。本文的标题直接显示着山药蛋在实用价值之上形成的美感。

山药蛋开花一片片白

崔济哲

山药蛋开花美。

成百上千亩的山药蛋一起开花更美。

看过那片铺天盖地的山药蛋花的人都会魂牵梦绕，都会感慨万千，都会手足无措，都会沉醉其间……

那片山药蛋花白得像六月蓝天上的白云，像九月初秋铺满大地的月光，像十二月大小兴安岭初场大雪，像腊月兴凯湖结了厚冰的湖面。

种那片山药蛋的农民们说，那花开得像漫坡走回家的绵羊，像吐絮待收的棉田，比那杏花梨花俊，比那满月下的滹沱河水甜……

花开花落，花开得美，开得灿烂畅心奔放，秋上一定会大丰收，老百姓不用再担心饿肚子，不用再操心走西口，不用再过那"泪蛋蛋滚下哥哥的脸"的分手时刻，等着起房梁，垒院墙，安门窗，娶新娘，什么花开得能有山药蛋花甜？

山药蛋好种好活好收成。我们村的老乡说山药蛋是受苦人家的娃，吃得再粗再糙也能长成五大三粗的愣后生。

村里的好地一亩能长3000斤山药蛋，薄地孬地也能产1000多斤。种山药蛋和种棉花、谷子、高粱、玉米、麦子不一样，"野生野长"，基本不靠人伺候，草都不用锄一遍，地都不用耧一回，化肥农药都可以不上。山药蛋厉害，野草争水争肥争地争不过它，连害虫也不吃不咬它的叶，难怪老乡们也感叹，山药蛋秧秧可惜了，只能沤肥了，连猪羊都不吃。它唯一害怕的就是"地老虎"，老乡说，老虎谁不怕？连人都怕。老百姓挖出吃山药蛋的"地老虎"，往往是放在太阳下活活晒死它，解恨，给山药蛋出气。

山药蛋中的极品是紫皮的山药蛋，长得能像奥运会用的标准铅球，紫皮紧绷着，泛着紫罗兰似的彩色，划开那层薄薄的紫皮，会沁出一层白嫩嫩的浆水。

我在农村插队时，家家户户都有地窖，储存山药蛋，有的地窖很大，地下有三四间房大。那时候生产队的男劳动力，一个人平均要从地里担回三万斤山药蛋，没个好身板没个好肩膀是扛不下来的。山药蛋丰收了，女人们也开始忙了，忙着把山药蛋洗干净擦成粉，做成粉条。秋后到村里看看，家家户户院里院外都挂着一排一排雪白雪白的粉条，有时候串个门走个亲都要拂开挂满一院的粉条，一股股细腻细腻的淀粉味香甜得让人发醉……

马铃薯传入山西、内蒙古可能在明末清初，以后晋蒙多次闹过饥荒，和其他地方相比，饿死的人不多，研究者认为其中全靠马铃薯救命，那东西产量高，抗旱抗寒又抗虫，不知救了多少人的命。

它为什么取名叫山药蛋呢？这名不甚雅，既然救过山西、内蒙古那么多先人的命，为何不取一大雅之名知恩图报呢？

一位山西籍的专家说，还能再起一个比这个名更亲、更雅、更高尚的吗？起个山药蛋的名，正说明晋人知恩、晋人有智、晋人有根。何以言之？曰：物与人同，名字叫旦的皆不凡，皆伟雄，皆人杰。何以见得？曰：潘光旦，著作等身，清华著名教授，怪才，国之大学问家，他坐着，毛泽东站着向他请教；周公旦，辅佐周武王伐纣灭商，被称为周之第一功臣；高梦旦，民国期间中国学术界有两位"圣人"，一位是胡适，一位就是这位高梦旦，胡适说，梦旦更有资格当"圣人"。

外国人亦如此，如顾拜旦。

故此叫旦是大尊大雅大敬。山药是一味中药，药中之"旦"，救命药也。

我亦言之，此旦非彼蛋，那蛋是鸡蛋的蛋。

专家言之，汉语旦即蛋，古之通字。那个蛋亦了不得，了不起。没有鸡蛋何来有鸡？无蛋即无种。恐龙消失是因为恐龙蛋再也孵不出小恐龙来了。汝切勿言之蛋为粗话，男人之蛋，乃睾丸也，命也，无睾丸者，乃太监也。谁敢失蛋？谁敢亵渎蛋？

原来山药蛋是最美最敬最神圣的称谓。

后与一山西作家闲话，也说起山药蛋来。他十分恭敬地说，此言不差，蛋者谁敢不尊，不敬？称我为山药蛋派作家，欣然也。敢称吾为马铃薯派作家当面击之！

山药蛋的世界，世界的山药蛋

山药蛋的官名叫马铃薯，历史有多久远没有人能说清楚。它在南美洲安第斯山区土生土长，野生野长，是印第安人发现了它的"蛋"能吃，虽然印第安人只是把马铃薯连皮煮熟了吃，但在安第斯山区土地并不肥沃，有马铃薯作食物印第安人得以生存，慢慢地他们摸索着学会了种植马铃薯，马铃薯救了安第斯地区的印第安人。因此当地的印第安人把马铃薯当作上天派下来的神，当神供着。比中国人供财神、土地神还神圣得多。如果哪一年马铃薯减产，安第斯山区的印第安人就会有不少人饿死。他们认为这是神在惩罚他们，因为他们对马铃薯"怠慢"了。为了求得神的宽恕，他们就举行一次盛大的几乎整个安第斯山区的印第安人都要参加的祭祀仪式。他们把杀死的驼羊和饲养的家禽，都深埋在马铃薯地里，最残酷的是他们还要杀死不止一对童男童女作为对马铃薯神的祭祀，以求得明年马铃薯丰收。血淋淋的残酷，但也说明马铃薯在印第安人心目中的地位。

马铃薯这个官名也是欧洲探险家给起的。没有人搞清楚马铃薯原始的名叫什么，只考证出马铃薯是欧洲人误听误译。印第安人经过数千年的摸索实践才得知其土里结的果实能果腹，他们为此跳跃欢呼举行盛大的祭祀活动，给这种地下结的果命名极可能离不开"蛋"，很可能像山东一些地方一样把马铃薯称为"地蛋"。

马铃薯传到欧洲整整一个多世纪，欧洲人竟然不知道"地蛋"可食，只把它作为一种开漂亮白花的外域植物在园圃栽种。后来贵族的淑女们开始把马铃薯的花别在帽檐上作为装饰，显示漂亮和尊贵。

马铃薯在欧洲大陆的推广，还有赖法国国王路易十六和他的王后玛丽·安托瓦内特。法国大革命，路易十六和他的王后都被送上断头台，人民公审，当众斩首，但马铃薯在法国的普及不该忘了这两口子，虽然这两口子昏庸奢侈得无以复加，他们也有一句名言，曰："人民若无面包，那就吃蛋糕嘛！"中国也有位皇帝说过类似的话：百姓饿死，何不食肉糜？但言此语的晋惠帝乃"白痴"，而法国国王路易十六两口子皆"人精"，聪明智慧得不能再过之。现在也没搞清楚这对在法国历史上以昏庸骄奢淫逸出名的断头国王王后为什么要大力推广马铃薯。历史是这样记载的：他们下命令在王室的土地上都种植上马铃薯，并派精锐的皇家卫队把守看护，这就足以引起上上下下的关注；一到晚上，路易十六就下令看护的军队撤回营房，老百姓乘虚而进，偷挖走了王室种植的马铃薯，一传十，十传百，到波旁王朝被推翻，路易十六被斩首时，法国大多数农民都已开始种植马铃薯了。马铃薯的魅力！当历史迈过十九世纪的门槛时，马铃薯迷人的白花已经开遍整个欧洲大地。不知道该不该用这个词，欧洲人征服了南美洲，马铃薯征服了整个欧洲。我把这段历史讲给那位山西籍的专家，他哈哈畅笑，言之：汝言不错矣，凡带"蛋"者，其力必不可限，其锋必不可挡，不是征服欧洲，是全世界！什么马铃薯？"地蛋"，"山药蛋"也！

欧洲人种山药蛋，是在平地里挖个坑，把切好的山药蛋块丢进挖好的坑里埋好。远远不如山西人、内蒙古人会种山药蛋。我们是先耕地，再起垄，在高垄上种。我估计，我们的一亩地的收成要超过欧洲三亩地。我不是胡说，当我站在美国波士顿美术馆，站在弗朗索瓦·米勒的大油画《种植马铃薯者》前，我发现米勒再现的欧洲人种马铃薯的方式确实够原始的。他的这幅画作于1861年，而1861年的山西种植山药蛋的办法要远比欧洲人科学。

感谢米勒，他是唯一以种植马铃薯作题材入画的大家。我看那刨土男人锄头上的土，感觉那马铃薯种深了，至少深了半寸——我种过不止一年的山药蛋。

去瑞典的哥德堡，看见中心广场上有一个高大的青铜雕塑。哥德堡的青铜雕塑随处可见，阳光下泛着翠绿的青铜发出阵阵的暖意，海风吹过，把落在那些曾经伟大轰动一时人物头上的海鸥吹得怪叫着飞开。车开过去了，那位朋友才指着那尊青铜像说，这是世界上第一个吃马铃薯的人，随后他又改口道是欧洲。他说那位站在风雨之中的铜像名字叫约拿斯·阿尔斯特鲁玛。看那个让中国人不好记住名字的青铜像，像个绅士，更像个骑士。准确地说，他是全世界唯一一位以吃马铃薯而被树碑立像的人。

欧洲人有时候真墨守成规。西红柿亦如此，从秘鲁、墨西哥传到欧洲整整一个多世纪没人敢咬一口。白白放了一百多年，自生自灭。直到17世纪中叶，有一位法国画家曾多次绘画西红柿。他太爱这种人称有毒，有剧毒的浆果了，为它他愿意去死。于是他冒着去死，去立即就死的危险吃了一颗西红柿。西红柿才在欧洲传开。但没有人为那位不知道名的画家塑像。是他名气不大？是他勇气不足？还是西红柿比不得山药蛋？那时候，西红柿是水果，以后是蔬菜，而山药蛋以前是粮食，维持生命的口食，现在依然是全世界人类不可缺少的粮食。据科学资料记载：山药蛋是世界上第四大重要粮食作物。如果没有它，世界上数以亿计的人可能要面临饥饿威胁。山药蛋不简单。虽然貌不惊人，但它却能撼动整个地球。

山药蛋不但穷国吃，穷人吃，富国、富人也离不开它。我在美国从东海岸走到西海岸，从城市走到乡村，山药蛋几乎无处不在，无桌不占，无人不吃。

不但小孩吃，大人吃，老人也爱吃；不但黑人爱吃，白人爱吃，好像是美国人都爱好这一口。

据说美国的"软实力"体现在"三片"上，即薯片、芯片、美国大片。又说"美国要靠这'三片'打败中国"。说得挺让人起鸡皮疙瘩。我问过几位美国的专家，皆对以"三片"涵盖美国的"软实力"不解不满。对美国靠"三片"打败中国则大惊大惑大窘。但一致认为，薯片打败的不是中国，是美国。

山药蛋果然厉害。

山药蛋的感情

也不是所有非山西人内蒙古人都不管马铃薯叫山药蛋。身为湖南人的彭德怀就把马铃薯叫山药蛋。

朝鲜战争第二次战役时，彭总就很激动很动感情地说，我们就是靠两弹（蛋）打赢的这一仗，靠手榴弹消灭了美国兵，靠冻得邦邦硬的山药蛋救活了志愿军。

彭总对山药蛋情有独钟。在西北作战时，彭总常常装着几颗煮熟的山药蛋，饥餐山药蛋，渴饮延河水。

解放太原那一仗，彭总去太原前线接重病的徐向前。不知该如何迎接彭总，彭总脾气大是出名的，搞不好会拍桌子瞪眼骂娘的。没人敢做主，请示徐向前，徐向前说按他家乡待客饭做。

据说彭总坐在餐桌前铁青着脸一言不发，因为他听说要"宴请"他。

第一道菜是辣椒炒山药蛋丝，第二道菜是山药蛋粉丝炖豆腐，上面泼了一层红红的辣子油，第三道菜是五台吊子，粗瓷罐里山药蛋块、白菜、萝卜、缴获阎锡山军队的罐头肉满满炖了一罐，第四道菜是过油肉炒山药蛋片，主食是铁锅焖山药蛋。

彭总最爱吃山药蛋，看过这一桌宴请菜，脸上阴转晴，举着筷子敲着菜盒说，痛痛快快吃！

毛泽东也不称它为马铃薯，叫它土豆。毛泽东虽在陕北13年，但不爱吃土豆。

1965年毛泽东写过一首词《念奴娇·鸟儿问答》，讽刺苏联赫鲁晓夫的"共产主义土豆烧牛肉"，原句为："还有吃的，土豆烧熟了，再加牛肉。不须放屁，试看天地翻覆。"

一时间，批判赫鲁晓夫修正主义几乎篇篇章章不离批判他的"土豆烧牛肉"。土豆躺着也中枪，山药蛋也冤，被阉割了，错炖了。

现在中苏论战已经过去半个世纪了，事实逐渐浮出水面。

赫鲁晓夫1964年4月在匈牙利访问时曾经讲过的原话是"到了共产主义，匈牙利人就可以经常吃到'古拉西'了"。所谓"古拉西"（goulash，来自马扎尔语中表示"香草"的gulya）是一道匈牙利名菜，即把牛肉和土豆加上红辣椒和其他调料在小陶罐子里炖得烂烂的，汁水浓浓的，然后浇在面条上，很好吃。谁知翻译到中国报纸上，因为"古拉西"没有合适的译法，先试写成"洋山芋烧牛肉"，然后改成了"土豆烧牛肉"。

2006年我到匈牙利访问，专程去吃了那道中国人曾经人人皆知的"土豆烧牛肉"，即匈牙利人说的"古拉西"。那陶罐焖的土豆、牛肉真烂真香真入口，让人感慨不尽。我想说如果用我们家乡的紫皮山药蛋焖牛肉一定更香，但看到周围有两位会说汉语的匈牙利人就忍住没说，但却勾起了我对山药蛋的遐想。

夏天到了，有机会一定去看看山药蛋开花……

秋后有机会去晋西北一定品品山西的山药蛋，那是给有福人备下的，没福的人尝不上……

原载《中华英才》2023年8月

【主编者言】有些人的人生经历，就是他所在单位的缩影，也是某一个行业发展的剪影。他在几十年里遭遇的故事、他所积极参与的工作和活动，都显示着时代的轨迹。

书卷风云金石声

陈俊年

一、出版情结和出版之路

也算是几十年的老出版了，虽然管理机构在变化，但是，改变不了我们的出版情结。

那天傍晚，收到北京快递，拆开一看，是中国书籍出版社出版的牧之新著，书名是《一位编辑的自述：我的出版之路》，我兴奋不已，连忙捧读。读到临睡前，忍不住发一条朋友圈——郑重推荐：杨牧之新著《一位编辑的自述：我的出版之路》，完全不是官样文章，而是亲切的口述出版史，精粹的编辑经验谈。我甚至认为，它应当成为中国出版人的必读教科书。

半月前，牧之发微信嘱写篇书评，我不敢应承。说实话，我难就难在，面对此书揳入历史本质的真切与深刻程度，要深研细析，自愧力不从心。我如实复他：压力山大。他复我：兄承压力，我于心不安。秉笔直书，对我是个鞭策。看到这个"兄"字，小弟我只好从命。

牧之新著恭列"口述出版史丛书"。丛书强调收集鲜活史料，知古鉴今资政。丛书"总序"中说："中国共产党领导下的当代出版史是党史、国史的一个缩影。"因此，"需要对一个时期以来的出版史进行反观自省，梳理过往的发展轨迹，剖析发展节点上的是非曲直，总结疏导事业发展的经验教训"，以利于"为在新的历史时期继续推进我国出版业的改革发展，提供更好更多的借鉴"。可见，丛书的出版，高屋建瓴，又求真务实。

丛书的出版立项制定了严格的原则、定位和操作流程：丛书的编辑出版统一由中国新闻出版研究院负责；"采访人要有跨学科的研究视角、严谨的史学素养、扎实的实务功底、严格的保密规程"；受访人则"大多是行业内重要政策出台的起草者、参与者、见证者"，即多为德高望重的老领导、老行尊；丛书内容定位，着重"从'三亲'（亲历、亲见、亲闻）切入，聚焦'两重'（重大事件的处理始末、重要政策的起草出台）"，并明确"丛书将以出版人物的个人访谈、出版事件的集体记忆等形式陆续推出，形式不同，但相同的是对历史真实的尊重"。

爱因斯坦说："世间最好的事，莫过于有几个头脑和心地都很正直的朋友。"牧之正是我多年的老朋友，更是我尊敬的老领导。他当新闻出版署图书司司长时，我是省局图书处处长；他当副署长，我是省局领导班子成员。后来，他是中国出版集团首任党组书记、总裁，我则是广东省出版集团首任党委书记、董事长。通读全书，好像听着《同一首歌》，心里涌起许多亲切的记忆和感念。尤其他的从政履责、编辑经验和做人修行，令我会心憬悟，深受教益。

二、改革开放的出版史实

改革开放是中国当代出版史最重要的发展时期，也是全书最重要的核心内容。牧之满怀激情，倾注心血，写得全面、真实。

此期间，牧之长期负责出版、发行管理工作。他的出版工作经历，恰好是完整地参与改革开放全过程。署（总署）党组一系列重要政策、重大事件的决策拍板，他也是参与者、亲历者，尤其有关加强出版管理，促进多出好书的重要举措，如制定出版规划，评析年度选题，有关图书审读、校对质量、品种总量掌控等建章立制，设立、评选国家图书奖，评选优秀出版社和良好出版社，以及改革出版体制机制，组建出版集团……事无巨细，宏观微观，触及出版领域的方方面面。此书全景式展现中国出版业改革开放的历史画卷，真是风起云涌，波澜壮阔，有故事、有细节、有情怀，凝聚着中国出版人的不懈追求和共同憧憬。史学讲究史料的精确全面，力戒挂一漏万、以偏概全。此书凸现改革开放的出版史实，内容丰富翔实、弥足珍贵。

"真实是思想体系的一种美德。"牧之写出版业的改革开放，既是过程的真实，更是本质的真实，包括人们的思想认识变化，决策重要政策和处理重大事件的焦点难点，以及改革开放带来的新情况、新问题，特别是那些"摸着石头过河"的探索，出版改革不可能不涉及、触碰的深水区，等等。这段历史，风云激荡，峰回路转，从而可见改革开放绝非一蹴而就，取得丰硕成果实属来之不易。比如，记述堂堂国家图书奖的设立，牧之不禁感慨："想得很好，大家也都认同，但第一个问题就来了，到哪儿去搞这笔钱？总不能也像一些评奖那样收参评费吧？"后来，柳暗花明，他的兴奋之情溢于言表："感谢唐砥中司长的大力支持。计财司上上下下，请示申诉，终于得到了财政部的理解。这笔钱国家财政作出了支持。此件署党组先后讨论三年的大事，终于确定下来了。"

真实是史书的第一生命，此书主写改革开放的出版史实，生动鲜活，真实严谨，经得起历史检验。对现实的借鉴不消多说，我只想建言，当下的出版管理者，应当读读此书。

三、编辑工作的经验精粹

牧之从事编辑工作长达50多年。早在北大毕业待分配期间，他就和同学一起编写内部发行数十册的《毛主席诗词注释》。入职中华书局，编过风靡全国的《活页文选》，参与创办并主持"大专家写小文章"、雅俗共赏的《文史知识》月刊。策划主持编辑《文史知识文库》。调入署里负责出版、发行管理。兼任全国古籍整理出版规划领导小组常务副组长。担任点校本"二十四史"及《清史稿》修订工程工作委员会主任、国家重大出版工程《大中华文库》总编辑、《中国出版史研究》主编。被聘任为北京大学中文系古典文献专业兼职教授，讲授《诗经》专书课，开办"传统文化与现代化"讲座。任清华大学古典文献研究中心兼职研究员。2009年起，任《中国大百科全书》第三版总主编。

实践出真知。经历决定经验。凭借丰富的编辑经验积累，加之长期深入思考，牧之写成系列专著《编辑艺术》《论编辑素养》《我的出版憧憬》《关于出版的思考与再思考》等以及一批论文，如《〈史记〉修订本的成绩和出版的意义》《继承传统文化的立足点与着眼点》《我对古籍整理研究与出版认识的三个阶段》《精品图书七论》《从〈不列颠百科全书〉到〈中国大百科全书〉》等。这些著述围绕多出好书的主题，不说官话套话，而是紧贴编辑工作实际，剖析众多个案，梳理要务难点，探索如何提高编辑素质和编辑艺术，从经验教训中总结编辑工作的普遍规律，因而，对广大编辑富有普遍的借鉴、指导意义。

近些年，牧之策划主编国家多套重大图书。他的新实践、新感悟、新思考，集结成本书另一方面的重要内容和鲜明特色。他以宽广胸怀，深邃目光，驰笔书海，纵论经典，并总结自己的体会，从反思最初写书做书的经验教训说起，畅谈做好编辑的八点感想和《〈中国古籍总目〉编纂随想》，记录走向世界的《大中华文库》的铿锵足音，展示出版大国迈向出版强国的最新进程。这些专题专论占满5个篇章，每章篇幅长达二三十乃至六七十个页码，写得恣意酣畅，富有真知灼见。

牧之倾谈编辑工作体会，宏观上主要有6点：1. 社会效益第一；2. 出版家应该追求重大选题；3. 多出雅俗共赏的书；4. 一家出版社应当为打造"品牌"而奋斗；5. 勤于思考，善于总结，让创新保持始终；6. 策划选题、组稿，要倚重专家学者。微观上，他还特意附录编辑应注重的10件小事：1. 不用的书稿快退；2. 要切实做到图书成批装订前的样书检查；3. 编辑也要参与校对；4. 新书出来后要第一个送给作者；5. 要和发行部门多沟通；6. 责任编辑不要忘记写书评；7. 编辑要把自己放到适当的位置；8. 编辑要常逛书店；9. 不要迷信名人；10. 学会勤用工具书。以上 6 点体会及 10 件小事的每一句话，牧之都展述成数千字，有理论的提炼阐释，又有实践的生动例证，读下去，记得住，用得上。

有两个故事，过目难忘。一个事关组稿，一个事关书评。限于篇幅，略作述评。

那年元旦后，牧之在研讨会上碰见北大教授邓广铭先生，便主动向他约稿。又了解到邓先生对岳飞的《满江红》一词的观点与词学大师夏承焘的观点相左，便请他就此写篇文章。先生是大学者、大忙人。但感动于牧之的诚恳，先生应承春节后交稿。大年初六一上班，牧之和同室编辑黄克冒着风雪骑自行车去登门拜年并取稿。先生却完全忘了此事。牧之赶忙提议，为先生省点时间，下次改为我们来录音如何？那年头，录音访谈还是新鲜事。先生赞成。第三天，牧之和黄克又冒着风雪骑车去北大。先生见录音机立在那里，搓搓手，连咳两声，硬是讲不出来。牧之和黄克便当学生听课似的，诱导先生慢慢讲开，侃侃而谈。倒带回放时，先生听了很兴奋。回来后，牧之亲自整理录音，打字校对，再送先生审定。先生这篇文章《岳飞的〈满江红〉不是伪作》，发表在 1981 年《文史知识》第三期。因为这个观点是和词学大师夏承焘"此词不是岳飞所作"的观点辩论的，社会反响热烈。约稿，取稿，催稿，甚至"逼稿"，约稿见心智，风雪见真情。牧之对工作的执着、热忱、锲而不舍以及对作者的理解、关心和尊敬跃然纸上。

有一次，署里派牧之参加评价《白鹿原》会议。大多与会者认为，《白鹿原》一是有色情内容，二是政治方面也有问题。最后领导让牧之讲讲意见。牧之实话实说，先说接触和阅读《白鹿原》的过程。接着，坦陈己见："我认为，这本书是比较好的。"对书中确乎有些"色情描写"，他分析是"人物形象塑造和小说情节发展需要的"，并非"为写性而写性，不能说是色情描写"。并对比《红楼梦》《水浒传》《静静的顿河》《查泰莱夫人的情人》，"也有不少很原本的描写，都是反映社会问题的需要"。至于"政治问题"，涉及书中一位忠诚的共产党员，却死于自己人"肃反"中。牧之问道："这样的在革命斗争中间被误会的、被冤枉的也不是个别的吧？这也就是阶级斗争复杂性造成的吧？我说当然不写更好，不过，写了是不是可以体现革命斗争的艰巨性和复杂性？""会议最后的结论是，小说有些地方需要修改，但没说停止发行。"1997年《白鹿原》获第四届茅盾文学奖。

四、做人修行与盛世修史

做领导也好，做编辑也好，总要做事，事在人为。这个过程，体现一个人的胸怀气度、品格风格、学识能力。做人决定做事。所以，历练修行是人生必备的基本功。书中虽然没有专题谈及做人的修养心得，但透过字里行间，仍然读得出牧之的人生抱负、情怀和憧憬，读得出他的价值取向、审美旨趣和专业水平，以及他对人生甜酸苦辣、担重负累的真切感悟，"人就是在受累甚至受委屈的过程中成长的"。牧之说"最喜今生为书忙"。忙是常态，喜是心态，今生是时间长度，最喜是追求高度。为书忙：忙出书，忙读书，忙写书。这种精神追求，实乃是人生修行的至高境界。

牧之的书香人生，若细究其香源，我觉得，主要源自六方面的长期修养：勤于学习；善于思考；敬业乐业；正直真诚；谦虚谨慎；与人为善，"尽力帮助大家把事做好"。

记得那年冬天，为广东旅游出版社拟出《梁羽生小说作品全集》（已购得版权）一事，我们专程上京请示汇报。牧之听完汇报，笑着说："梁羽生的武侠小说在海外很受欢迎，你们能得到版权是好事。但按出书分工原则，武侠小说不属于旅游社的出书范围，要出得由文艺社来出，在广东，花城出版社可以适当出武侠书。""花城社没有梁羽生的版权啊。"我想了想又说，"能不能让旅游社和花城社合作出版这套书？"牧之想了一会儿，嘱我们先回去商量商量，后来又嘱咐："这样吧，如果花城社和旅游社愿意合作出版，你们就发文来专题报批，不必再跑一趟。"我大喜过望。时值晌午，牧之请我们去署对面胡同的小饭馆共进午餐。窗外下着大雪，我心里却暖洋洋的……

说到中国书籍出版社策划出版的这套口述史，我要多说几句。"总序"中说出版"口述出版史丛书"，"既是一种非常强烈的现实需要，同时从某种意义上说，也是一种史学研究的创新"。我也觉得这套丛书不仅为出版界所急需，更为全国各地方兴未艾的修史热潮提供了一套新鲜的成功经验，包括丛书宗旨和规划的制定，以及严密的组织工作，严格的实施规程和严谨的编辑作风。书中的采访提纲和提问题目精心设置，慧眼识珠，穷究细问，直叩心灵。这种口述笔录的史实，实事实说，随手写心，荡气回肠。尤其牧之这本新著，对于如何编好出好口述史类的专著，可以说是一部值得学习的样板。

诺贝尔说"工作使一切美化，思想能创造新的生命"。牧之还在想大事，干大事，总在为多出好书而牧之，令人敬佩。祈愿他不要太忙太累。恰逢今夜月正圆，我给牧之发微信致祝福：健健康康，多多保重。

原载《南方的岸》，广东人民出版社，2023 年 7 月

【主编者言】那一场纪念晚会的光华已经随着岁月流逝，但是晚会催生的知青亭却屹立在广州白云山上，成为一道永久的风景。广东人的少说多做品格，在这里添加了一个注脚。

不动声色地显山露水
——《岁月甘泉》十年涓滴

苏　炜

小　引

今年（2023），是大规模知青上山下乡运动的 55 周年（1968—2023）。此文本是受约为 50 周年纪念日所写。但随即便传出：所有原约的纪念知青运动的文字都被搁浅。此文也就因此写了这个开头就中辍了。此半截短文述说了一个关于《岁月甘泉》大故事里略微完整的小故事，也是大故事的一个引子吧，今天就以此"引子"的形式刊发，也是作为知青运动 55 周年的一个小小纪念。——近日，知青组歌《岁月甘泉》的选曲——由廖昌永领唱的《山的壮想》2008 年演出视频，忽然在各个微信群热传。让我恍然惊觉：一晃眼，创作和演出此歌，已经整整十年了！同时马上，进入 2018 年，大规模知青上山下乡运动，就要进入五十周年了！老友隔洋为知青集子约稿，我呢，却因知青文字以往写得太多而有点"审美疲倦"了，便曰：久未写知青文，还能写点什么呢？老友说：就写写《岁月甘泉》十年来的点点滴滴吧！真是"一语惊醒梦中人"——可不是么？《岁月甘泉》十年走来，也可谓风光旖旎亦关山重重，盛誉频频也謷声遝迩，其间从未与人言的般般种种——内情外议、喜乐汗泪、成事秘辛包括舞台八卦等等，真真是可以洋洋洒洒写出几本书来的。就让我将鸿篇化涓滴，借此偿还稿约吧！

"不动声色地显山露水"

先就从这位约稿的老友说起。"老友"不是别人，正是同为农垦兵团老知青出身、曾在广东党政部门出任高职的我的大学同窗——蔡东士老兄。他和组歌《岁月甘泉》的渊源外人很少关注，以往我也很少言及，却是关涉这部作品生死攸关的、至关重要的一页，这里，不妨作一点开篇的"剧透"吧。2008年是北京奥运年，同时也是知青大规模上山下乡运动的四十周年。组歌《岁月甘泉》的创作起步于2007年开春。刚刚草创不久的粤海知青网负责人，同时也是知青作曲家的霍东龄万里迢迢造访耶鲁。我们俩经过一通彻夜长谈，心神相契，决定要为翌年（2008）的知青运动四十周年纪念，联手做一点事情——组织一场纪念演出晚会，为晚会写一组描写知青生活的歌子，是我们当时定下的基本目标。2007年夏天，东龄和我结伴，带上几位知青老友，一起回到暌别多年的海南第二故乡——我们相识结缘的三江围海大堤，下乡的儋州山村，晨星知青墓……故地重游，访亲，忆旧，采风，组歌的写作开始进入具体运作（当时还有另一个设想——创作一部描写海南知青生活的电视剧，几经周折，终因题材高难与操作困难而搁浅）。一切在有条不紊地推进之中。纪念晚会最初预定在2008年二三月举行（当时就是考虑，提前避开三月的两会和八月开幕的北京奥运）；为演唱《岁月甘泉》而组建的知青合唱团，从2007年秋天开始"招兵买马"；组歌边写边排，最先完成的《山的壮想》是为晨星知青墓而写，而《半湾银月半湾潮》的曲风，则直接受益于儋州采风时听当地农家姑娘歌唱的"调声"旋律。但是，在组歌排练了大半年之后忽然发现：纪念晚会的演出许可证迟迟批不下来，原来定好档期的广州顶尖剧场——中山纪念堂只好解除合约，而原定 2008 年二三月演出的时间也被有关部门否决了。纪念晚会和《岁月甘泉》，一时间竟陷入了半途夭折的险窘境地！粤海知青网领导层当时如何调动各自的人脉关系去解开难题死结，霍东龄兄没有跟我细叙。但其中最关键一点——他们找到了曾任省委宣传部部长、时任省委副书记（演出时任省政协副主席）的兵团老知青蔡东士，获得了这位知青老战友的鼎力支持，则是霍兄向我一再强调的。"这是最关键的一步，也是最重要的助推力！"他们当时并不知道蔡东士是我这个作词人的大学同窗（隔山隔洋的，我完全没参与他们的具体运作），只知道他是农垦兵团知青出身，有在湛江地区军垦农场多年的辛劳历练，便一致坚信：蔡东士一定会对这台知青晚会和知青组歌《岁月甘泉》伸出援手的！

据霍兄告我：当时，《岁月甘泉》的歌词在宣传部门的审查中，在好几句歌词的"负面字眼"下面（如"在苦难中掘一口深井"等等），被画上了红杠杠、打上了问号。蔡东士仔细审阅歌词后，告诉审稿的年轻官员：你们没有过知青经历，这样的歌词表述得很真实，也很有分寸，没有问题。在蔡东士的首肯和拍板下，词曲审查通过了，演出必需的许可证拿到了，演出日期被正式确定延至 2008 年 9 月，演出地点——白云山国际会议中心剧场的档期，也终于敲定了！让霍东龄和我喜出望外的是，我们蔡东士老兄不光身体力行、亲力亲为帮助知青纪念演出晚会和《岁月甘泉》顺利过关，甚至拿起他的健笔，为正式演出和专辑 CD 出版，写下了《岁月甘泉·序言》——

> 我们的知青岁月是由特殊年代、特殊人群和特殊际遇铸就的千秋历史印记。在历史长河中，这段岁月不管有多久，都只是极其短暂的一段流水，但在人们脑海中却是千刀万剑斩不断、百虑千思理还乱的绵绵思绪，是震撼千百万知识青年、牵动整个社会的挥不去抹不掉的沉沉情结。……

我们当然心领：正是这样沉甸甸的"知青情结"——对一段关涉"千秋历

史印记"和一代人青春和命运的人生经历的爱重之心和汗泪深情,大大重于乌纱帽的分量,促使蔡东士兄慷慨伸出了他的义助之手!

有了如此"显山露水"的白纸黑字的"序言"的保障与加持,知青组歌《岁月甘泉》和2008年"永远的情怀"知青下乡运动四十周年纪念晚会,终于作为粤海知青群体共同呵护珍爱的宁馨儿,平安降生了!其演出当晚满堂如雷的掌声和纷飞的泪光,及其高质量的演出被南方电视台与凤凰卫视美洲台转播后,所获得的音乐界高度评价与知青群体的广泛热烈的反响,这里就不一一细述了。还有一段不能不提的余话,《岁月甘泉》和知青晚会的成功演出和由此造成的积极正面的社会轰动效应,转换为庆功宴上热心农友歌友们的一致倡议:建议趁热打铁,请粤海知青踊跃捐款,在广州著名风景区白云山上,建立一座"知青亭"。霍东龄兄隔洋向我转达此议时,我当时笑曰:这是不是有点异想天开呀?!知青组歌《岁月甘泉》能顶着重重压力平安顺利地完成演出,我们已算万幸成事,"大功告成"了!尔等还要"得寸进尺",在广州如此重要的头牌风景区白云山建立"知青亭",势必要触动各种门槛,遇到比《岁月甘泉》更大的难题,恐怕更是关山万重,阻隔万千,只能等待奇迹出现吧?但是奇迹真的出现了。

我这里只能省略其中艰难繁复却感人肺腑的种种申报、筹款及其建筑的全过程(这本身就值得写出另一本书来)。白云山知青亭,今天已然成为广州白云山风景区最受欢迎的景点之一,也被广东有关部门定为爱国教育的基地之一。我只能说,每一个游览者,也许都会注意或忽略其中的一个重要细节——那个主体亭廊上由蔡东士题写的"知青亭"的题匾。了解上述故事以后,您也一定能了解:这个题匾,是白云山知青亭最后得以奇迹般地矗立白云山的关键性因素,她,正是高耸在松涛绿浪间这座金色亭廊所蕴含的一个奥秘。

记得,2013年底组歌《岁月甘泉》在上海演出,上海知青群体看完这一场由著名的上海歌剧院艺术总监张国勇指挥、歌剧院乐队伴奏、粤海知青和海外知青合唱团联手演出、具有高度专业水平的表演,纷纷向我们感慨:这是迄今为止，代表知青最高水平的一场文艺演出！——为什么是你们——广州知青所为？！而不是我们——由上海、北京这些来自北大荒、新疆、云南的知青大群体，完成这么一场超水平的知青演出？"你们广东知青，真是不动声色地显山露水啊！"这些年来，在组歌《岁月甘泉》在海内外各地持续热演的过程中，这是我听到的最多的一类感慨。"不动声色地显山露水"，这确实是千年历史形成的粤地人的区域品格，更是粤海知青群体近十年来沉实耕耘、扎实行事、有热情有章法，因而实绩累累的一个最基本的特征。只是我和霍东龄几乎从未对外言及：蔡东士老兄对《岁月甘泉》的关键性支持，才算真正的"不动声色地显山露水"——敢为天下先却有情有据，合理合法，分寸适度，因而可以低调完成，高质呈现。这，正是组歌《岁月甘泉》创演成功，在音乐专辑正式出版时敢于冠名"中国知青组歌"的又一个奥秘。

原载公众号"雪落大河"2023 年 9 月 1 日

【主编者言】上个世纪末，粤语歌曲有一度曾流行歌坛，被年轻人追捧。还有邓丽君，风靡一时，开启了时代关于音乐的新思维。历史在委婉的歌声中前进，那是何等的美妙。

声声入耳，声声不息

梁凤莲

当一台经典流行的节目在大江南北爆红时，与年轻人不同，上了年纪的我们凝视的目光，竟然重叠上岁月交错纵横的留痕。那是将近一个甲子前陆续不断传递过来的回声，回声里荡漾的是那么吸引人又陌生的旋律，那是四十多年前流布于全国各地每个角落的时尚，她——就是粤语流行曲。

如果超过半个世纪的陪伴，或者接近一个甲子的相随，这种萦绕不散的关系，算得上是一个人的大半辈子的缘分，如是，就会有那么点天长地久的厮守的况味了。

有的称之为粤语流行音乐，有的说成是港乐，有的说是港台流行曲。就是她，就这样，在半个多世纪前的七十年代，随着那个年代若隐若现的一种潮汛，一浪接一浪地拍打开来，涌动的半径越来越大，开始撞击着广州，风靡了广州，又随着广州刮起的南风，穿堂而过，一直北上北上。

这样的一种音乐文化，竟然滋养了几代人的内心，滋养了当年几近荒芜的表达。从此被打开的这扇情感诉说的大门，让不同的人多了一种不一样的方式，去感应生活，去感知世界万千，去感应各种各样隐秘的情愫、状态、心境、心力。

这样的一种音乐文化，竟然勾起了我心底很多似曾相识的启蒙、记忆，广州与香港的这种关联，一种同声同气的认同与共鸣，这是同根同源的基因在不知不觉地起着作用吗？

接近音乐，得回溯到少年的经历。那时住在老屋，那被认定为工商业主的陈家大儿子，是大型企业广钢的钳工，心灵手巧，自制了一套音响，用家里存留下来的黑胶大碟，在民国时期建造的层高四米有余的房子里，轰放出前所未有的声响，其实是小时候闻所未闻的经典旋律。

那时的震撼，不仅仅是心脏，恍觉那声响，穿越了身体，穿透了感觉，穿透了时间，手足无措不知在倾听什么，跟什么对话交流，甚至连老房子的空间都被洞穿了。那个释放出这些声响的男人，甚至可以说是偷空播放的，外表有着无聊的平淡，眼神却有着痴迷的得意，而这些如此排山倒海的、如此锁住心神的、如此不可思议的声音，原来是钢琴曲，是贝多芬的、肖邦的、李斯特的、肖斯塔科维奇等等的作品，可那时的我，仅仅见过钢琴的照片而已。

某一天，租住在老街小楼房的花名叫"路不平"，走路有点瘸的回广州度假的香港人，手提着一个小型的录音机，一路走一路把声音播撒到巷子的空气里，传出的歌声，听大人说这是香港的歌星罗文、凤飞飞、许冠杰等等的红歌，尤其是许冠杰的"我地呢班打工仔，一生一世为钱币做奴隶"，是这个娶了广州姑娘的，花着港币和代用券，每次回来都派送街坊牛奶糖夹心饼干的地盘工头的标配。后来才知道，歌星这个新奇的头衔，他们的光环，就是这些播放的当时在香港唱通天的流行歌曲。

七八十年代交替的时候，时势发生了很大的变迁，生活开始了很大的变化。地处南边的广州，毗邻港澳，通过水路陆路种种途径进入广州及广大的珠三角的物资开始剧增。家里的录音机、小型唱碟机、随身听、电视等等家用电器，通过香港的亲友，从早期深圳的罗湖、东莞的樟木头、珠海的拱北，从增城的新塘甚至是番禺市桥的易发广场，从荔湾的西场电器城，从海印桥的音响世界，开始流入千家万户。

此时，正值香港的兴旺繁荣期，太平盛世，这颗东方之珠一跃成为国际都市，其文化也各出奇招，电影与音乐如潮涌动。此时的粤语流行音乐，就像一场倾盆大雨，随着七十年代末家家户户的屋顶楼顶竖起接收香港电视香港电台的鱼骨天线，随着一场场的季候风，一下子就淋湿了广州及周边的地区，甚至一发不可收地进入了广东以外的通称为外省的歌厅舞厅，进入从封闭多时才打开的窗户，刚刚嗅到外面世界气息的年轻人的眼中耳中，进入打开国门的更大的天地里。

一切方兴未艾，一切又那么如火如荼。那时广州自发的歌迷，开始三五成群地往天天晚上播放流行音乐的歌厅舞厅跑。跟着同学的邀约，我去过其时最有名的广州火车站旁边的华侨酒店，还有云集在那一带的红极一时的流花宾馆、红棉酒店、东方宾馆等等，这些地方都有当时最有名的本地歌手和台港歌手驻唱。为了一张门票，不是找熟人加塞进去，就是托关系混进场子里，或者耗费一个月的早餐钱，就是为了看看广播里的歌星的真容，追逐舞厅里满场流淌的迷离与光影。

这是其时年轻人最紧跟潮流的行动，把每逢周末往歌舞厅跑固定为一个很要紧的社会活动。男女授受不亲的禁忌一打开，歌舞厅里那七彩旋转的灯光，充满倾诉的歌声和魅惑的音乐，里面的唱词乐音，那种或柔软或偏激的表达，可说是精准地击中了听众，击中了很多人长久以来找不到合适的方式去抚慰的那无处宣泄的情感，一个全然不一样的梦幻般的世界出现在眼前。那时，连新路科学馆水磨石的大礼堂，已经消失的最上档次的越秀宾馆榕院歌舞厅，广州火车站旁边的草暖公园歌舞厅，总是那么生意兴隆，甚至是旧广州日报社旁边大德路的八楼舞厅，依旧人头涌动，那里整晚整晚都在轰炸粤语流行曲以及一下子涌进国门的音乐。

当一个十年又一个十年过去，2000 年来临，这股流行音乐的潮水不知不觉慢慢退潮了，歌迷的不适与无力开始被填充进来的西方古典音乐抚慰。那时做一个音乐发烧友显得好像是比较有文化和有情趣的事情，自此便有很多人趋之若鹜。

只是古典音乐毕竟比较高大上，聆听时的感应需要全神贯注，需要把大量的心神抽离出来，附着上去，而不太像流行音乐那般，可以同频共振，去回应去倾诉去代入去共鸣。或许，除了偏好与入迷的真正的乐迷，一般人的爱好趋向或者情感趋同的基因，还不太能回应这类各种调性的西洋古典音乐，普通人的趣味和情感，多半都离不开水土的关系，也多半是接地气和通俗随性的。此时的歌舞厅变得都七零八落不见踪影了。又一代人在新的时尚熏陶里已经长成不一样的情趣。

从那时开始，我偷偷地怀念粤语流行曲，时不时地要在各种播放器里，重温三几首鼎盛时期的流行歌。前奏一响起，那个熟悉的歌手一起音，三两分钟，过去霎时降临，那些恍惚的感受和回忆，便在歌声中滑行。是的，那个时段的流行音乐安慰与抚平了很多年轻人无处投放的渴求与关注，他们亦由此得到了很多闲时的消遣和情愫的释放。流行音乐竟然与一两代人的生长，有着这么不可思议的奇妙的关系。

流行音乐不断地被时势更迭的趣味越推越远，时间把我们的怀想也磨出了老茧。一个事件深深地触动了我，那是一种集体的怀旧，集体的表白啊。

借着天河体育中心硕大的球场和空间，广州的球迷瞬间秒变成香港流行音乐的歌迷，不需要导演，也不需要指挥，而是一呼万应。那是 2015 年，时值广州的足球再度生猛，在恒大足球队勇夺亚冠的沸腾时刻，在几万人的看台上，排山倒海般的全体大合唱此起彼伏地响起，就是那首励志和鼓舞人心的传唱之歌《海阔天空》，"原谅我这一生不羁放纵爱自由，也会怕有一天会跌倒，背弃了理想，谁人都可以，哪会怕有一天只你共我"。潮水般的歌声，掀起了天体中心上空的风暴。这集体大合唱，诉说了广州球迷的心声，有的唱得热泪盈眶，有的唱得手舞足蹈，有的唱得又喊又叫，其时的情境，恰如暌违多年的狂欢，内中有当年的歌迷，更多的是新一代的年轻人。他们无一例外，在歌声中找到了可以填补自己的力量，可以大吼着表白出来，"广州没赢够"就这么脱口而出，响彻天体中心的夜空。

每当这一幕呈现在我的脑海里，我都有一种无由的冲动，眼眶是慢慢地洇红开来的，恍惚间我们又回到并且置身于粤语流行歌火热的那个时段，莫名就有了很多的感慨。我把这称为自发触动的、集体向流行音乐致敬的广州文化事件，这是情感的大众记忆，是流行音乐的大众效应。

随后，信息网络时代悄然降临，将各种日常的营生全线占据，一种新的生活方式，让怀旧变得陌生而不合时宜。各式各样的歌唱活动选秀节目如雨后春笋般，也是在这个时段，我惊奇地发现，大量的，甚至是全部传唱过的粤语流行歌，倾巢而出，全部移师网络上去，有不少年轻人还重新做了演绎。

其时正值广州亚运期间的高光时刻，文化的传播充满了喜庆洋洋的气息。无论是出差还是在赶路，我都把耳机塞在耳里，隔三岔五地重温了很多耳熟能详的、相遇老友般的粤语流行曲，质量的上乘和数量的众多再一次让我惊讶。

随着时间的沉淀，岁月在不时回头，文化里的各种经典浴火重生，终于，粤语流行音乐被称为经典，不断地被一代又一代的年轻人青睐和追捧。

一场算得上是盛大的致敬不期而至，总能捕捉先机的湖南卫视，又一次唱响了这场爆发出来的集体回忆。

这可是我们那个过去了五十年，超过半个世纪的焦点音乐，也是精神音乐啊。我们的时光逐渐黯淡下去，而这一次粤语流行音乐的重新被唤醒，还是那么清晰可触，声声入耳，感情四溅，血肉分明。

这场几代同堂的集体传唱，再度让粤语不流行的湖南，让广东以外省份的歌坛和听众，不约而同产生共鸣，回音袅袅；更让讲粤语的广东广州，港澳地区，如今的新的大湾区，恍如梦醒时分，感情复杂，满含热泪，去追思从前，去怀念以往，每个人的曾经，每个人特有的过去，每种和经典流行歌曲结下的托付共鸣的情缘。

有时，我在一个高清播放的耳机里，或者是在一套特意购置的音响里，再次浮想联翩地倾听着、品味着这些已经被时间的砂轮研磨成经典的粤语流行曲的精品。所谓经典，是无一例外地有着真善美的品质，有着专业特性的极致，或者是有着独树一帜、独具一格的音乐个性，以及具有开创性的艺术奉献。只要我们触碰她们、凝视她们、倾听她们，所有丝丝入扣的情感共鸣就会弥漫开来，把此刻的感受和人生的追忆都一点点覆盖了。我们的过去与现在，便在歌声的流淌中，有了一场让内心肃然的隆重的仪式。

是的，我在听梅艳芳《似水流年》的沧桑："谁在命里主宰我，每天挣扎人海里面，心中感叹似水流年。"

我在听张国荣的《童年时》，童年时的纯真与美好，年少时的梦想与浪漫，竟然是这样的一幅画面，这真的是农耕时代的诗意图："童年时，我与你一双双走到阡陌上，你要我替你采花插襟上。"

我在听叶倩文的《珍重》，如此千回百转，不忍不弃，"他方天气渐凉，前途或有白雪飞"，几段旋律过后，几句唱词过后，顷刻就让人沉浸在这种欲断难断的情愫里，谁何曾没有过这种依依不舍终究得舍的无奈和伤痛呢。

我在听张学友的《吻别》，柔肠寸断，绝望且又无望的留恋。我在听温兆伦的《随缘》，想起了那些季节性开的花，来了又走了，留下的只是一地的回忆。我在听陈慧娴的《千千阙歌》，少年不知愁时强作愁，等到时光无情梦断香销，纵使千般豁达，也只能面对明天了。我在听林子祥另一种演绎的《水仙情》，与他的激情偾张的《男儿当自强》不同，浓浓的粤曲小调的韵味，让听惯听熟粤剧粤曲的耳朵，陡添一种创新的新鲜。

流行曲广采博收的杂交相融，便催生出无限的可能性，如罗大佑的《东方之珠》。被喻为时代歌者的他，总是能把个人情感收纳到大时代的背景中，由此横空出世。他的作品的几个序列，导向了流行音乐的另一种引领，输入了宏阔的叙事和家国情怀的抒发，让人为之动容。

幸亏，所有人生悲喜交集的一切，都有巨大的无边的艺术去表达，又有同样丰富多样的内心去收纳。就是这个托起过流行音乐高峰、群星璀璨的粤语流行歌曲，有无数的爱好者，用一生去聆听过、去分享过，如今，又有那么多了解历史文化认知经典的年轻人再作传唱，再度分享。

我不由得感叹，我们这一代在相对贫瘠的精神时段长大，恰好遇见了粤语流行音乐，这是多么不可思议，也是多么好彩的缘分啊。陪伴着我们走进青年，走入中年，走到老年，不同的时段，给了我们不同的怀想，和一时半刻的托付，恍如一个熟稔的老友一样，眼神碰撞，声息相通，拍拍肩膀，信赖与温慰中，得得失失，一笑风云过。粤语流行歌曲的功效，就这样悄无声息地进入了内心和精神交流的层面。如今，依然可以回首，可以钩沉，可以致敬。所以，粤语流行音乐，于我们这几代人，是声声在耳，于新一代的年轻人，是声声不息啊。

原载公众号"记忆"2022 年 10 月 19 日

【主编者言】历史是由万千小故事组成，其发展轨迹也是由这些小故事叠加展现。80年代因为拥抱着历史的转折点，万象更新。本文的小故事和种种细节，令人感动和回味。

我的80年代:《南风》风波

叶曙明

1980年是我编辑生涯的第一年。沉闷的会议，没完没了地耗去我的时间，着实令人懊恼。好在天从人愿，这时我意外接受了一个任务，有了透气的缝隙。1981年初，《花城》与《广州文艺》决定以增刊形式，合办一份《南风》报，双方各派代表，再聘请一些专家学者，共同参与编辑。李士非是《花城》的代表，他把我也拉上。"还有谁？"我问。"就我们俩。"他说。我大吃一惊。在工厂学开车床，还要跟两年师傅，才能拿到那个小红本，到花城没几天，一个作者都不认识，一点基本训练都没有，就要参加创办一份报纸。李士非用人的大胆，有时让人瞠目结舌。

《南风》报的编辑部设在《广州文艺》杂志社里，在华侨新村一幢小别墅里办公。我平时在花城出版社，每个月到《广州文艺》开两次编前会，还有20元编辑费！对于在工厂只有几块钱工资的我来说，无异天降横财。第一次领到编辑费后，我在大街上骑单车，兴奋得差点就要双手离把欢呼："我发财了！"

《广州文艺》派出副主编霍之健和钟子硕、方亮、岑之京、詹忠效（美编）等人参与，还有省社科院张绰、中山大学黄伟宗、暨南大学许翼心、《南方日报》谢望新、《羊城晚报》王有钦、省作协黄树森等，他们的名字，在文化界都是响当当的，只有我是刚离开工厂的门外汉，一身机油味，基本插不上话。有好几次，我跑到霍之健在下塘的家中，听他谈文学、谈报纸。他的神态、语气，完全没把我当成一个年轻新手，要指点我、启发我，而更像与一位老编辑、老朋友聊天，平等、温和，语速不徐不疾，带有商量口吻。老编辑就是老编辑，敦庞之朴，让人肃然起敬。

《南风》是双周刊，对开四版，定价7分钱。每期"南风"二字，请不同的书法名家、社会名流题写，报纸以刊登文学作品、艺术作品和文化界消息为主。1981年2月10日正式创刊。第一期开始连载香港作家梁羽生的武侠小说《白发魔女传》，这是黄树森辗转联系梁羽生后引进的，也是我第一次编辑香港文学作品。

那年的2月5日是大年初一。报纸是年初六出厂，街上还洋溢着热闹的过年气氛。我和《广州文艺》几个年轻人，顶着寒风，分头上街卖报纸。我用单车推着一大叠散发着油墨香味的《南风》报，到东山公园门前的1号公共汽车总站叫卖，冷得瑟瑟发抖。那时非常流行年历卡，一张小卡片，一面印着全年日历，另一面印着各种图案。我从朋友处搞了一批，卖报纸时大声吆喝："买《南风》报！《白发魔女传》！买一份送一张年历卡！"果然很多人围上来，报纸一会儿就卖光了。我觉得自己还是有点生意头脑的，洋洋得意。

我把《南风》报到处送人，一方面固然是做宣传，另一方面也不无炫耀之意：瞧，我有免费报纸看。不料惊动了一位朋友，他叫杨小彦，是民乐茶场的知青农友，性格活跃，能说会道，走到哪里都是一颗明星，与我的性格相反，所以我也搞不清，为何我们会成为好友，可能就是冥冥之中那种神秘关联吧。

杨小彦在茶场时，经常负责出墙报，已显出他的绘画才能，不过那时的内容，大都是"身在茶山，胸怀天下"之类。有一次我和他一起值夜班，快天亮时，实在太过无聊，他问我会不会打拳，正好我学过几个动作，就打给他看，当然是走了样的花拳绣腿。他以后逢人就说我打拳的事，还说得眉飞色舞。

因为经常一起值夜班，一起无聊，就留下了许多无聊的记忆。有一天，天刚蒙蒙亮，忽见一名年长的科长，双手插裤兜，眉头紧锁，表情严肃，从操场上匆匆而过。我有点担心地问："是不是出什么事了？"杨小彦瞄了一眼说："没事，他赶着上厕所呢。"我大惊问："你怎么知道？"他说："他上身前倾，急急而行，说明他内急难忍，插在裤兜里的手一定攥着张手纸。"我哑然失笑，几个小时的无聊和疲倦，顿时消散。

杨小彦是我离开茶场后，仍然保持密切来往的、为数不多的朋友之一，他这时是广州美术学院油画系学生。有一年暑假，他与同学一起到广东惠州的港口，美其名曰"深入生活"，实则是旅行兼练习速写和写生。

杨小彦后来在一次公开演讲中回忆："惠州的港口镇不大，但在改革开放广东沿海的走私史中，估计非常重要。我们到的时候，满港口镇都堆放着成山的电子表和录音机。这些走私品与我们这几个学生没有关系，我们仍然以一种审美惯性来观察眼前的一切。"我所理解的"审美惯性"，大概就是按照学院传授的标准，从纯朴的渔姑、满脸皱纹的老农、大海的日出日落、闪闪发光的海浪中，观察出美感来，当然也包括观察香港电视。

他们经常钻进渔船，"通过十二寸的黑白电视，偷看充满'资本主义罪恶'的香港电视"。一连看了几晚，都是失望而回，"因为看不到想象中的'罪恶'"。他从惠州回来后，和我聊起香港电视，却眉飞色舞地说，香港电视没什么好看，就是一群女的穿着三角裤在跳舞。边说还边扭动身体，模仿跳舞姿势，然后哈哈大笑。他这句话给我很深印象，以致后来一看见电视上的比基尼女人，就想起杨小彦。

我的小说《卖假药的老头》，对他也许是一个刺激。那时谁都想当作家，都觉得写小说很过瘾。"他能写小说，我想我也可以。"杨小彦说，"那个时候，我的文学梦远远超过艺术梦。"他以大海为背景，发挥想象，构思了一篇题为《孤岛》的小说，写一对青年男女，在孤岛的封闭环境中，"展开了一场无声的情爱冲突"。女生长得不算漂亮，常常自卑和自我压抑，而男生对来自女生的暧昧无动于衷。高潮是，"在一个美丽的月夜，女生裸体站在发白的海滩上，惊讶地发现，原来自己的身体如此完美"。这时男生突然出现，"发生了没有具体肉欲行为的性爱盯视"，最后逃之夭夭。

杨小彦把小说拿给我看。我一口气读完，很喜欢小说中这种人与人若即若离，朦朦胧胧，无由而生，无疾而终的关系。这也是后来经常出现在我小说中的主题。就《孤岛》而言，男女双方，只要有一方稍逾界线，整篇小说马上就不足观了，它好就好在"隐去目的，以扼腕怅然收篇"。我把小说拿给李士非看，他也毫不掩饰喜欢，马上说："放《南风》第三期。"并要我约杨小彦见面。

我很兴奋，这是我作为编辑，第一次成功组稿，第一次有了"自己的作者"——可惜这个作者只写了一篇小说，就不再写了，因为我没料到，杨小彦也没料到，小说发表后，招来了一场风波，足以证明世上没什么"孤岛"。小说在大学校园很受欢迎，中山大学和暨南大学的学生自发开讨论会，基本是一片叫好声。但一些主流媒体却发表文章，指摘《孤岛》有严重问题，作者意识不纯，品味低下。

我知道小说惹祸了，但到底祸有多大，却不清楚。也许出于保护我的原因，李士非把所有责任扛下了。我担心地问他，是不是有麻烦？他淡淡地说："没事。你别管。"据杨小彦追述，当时人民日报广东站的记者，把《孤岛》作为"资产阶级自由化"证据之一，写进内参，向上汇报；《文艺报》的一篇文章，罗列了一堆"有问题作品"，《孤岛》赫然在列。这不奇怪，花城社因为《人啊，人！》和《不断自问》，成了"重点观察对象"，必然会有人拿着放大镜找碴。这场风波，虽然对花城社、《南风》报没有太大冲击，却击碎了杨小彦的文学梦。"似乎要做成的文学梦，转瞬间消失得无影无踪。"他说。

杨小彦1982年从美院毕业，李士非马上把他招入《花城》编辑部。这是我与他第二次做同事。在很多场合，只要杨小彦在场，李士非就会兴致勃勃地把《孤岛》的情节讲上一遍，有些段落几乎能背下来。他对杨小彦不再写小说，深感惋惜与失望。很多年以后，两人见面，李士非还在问："你为什么不写小说？你会成为一个优秀的作家。"杨小彦一再解释，自己没有讲故事的才能，而且艺术是他更感兴趣的领域。李士非听了，总是摇头叹气，然后又把《孤岛》情节再说一遍。"这常常弄得我不好意思。"杨小彦说。

我也觉得，天生我材必有合适之用，只要找得到合适位置，谁都可以是肆应之才，找不到则一世郁郁不得志。后来，杨小彦又去读硕士、博士，担任过《画廊》杂志主编、岭南美术出版社常务副社长、中山大学传播与设计学院副院长，写评论、研究艺术史、策展，也许那才是他的合适位置。对八十年代，他有自己的感悟，他曾说《孤岛》就是他的八十年代开始："对我来说，'八十年代'不仅是时间概念，而且还是一个略带失意的文化概念。"这种失意，来自在激烈的意识形态交锋中，自由与开放，经常横遭狙击。

《花城》作为《南风》的合作方，时间并不长，1981 年底就退出了，报纸交回给《广州文艺》自行编辑出版，直到 1989 年 11 月停刊。我回到了《花城》编辑室，每月少了 20 块编辑费，初尝由富入穷的滋味。从此与《广州文艺》的人，也渐渐少联系了，听说钟子硕 1996 年当上了市文联主席，上任没几天去世了。霍之健后来去了文化局属下的广州文学艺术创作研究所工作，1995 年退休，2021 年 8 月在睡梦中安然去世。

原载公众号"历史现场"2023 年 7 月 3 日

【主编者言】关于李时珍的一些知识，从他的纪念邮票说起。我们绝大多数人不知道这些知识，我们只知道李时珍这个名字。他的贡献早已经渗透在中医药的行进脚步中了。

《本草纲目》通识：从李时珍纪念邮票谈起

王家葵

在 1951 年维也纳世界和平理事会上，祖冲之和李时珍被推举为世界文化名人，李时珍遂取代"医圣"张仲景、"药王"孙思邈，成为中国传统医药之代表人物。推考原因，除了受民国以来废医存药论的影响，张仲景太守"官僚"身份，孙思邈道教人物"迷信"背景，在新时代皆不及李时珍方便宣介也。

此后不久，莫斯科大学决定在其主楼会议厅镶嵌世界文化名人肖像，于是向中国政府寻求祖冲之与李时珍的图绘。经时任中国科学院院长郭沫若建议，这一任务交给人物画家蒋兆和（1904—1986）完成。祖冲之采用科学院副院长竺可桢先生的形象，李时珍则以蒋的岳父，京城"四大名医"之一的萧龙友（1870—1960）为模特，并参考王世贞所撰《本草纲目》序言形容李时珍"睟然貌也，癯然身也，津津然谭议也"造像，稍稍做了一些修饰。

李时珍的画像受到广泛好评，就此成为李时珍的标准像（参见赵中振《行天下探岐黄》）。1955 年邮电部发行中国古代科学家纪念邮票，全套 4 枚，分别是张衡、祖冲之、僧一行、李时珍，由孙传哲设计，即用蒋兆和原图造型，只是改为雕刻版，编号"纪—33"。集邮界有一个专用名词叫"错版票"，指构图设计或制版印刷环节出现纰漏的邮票。一般在发现错版后会及时收回，外间流传极少，属于珍稀邮品。中国古代科学家纪念邮票已经发行四组，其中 1962 年发行的第二组"纪—92"之蔡伦，生卒年被标注为"公元前？—121"，因为误植"前"字，遂成为价值不菲的错版票。仔细研究李时珍邮票上的文字，上面的错版元素较蔡伦的生年更加严重，只是一直无人发现，遂失去成为"错版票"的机会。

邮票发行是非常严肃的事，方寸之地容纳信息有限，更需要字斟句酌，李时珍图像下方两行文字是对其生平和成就的高度概括："李时珍（公元1518—1593）医学与药物学家，辑成《本草纲目》，书中载有中国药用植物1892种。"

仔细审视这段文字，居然有两处明显不妥。

《本草纲目》全书52卷，各论分为16部，60类，记载药物1892种。数字是这样来的，李建元《进〈本草纲目〉疏》说，《本草纲目》将《证类本草》的药物剪去繁复，得1479种，补录诸家本草39种，李时珍新增374种，合计药物为1892种，刘衡如先生点校本根据实数统计为1897种。但错误并不在此，而是"中国药用植物"6个字。如果只看植物药，《本草纲目》实际有1097种，占全部药物的58%。估计设计者没有理解"本草"二字，所谓"直云本草者，为诸药中草类最多也"，遂将全部1892种都当成植物了。事实上，"本草"一词多数时候都与"药物学"等义，入药涵盖动、植、矿三类，以及少数人工制成品，并不局限于植物。

不仅如此，"中国"二字也不妥。从汉代《神农本草经》开始，就不断有域外药物进入本草，不断累积叠加，《本草纲目》中引种或依靠进口的药物已有200余种。如书中记载的番红花、番木鳖，在当时都属于"进口药材"。明代是引进外来物种的高峰时期，一些农作物如玉米、甘薯、南瓜、丝瓜，都在《本草纲目》中首次或较早记载。

第二处是使用"辑"字，这涉及对《本草纲目》学术地位的评价。描述著作权的词汇有著、撰、编、辑、纂等，意思不完全一样。

陶弘景开创了一种"滚雪球"式的本草编著体例，将前代本草完整地收入己著，再加以注释评说。此体例被唐代《新修本草》、宋代《开宝本草》《嘉祐本草》采纳，至北宋末唐慎微作《证类本草》，完全成为资料缀合。《本草纲目》自创纲目体，将前代文献按照释名、集解、发明、辨疑、正误诸项，分类裁割，其中抵牾之处，皆有明确判断，不作骑墙之论；更有许多条目是自己亲闻、亲见，或亲身实践所得。虽然《本草纲目》在"辑书姓氏"中题作"敕封文林郎四川蓬溪县知县蕲州李时珍编辑"，但在卷一开列《历代诸家本草》，其末殿以己书，提要说："明楚府奉祠敕封文林郎蓬溪知县蕲州李时珍东璧撰。搜罗百氏，访采四方。始于嘉靖壬子，终于万历戊寅，稿凡三易。"

"搜罗百氏，访采四方"，乃言总结文献与实地调研相结合。先说文献，李时珍自陈"凡子史经传，声韵农圃，医卜星相，乐府诸家，稍有得处，辄著数言"，《本草纲目》引据本草、医经、方书，乃至经史佛道文献凡八百余家，故王世贞序称赞说：

> 上自坟典，下及传奇，凡有相关，靡不备采。如入金谷之园，种色夺目；如登龙君之宫，宝藏悉陈；如对冰壶玉鉴，毛发可指数也。博而不繁，详而有要，综核究竟，直窥渊海。兹岂仅以医书觑哉，实性理之精微，格物之通典，帝王之秘箓，臣民之重宝也。

格物更须实践，元明间本草家能躬行者不多。比如茼蒿首载于《嘉祐本草》，这是常见菜蔬，汪机在《本草会编》中居然表示"本草不著形状，后人莫识"。李时珍对此十分感叹，在集解项说：

> 此菜自古已有，孙思邈载在《千金方》菜类，至宋嘉祐中始补入《本草》，今人常食者。而汪机乃不能识，辄敢擅自修纂，诚可笑慨。

因此在《本草纲目》卷一《历代诸家本草》介绍中对《本草会编》评价极低，谓："臆度疑似，殊无实见，仅有数条自得可取尔。"

李时珍自然是身体力行者，不放过任何考察调研的机会。在《本草纲目》中有通过常识判断，指出前人记载谬误之处。如百合本是常见物种，其鳞茎由数十片鳞瓣相合而成，如陶弘景所形容"根如胡蒜，数十片相累"，因此得名。宋代《本草图经》误信传说，谓百合"是蚯蚓化成"，李时珍批评说："（百合）未必尽是蚯蚓化成也。蚯蚓多处，不闻尽有百合，其说恐亦浪传耳。"

　　《本草纲目》中许多论述更源自李时珍的亲自观察体会。比如"旋花"条发明项说："时珍自京师还，见北土车夫每载之，云暮归煎汤饮，可补损伤。则益气续筋之说，尤可征矣。"这应该是李时珍从太医院任上告归，从北京返回家乡时的见闻。

　　李时珍的家乡蕲州（今湖北省蕲春县）位于大别山南麓，药产丰富，所出白花蛇、艾叶被誉为道地，被称为"蕲蛇""蕲艾"，李时珍在《本草纲目》中都有专门记载。"白花蛇"条说："花蛇湖、蜀皆有，今惟以蕲蛇擅名。然蕲地亦不多得，市肆所货、官司所取者，皆自江南兴国州诸山中来。"又指出蕲州所产区别于其他地区的特征："出蕲地者，虽干枯而眼光不陷，他处者则否矣。故罗愿《尔雅翼》云：蛇死目皆闭，惟蕲州花蛇目开。如生舒、蕲两界者，则一开一闭。故人以此验之。"强调："今蕲蛇亦不甚毒，则黔、蜀之蛇虽同有白花，而类性不同，故入药独取蕲产者也。"

　　艾叶除了汤药内服，也是艾灸的重要原料，一般以放置陈久者为佳，所以《孟子》说："七年之病，求三年之艾。"艾叶的产地历代不同，明代开始蕲州艾成为道地品种，李时珍的父亲李言闻就著有《蕲艾传》。李时珍在《本草纲目》"艾叶"条结合自己的考察，有详细阐释：

　　　　艾叶，本草不著土产，但云生田野。宋时以汤阴复道者为佳，四明者图形。近代惟汤阴者谓之北艾，四明者谓之海艾。自成化以来，则以蕲州者为胜，用充方物，天下重之，谓之蕲艾。

李时珍还专门说："相传他处艾灸酒坛不能透，蕲艾一灸则直透彻，为异也。"早期本草对艾叶的产地记载很少，《名医别录》仅说"生田野"。宋代有北艾（产今河南汤阴）、海艾（产今浙江四明）之分。明代以来，皆以蕲州艾叶为胜。《本草品汇精要》云："艾叶，道地蕲州、明州。"《本草乘雅半偈》受李时珍的影响，特别强调蕲艾，说："（艾叶）蕲州者最贵，四明者亦佳。蕲州贡艾叶，叶九尖，长盈五七寸，厚约一分许，岂唯力胜，堪称美艾。"

除了采访调研，李时珍也亲身尝试。比如曼陀罗花为《本草纲目》首次收载，今天多称作洋金花，所含东莨菪碱有麻醉和致幻作用。李时珍亲自尝试，并记录说："相传此花笑采酿酒饮令人笑，舞采酿酒饮令人舞。予尝试之，饮须半酣，更令一人或笑或舞引之，乃验也。"又说："八月采此花，七月采火麻子花，阴干，等分为末，热酒调服三钱，少顷昏昏如醉，割疮灸火，宜先服此，则不觉苦也。"这其实是元明以来，中医进行清创处理或者小手术所用"麻沸散"的基础配方。

编辑只是搜集前人的著作，汇编成书；撰著则需要著作者构思，且有自己的观点陈述。以上数例足以说明，李时珍虽然谦虚地使用"编辑"一词，后人对待此书，仍应该称作"撰著"，才是实情。

邮票上记李时珍的生卒为"公元 1518—1593"，即正德十三年生，万历二十一年卒，其来历也有一段掌故可以陈说。

翻检明代各种文献，并没有李时珍生卒年月的确切记载。李时珍的同乡后学，清初文学家顾景星（1621—1687）为李时珍作传，只是说"年七十六，预定死期，为遗表，授其子建元"，而没有提到具体时间。据李建元《进〈本草纲目〉疏》云："臣故父李时珍，原任楚府奉祠，奉敕进封文林郎、四川蓬溪知县。生平笃学，刻意纂修，曾著《本草》一部，甫及刻成，忽值数尽，撰有遗表，令臣代献。"《明史·李时珍传》说："书成，将上之朝，时珍遽卒。未几，神宗诏修国史，购四方书籍。其子建元以父遗表及是书来献，天子嘉之，命刊行天下，自是士大夫家有其书。"其说即本于李建元疏。

根据《明实录》，明神宗诏修国史在万历二十二年（1594）三月，至二十四年十一月，"湖广蕲州生员李建元奏进《本草纲目》五十八套，章下礼部，书留览"。此与晚近出土的李建元墓志铭说"岁丙申冬，公以单骑抵燕京，奉表上"相吻合，丙申即万历二十四年。《明实录》说进呈《本草纲目》58套，显然是印刷本。按照李建元的说法，李时珍在书"甫及刻成"之际，"忽值数尽"，即卒于此书印刷出版后不久。可遗憾的是，《本草纲目》最早的版本金陵本书首只有题署"万历岁庚寅春上元日"的王世贞序，庚寅为万历十八年（1590），这可以视为《本草纲目》开雕时间的上限。换言之，李时珍当卒于万历十八年至万历二十四年之间。另外，如果《明史》说李时珍在神宗诏修国史前夕去世为实情的话，则其卒年为万历二十二年（1594）三月以前。

20世纪50年代，张慧剑受上海电影制片厂委托创作电影剧本《李时珍》，数次前往蕲春考察，访得由其子李建中、李建元、李建方所立李时珍夫妇合葬碑，树立时间是"万历癸巳中秋"，即万历二十一年（1593）。时间与上述推断皆相吻合，学界于是同意此即李时珍的卒年，同时也是《本草纲目》初版刻成的时间。由此上溯，确定李时珍生于正德十三年（1518）。

不像今天医药分科，古代医家未必精通本草，但本草家绝大多数都是名医，李时珍也不例外，所以邮票上给予他"医学与药物学家"的头衔。李时珍的医学著作有《濒湖脉学》《脉诀考证》《奇经八脉考》，于脉学颇有发明，《四库全书总目提要》评价说："可谓既能博考，又能精研者矣。自是以来，《脉诀》遂废。其廓清医学之功，亦不在戴启宗下也。"李时珍临床治疗亦称妙手，《本草纲目》"灯花"条发明项说："我明宗室富顺王一孙，嗜灯花，但闻其气，即哭索不已。时珍诊之，曰：此癖也。以杀虫治癖之药丸服，一料而愈。"从症状来看，应该是由肠道寄生虫引起的异食癖，所以李时珍用杀虫药治愈。

尽管李时珍以医药驰誉，他的自我定位仍然是儒生。顾景星《白茅堂集·李时珍传》说：

李时珍字东璧，祖某，父言闻，世孝友，以医为业。……年十四，补诸生。三试于乡，不售。读书十年，不出户庭，博学无所弗窥。

李时珍虽从父李言闻行医，依然保持儒门本色，其撰著《本草纲目》不仅在纠正、校订旧经古注之"舛谬差讹遗漏"，凡例还专门指出："虽曰医家药品，其考释性理，实吾儒格物之学，可裨《尔雅》《诗疏》之缺。"所以万历八年（1580）李时珍亲赴太仓弇山园谒当世大儒王世贞，请求王为《本草纲目》赐序。

王世贞对李时珍印象极好，乃作《蕲州李先生见访之夕即仙师上升时也寻出所校定本草求叙戏赠之》为赠，诗云：

李叟维梢直塘树，便睹仙真跨龙去。

却出青囊肘后书，似求元晏先生序。

华阳真逸临欲仙，误注本草迟十年。

何如但附贤郎舄，羊角横持上九天。

赠诗末句"贤郎"下有注："君有子，为蜀中名令。故云。"这位"为蜀中名令"的贤郎，是李时珍的长子李建中，《蕲州志》有传，其略云："嘉靖四十三年举于乡，六上礼官不第，署河南光山教谕，为诸生授经，束脩转给寒士。升四川蓬溪知县。"李建中在蓬溪任上政绩卓著，按照明代文官父祖封赠制度，外官考满合格父母可以获得对品封赠，《本草纲目》书前李时珍衔"敕封文林郎四川蓬溪县知县"，即由此而来。

"华阳真逸"两句用道书《桓真人升仙记》中陶弘景的典故，说陶弘景修道有"三是四非"故不得立即升仙。其中第一非即是："注药饵方书，杀禽鱼虫兽救治病苦。虽有救人之心，实负杀禽之罪。"王世贞因此调侃李时珍，何不将后续工作委托给儿子，以便自己轻举飞仙。

不知为何，这篇序言竟拖延十年，至万历十八年才交付。王世贞在序言中回忆初见李时珍的印象——"睟然貌也，癯然身也，津津然谭议也，真北斗以南一人"。这是用狄仁杰的掌故，《新唐书·狄仁杰传》谓："狄公之贤，北斗以南，一人而已。"推许之高，非以寻常医药家目之。

由此看来，纪念邮票上寥寥数语确实不足以概括李时珍的成就，郭沫若1956年2月为修建李时珍墓题词："医中之圣，集中国药学之大成。《本草纲目》乃一八九二种药物说明，广罗博采，曾费三十年之殚精。造福生民，使多少人延年活命。伟哉夫子，将随民族生命永生。"题跋小字说："李时珍乃十六世纪中国伟大医药家，在植物学研究方面亦为世界前驱。"这一评价符合现代价值观，可谓盖棺定论矣。

原载"澎湃"2023 年 7 月 29 日

我为老师做川菜

王国平

一

不知不觉间，已来太湖大学堂十天了。

这十天来，天气倒也适应，作息时间也符合我的生物钟，唯独天天吃着以清淡见长的江浙菜，嘴里能淡出传说中的"那个"来。

我知道，我是开始想念麻辣爽口的川菜了。

我从小就喜欢辣味。小时候在村上，是远近闻名的"辣子虫"，亲戚们非常欢迎我到他们家去耍，因为我这个小客人最好招待，只需要饭桌子上有炒青辣椒，就算是至美之味了，我就会吃得"神喜人欢"的。后来读书，远走德阳，热爱辣椒到名动机校（四川省机械工业学校之简称）的程度，被誉为"辣子王"。

1996 年，我怀揣着一颗"火辣辣"之心，来到都江堰，在一个工厂里开始了我的火热生活。开始不是以文字为人所知，而是以敢于挑战极辣食物而小有影响，在面馆吃面时，我会很低调地对老板说："三倍辣椒，三倍花椒……"遇到抠门的老板，听到我的话，总会马上变成一张苦瓜脸。据坊间消息，亦有人称我为"辣欢天"。因此，以麻辣著称的"青椒鸡""手掌鸡""尤兔头""绵阳敬米粉""宏油坊"和几家火锅皆是我最爱光顾的饭店。

我并不大的胃虽然具有无限包容之心——任何风格的菜系都可接受，但自从离开都江堰前，与马及时、王克明、施廷俊诸位在"青椒鸡"一别之后，这些天来，吃着温柔的江浙菜，回味着青椒鸡的余香，对川菜的思念之情与日俱增。

二

我思念川菜，但我并不孤单。

因为我深知，我不是一个人在战斗，在思念。太湖大学堂里还有很多人在想念川菜，比如南怀瑾老师。

南师 1937 年 5 月即到了四川，1947 年离川，寓居四川达十年之久，舌头天天与辣椒和花椒打交道。七十多年来，南师无论身在何方，胃却朝着四川，无时无刻不在怀念川菜。

我来太湖大学堂之前，南师就请人发来短信，要我在灌县（今四川省都江堰市）找两个做家常川菜的厨师，南师的要求很简单："不要专业的厨子，就要家常菜做得很地道很巴适的就行了。"

一次，在饭桌上，南师说："国平啊，你尝一下，这个油炸花生怎么不像四川的那么好吃啊？"我尝了一颗，答道："没放盐。"南老师说："对，四川的这道菜是要放盐的。"南师后来又多次说："你们不知道，四川菜那个好吃哦，这么多年了，我很想念川菜，红油鸡块、麻辣鸡丝，那个吃起才叫过瘾哦！"

还有一次，南师讲："四川人好客、会吃。那时，有很多老朋友住在四川乡下，我去看他们的时候，主人就从鸡圈里逮只鸡，到鱼塘里抓条鱼，到田边地角摘豆荚，拔青菜，在磨子上推豆花……一会儿工夫就弄出一桌非常可口的菜了，吃得之舒服哦！"

有一次，南师说："提到消夜，我就想起了成都的担担面。味道很好，麻辣味重，就是分量很少，一小碗。为什么会这样呢？分量少是因为晚上十一二点，很多人刚从剧院看完戏出来，吃点东西然后回家，分量少，才会意犹未尽。味道重则是因为深夜还有一些人从烟馆出来，麻辣味重，可以盖住鸦片烟的味道。"

后来，魏承思先生来太湖大学堂，跟我讲："老师在很多地方都要找川菜馆子。而且，老师的舌头非常敏感，尝一口，菜味高下立判。"

魏先生随后讲了一件事：南师在香港时，香港开有一家四川"官府菜"，名气大，价格也贵得吓人，吃饭的人趋之若鹜，排起队等。有一回，魏先生拿了一笔稿费约8000元，想到南师爱吃川菜，于是专门请厨师上门为南师做了一桌官府菜。南师兴高采烈地坐上桌子，把菜看一一品尝后，说："这根本就不是地道的川菜。"结果魏先生一问厨师，他们也只是见过这些菜谱，根本没有认真地学过，他们以为台湾人不懂川菜，可以蒙混过关，结果没有想到遇到了舌头与川味打了十年交道的南师。

长随南师的刘雨虹老师今年92岁了，她的一生堪称传奇，南师不止一次对我说："国平啊，假如我没空做口述，你可以先采访刘雨虹老师，她很了不起啊。"

听了南师介绍，我才知道刘老师原本是河南某县大户人家的小姐，从小向往革命，15岁投奔延安，见过毛泽东，先入陕北公学，后进鲁艺，著名作家王实味曾是她的中学老师，在四川待了很长时间，先后读过五所大学。后奔赴台湾，曾任驻台美军司令部英文翻译。中国第一个女外交官袁晓园是她的姑姐，著名女作家琼瑶是她的外甥女，当代著名学者、中央文史馆馆长、北大国学院院长袁行霈是她的小叔子。

刘老师跟随南师四十多年，默默无闻地为南师整理了很多著作，我看南师的第一本书《金刚经说什么》就是她整理的。她以前也在四川待过不短时间，川菜自然没有少吃。

有一天晚饭餐桌上有道菜是梅菜蒸肉，刘老师说："看到梅菜蒸肉，我又想起了四川的咸烧白啊，最好吃的是垫碗底的咸菜，真香！还有夹沙肉（甜烧白）

和龙眼肉。我们在成都的时候，还爱去吃吴抄手、赖汤圆、麻婆豆腐。"

接着，刘老师还兴致勃勃地讲起了龙眼肉、夹沙肉的做法。

三

因为大家都想吃川菜，于是就有人问我："国平，你会不会做川菜呢？"

我说："还可以吧，以前也经常做。"

听者都很高兴，说："老师那么想吃川菜，你就做一两个给老师尝尝吧！"

这些话听了两三次之后，我也有点心动了。

早些年，我父亲就是做菜的一把好手，村上哪家婚丧嫁娶，都要请他帮忙。就是在非常穷的那些日子，几个普通得不能再普通的菜，也能在父亲的刀下和铲中变成美味。我至今记得，父亲曾经在我爷爷生日时，做过一道简单的土豆烧肉，至今想起来，依然觉得是人间美味，便忍不住要流出思念的口水。

后来，从贫困年代走过来的我，最大的梦想就是每周能吃一回熬锅肉（回锅肉）。因此无形中，我对美食的向往，也变成了我学习、热爱做菜的动力。在所有的家务事中，我唯一愿意做而且做得很好的就是做菜。这还要特别感谢我二舅舅开馆子的那段时间，他们当时请了一个从竹园坝来的年轻厨师，还在读书的我与他很谈得来，便经常与他交流厨艺，我还经常动手炒菜，客人居然还很满意。

我对周星驰演的《食神》非常推崇，百看不厌。我个人以为，做菜最大的诀窍是"用心"，只要一个人心中充满了爱和诚，他做出来的菜一定有味道。我做得比较有感觉的菜有回锅肉、土豆烧排骨、香菇炖鸡、土豆烧鸡翅膀、番茄炒蛋、素炒平菇、酸菜鱼、火爆鸡杂等。对我的手艺，批评者有之，但是称赞者更多。

我身边也不缺乏美食界的朋友，比如成都电视台的飞哥，著名美食学家袁庭栋、李树人、苏树生、易冠群，著名诗人兼美食家流沙河、石光华、李亚伟、聂作平，电影表演艺术家兼美食家黄宗江，著名道教学者兼美食家王家祐，著名设计师兼美食家古亚东，著名策展人黄礼雄，著名作家兼美食家吴鸿、李中茂、洁尘、何小竹，新加坡著名作家兼美食家尤今，著名辞赋家兼美食家李镜，灵岩书院理事长曲立……我的抽屉里至今还保存着被誉为"饮食菩萨"的98岁高龄的车辐先生的书信几札。

我以为，是美食让我们的生活更美好。

因此，听到大家的建议，我想我是不是应该出手了，为一群想念川菜的师友做几道力所能及的菜。

四

7月6日晚，听说我明晚就要动手做川菜，南师特别高兴，对着一桌江浙菜说："好啊！你就做几个给我们尝尝，看看怎么样！"

我问道："老师，回锅肉您是喜欢五花肉还是坐墩肉？坐墩肉不肥，但是五花肉更好吃。"

南师说："肥瘦不管，主要是吃味道！"

我一听，本来有点跃跃欲试的心情，一下子有点紧张了。

因为南师是懂得川菜"一菜一格，百菜百味"的特色啊，好不好吃，其他人不一定吃得出来，但肯定逃不过南师的舌头。

当晚，为做好第二天的川菜，我在房间里用半个小时时间涂涂改改、反复斟酌，这期间还在网上征求了几位朋友的意见，最后理出了一个菜单，荤素共计十道菜，包括回锅肉、土豆烧排骨、麻辣豆腐干、火锅鱼、香菇炖鸡、素炒三鲜、麻婆豆腐、红油鸡块、水煮肉片、鱼香茄子，算了一下，够吃了。

为了做好这些菜，我又记起了我的同事肖玲美女"知之为知之，不知百度知"的教导，上网查了一下这些菜的菜谱，当场把我晕得半死。仅仅回锅肉，就有五六种做法。其他菜也大致如此。

我心一横，算了，还是按自己的做法来做，做了十多年家常菜，手中没有菜谱，心中还是有点谱的。

关电脑，灭灯，睡觉。

然而躺在床上却怎么也睡不着，满脑子想的都是这些菜。翻来覆去，我都快翻成咸鱼了，却丝毫没有睡意。

只好又起来，再次审订菜谱。一个朋友在网上说："南老师既然在都江堰待过，你可以考虑做一道都江堰的特色菜嘛，比如白果炖鸡。"一语惊醒梦中人（还没有进入梦乡），其建议当即被我采纳。大笔一挥，我最拿手的香菇炖鸡就被 PK 掉了。

三时许，实在太困了，我终于睡着了。

五

清晨六时四十分，我被闹钟吵醒，这是我和两位临时采购约定的起床时间。这么早出门是为了能买到菜单上所列之菜。我的眼睛完全睁不开，但是不行，还是强打起精神起床。

到了离太湖大学堂最近的菜市场，已是七时半。

这个菜市场不大，我在里面转了一圈，傻眼了。排骨没有了，我很拿手的"土豆烧排骨"只有取消。"火锅鱼"需要的草鱼没有，我退而求其次，寻找黔鱼，也没有，再降为花鲢，还是没有，最后只有买了一条胡子鲢回去，勉强用用。这可能是有史以来第一次用鲢鱼做火锅鱼，肯定会笑掉很多专业厨师的大牙。炒回锅肉最常用的蒜苗同样没有，这可是必需的啊！我不甘心，在小小的菜市场多转了两圈，无功而返，只有买了几个不辣的青椒将就用。豆腐只剩一小块，看来麻婆豆腐是做不成了，用在火锅鱼里面吧。白果也没有新鲜的，有的只是泡白果，这肯定不行，我只好又买了几个长青椒，准备回去做辣子鸡，整点特辣的菜给大家开胃。

哎，看来昨晚三点确定的菜单又要改了。

午饭时，宏忍师兴冲冲地过来，手里端着一个塑料饭盒，里面装着一些白果，她说："这是太湖大学堂的银杏树上结的白果。"我心头一喜，看来白果炖鸡这道都江堰菜保住了。

六

厨房通知我下午三点半开火。

午饭后，我本来想好好休息一下，以便以更好的状态为南师做川菜。但是没有办法，在床上翻来覆去睡不着。快两点时，我突然想到，白果炖鸡至少要炖三个小时，如果三点半开始的话，加上准备工作，起码四点才能开始炖，六点开饭，虽然鸡肉能炖软，但是肯定汤不会有多香，而这道菜，味道全在汤里了。

我翻身而起，来到厨房。师傅们当然还没有到，我只有请一个服务人员给厨师长打了一个电话，请他提前过来。

我心急如焚地在厨房里转来转去，虽然温度很高，但是浑然不觉。厨师长来后，递给我一件工作服、一顶厨师帽。我穿衣戴帽后，就投入了紧张的工作之中。

我做的第一道菜是需要慢火久炖的白果炖鸡。我先将鸡洗净，鸡腿分开（煮熟后用来做麻辣鸡丝）。其余部位，剁块，焯水，然后将鸡油入锅翻炒，油被炸出来后，去掉油渣，在锅内加水，放入鸡块，大火烧沸后，将其转入砂锅，加姜末、花椒和盐，小火慢炖。五时三十分，放入已掏去心芽的白果。六点起锅入桌。

炖鸡的同时，我将五花肉和鸡腿分别入锅煮熟。最后一看五花肉，再次傻眼，怎么上面还有一截排骨，一打听，才知道原来江南的人几乎不吃回锅肉，而喜欢吃红烧肉，这些连着排骨的五花肉正是用来做红烧肉的最佳材料，起掉排骨之后，本来很瘦的五花肉就显得异常肥腻，但是没办法，生肉已经煮成了熟肉。

在郁闷的同时，我还不得不开始做其他菜的准备工作，比如给鱼码料，准备其他配菜，准备姜、葱、蒜等作料，很是忙碌了一阵子，看看差不多了，就回房休息了一会儿。

五点半，紧张的炒菜工作开始了。我先炒的是番茄炒蛋，将切成小粒的番茄和着鸡蛋粒一炒，起锅之前，撒了一些葱花，就变成了黄、红、绿三色的完美搭配，而味道咸甜兼得。

看看离吃饭时间还有二十分钟，我就开始做火锅鱼。先把姜片、蒜片、葱白、野山椒等放进油锅爆炒，然后放入郫县豆瓣和四川泡菜，最后放入重庆火锅料同炒，加水，放鱼块，鱼熟后，起锅，放入竹笋、平菇、小白菜、豆腐等。起锅前，将煮好的鱼块再放入煮半分钟，起锅，看起来颜色红亮，闻起来味道麻辣。

六点开饭时，端上桌子的菜已有白果炖鸡、番茄炒蛋、火锅鱼、泡椒鸡杂四道菜。估计南师已经坐上桌子了，我就开始炒青椒回锅肉，等送菜的王爱华姐回来，我很期待地问："不知道大家觉得味道如何？"她说："还没吃，在等你呢。南老师说一定要等你一起吃饭。"我连忙请她转告大家，火锅鱼、泡椒鸡杂、回锅肉这些菜一定要趁热吃，不必等我。

然后，我就抓紧时间做水煮肉，炸辣椒、花椒，炒豆芽，小白菜焯水，煮肉片……这期间，我抽空将师傅们已经撕好的鸡丝进行最后一道工序，加入红油、花椒油、蒜泥等各种调味品，拌了一道麻辣鸡丝。鸡丝拌好，水煮肉片也煮好了，然后，装碗，在肉片上放上炸好的辣椒面、花椒面，浇上滚烫的油，听到嗞的一声就大功告成了。

由于对厨房环境不熟悉，火力调节开关短，时间难以把握，各种调味品所放位置不一，因此东奔西走，手忙脚乱的场景必然发生，但是总的来说，这次操刀主厨还算顺利。

走出厨房前，我在心里暗叫一声："糟了，忙了一下午，忘记给自己做的菜拍几张照片了。"

七

从厨房回到饭厅，众人已吃得满头大汗。

一见我，南师便说："国平啊，辛苦啦！快坐下来吃饭。"然后又对大家说："国平真是太能干了，不仅文章写得那么好，还会做这么好吃的菜。今天这顿饭真是吃得太过瘾啦，好吃得都说不出话来了。"

我连说："不敢！只要大家觉得合口就好。"

刘雨虹老师说："今天的菜很好，要我打分的话，麻辣鸡丝要排第一。"听了大家的鼓励，我心中很是舒服。

马宏达说："今天是 7 月 7 日，是卢沟桥事变 75 周年，我们吃了一桌川菜纪念。"

我说："正好，抗战时期，出人、出钱、出力最多的是四川，今天正好以此纪念。"

晚饭临近结束的时候，刘雨虹老师说："剩下的麻辣鸡丝和白果炖鸡我要了，我要端到房间里，晚上饿了接着吃。"

南师说："这个火锅鱼也不忙倒了，晚上我们消夜的时候，用这个汤煮面，味道会很好。"

晚上八点半，消夜端了上来，我一看，果然是用火锅鱼煮的面条，南师盛了一小碗，边吃边赞："嗯，很过瘾，真是过瘾！"

大家都纷纷吃了，我连吃了三碗。

八

此时，我又想起了南师前不久讲的一个故事。

四川有一个人叫刘航琛，后来去了台湾，是个很了不起的人物，北大毕业的，当过国民政府的经济部部长。南师那时在成都，大家都喊刘航琛为"航老"。

刘航琛是个孝子，他到了台湾后住在四楼，妈妈八九十岁了，每天他都把妈妈背起，一级一级地下楼梯，到街上去转，晚上又背回来。刘航琛在台湾很穷，他过去虽做过经济部部长，自己却没有钱。

有一天，他给一个朋友写个条子，借三千元钱。干什么啊？他想去吃四川馆子。借到钱，刘航琛就到四川馆子去了，四川馆子的老板一看："哟，航老，您来啦！来干什么啊？""吃饭。""请客啊？""没有，我一个人吃。"于是他就点了四菜一汤，也就是回锅肉、白菜之类。然后又让服务员给他买了一罐香烟，把烟罐打开，说："我想成都啊。"

吃完了以后，站起来就走了。四川馆子的老板连忙说："航老，您就走啦？"刘航琛说："走啦！"老板说："还没有找您钱哪。"航老说："给你们的小费。"

南师说："四川人就这么潇洒。"

7月底，我回四川，终于找到了家常菜做得很好的余定万先生，和他一起来到太湖大学堂。

从此，南师终于可以每周一、三、五，吃到两道比较地道的家常川菜了。

后来有一次，我的朋友张勤涛先生听说南师想念川菜，特地托我为南师带了地道的辣椒、花椒及其他调味品，以备做川菜之用。

原载《南怀瑾的最后100天》（增订版），广西师范大学出版社，2023年8月

【主编者言】也许我们每个人的精神层面都有瑕疵，甚至有缺陷。外国人写的《病夫治国》就把许多国家的领导人都归为"病夫"。但是，谁有资格判定别的人是否精神病人呢？

遭遇精神 D 病

程 征

我曾经听朋友讲起过他自己一段有趣的经历。

一次，他去拜访一位老年朋友，这是他第一次去这位朋友的家里。一进门，从门边直到沙发旁，有一条报纸铺就的路，朋友让他踩着这条报纸路进来，报纸路的范围之外，到处是书、鞋子、衣服以及各种杂物。他在报纸路上走了几步之后，一不小心，一脚踩在了报纸路之外，他赶紧收回自己的脚，可是，客厅地面的灰尘，已经将一个完美的脚印留在了地板上。朋友让他在沙发上坐下，自己则去厨房里捣鼓了半天，给他端来了一杯茶。他喝了一口之后，直到离开朋友的家，都没有再喝第二口，我问他为什么，他说：那个茶杯应该是一个漱口的杯子，闻着有一股牙膏味儿。

我笑得肚子疼！

近代医学把收集垃圾，什么也不舍得扔掉的肮脏混乱综合征，称为"第欧根尼综合征"（Diogenes syndrome），简称 D 病。这是一个以古希腊哲学家第欧根尼命名的精神病。关于古希腊哲学家第欧根尼的话题，最抓人眼球的莫过于那个木桶了，尽管木桶里肮脏不堪，但是，当大帝亚历山大访问他，问他有什么需要的时候，他说："我希望你闪到一边去，不要遮住我的阳光。"法国学院派画家让-里奥·杰洛姆（Jean-Léon Gérôme）的一幅油画，以细腻的画笔，再现了第欧根尼和他的木桶，第欧根尼光溜溜的身体，与木桶在阳光下齐辉。至于他的哲学狗儿们，则乖乖地蹲在他的面前，画面中，他们袒露着的原始身体，沐浴在温暖的阳光里。至于木桶里的垃圾，直接就被忽略掉，如果仔细观察一下，也许，垃圾也能在阳光下灿烂一把的。

如果说第欧根尼的犬儒主义和哲学狗儿不太好理解，但垃圾太多，混乱不堪，这本身是一个很好解决的问题吧！不过就是做一下大扫除，该扔的扔，该摆放整齐的就摆放整齐，如此简单的问题，怎么就解决不好呢？这样的情况，往往集中体现在老年人身上，但是，随着时代的发展，大有年轻人赶超老年人的趋势。有一幅图片，一个年轻人的居所里，各种五颜六色的食品外包装，堆满整个房间，其混乱程度，一点也不输于老年人。

记得我的母亲上了年纪以后，就有了收集垃圾的习惯，空酒瓶，纸箱，矿泉水瓶，这些东西在她眼里，已经不是事物的本身，而是能换钱的宝贝。一次去看望她，见屋子里堆了不少宝贝，我灵机一动，让她把宝贝都卖给我，问多少钱才肯卖。没想到母亲一下子就识破了我的诡计，她说：我不卖给你，你一出门就会扔的，我自己去废品收购站卖。无奈，我提出帮她把宝贝拉到收购站去卖掉，她答应了，但有一个条件，她必须一起去，否则，她担心我的车一跑出小区大门，就会把东西扔掉。一阵手忙脚乱之后，汽车的尾厢里堆满了垃圾，母亲坐上副驾驶座位，我开着车一溜烟跑了。到了废品收购站，汽车稳稳地停下，我和母亲下车来，两个收废品的中年人怔怔地望着我们，一脸疑惑地说：你们是不是停错地方了？我用车钥匙遥控着打开了汽车尾厢盖，他们立刻瞪大了眼睛，一脸惊愕：这辆银色的宝马车尾厢里，满满的全是垃圾！最后，在母亲的全程监督下，垃圾换来了 28.5 元的收益。

"犬儒"可以理解为像狗一样的人，而狗是没有垃圾概念的，所谓狗改不了吃屎，足以说明狗没有垃圾概念。当然，人也好不到哪里去，一个人突然走了好运的时候，人们常常说这是走了狗屎运。于是，狗和人，垃圾和狗屎，就可以合并同类项，彼此臭味相投，如此，就是一个十分和谐且皆大欢喜的局面。

千万不要小看垃圾，以为垃圾就是没用的东西，以垃圾为研究对象，从而建立起垃圾精神学来，应该是一件大有可为的事情。首先就是要对垃圾的属性进行一个定性，什么是垃圾？第欧根尼住在木桶里，他随身的东西有以下几个：一件斗篷，一根棍子，一个面包袋。这几样东西算不算垃圾？算，也不算，至少棍子和面包袋可以算垃圾，因为，没有这两样东西，完全不影响第欧根尼在木桶里的生活。我试着给垃圾来上一段文字素描：垃圾分为有形垃圾和无形垃圾两大类，有形垃圾就是那些看上去无用，或者是可有可无的东西，再或者是那些看上去还不错，然而终其一生也不会再使用的东西。无形垃圾自然是看不见的，属于精神垃圾范畴，比如满脑子的脏话和不堪；还有一种无形垃圾，就是认知的严重缺失。拥有这种垃圾的人自己并不知道，还整天甘之如饴，这类垃圾属于垃圾中的贵族一类，不通过深入了解，是很难窥探到的。

第欧根尼每天都会打着灯笼在街上"寻找诚实的人"，这几乎就是一项没有成就感的工作。按照中国人的说法，人之将死，其言也善，我的理解就是：人到快要死的时候，才会讲真话！因此，要寻找诚实的人，大抵应该去临终关怀医院，那里，说真话的人一定是最多的。第欧根尼综合征作为一种现代精神病，体现出的，是作为人的劣根性和认知障碍。当代井底之蛙，并不是一生都不离开水井，而是随身背着一口水井云游四方，当行过万里路之后，留下的，还是井里那方小小的世界。

当然，第欧根尼综合征在有的人身上，还是有其坚守的精神内核的。睡在木桶里的第欧根尼，之所以把生活过得脏乱且极简，应是对权贵们的藐视，也是对贵族生活的消解。在中国历史上，也有一个不修边幅、随性而为的大才子，他就是三国时期的"竹林七贤"之首嵇康。据记载，嵇康身长七尺八寸，容止出众，换成现在的说法，就是一米八的大帅哥，然而大帅哥也邋遢，不修边幅，严重有损帅哥形象。嵇康是一个与权贵不合作的怪物，和现代人削尖脑袋钻营官场不同，他以自己的放浪不羁来消解着权贵们奢靡的生活，这样的人，自然是权贵不能驯服的。

人类医学科技发展到今天，疑难杂症已经不多，然而，对于精神上的疾病，人们往往束手无策。其实，换一个角度来看，精神疾病也不能算疾病，他们只是生活在自己的世界里，这个世界里的一切游戏规则，不是由大多数人一起认可制定的，而是按照他们自己喜欢的标准制定的。他们生活在其中，乐此不疲，这样的生活状态，其实并不需要你去改变，而且，你也很难改变。住在木桶里的第欧根尼，并不需要你去拯救，与权贵不合作的嵇康，也不需要你去救赎。对于有形垃圾来说，垃圾自有垃圾的好，垃圾不会欺骗你，垃圾绝对听从号令，垃圾也愿意奉献出自己所有的价值。在成堆的垃圾面前，第欧根尼综合征患者，就是一个如国王般的存在，指挥调度，运筹帷幄，而所有垃圾就如国民，自愿奉献出自己的全部价值，这便是垃圾们生存的终极目的。需要调整思路从而达到治疗目的的，也许不是他们，而是自以为清醒的我们。

　　然而，无形垃圾综合征，却是有别于有形垃圾的。无形垃圾的特点就在"无形"二字上，由于其无形，诊断起来就很有难度，其隐蔽性也极强，往往都是病到一定程度，某一日突然爆发，才能发现。比如瞬间脱口而出的满嘴脏话，不堪入目的行为举止，等等，只有爆发的时候才能确诊。然而现代医学最难确诊的，是认知的缺损，这也是最难医治的精神疾病。学医的鲁迅先生，曾经想用所学的医学知识，来医治如阿Q、孔乙己之流的精神疾病，奋笔疾书，写下了大量的临床病例和医治药方，然而几十年过去了，也没见到治疗效果，阿Q精神和孔乙己之流仍然随处可见。如此，可以窥见这类精神疾病治疗的难度。

　　记得，父亲曾对我讲过一段话，他说，他年轻的时候，也曾有过放眼世界，拯救人类，舍我其谁的一腔豪情。其实，我也曾有过如超人般拯救世界的激情，然而岁月无情地摧毁了青春荷尔蒙催生的宏愿。后来才知道，天太高，地太厚，愤青过后，没有见到宏伟的殿宇，更不可能登堂入室，剩下的，就是一地垃圾。如果能成为垃圾中的贵族，整天自以为是，倒也快乐无边。问题是，我已经过了可能成为垃圾贵族的黄金期，如今，生活一地鸡毛，连聊以自慰的空间都没有！想想如果能患上第欧根尼综合征，也算是一件快乐无边的事情啊！

我曾经对朋友说起过，我认为鲁迅先生不应该弃医从文，能成为一位受人尊敬的医者，通过自己的医治，让患者康复如初，不再受病痛的折磨，其成就感简直可以爆棚。从文，写文章以救世，想通过自己的呐喊，唤醒一大批精神病患者，其结果是：到现在也随处可见阿Q和孔乙己、祥林嫂之流，努力了半生，没有什么收获啊！所以，我觉得鲁迅先生选择放弃具体病痛的医治，而选择去治疗人类的顽疾精神病，是不明智的选择。

　　这中间，真正受委屈的应该是哲学家第欧根尼。作为古希腊的哲学家，他并没有什么精神病，他虽然过着邋遢且极简的生活，但他脑子清醒着呢！人类一个肮脏混乱的精神疾病，以他的名字来命名，实在是对第欧根尼极简生活的曲解，他若泉下有知，不知会做出什么惊人的举动来。亦如当今的鲁迅文学奖，以呐喊来唤醒大众，以治愈精神疾病为努力目标的鲁迅先生，用他的名字来命名一个文学奖，不知鲁迅先生泉下是否满意。某一日，说不定先生会突然掀开棺材板，直接坐起来，为自己发声。

原载公众号"记忆"2023年9月29日

【主编者言】家里的旧物，往往是某个家庭成员的一段历史记载，也是社会前进或后退的见证。翻出来想象一下历史的脚步，想象一下远逝的岁月，应是挺有意思的事情。

父亲的"路条"

吴玉仑

父亲去世以后的很长一段时间里我们都没有动手清理他的东西，最近才开始慢慢整理老人留下的遗物。父亲在世时都是他自己归置自己的东西，我们做儿女的都不知道他那满满当当的一屋子里装的都是些什么。当把大部分图书、报刊、日常用品等物件清理完毕后，我们才开始慢慢地接触到他早年参加工作期间留下的一些文件，包括各种文书、表格、照片，十分繁杂。

某天，我偶然间看到一个已经发黄的信封，端端正正印着南开大学的字样。抽出里面叠成几折已经发脆发黄的纸张，小心翼翼地铺开一瞧，像是一件公文，扫过几眼之后那些繁体字顿时让我一激灵，马上来了精神。

信笺最上面一行铅印红字"国立南开大学用笺"，正文的小字写的什么还没看清，校长张伯苓的钤印便已撞入眼中。看落款是民国三十六年也就是1947年，按年头算大概已经将近八十年了，信笺上面字迹稍有磨损，但仔细辨认仍然清晰可见。

这是一纸证明书，竖排行文，写道——

本校文学院助教吴廷相先生

兹有配发食物之面粉两袋拟运往北平自用请沿途军警官宪予以运送之便利，

特此证明国立南开大学校长张伯苓

中华民国三十六年十二月十日。

　　公文上钤着篆体大红印章"国立南开大学关启"——

　　愣了片刻我明白了，这是一张南开大学给教职员工发的"路条"。这物件引起了我们极大的兴趣，以前我们都不知道家里有这个东西。

　　像路条这种东西只有小时候在电影小说中看到过，过关卡时给日本鬼子、伪军看。也有地下党进入解放区时出示，证明不是敌伪特务时才能进入。当时看还觉得挺神秘的。我只知道父亲在大学工作过一段时间，但什么时候在什么地方具体情况如何父亲从没有详细和我说过。所以看到这些东西时，我一是感到新奇，二是觉得应该把家父这时期的这些材料梳理一下，这应该是个很有意义的事。

　　父亲的遗物当中保留着一本《辅大年刊》民国三十三年版，和他的毕业文凭。年刊类似现在的毕业纪念册，里面有父亲毕业时的照片，注明是辅仁大学文学院西语，那是 1944 年的年刊，他是那一年毕业的。

　　父亲毕业以后不知道为什么去天津找到一份工作。起点挺高，一上来就是大学助教，而且是著名学府南开大学的助教，校长便是鼎鼎大名的张伯苓。这些事父亲没说过我们也不得而知，可能是天津的就业环境还是比北京要好些吧。

　　父亲保存下来的南开大学的聘书及资格审查表，从聘书的日期可以看到时间已然到了 1947 年 8 月，从辅仁毕业到南开就职这之间的两三年里家父也找了几份临时的工作，大概都是一年一聘的零工，这也是我在南开的资格审查表上看到的。南开的聘书尺寸很大，我是第一次见到这样的聘书。

　　兹聘吴廷相先生为本大学外国语文学系助教任期自民国三十六年八月一日起

至三十七年七月三十一日止

国立南开大学校长张伯苓

中华民国三十六年八月廿日

（大红印章）国立南开大学关启

聘字第一四九号

这就是说父亲从 1947 年 8 月开始在南开大学工作。

另外一张是资格审查书，和现在我们的履历表差不多，前面说过父亲在去南开之前打过两份零工，我也是看了这个履历表后才知道的。

那么回到我们上面写到的关于面粉的路条。父亲做助教是有工资的，买基本的生活用品应该不成问题，大老远的买两袋面粉拿回北京的家那也太费劲了。那么，这两袋面粉难道是工资之外的福利，像我们现在过年过节时单位经常发点米面粮油那样？抑或是工资发放不足给点食物补齐？这我不知道，也没地方去打听，证实。

透过父亲的工资表可以看出当时大学的待遇相当不错。关于薪金的公文是这样的——

（同样的公函用笺）

廷相先生大鉴兹聘

台端为本校外国语文学系助教每月薪金壹佰陆拾元

附上聘书应聘书及条例各一份送请

检政并乞将应聘书签字盖章后于八月三十一日前

掷还为荷祗敬

教祺

张伯苓（铃印）启八月廿日

我查了查相关材料，当时政府机关一般职员的工资也就是十几元几十元钱。在网上还看到一份北京大学 1948 年的工资表，校长胡适 800 元，教授 600，讲师 260，助教也是 160 元，看来抗战胜利后返回原地的西南联大三校之北大和南开的待遇是一样的，助教都是 160 元。这说明当时大学的地位、大学教师的地位是很高的。不光是大学教授，中学、小学教师的待遇也很好。此外，我们说待遇如何，除了工资还要看从业人员的社会地位，综合比较，那时的大学教师比一般的机关公务员要高多了。

但纸面上的工资只是个数字，能拿到手换成具体的东西能养家糊口的才是真实的。

让我们回到家父执教具体的 1947 年，抗日战争虽然已经胜利但日本侵华那么多年致使我国经济千疮百孔破坏惨重，本应是百废待兴之时，可叹国共内战又起争端。解放军已经占领东北大部分地区，再过一年辽沈战役平津战役都将相继上演。战场形势不可能不影响到学校，实际上到了 1947 年底局势已然十分紧张了，通货膨胀日见严重。在战争期间粮食肯定属于很重要的战略物资，并且是民生的最基本保证，所以对粮食的管理肯定也是最严格的。这个我称为"路条"的证明函大概就是当时局势的一个写照。发照日期为十二月，新年就要到了，家家户户总要过个年。"路条"当然不能明说，但意思很清楚，即受战争影响物价已经不像样了，这点粮食乃教师合法所得养家糊口之用，不是投机倒把囤积居奇，望沿途军警宪特予以放行，看来南开大学的证明书还是有点分量的。

一纸文书映出了一个时代！

父亲还有一件东西更清楚地描绘了当时那种环境下人们的情绪。

这是学生会发给老师的新年贺卡，权当是贺卡吧！

卡上是这样写的——

敬爱的师长：

民国卅六年，这个艰苦难挨的岁月，已经过去，这一年中，中国的人民，受尽了痛苦！我们师生们也曾共同历尽了艰辛（身体精神上的压迫摧残，物质上的窘困），但我们低头忍耐着，您更坚毅屹立着，在这一年中，您教给我们更多更有用的知识，指示给我们应该走的道路，更蒙您赐给我们无量的抚慰与热情，我们谨此向您致最大的敬意！

放眼在刚刚来到的新岁——民国三十七年，希望它将是一个黎明和平幸福安乐年！让我们都怀抱这样心情开始来迎候它！并盼望您更坚毅的提携领导我们度过它！

祝您新年安乐健康！

南开大学全体同学敬贺，卅七年一月一日

情真意切，锥心刺骨。但希望是希望现实是现实。

这小卡片虽是格式公文统一发送，但仍可看出当时的局势之艰危，学子们焦虑之二三。

我觉得这段文字还是挺感人的。点明了在当时战火纷飞的情况下大学的日常运作仍在勉力维持，在十分困难的情况下教学工作还在正常进行，由此校方及莘莘学子们对坚持在第一线的教职员工表达了他们的感激之情。

但形势比人强，莘莘学子恐怕不会想到更困难的还在后面。不过几个月时间，1948年8月份国统区四大银行便发布了金圆券取代法币之法令，随着战事进展，炮火渐渐逼近关内，此时金融系统便基本趋于崩溃。又过了不久，辽沈战役和平津战役先后上演。北京等地虽是和平解放但战争的恐怖不可能不影响到学校，那时，大学里的混乱慌乱忙乱之气氛可想而知。

当然学子们也更不会想到再有一年多的时间国民党政府便彻底垮台，新中国诞生了。

父亲留下的信件里还有当年学生的花名册、成绩单以及校方发的如何评定学生成绩的参考标准，虽是普通物件但都挺有意思，可以看出当年大学的办事风格。助教的日常工作，我想可能就是批改作业，登记造册之类的事。

至此，我的脑海中浮现出两组父亲当年俊朗的身影。年轻的助教坐在办公桌前，按照学校的标准认真地给学生批改作业，然后一笔一画地登录在学生手册上，并时常回答学生的一些疑问，只关乎外语不涉及其他，父亲一辈子都小心翼翼研究学问从不过问政治。

另一组画面是年关将近，父亲费劲地提着两袋面粉，匆匆赶乘火车或公交回家，估计跟现在民工年底回家大包小包是一个意思。说实话我真不知道当时的一袋面粉有多重，不会是现在的五十斤吧，也不知道他是怎么一路回应着军警宪特的盘查一边把那两袋面粉弄回家，以及家人见到面粉时的惊喜！

1949 年以后，我只知道父亲一直当老师，在六十五中学教英语、俄语直到退休。

对我来说，写完这篇文字，这些材料就算是完成了它们的使命，但想到这些信件当中遗存的历史信息可能还有其他功能和价值，即见证历史的功能，所以还是应该把它们放在它们更应该在的地方。和家人商量以后决定将这些材料捐给它们的来处——南开大学。联系学校以后他们也很高兴能接收这样一些私人信件。让学生和教职员工都能看看以前学校的某一侧面是什么样子，我想当下的人未必有几个见过这样的实物，想起来不也是件挺有意义的事么！

原载公众号"老吴瞎聊"2023 年 8 月 17 日

【主编者言】"普者黑"是一个大多数人都不熟悉的名字，因为一档电视节目而为人所知。作者的脚步踏上这块鲜为人知的土地，思绪却由此出发，跨越时空，漫游千里。

风情多姿普者黑

张雪峰

"彩云之南"，对于一个出生在"大河之南"的中原人来说，是一个美丽多姿而又让人充满遐想的神秘之地。

到达普者黑高铁站已是傍晚，远山如黛，山色空蒙，这里属云南文山壮族苗族自治州丘北县。普者黑——三个极为普通的字，组合在一起却让人不解其意。

带着疑惑，我顺着人流走出车站，前来接站的天保出入境边防检查站的伙国剑也刚到。小伙穿军用 T 恤，短发，帅气精干，逼人的英气让我以为他是一位年轻的边防干警。他热情地寒暄："战士们都在执勤，只能我来接您了，时间有点仓促，路也不太熟悉，幸好没有迟到。"我才意识到接我的是一位领导。

伙国剑 2005 年于云南民族学院中文系毕业，入伍到边防部队工作，如今已是扎根祖国边防 18 年的老兵了。军队改革时，小伙所在的边防部队整体移交地方，本来想转业的他，响应祖国号召，脱下军装换上了警服，依然留在了边防，现任检查站政治处的副主任。

伙国剑是云南人，蒙古族。我好奇地问："蒙古人应该生活在草原上，你怎么到了云南呢？"小伙耸耸肩说："我也不知祖上啥时、为啥到了云南。"接着笑了笑说："五十六个民族五十六朵花，祖国哪里都是温暖的家。"

"边防工作环境和生活条件都非常艰苦，移交前就没想转业地方？这一留下来，不是一辈子干边防了？"我问道。

"很多来自祖国各地的战友本来打算转业回家乡工作，现在都响应号召留了下来，我作为云南人更应该留下来戍边守疆。你不扛枪我不扛枪，谁来保卫祖国，谁来保卫家。"

小伙的话不多，却透着军人特有的豪爽与乐观。尽管小伙所在边防部队已整体移交成为边防警察，但小伙依然保持着军营作风，比如称同事或伙伴为战友，唱《团结就是力量》《说句心里话》《十五的月亮》《血染的风采》等军歌。

"普者黑是啥意思？"我问小伙。

"普者黑是彝族语言鱼虾塘的音译。"小伙解释说。

原来是肥沃的鱼米之乡。四处野鸭和菱藕，晚上回来鱼满舱——多姿多彩的民族风情及安居乐业的祥和氛围扑面而来。

"云南喀斯特地形分布很广，这种地形如漏斗一样，大部分地表水都流入地下，形成地下河。以至于云南大多地方虽然属于亚热带和热带气候区，但很难形成连片的水塘，所以有'地下水滚滚流，地表水贵如油'的说法。普者黑却难得有大片水域，这里是国家四 A 级风景区，很多影视剧在这里取景，特别是《爸爸去哪儿》开播后，普者黑更是名声大噪。"小伙三言两语、高屋建瓴的科普，让我一下子理解了普者黑风景的精髓所在和可贵之处。

虽然我很少看电视的娱乐节目和肥皂剧，但在小伙强力推荐之下，我陡然对普者黑喀斯特国家湿地公园的美景充满了期待。

汽车在盘山公路上爬行四十多分钟，到达普者黑景区附近的一所民宿。我终于和这次边关行采风团的朋友们会合了。两天的行程，他们奔波在海拔四五千米的边防哨所，尽管风尘仆仆，有的人甚至因剧烈的高原反应，显得面色憔悴，但在"老山精神"的鼓舞下，大家依然热情洋溢地谈论着此次采风的收获和感悟。

晚餐后，民宿前的空地上燃起一堆熊熊的火焰，为了迎接远道而来的客人，主人精心准备了一场简易而隆重的篝火晚会。清亮的山歌唤醒了客人的激情，大家纷纷来到院落，跟随一群穿着民族服装的姑娘小伙，围着篝火载歌载舞。传统的竹竿舞开始了，随着音乐节奏的加快，晚会的氛围也推向高潮。

跳跃的火光中，我的思绪穿越时空，飞向遥远。

2亿多年前，这里曾是一片汪洋大海。印度洋板块与亚欧板块剧烈碰撞，地壳抬升，形成了地势西北高、东南低的云贵高原；山高水急林密，地理单元破碎复杂，造就了我国西南地区丰富多样的民族文化。

时间来到石器时代。皓月当空的夜晚，山洞前的空地上，燃起了熊熊的篝火，跳跃的火光下，凌乱地堆放着大大小小的皮袋和各种不同的木器、石器、骨器和陶器，十余人正屠宰着一只麋鹿。为首的一名壮汉用锋利的石刀熟练而迅速刺入麋鹿的咽喉，凄厉的哀鸣划破夜空，麋鹿拼命挣扎，鲜血从刀口喷涌而出，注入事先准备好的陶盆内。一条猎犬兴奋地跑跳着，喉咙里发出呜呜的低鸣。

这头麋鹿是在围猎者们的追逐下，掉进了事先布置好的陷阱被抓获的。美味的鹿肉可以供他们享用，鹿角制成鱼叉和刀柄，鹿皮做衣服或盖被，鹿筋可以用作绳索，牙齿和碎骨钻孔后用鹿筋穿起制成饰品。

火光映照出壮汉的脸，他皮肤粗糙，身穿兽皮，头发编成辫子，从威严的仪态可以看出，他应是这个部族的头领。看麋鹿不再动弹，壮汉紧张的表情逐渐放松下来，开始和同伴聊天说笑，笑声惊起了循着血腥盘旋飞来的几只秃鹫，翅膀拍动空气的巨大声浪，引起猎犬的一阵狂吠。

他们将一部分鹿肉放在火上烧烤，剩下的用绳子穿起来或装在袋子里挂在山洞口的岩壁上，岩壁上还挂满了各种晒干的鱼虾和野果。

不一会，血肉焦煳的美味便在空气中弥散开来。一群人边享用美味，边围着篝火载歌载舞，庆祝今天狩猎的成功。嘹亮悠远的歌声回荡在夜空，驱走了寂寞和劳累，这也许就是长诗《阿诗玛》的雏形。

天幕上星光闪烁，远处野兽阵阵低鸣。一个有艺术家气质的巫师，用石刀和殷红的鹿血将这一切刻画在附近的岩壁上。

一方水土养育一方人，孕育一方文化。千万年来，普者黑渐成了当地人民取之不尽、用之不竭、富饶肥沃的鱼米之乡。

相似的生活场景，尼罗河谷的古埃及人、两河流域的古巴比伦人、恒河印度河沿岸的古印度人、欧洲草原上的日耳曼人、美洲大陆上的土著人、华北平原的华夏先祖都曾经历过。熊熊的篝火，不仅可以抵御野兽、烹饪美食，还可以烧制陶器、冶铁炼铜，他们沿着各自的轨迹向前发展，孕育出各不相同的辉煌灿烂的文明。

然而，当人类跨入十五世纪，随着新航线的开辟，美洲大陆被发现，世界进入狼烟四起的殖民时代，文明各自独立发展的和谐场景便被战争杀戮无情地打断了。有些文明甚至因此消亡在历史长河中，最典型的当数美洲的土著文明。

十五世纪前，美洲大陆的原住民世代繁衍生息，培育了玉米、马铃薯，建造了高大的神庙，创立了发达的历法，创造了成熟的文字，形成独特的文明体系。

十五世纪后，殖民者陆续占领美洲大陆，于是，这片土地被冠以新大陆的名字，原住民被称为印第安人。美洲大陆上究竟生活过多少印第安人，如今已无法定论。但不管多少，结果都已注定，如今所剩无几。拥有自己独特历法的民族，一定是有着悠久历史的古老民族，一定产生过伟大的天文学家、哲学家、艺术家、数学家、诗人，但遗憾的是，剩下的文字的断片已无法解读，这些哲人和印第安文明一起，永远消散在历史的长河中了。

美国迪士尼动画大片《风中奇缘》具有讽刺意味地记下了这一历史进程：富有冒险精神的欧洲探险家来到美洲大陆，"野蛮落后愚昧"的印第安酋长竟然囚禁了他，危难之中，酋长的女儿——漂亮善良、富有正义感的印第安公主挺身而出，搭救了他，于是两人坠入爱河，最后公主皈依了基督教，跟随探险家来到欧洲，过上幸福日子。海盗的冒险精神，新奇的异域风情，忠诚与背叛的较量，文明与野蛮的冲突，正义与邪恶的斗争……迪士尼用梦幻般的艺术形式，编织了一个温馨浪漫的爱情故事。

我不知道美洲土著看到这个电影时作何感想。人种被屠杀殆尽、土地被抢掠易主、财富被洗劫一空、文明被野蛮毁灭，如果他们是故事的讲述者，这该是一个怎样令人声泪俱下的故事？他们该如何重新定义忠诚与背叛、文明与落后、正义与邪恶、幸福与悲痛？但遗憾的是，美洲土著已接近灭绝的边缘，再没有了讲故事的能力和机会。

十五世纪，无论对西方还是东方，都是一个分水岭。

1405 年至 1433 年，大明王朝曾派郑和七下西洋。浩浩荡荡的船队，称得上是当时世界上规模最大、实力最强的远洋编队。郑和远航的壮举比西方大航海早了近一个世纪，但中国向世界展示了有成为海洋帝国的潜力后，却把国门重重关上，与海洋强国失之交臂，随后就是列强从东南沿海的步步进逼。

1553 年，葡萄牙在我国东南门户澳门取得居住权，1887 年进而占为殖民地。明朝末年，荷兰和西班牙先后侵占台湾，1662 年被郑成功收复。1840 年后，鸦片战争、中法战争、甲午中日战争、八国联军侵华战争相继爆发，国家蒙辱、文明蒙尘、人民蒙难，中华民族濒临亡国灭种的境地，遇到了三千年未有之大变局。为了拯救民族于危亡，全国各族人民在中国共产党的领导下，奋起反抗，浴血奋战，最终赶走侵略者，使中华民族 5000 多年的文明得以延续，并迎来伟大复兴不可逆转的历史进程。

然而印第安人却没有这么幸运，他们没能赶走侵略者，最终几乎被全部屠杀，原来属于他们的乐土，孕育了美洲文明的鱼米（玉米）之乡，自然也就成了殖民者的新大陆。

于是，很多"NEW"地名如雨后春笋般地诞生了，对应汉语的翻译就是带"新"和"纽"的地名。最著名的应该是纽约（New York），这个本来先被荷兰人冠以新阿姆斯特丹的地方，易主英国后马上改名新约克。New Zealand 在加拿大译作纽西兰，而到了南太平洋，变成了新西兰。这样的例子不可胜数：纽芬兰（Newfoundland）、纽卡斯尔（New Castle）、纽黑文（New Haven）、新罕布什尔（New Hampshire）、新柏林（New Berlin）、新布拉格（New Prague）、新奥尔良（New Orleans）、新泽西（New Jersey）、新墨西哥（New Mexico）……

更省事的就是直接把欧洲地名搬来新大陆，连"NEW"都懒得用了，如切尔西（Chelsea）、曼彻斯特（Manchester）、伯明翰（Birmingham）等等。用人名给一些地方命名的也不在少数，如华盛顿（Washington）、杰斐逊（Jefferson）、麦迪逊（Madison）、林肯（Lincoln）、路易斯安那（Louisiana）、维多利亚（Victoria）都成了地名。

易名了土地、灭绝了人种、掠夺了财富、毁灭了文明，殖民者又借开发新大陆之名，开始了血腥的黑奴贸易。近年来，随着黑人逐渐登上美国政治舞台，反思黑奴历史、批判控诉种族歧视的思潮不时冒出。亚非拉一些曾经被深度殖民化的国家，也加快去殖民化的趋势，将原来带有殖民色彩的地名，一一改回具有本土色彩的名字。

在这股反殖民的浪潮中，美洲的土著却由于丧失了话语权，成为沉默的一族。直到2015年，在阿拉斯加土著的推动下，时任美国总统奥巴马才宣布将北美第一高峰麦金利山恢复成印第安语旧名"德纳里山"。尽管物是人非，也算是对古老印第安文明的一丝慰藉和追忆吧。

相比之下，普者黑作为彝族同胞的鱼米之乡，今天依然是一派繁荣昌盛、生机勃勃的景象，得益于中华文明包容的气度和延续数千年而从不断绝的旺盛生命力。

次日清晨，窗外雨声淅淅沥沥，拉开窗帘，我被眼前美景震撼了。放眼望去，碧水连天，山峦青翠，微风细雨中，满湖翠荷婀娜摇曳，圈圈涟漪交叠荡漾，宛如一幅大写意的水墨画。迫不及待撑起雨伞和同伴来到码头，荡舟入画，穿行于碧水翠峰之间，感受普者黑摄人心魄的美。喀斯特地形的山自不必说，如狮、如豹、如羊、如犬，让人感叹大自然的鬼斧神工。更为难得的是，大大小小的湖泊似颗颗珍珠串连在一起，波光粼粼，碧水汪汪，似乎很难行到水穷处。

莲叶何田田，鱼戏莲叶间。湖面上碧绿的莲叶接天连地，有的密密匝匝，高擎如林;有的一枝独立，优雅从容;有的残荷零落，风骨卓然。荷花被称为"活化石"，早于人的进化，可见其生命力的顽强。哈呦，一个彝族打扮的小伙驾一叶扁舟，载着几个游客从荷叶间翩然漂过。天地鸿蒙的花开时节，这里的先民们不也是同样划着小舟，在这片荷塘间轻盈穿梭吗，只是他们船头的竹篓里满载着刚捕获的鱼虾。

雨不知什么时候停了，太阳似乎也被普者黑的美景吸引，从云层中挣扎出来，探出半张好奇的脸。突然有人惊呼:"彩虹，双彩虹!"顺着他手指的方向，天边一抹绚丽的彩虹高挂，它的正上方，还有一抹淡淡的彩虹若隐若现，弯弯的，宛若一桥双层飞架，连接两座青山。据说彩虹有七种颜色，我小声念着"赤橙黄绿蓝靛紫"，旁边有人赞叹对曰: 这么罕见的双彩虹都被我们撞见了，真是"风情多姿普者黑"。

返程的路上，汽车在蜿蜒如蛇的山路上盘旋缓行，近乎180度的弯道，让人想起抗日战争最艰苦时期，滇缅公路九曲十八弯那一段。十四年抗战，中华民族同仇敌忾，最终赢得了民族独立、人民解放。如今奔波在高山哨所盘曲山路上的是我们新时代最可爱的边防战士，正是有了他们的坚守奉献，才有了祖国的安宁祥和，才有了普者黑的多彩富饶。

原载《民族文学》2023 年第 2 期

！ 人生

【主编者言】亲情被割裂，亲情又被修复。广东人与香港的关系在时代浪潮的推动下，经历了波峰浪谷般的起伏动荡。但是血脉联系的亲情始终坚如磐石，无法撼动。

香港姑妈

陈广腾

中秋前，大兄帮 90 岁的父亲理发。虽然中风已三年多，但父亲头发依然浓密、润泽，白中还黑。父亲微微地闭着眼睛，享受着疫情期间大儿子为他练就的手艺。窗外，是他相处多年的江景，有城市琼楼，有小蛮腰。对着窗外明月，大兄对父亲说，今天给香港姑妈打过电话问候了。他点点头。

父亲的话，越来越少，但一家人都能领会，父亲始终牵挂与感念的人是谁。

香港姑妈比父亲大两岁。两个老人，已经不需要用言语来沟通，尽管让他们直接用语音通话并不难。一些心与心，是能相通的，一些人与事，是很近的，即使相距再远……

一、姑妈的第一次回乡

我们村是潮汕平原上一个普通又典型的小村，许多家庭都有海外关系（村里统称"华侨"，把香港同胞也包括在内），过去，一些富裕的家庭，主要靠的便是南风窗，所谓"番外钱银唐山福"。在我小时候，村里新寨外建了几座漂亮的"四点金"（一种典型的潮汕民居），成为人们羡慕和津津乐道的对象，靠的便是番外钱银。

我家有个香港姑妈，姑妈常寄来邮包和侨批。这让我们一家，虽然小孩多，但并不被村里人列入困难户，而是骄傲地被列入"南风窗"。

在我刚读小学的时候，姑妈要回乡来。当时，家里只有三间房（曾被日本鬼子烧过，后来修葺），其中较新的一间，我们叫它新间，平时便是几个兄弟住的。为接待姑妈，兄弟们便疏散到村里一些要好人家去搭铺。

一切准备停当，姑妈如期而至。她是与姑丈先到附近村庄的婆家，然后回娘家来的。

这是她少小离开村子第一次回娘家，对她来说，感情是深沉而鲜活的，所见是熟悉而陌生的。我们见到她，是亲切而温暖的。姑妈时常寄来她的全家福和她与姑丈及表哥表姐们的各种照片，这些照片被父亲嵌入相框挂起来，平时我们经常对着照片说着姑妈，所以，虽然从没见过，但当她来到我们身边时，好似已相熟了许久。

姑妈带来了许多我们从未吃过见过的东西，包括山东梨、巧克力、汽车玩具，等等。姑妈巧克力的味道，那份醇香，至今犹在口中。

姑妈那时大约 40 岁，个头不高，皮肤白皙，五官匀称漂亮，眉目间一股慈爱温暖。她的发型和衣着，洋溢着城市气息。她到来之前，父母已经商量好，夜里要派一个小孩陪姑妈，免得她因生疏而感觉不安全。陪姑妈的任务，光荣地落到我的身上。

姑妈也很喜爱我，睡觉时与我聊天，但我胆小害羞，背着她睡，搭话并不机灵。一会，姑妈也不出声了，发出微微的鼾声，而我仍没有睡意。我坐起来，大胆地看着姑妈的脸，感觉很亲，就像自己的妈妈一样……一会，姑妈的脸绽开了，轻轻地微微地笑了起来——原来她是装睡的。

接下来的几天，姑妈带来的汽车玩具，便在我们与小伙伴的玩耍中奔驰起来。

二、新寨外起厝

姑妈第一次回乡所住的新间，是香港大伯寄钱回来支持建设的。

父亲兄弟姐妹 6 人，出生与成长的年代，跨越上世纪二三四十年代，正是天崩地裂、改天换地的年代，国难家难交织的年代，重塑与新生的年代。

时代飘摇，枝叶离散。进入新中国，留在大陆守着家园的，只有父亲一人。

母亲说，建设新间的时候，我刚出生，很乖，一个人坐在竹椅斗上，手里拿个红桃粿，不哭不闹，看着大人挑沙土、搬楹母（潮汕话，指横梁）。

姑妈第一次回乡时，大伯已病逝四五年，大伯是在香港因劳累过度壮年去世的。姑妈在兄弟姐妹中排第四，因为或阴阳相隔或天各一方，姑妈这个幼妹却成了娘家家族的主心骨。

新间处在村子的老寨，我们叫寨内。我们村创建于明洪武年间，创寨始祖从福建莆田迁徙而来。村子处在练江边，离海门出海口二三十公里，在海门闸建成之前，这里虽是淡水区，但随着海水潮起潮落，村里的江溪也水深水浅，海鱼游弋。因为村子处于水塭，地势低，所以台风雨到来又遇到海水顶托时，内溪水排不出去，整个村子便被水包围了，尤其是寨内。我家靠近内溪边，所以我小时候经常要参加搬粟仓，把家里储粮转移到高处的祠堂或别人家。

在我懂事时，村子已分成三个片区：寨内、老寨外、新寨外，一个比一个年代新、地势高、不易浸水。

姑妈第一次回乡，正是上世纪 70 年代初，香港正处于经济快速起飞期。几年后，内地进入了拨乱反正、改革开放、万象更新的时期，海外赤子对祖国对家乡建设的支持与参与，进入一个黄金岁月。村里的华侨、香港同胞也陆续返乡探亲，或到罗湖口岸见面，新寨外又开始规划新的厝地……

这是难得的机会，也是难以启齿的话题。父母不敢不自量力，但姑丈姑妈了解这个情况后，表示鼓励和支持：不是全包，只是帮助一部分。现在回想起来，无论是香港大伯还是香港姑丈姑妈，对父亲这个弟弟的爱护，都是适度的，既是及时雨，又不是溺爱，既尽力扶持，但仍然要这个弟弟自力更生、自强自立。

记得姑丈姑妈的港币很快便汇过来，定厝地、买楹母、填沙土……全家人轰轰烈烈地埋头苦干开了。关于那块厝地，母亲有几次讲起，总是充满乡村传奇色彩。那时，分厝地的过程很公开公平公正，村里规划好"高角"（类"四点金"，略简）和"下山虎"等两三种厝座分布，有条件有需求的都可申报，包括想要哪块厝地，然后汇总、抓阄。抓阄之前，母亲担心选中的厝地经抓阄有变，去问神（村间神算），神说，不用担心，那块地就是你家的。几天后抓阄，果然。乡间总是有这样的巧合被传说。

我的大学录取通知书是住在寨内新间时收到的，那时新寨外的新厝仍在建设中，从开工至此已持续两年。尽管还没搬入新厝，但希望与喜悦，伴随着奋斗，向着一天天好起来的日子。当我大一暑假回村时，一家人已由寨内搬入新寨外新厝，大学生＋新厝，成为全村人的羡慕对象。村中老大（指族长，是辈分与名望俱高的人），要我重新誊写村里的族谱。于是，由列祖列宗至父辈筚路蓝缕、开基创业的历史，在我的头脑中渐渐清晰丰满起来。

三、至人为贵，玉汝于成

前几年我看到一篇网文，叫《香港姑妈》，光看标题，便产生强烈的亲切感，当然，具体的人与事，却是各有各的"香港姑妈"。

弟弟知道我要写香港姑妈，支持到催促的程度，同时给出意见："'香港姑妈'四个字挺好。文字允许时把老房子的对联引进去，对联内容，是对姑妈的感恩。题目虽然是姑妈，但内容也要写姑丈……"

弟弟说的"老房子"，便是当年的新寨外新厝。

这座"高角"新厝，从我上大学前一两年动工，至我四年大学毕业参加工作后最后完成，是分期进行的：建好"后三间"（指两间主房加主厅）加"厝手"（指厢房）便先入住，随后一两年，"前三间"加门楼才最后完成。实际上，一座"高角"，在潮汕传统民居中算是中小型的，之所以费那么长时间，是因为建设资金除靠姑丈姑妈的外援外，还要加上自己（主要是大兄）的自力更生艰苦奋斗，需一点点积攒。随着阅历的增长，现在终于明白，在"番外钱银唐山福"的潮俗风景线背后，多少游子在海外流汗挨饿、栖身笼屋。侨批上写着的每一句问候，都是万里之外的梦牵魂绕；寄出的每一分钱，都来自披星戴月的拼搏俭省。回想这座新厝的建设过程，油然而生的既有对姑丈姑妈慷慨相助的感恩，也有一家人自强奋斗的骄傲。

按照潮汕民俗，门楼的装饰非常讲究，除了融入潮汕石雕、灰雕等工艺，还有几处地方，要刻写交代有关主人家的来历与旨向的文字内容。

当时，二兄三兄，正是从事潮汕厝座装饰的能工巧匠，能画泥水画，能在"福眉琴腿"（指屋中屏风等装置）、楹母上画古装戏情节、山水花鸟人物。对自己家这座厝，他们与父亲商量门楼字怎样写，建议按风俗，背面牌额要写上本村陈姓的来历即"颍川世家"，而正面牌额，取主人家的一个字，加上"德居"二字，便成这座厝的名字。父亲对"顺德居"三字有些惶恐，说，我何德何能，这全靠姑丈姑妈帮助才建成的。父亲这样说，让二兄三兄犯难，后来，大兄提出，姑丈姑妈的功劳，就在门楼的对联中体现吧，并把撰书对联的任务交给了我。

二兄抄录了附近村几副门楼对联供我参考，要我入乡随俗并融入感恩姑丈姑妈的内容。思考很久之后，终于在某个机缘之下，我把姑丈名字中的"至"与姑妈名字中的"玉"，算是较自然地融进去了，一家人都很高兴。对联是这样的：顺隆传远玉汝于成建功立业裕后代，德厚流光至人为贵继往开来扬先贤。

"至人"，道家中道德修行极高的真人境界。"至人为贵"，既指姑父是我们家的贵人，也指人最为宝贵。"至人为贵"与"玉汝于成"相配搭，便道出了姑丈姑妈对我们的支持、激励与恩泽。姑父与姑妈相亲相爱，形影相随。我懂字开始，便常听父兄读姑丈亲写的来信，后来，给姑丈姑妈写信，也让我试试。为了让我把信写好，父亲还从镇上买回《尺牍》，慢慢地，我从《尺牍》上领会了同龄人不常有的古文气息，影响至今。姑丈的圆珠笔字也很漂亮，这对我们兄弟也是很好的熏染。姑丈还给二兄，后来也给我寄来绘画的书籍。姑丈前两年在 97 岁高龄上仙逝了，当时疫情很严重，因防控所致，我们没能去香港送他最后一程，成为憾事。

血浓于水，生生不息。岂曰无衣，与子同袍。在我懂事时，除了二姑、大伯较早去世，大姑、小叔，依然是模糊的存在。从上世纪 80 年代开始，姑妈在姑丈支持与陪伴下，穿梭于香港、台湾地区和泰国与故土之间，终于把离落的亲情串联起来。祖宗牌位前，摆上了来自远方血裔敬献的香火。大姑、小叔，也以高寿在前几年相继逝世。

四、姑妈的娘家

上世纪 90 年代开始，村里在县道旁建起了楼房，留在村里的二兄三兄也跟上了，并办起了"深超越"工艺建材厂，"深超越"成为远近乃至同行业有点名气的品牌。姑妈回娘家的心情，比过去多了几分骄傲。

1997 年 7 月 1 日，香港回归。我荣幸地参加了采访。其间，我与大兄又一次看望了姑丈姑妈。姑丈姑妈一辈子很善良能干，居住条件也很好，言谈中对祖国一片赤子之心。

父亲在儿孙中，有个昵称，叫"香香公子"，这主要缘于姑妈。具体机缘为，一次，我从苏杭出差回来，给父亲买了一把沉香木扇，父亲很满意地扇起来，顿时香风扑面，弟弟顺势给父亲起了个绰号，叫"香香公子"，意指父亲有一个香港姐姐，又摇着香扇。姑妈知道这个绰号，开心地笑了。

"香香公子"、香港姑妈与泰国小叔，在香港、在泰国、在广州、在村里，都享受过姐弟相聚的美好时光。珠江夜游的游船上，他们一起看过羊城上空的明月，船经滨江东路的一个楼盘，他们指着，老六就住这里。

原载公众号"记忆"2023 年 10 月 1 日

【主编者言】做一个好编辑，同时做一个某方面学问的专家。这在当下，似乎是越来越不容易的事情了。当刊物和出版社的经济压力越来越大，我们越发需要情怀和担当。

当群星在紫光中旋转时
——纪念李文俊先生

高 兴

一

春节，极寒刚刚过去，天气开始回暖。我和同事苏玲说好，等更暖和些，去看看李文俊先生等几位《世界文学》的前辈。疫情缘由，很长时间没能去看望这些前辈了，心里总有着隐隐的牵记。

绝没有想到，噩耗就在初六早晨传来，作家鲁敏打来语音电话，告诉我，李文俊先生已于当日凌晨去世……太突然了！太突然了！当我和文俊先生家人联系上时，竟不知该说些什么才好。

又一位可敬可爱的前辈离去！这个寒冬，太多可敬可爱的前辈离去：柳鸣九，智量，郭宏安，唐月梅，李文俊，杨苡……我们不断陷入悲痛，悲痛叠加着悲痛，悲痛笼罩着悲痛……

二

记忆流淌，漫延到上世纪 80 年代。回头想想，成长的关键时段，逢上 80 年代的改革开放，于我，真是莫大的幸事。在那个闪烁着激情之光和理想之光的年代，文学依然处于社会生活的中心。爱上文学，是许多青年难以避免的宿命。而爱上文学，也就意味着可能会选择另一条人生之路。于是，大学尚未毕业，我就开始到《世界文学》编辑部实习，心里已将《世界文学》当作未来的选择。

1983 年夏天，第一次来到建国门，走进《世界文学》编辑部，想到就要见到自己崇拜的高莽、李文俊等先生时，心情既兴奋，又有点紧张。高莽先生是作家、画家和翻译家，在文化界早已大名鼎鼎。李文俊先生是福克纳专家，还是第一位将卡夫卡作品译介到中国的翻译家。事先已读过先生翻译的卡夫卡的《变形记》，和无数读者一样，牢牢地记住了那个著名的开头："一天早晨，格里高尔·萨姆沙从不安的睡梦中醒来，发现自己躺在床上变成了一只巨大的甲虫……"这篇发表于《世界文学》1979 年第 1 期的中篇小说，曾让多少中国作家瞬间开悟，突然明白原来小说可以打通各种边界，生与死的边界，天与地的边界，人类与动物的边界，此刻与往昔的边界，想象空间与现实世界的边界，可以拥有无限的可能；原来文学和艺术完全可以抵达另一种真实，更加高级也更加深刻的真实。在上世纪七八十年代，这篇小说对于刚刚经历特殊年代的中国阅读者和写作者，具有启蒙般的冲击力。如今已闻名遐迩的小说家余华回忆起当时阅读这部小说的情形时曾写道："在我即将沦为文学迷信的殉葬品时，卡夫卡在川端康成的屠刀下拯救了我。我把这理解成命运的一次恩赐。"

高莽先生高大威武，见到我，大嗓门说："要想成名成利，就别来《世界文学》！"他那带有东北口音的话语差点把我吓着了，一时不知如何应答。李文俊先生个子不高，小老头的样子，朴素而安静，慢条斯理，又轻声轻气地对我说："喜欢文学的话，到这里来还是挺好的。"先生的话有南方口音，声音略微有点沙哑，听着十分亲切，舒服。后来得知，先生出生于上海，离我的家乡苏州吴江很近。

之后很长的岁月里，我总是会同时想到高莽和李文俊两位先生，总是喜欢拿他们做对照和比较。高莽先生和李文俊先生，全然是两种性情，两种风格，一个研究俄苏文学，一个专攻英美文学，但共同点是都很开明，真诚，追求完美，热爱文学艺术。他们作为搭档，可以互补，可以丰富，也形成了有趣的张力，因此，在我看来，他们的搭档本身也是特别文学的。文俊先生有个性，有才情，有独立见解，但和高莽先生搭档时，他明白自己作为配角的位置，始终保持辅助、配合和执行的姿态，他们为鼎盛时期的《世界文学》树立了良好的艺术形象，也为编辑部营造了极具魅力的氛围。

我曾在《种子的志向》一文中如此描述过上世纪 80 年代的《世界文学》编辑部：

> 有意思的是，每位编辑受专业影响，举止和行文上都会多多少少表现出不同的风格。总体而言，学俄语的，豪迈，率真，稍显固执；学英语的，幽默，机智，讲究情调；学法语的，开明，随和，不拘小节；学德语的，严谨，务实，有点沉闷；学日语的，精细，礼貌，注重自我……学俄语的高莽先生似乎就是个典型。学英语的李文俊先生也是，每当聚会结束，总会主动帮女士从衣架上取下风衣或大衣，将衣服打开，双手捧着，方便女士穿上，即便在他后来当上主编后照样如此，极具绅士风度……记得有一次，几位前辈在为我们几位年轻编辑讲述编辑工作的意义。高莽先生以一贯的豪迈说："马克思当过编辑，恩格斯当过编辑，列宁当过编辑，李大钊当过编辑，毛泽东当过编辑，周恩来当过编辑，历史上无数的伟人都当过编辑……"正说得激动时，李文俊先生轻轻插了一句："可是，他们后来都不当了。"

会议气氛顿时变得轻松和活泼。高莽先生毫不在意，也跟着大伙哈哈大笑。事实上，正是这些不同和差异构成了编辑部的多元、坦诚和丰富，一种特别迷人的气氛。

那时的《世界文学》就像是一个小小的文学根据地，吸引着八方来客，有译者，有作家，有艺术家，有演员，还有不少普通读者，其中有些冲着高莽先生而来，有些冲着李文俊先生而来，手捧着他们的译作，求取签名和合影。编辑部每天都会接到大量读者来信，最多时需要用麻袋装。由此可见当时人们的文学热情之高。每每这时，文俊先生总会淡淡地一笑说："终于感觉到自己的价值了，呵呵！"这句话细想一下，其实充满了辛酸和欣慰。先生这一代人经历了太多的坎坷和挫折，很长一段时间都在非正常的环境中生活和工作，无谓消耗了太多的时间和精力。幸好，"文革"结束，一切最终回到了正常的轨道，用先生的话说，"可以做点业务工作了"。

三

1988 年，李文俊先生升任主编，开始主持《世界文学》。从先生的自述中，我们知道，先生是地地道道的编辑部元老，刚开始分配到秘书组，做过各类编辑部杂务。后来他才调到西方组，管过不少国家文学稿子。文俊先生是有心人，用心人。几十年的编辑生涯后，他熟悉刊物的方方面面，也从几十年办刊经历中总结出了不少经验和教训，对如何将刊物办得更好已有成熟的想法："在没有明确规定的情况下，不一定非要与国际政治、文艺界斗争贴得那么紧，更无必要显示自己是冲在最前面的。"实际上，文俊先生是想更加尊重文学艺术本身的规律，将刊物尽可能办得更加纯粹些。将这样的想法提炼一下，他在一次编辑部会议上明确提出，《世界文学》在新形势和新环境中应该扮演"激进的保守派"这一文学角色。这就意味着更加注重文学性和代表性，更加注重当下和多元，更加注重所译介作家的文学实力、文坛地位和国际影响，并在前卫和传统之间寻找平衡。

众所周知，鲁迅、茅盾、冯至、陈敬容、萧乾等《世界文学》先贤和前辈大多有着作家和译家的双重身份，同时身处创作和翻译两大场域。因此，经年累月，与创作界的交流、互动和融合便自然而然地成为《世界文学》的一大特色和一大传统。《世界文学》也一直视中国作家为理想读者，在译介外国作家作品的时候，十分重视倾听中国作家的意见，并以各种方式让中国作家在《世界文学》发出声音。在这点上，高莽和李文俊先生意见基本吻合。高莽先生热情豪放，大大咧咧，具有艺术家气质，特别喜欢同作家和艺术家交往。在他负责《世界文学》期间，编辑部里常常可以看到作家和艺术家的身影。李文俊先生性格内向，思路清晰，做事十分严谨，更加注重在版面上发扬光大《世界文学》传统。他主编《世界文学》后，同意开设专门栏目，邀请中国诗人谈论外国诗歌，栏目就取名为"中国诗人谈外国诗"，每期刊发三篇文章。海子的《我热爱的诗人——荷尔德林》发在《世界文学》1989年第2期上，这应该是他所写的最后一篇文章。

没有想到的是，有一天，文俊先生找我谈话，希望我来负责"中国诗人谈外国诗"栏目。当时我正式入职《世界文学》不到两年，能得到如此的重用，颇感意外。那时，由于通信不便，同时也出于尊重，一般需要专门登门郑重地向诗人们组稿。文俊先生也特别主张上门组稿。他曾在为《世界文学》撰写的《五十周年琐忆》一文中生动描绘了登门拜访冰心、钱锺书、杨绛、金克木、赵萝蕤、杨宪益、王佐良、冯至、郑敏等文化名流时的种种细节。登门拜访和组稿有着种种的益处，他全然不顾外部世界的迅疾变化，直至晚年都坚持认为："我感觉这一来双方就从物与物的关系变成了活生生、有共同处与不同点的人与人之间的关系。弄文学的总应该对人感兴趣不是？"正是在先生的嘱咐下，我见到了邵燕祥、陈敬容、蔡其矫、袁可嘉、卞之琳、冯至、郑敏等许多仰慕已久的前辈，同时也有机会接触到了老木、西川、柏桦、树才、莫非、车前子、潞潞等充满活力的同道。此栏目办了一年因特殊缘由暂时停办。后来，金志平先生接任主编后，决定重启这一栏目，只是为了扩大作者面，改名为"中国作家与外国文学"，最后定名为"中国作家谈外国文学"，成为长期固定栏目，继续由我主持，每年六期，每期一两篇文章。不知不觉，这一栏目我竟主持了三十余年。

四

步入晚年的李文俊先生写过一篇《我这一辈子》的文章，收入漓江出版社为他出版的《故乡水》一书。这篇文章带有人生总结性质，其中谈到了他走上文学翻译之路的缘由：抗战时期，父亲失业在家，便用梅特林克《青鸟》的英语注释本为他补习英语，从而激发起他对外国文学的兴致，促使他日后走上文学翻译之路。大学期间，他便与同学合作翻译出版过两部美国小说。正因如此，毕业后，学习新闻专业的他却被分配到了《人民文学》编辑部，后来又被调到了《译文》（后更名为《世界文学》）编辑部，从此与外国文学结下了一辈子的缘分。但最初二十年，主要从事杂务，参加各种运动，那时，"业余从事翻译是不受鼓励甚至要受批评的"。60年代中期，一个特别的机会意外来临：高层领导决定组织翻译一些"外国文学毒草"，内部发行，供批判用。文俊先生提出卡夫卡作品选题，自己翻译了五个中短篇，1966年由上海译文出版社以《审判及其他》为书名出版，就这样，阴差阳错，成为国内译介卡夫卡的第一人。

80年代初，国家呈开放姿态，袁可嘉等人着手主编《外国现代派作品选》，请文俊先生翻译福克纳《喧哗与骚动》节选，这一下又让他迷上了福克纳。福克纳作品采用意识流、神话模式和多声部等艺术手法，充满现代派气息，译介难度极大，一般译者打死都不敢碰。但文俊先生有犟劲，有韧劲，也有耐力，认准的事，再苦也要做。他一点一点啃，每天就译上几百字，有时甚至几十字，愚公移山般，译出了《喧哗与骚动》《去吧，摩西》《我弥留之际》《押沙龙，押沙龙！》等五六部福克纳的小说和随笔集，几乎用尽了一辈子的力气。在编辑部，文俊先生曾提及翻译福克纳时的"苦不堪言"，有时为了攻下一个段落，或一个长句，血压都会升高几十毫米汞柱。完全是在玩命呢。比如《喧哗与骚动》第一章中弱智儿童班吉那杂乱无序的叙述。原文需要反反复复研读，还得借助于各种辞典和各类评论，光读懂就得耗费大量的时间和心血，更不用说翻译了。为了便于读者理解福克纳的艺术用意，文俊先生使出了各种招数：翔实的前言，字体的变化，大量的注疏、索引和说明。再比如《押沙龙，押沙龙！》的开头，没有一个标点，天书似的，苦读几十篇方能初步理出头绪。一部二十多万字的小说，往往需要好几年才能译完。若单从低廉的稿酬角度看，太不划算了，唯有傻瓜才肯做。文俊先生就愿意做这样的"傻瓜"。正是有了文俊先生这样高尚的"傻瓜"，人们才能领略到一位异域文学大师独特的魅力。福克纳小说对中国文学的启发和影响是不可估量的。莫言就坦承，正是受了李文俊所译介的福克纳的启发，他才悟到，自己大可通过书写老家高密东北乡，创造出"自己的文学共和国"。自己的辛苦劳作起了作用，得了认可，是文俊先生最开心的事了。除了福克纳，文俊先生译的麦卡勒斯小说集《伤心咖啡馆之歌》、塞林格的小说集《九故事》等也深受读者的喜爱。

2000年初，一场重病袭击了文俊先生。幸好抢救及时，先生得以渡过劫难。按理说，这时候该踏踏实实颐养天年了。没承想，身体稍稍好转，他"又不禁手痒，便开始译一些另一个路子的作品"。于是，我们便读到了文俊先生翻译的奥斯丁的小说《爱玛》，米尔恩和伯内特夫人的儿童文学作品《小熊维尼阿噗》《小爵爷》《小公主》《秘密花园》，美国前总统里根夫人南希编的传记《我爱你，罗尼》、门罗的小说集《逃离》、艾略特的诗剧《大教堂凶杀案》等。翻译生涯中，他还"翻译过好几百首诗歌以及一些美丽的散文"。文俊先生觉得这样做，"有点像是个盼能尽量拓宽自己戏路的老演员"。

喜欢，就是喜欢，就是享受，这是文俊先生心甘情愿投入文学翻译的根本动力。"通过爬格子转换文字，我像是进入了一个个我从来都不了解、连想象都想象不出来的世界，进入了一个又一个无比新鲜的精神世界。"先生用陶醉的语气说。

翻译外，文俊先生也喜欢"写些小东西"。他其实是个随笔高手。他的随笔幽默，清新，细节生动，传神，镜头感极强，不动声色中充满了韵味，是那种越品越有味道的文字。

五

说实在的，我共事过的几任主编中，对于编辑工作和编辑人员，文俊先生的要求是最严格的。工作中的文俊先生严厉，较劲，不苟言笑，说话做事都敢得罪人，有点让人难以接近，甚至有点不近人情。但生活中的文俊先生却可爱，好玩，充满了情趣，一个特别有韵味的老头儿。与他熟了，你就会越发觉到他的可爱。

过去很长一段时间，逢节日将临，编辑部先是开会，然后就是会餐，算是过节。这一传统还是茅盾先生当主编时形成的。《世界文学》出了好几位美食家，文俊先生就是其中一位。他时常回忆起编辑部老主任庄寿慈家做的狮子头："实在太好吃了！即便有人那时打我嘴巴，我也不会松口的。"他甚至开玩笑道："来《世界文学》工作的人，都得是美食家。"他的逻辑是：热爱美食，就是热爱生活，而热爱生活，才有可能热爱文学。

美食享受好后，再听点评弹就更好了。有几次我回老家探亲，文俊先生特意托我帮他买几盒苏州评弹录音带。"热天，吃过中饭，躺在竹榻上，听一段《珍珠塔》，那就太适意了，糯酥酥的。"最后"糯酥酥的"那几个字，先生模仿苏州话说出，说完，呵呵一笑。

文俊先生的幽默，常常是冷幽默，给太多的人留下了印象。依我看，在漫长的岁月里，在特殊的环境中，幽默已成为文俊先生的一件特别有效的武器，帮助他化解了不少烦恼，辛酸，痛苦，委屈，不满和愤怒。先生说过的不少事情，都被他涂抹上了幽默色彩。在他担任主编时，常有毕业生来编辑部求职，有一回，一位毕业生自称读研时研究的是福克纳。文俊先生就问，那么，你读过哪些相关书籍啊。毕业生支支吾吾，说了半天，没有提到一部李文俊的译著和评论。"研究福克纳，却不知道我，看来我做得还不够好。"文俊先生事后笑着对我们说。先生平时也喜欢逛逛书店，有时看到有的书没经授权就收入自己的作品时，会随手记下出版社的地址，回家后客客气气写封信，请出版社将样书和稿酬寄来。有些出版社接到信后连忙寄上样书和稿酬，并附上一封致歉信。但也有个别出版社不太地道，竟然回信说以为译者已不在世，请李文俊先生寄身份证复印件证明他还健在。像这类令人气愤的事情，文俊先生都是当作玩笑段子来说的。

文俊先生记忆力极强，总是记得别人为他做的事，哪怕是些小事。1995年，已经退休的文俊先生在家里准备翻译福克纳的《押沙龙，押沙龙！》，但手头的版本字体极小，看着费劲。当时，我正好在美国做访问学者。先生来信托我帮他购买一本字体大些的《押沙龙，押沙龙！》。能为前辈做点事情，我自然高兴，很快便办好了。过了几年，我已完全忘记此事。有一天，收到先生题赠的中文版《押沙龙，押沙龙！》，翻开书页，意外看到译者前言中这段文字："本书开始翻译时，根据的是'美国文库'版的《福克纳集：小说一九三六——一九四〇》。不久后收到朋友高兴寄自美国印第安纳州布鲁明顿的 Vintage 版，字体稍大，翻阅亦方便得多，使眼睛稍少酸涩，特在此表示感激。"那一刻，我心里暖暖的。

一场大病仿佛改变了文俊先生的性情，先生变得更洒脱，更坦然，更自在了，最后简直活成了一个人见人爱的老顽童。如果说文学翻译是文俊先生第一爱好，那么，收藏古董可算得上他的第二爱好。先生曾绘声绘色地描述过他从紫竹院挤头班公共汽车，坐个把小时，到古玩市场，运用智慧，同摊贩周旋，以合适的价格觅得古董的情形。他也明知大多是些假古董，但这并不妨碍他的艺术品赏。"美的物件是永恒的愉悦。"他总是用英国诗人济慈的这句话来表明他收藏古董的理由。天遂人意，后来，社科院分房子时，文俊先生分到了华威西里的新房，距离古玩市场仅仅咫尺之遥。这一来，先生随时都可以去那里溜达一趟，不慌不忙，尽兴寻觅，真是太过瘾了。

华威西里附近，人们常常看到一个小老头，蹬着自行车，买菜，购物，上邮局，兴致勃勃。这就是李文俊先生。谁都看不出，他已年过90。就在去世前几天，邻居还碰见他骑着自行车出去办事呢。文俊先生的夫人，黑塞专家张佩芬老师平静地对我们说："我始终没有觉得他已离去，他只是又去小菜场买菜了……"

六

在回顾自己的一生时，文俊先生说："玩得还算漂亮。好比作为一个运动员，还踢出过几个好球。也就这样了，反正不能永远出风头，都要退场。"这是典型的李氏口吻，透着幽默，自信，通透，坦然和满足。留下了这么多的译作和著作，这么多的文字，怎么可能说退场就退场呢？只不过是换了一种在场方式罢了。

从文俊先生家人处获悉一个细节：先生是在睡梦中离世的。在睡眠中，凭借梦的羽翅飞升，悄然融入宇宙的蔚蓝……这倒像是先生的风格。事实上，先生一辈子都在以自己的方式飞升，从日常，从灰暗，从艰辛，最终抵达了自己心仪的人生境界，抵达了自己向往的高空。那里，"群星在紫光中旋转"，而他却独独欣赏那颗"始终固定在天顶的北极星"，它并不像其他星星那么耀眼夺目，却：

> ……显得清醒、矜持、冷峻，
>
> 当所有别的星摇摇欲坠，忽明忽灭
>
> 你的星却钢铸般一动不动，独自赴约
>
> 去会见货船，当它们在风浪中航向不明。

（希尔达·杜利特尔《群星在紫光中旋转》，李文俊译）

原载《文艺报》2023年2月10日

【主编者言】郭氏一生，一直在政治浪潮中奋臂跌宕。虽得以善终，却被人视为无行文人。因其在文化界名头大，为人关注，才遭到这种鄙视。他这种政治品格历久不衰。

投名状：郭沫若秘密回国抗战

沈卫威

一

诗人通常会成为时代的预言家，也是激进政治革命的吹鼓手。

新文化高潮过去，孙中山在激进的政党政治推动下，开启"联俄联共""扶助农工"的"大革命"时代，促使共产党走上革命的前台。"创造社"与"文学研究会"纷争时的两位主将郭沫若、沈雁冰，都放下写诗、作文之笔，负担起鼓吹北伐的新使命，成为军中的"笔将军"。

孙中山革命之初所器重的四位得力助手，廖仲恺、汪精卫、胡汉民、许崇智，在1925年3月12日孙中山病逝之后，无力执掌北伐的军事重任，国民革命的军事权力旁落蒋中正手中。原本政治激进而文化保守的国民党人，尤其是"南社"诸子，写得了古体诗词，却失去白话新文学的领导权，在新的历史时期，发动民众，鼓舞革命士气的宣传重任，落在了新文学家郭沫若、沈雁冰的肩上。一代有一代之文学，一代有一代之宣传。时代大潮，将郭沫若、沈雁冰推向大革命的风口浪尖。

1926年10月9日，随北伐军进驻汉口的郭沫若，被蒋中正任命为国民革命军总司令部政治部副主任，少将军衔。沈雁冰自广州到武汉，先后成为国共两党合作后的中央宣传部部长汪精卫、代部长毛泽东的执行秘书，汉口《民国日报》主笔。郭沫若、沈雁冰分别成了蒋中正、汪精卫、毛泽东倚重的笔杆子。

11月中旬，郭沫若随蒋中正到攻下的南昌。12月1日，《江西日报》创刊，创刊号上出现了这样一件不寻常的诗作，"蒋中正于南昌军次。十五，十二，一"，即以蒋介石名义为报纸写的贺词：

祝江西日报诞生

蒋介石

呀！好革命的怒潮呵！

呀！这掀天倒海的潮流。已竟仗着一种自然的力挟着牠从珠江来到长江了。

"潮流"是什么？

不是绿的水，是红的血和黑的墨，今天我们的血已染红庐山的面，鄱阳湖的口。

这黑的墨，正拌着那红的血向着那长江的水流去；

这新诞生的江西日报，就是挟着这墨的力和着那血的力，一直冲向黄河流域去。

呀！好革命的怒潮呵！

呀！好革命的势力！

蒋中正于南昌军次。十五，十二，一。

从来不会写白话新诗的蒋中正，这时正忙于军务，既没有这样的诗情，也没有这样的雅兴。但我通过南昌的学者，尚未能找到此张报纸，无法拿来核实原刊，但湖南大学的陈嘉龙同学帮我找到了转载此诗的《真光》《兴华》。

两份转载蒋诗，有"已竟""竟已"之差，有把时间后的句号误写为〇。

以我文学的直觉判断，这显然是秘书郭沫若代笔的《女神》文体。与《女神》一起读来，呀、呵、排句，属同一文体。

我为此专门请教武汉大学宁波籍学者陈国恩，共同断定，这完全不是蒋中正的语言表达方式，满口奉化溪口方言的蒋中正，用国语读下来都难。也请教浙江大学研究蒋中正的学者陈红民，查阅蒋中正日记也没有这首白话新诗记录。

1927年3月1日，郭沫若在南昌被蒋中正任命为总司令部行营政治部主任，负责蒋中正机要文字及宣言起草工作，月薪200元。

随着军事斗争的迅猛推进，政治格局开始发生革命性巨变，郭沫若凭着诗人的敏感与激情，发现了政治分裂前潜在的巨大危机。

危急时刻，郭沫若接过了1243年前骆宾王的那支神笔。

不说不行，不吐不快。林中的响箭，暴风雨前的海燕。

军中一支笔，刺向自己的总司令。

3月31日，郭沫若用一整天的时间，撰写《请看今日之蒋介石》，随之在南昌、武汉、长沙多家报刊登出（版本多种），摘录如下：

> 蒋介石已经不是我们国民革命军的总司令，蒋介石是流氓地痞、土豪劣绅、贪官污吏、卖国军阀、所有一切反动派——反革命势力的中心力量了。
>
> 他的总司令部就是反革命的大本营，就是惨杀民众的大屠场。他自己已经变成一个比吴佩孚、孙传芳、张作霖、张宗昌等还要凶顽、还要狠毒、还要狡狯的刽子手了。他的罪恶书不胜书，我现在只把他三月二十三日在安庆屠杀党员、屠杀民众的最近的逆迹向我们的同志及各界民众公布。

以下文字，才是真正的郭沫若文体：

> 今天是三月三十一日，我在南昌草写这篇檄文，愿我忠实的革命同志，愿我一切革命的民众迅速起来，拥护中央，迅速起来反蒋。最后让我们高呼：
>
> 打倒背版革命、屠杀民众的蒋介石！
>
> 铲除一切国贼！
>
> 惩办各地惨杀事变的凶手！
>
> 以革命的手段向白色恐怖复仇！

拥护武汉的新都！

拥护中央最近全体会议的一切决议案！

拥护中山先生联俄、联共、扶助农工的三大政策！

国民革命成功万岁！

世界革命成功万岁！

当年《女神》诗集中曾有过这一文体，如今"高呼"成"口号"体。这是革命的实际需要，属于他和他的时代。

文人一支笔，关键时候抵过千军万马。1914年，反对袁世凯的章太炎，因效法"祢衡骂曹"，被袁世凯软禁于京城。袁对他不杀不放，生活上好生招待。传言袁世凯对下属说，章太炎的一篇文章，抵过几个师的兵力。

当年骆宾王一篇《代李敬业讨武曌檄》（又名《为徐敬业讨武曌檄》，徐敬业即李敬业），让武则天惊叹："有如此才，而使之沦落不偶，宰相之过也！""宰相安得失此人！"文末有"请看今日之域中，竟是谁家之天下"。郭沫若化用骆宾王"请看今日之"，让蒋中正大惊失色，并促使"宁汉分裂"。据蒋中正日记所示，4月1日，国民党左派武汉政府，免去蒋中正的总司令职务。

4月8日，国民政府迁都南京并召开恢复国民党党权大会。

4月19日，南京国民政府发出第一号令，通缉陈独秀、谭平山、毛泽东、周恩来、张国焘、郭沫若、沈雁冰等197位共产党人及跨党分子。

离开蒋中正的郭沫若，辗转南方多地，参与共产党领导的武装暴动，失败后躲进上海租界。

不能公开露面的郭沫若，生活陷入了困境。

1928年2月24日，郭沫若自上海乘日本邮船"卢山丸"赴神户，开始了在日本长达十年的流亡生活。

二

1936 年 11 月 15 日，郭沫若的原"创造社"老友郁达夫"突然"来访，随后他们相伴，在东京活动一个多月。郁达夫到来，目的之一是劝他回国，这打破了郭沫若九年间沉浸于甲骨文、上古史研究中的宁静。

1937 年 5 月 27 日，郭沫若接到郁达夫 18 日两封来信，其一说"南京蒋氏有意召兄回国，我已先去说过，第一，要他们办好取消通缉手续；第二，汇大批旅费去"。其二说"今晨因接南京来电，属我致书，谓委员长有所借重，乞速归"。

驻日大使许世英（俊人）与军事委员会下属国际问题研究所所长王芃生具体参与策划、协调这项任务。驻日使馆工作人员和相关情报人员金祖同、钱瘦铁，密谋郭沫若的归国路径，并由王芃生汇来旅费 500 元。

1937 年 7 月 7 日之后，郭沫若坚定了归国之意，在许世英及金祖同、钱瘦铁的帮助下，郭沫若 25 日凌晨自东京家里离开，转横滨易装，然后返回东京，乘火车抵达神户，化名"杨伯勉"，登上加拿大公司的"日本皇后号"轮船，27 日下午回到上海。国民政府行政院政务处处长何廉（淬廉）亲自从南京到上海码头迎接。

也正是 7 月 27 日，国民党中央执行委员会宥字第五四七号函开：

> 案奉中央执行委员会二十六年七月二十七日宥字第五四七号函开：查郭沫若前因政治关系，经中央监察委员会，于十六年五月廿一日咨请政府严令通缉归案究办在案。兹经本会决定：郭沫若应予取消通缉，除函中央监察委员会外，相应函达查照办理等因，自应照办，合行令仰行政院、司法院及军事委员会知照，并饬当地一体知照。

31 日，上海《立报》刊出了国民党中央执行委员会撤销对郭沫若通缉的决议。

事后，郁达夫在《为郭沫若氏祝五十诞辰》一文说："在抗战前一年，我到日本去劝他回国，以及我回国后，替他在中央作解除通缉令之运动，更托人向委员长进言，密电去请他回国的种种事实，只有我和他及当时在东京的许俊人大使三人知道。"

"兄弟阋于墙，外御其侮"。中华民族危急关头，第二次国共合作开始。

9 月 7 日，郭沫若获悉江防司令陈诚邀请他到昆山商议抗战大事。当晚即自上海乘车前往昆山。8 日，郭沫若在昆山，见到了陈诚，就当前抗战最为迫切的现实问题，双方有较为真诚的交流，郭沫若还提出了自己的建议。就这次见面，郭沫若随之写有《前线归来》，内容详尽，连载于 12 日至 14 日上海的《救亡日报》。说者一言，听者一词。郭沫若文章中记录的谈话内容与随之陈诚发给蒋中正的谈话记录，主要内容一致，但现场的气氛，话语间流露出的情感、态度却是各有一种需要式的表达。

北伐时期，陈诚还是中层军官，冲锋在前。1927 年，陈诚作为东线二十一师主力六十三团团长，在浙西、苏南战功卓著；1937 年抗战爆发后，升为第三战区前敌总指挥、江防司令，驻扎昆山，负责上海防务和保卫南京的东南门户。

9 月 9 日，陈诚自昆山致电南京"军事委员会委员长"蒋中正，报告接见郭沫若的情况，转递了郭沫若自敌国归来，投身抗战，"对敌作战"的"投名状"。说"投名状"只是相对于从日本回来，加入抗日阵营而言，因其本是古代用于忠诚之证，意味着加入组织前，以该组织认可的行为表示忠心。但郭沫若原本是蒋中正北伐革命队伍中人，反了蒋中正十年后，又因国共合作，联合抗日而归顺政府，效力军营，所以又似古代的"招安"。

昆　山

急南京委员长蒋。密〈1〉昨约郭沫若来部谈话使对中央及钧座有更真切之认识免被上海一部分文化界所混淆郭情绪热烈爱国心长徙国十年尤多感触当此全国对敌作战之际可否由钧座约其赴京一谈既可开示中央之真诚亦可使有志者得有贡献之机会如何之处敬乞示遵〈2〉郭于今晨返沪兹将其意见摘呈如次〈甲〉民众战地工作如救护运输等均应化整为零沿途设立分站随时移动以避免敌机之轰炸举列从略〈乙〉战事延长难民日增非仅言收容遣散可了事应以移民方法陆续移送后方如长江上游及西北等地从事开垦〈丙〉为取得国际间精神的物质的援助应选派负有国际声望之学者以国民代表形式遣赴各国发表国民外交扩大国际宣传〈丁〉战地新兴产业应令迅速移往后方并奖励固有的手工业例如沪战发生后日纱厂多被毁灭此正我国固有纺织业复兴之机会〈戊〉对日作战时间必长民众运动至关重要现在战区各地对于民众尚无调整有效之组织致民众本身苦无效命之方而前线官兵则无接济之便应即加紧统筹实地发动〈己〉对于敌人应多作日文宣传品由前敌士兵或航空人员散入敌阵以摇动其军心增长其冲突对于本军及民众则应有统筹全局之战报以传达正确消息并尽力训练军民之矢弦上述各点多属切要谨此转呈伏乞鉴核职陈诚佳申秘印

著名报人陈布雷，1927 年 2 月在南昌与郭沫若相见，并得到蒋中正的赏识。此时陈布雷为蒋中正侍从室第二处主任，掌管文秘。侍从室接到陈诚的电报后，陈布雷在 9 月 11 日，改抄为呈文，呈递给蒋中正。

（一）

昨约郭沫若来部谈话，使对中央及钧座有更真切之认识。郭情绪热烈、爱国心长。当此全国对敌作战之际，可否由钧座约其赴京一谈，既可开示中央之真诚，亦可使有志者得有贡献之机会。如何乞示遵。

（二）

郭沫若于九日晨返沪，兹将其意见摘呈如次：

甲．民众战地工作如救护运输等，均应化整为零。沿途设立分站，随时移动，以避免敌机之轰炸。

乙．战事延长，难民日增。应以移民方法，移送长江上游及西北，从事开垦。

丙．选派负有国际声望之学者，以国民代表形式，赴各国宣传。

丁．战地新兴产业速移后方，复兴固有之纺织业。

戊．组织民众运动。现在战区各地对于民众尚无调整有效之组织，致民众本身苦无效命之方，而前线官兵则无接济之便，应即加紧统筹，实地发动。

己．多作日文宣传，散入敌阵，以摇动其军心。对于本军及民众，则应有统筹全局之战报，以传达正确消息并尽力训练军民。

上述各点多属切要，谨此转呈。

　　呈

　　阅

9月19日，陈诚转来蒋中正要郭沫若去南京觐见的电报。次日，郭沫若到昆山陈诚的江防司令部，接收陈诚给出的南京之行意见。24日傍晚，郭沫若在南京受到蒋中正的接见。25日，他先后受到汪精卫、孙科、陈公博的接见。

26日，郭沫若在返回上海的途中，又在昆山向陈诚汇报了南京之行的情况。

10月29日，郭沫若在《战斗周报》第四期刊出《谒见蒋委员长记》，据学者凌孟华考证（《郭沫若〈谒见蒋委员长记〉版本流变问题补正》），在多个流传的郭沫若《谒见蒋委员长记》的版本中，这个最完整。摘录如下：

刚进厅堂门，穿着深灰色的中国袍子的蒋先生远远由左首走出，呈着满脸的笑容，眼睛分外的亮。

——你来了。你的精神比从前更好。蒋先生一面和蔼地说着，一面和我握手，手是分外的暖和。

......

蒋先生的态度素来有威可畏的，有好些人立在他的面前不知不觉地手足要战栗，但他对我总是格外的和蔼。北伐时是这样，十年来的今日第一次见面也依然是这样。这使我特别感觉着慰适。

我也同样感觉着蒋先生的精神比从前更好了，眼睛分外的有神，脸色异常红润而焕发着光彩，这神彩就是在北伐当时都是没有见过的。

......

"目击而道存"，储蓄在脑子里所想说的话顿时也感觉着丝毫也没有说的必要。因为蒋先生的眼神充分地表明着钢铁样的抗战的决心。蒋先生的健康也充分地保证着钢铁样的抗战持久性。抗战既坚决而能持久，国家民族的幸福还能有更超过这一点的吗？……蒋先生是我们最高的领袖，他既有持久抗战的决心，那他对于抗战必如何始能持久的物质条件（例如孙总理三大政策暗示），必已高瞻远瞩，成算在心，不然，他是不会有那样的清明，那样的宁静的。

......

蒋先生又说，希望我留在南京，希望我多多做些文章，要给我一个相当的职务。

......

蒋先生说，一切会议你都不必出席，你只消一面做文章，一面研究你的学问好了。

这样的恳切实在是使我感激。而且在这简单的几句话里面还给予了我一个今后工作的途径：学行兼顾。

......

蒋先生一直把我送到大门口。

又是一次暖和的握手，依然是满面的喜色，分外发着光彩的眼睛。

南京沦陷后，国民政府迁到武汉，陈诚出任军事委员会政治部部长。蒋中正说给郭沫若一个"相当的职务"。于是，在陈诚多次劝说、推荐之下，1938

年 4 月 1 日，郭沫若到军委政治部出任第三厅厅长，中将军衔，领薪 300 元。

去国十年，写作、研究见长的郭沫若，并不擅长军务的日常管理工作，于是，他把原"创造社""太阳社"的几位朋友拉进了第三厅。当时军委政治部的部长是上将陈诚；副部长为中将周恩来、中将黄琪翔、中将张厉生，秘书长中将贺衷寒兼第一厅长。第三厅厅长中将郭沫若；副厅长少将范扬、少将范寿康；其他得力的工作人员为处长少将田汉、少将胡愈之；秘书上校阳翰笙；科长上校洪深、上校冯乃超、上校杜国庠。一年之后，他又把原"创造社"成员郑伯奇拉进第三厅，成为国际问题研究委员会委员，在旅日华侨出身的冯乃超（一度为国际问题研究委员会主任）手下从事日本情报研究工作。

为民族抗战的需要，抛妻别子，回国参军参政，郭沫若不失大节。

国共合作，全民抗战。蒋中正可以接受十年前写作《请看今日之蒋介石》的少将秘书重新回到身边，并授以中将厅长重任。这显示出蒋信奉王阳明心学，坚忍中践行修齐治平，抱持抗战必胜之信念。

"有如此才，而使之沦落不偶，宰相之过也！"在武则天感叹之后千年，两位起用郭沫若为中将、厅长的政治部部长陈诚、副部长周恩来，前者在国民政府大陆失败的 1949 年，随蒋中正到台湾，当上了偏安的延续旧政权的"宰相"，成为蒋中正的"行政院院长"；后者则成为新成立的中华人民共和国的总理，毛泽东的"宰相"。郭沫若在共产党新政权里同样得到重用。

"武则天定律"，千百年来好使。

老谱仍将不断被袭用。

原载公众号"文学思想史"2023 年 8 月 21 日

【主编者言】在平常岁月普通交往的人，很多有值得一听的生活故事。但我们整日为生活奔波，除工作生活需要之外，少有闲暇关注他人。作者写到的人物，就值得倾听和了解。

超尘蔡老

俞　宁

"景山东街，景山东胡同儿，里面儿有个更小的胡同儿叫横栅栏儿，是个六号。"蔡老告诉我他的住址时大约是 1968、1969 年之际，他已经六十岁出头儿，头发稀疏纯白，面色红润，慈祥而热心，邀请我去他家玩。"下围棋嘛，木（没）有阶级性的问题；书法嘛，抄写主席和鲁迅的诗词，更是好事。"那时我十三四岁。而今我的年龄超过了当时的蔡老，却闭眼就能看到他当时的神态，开口就能模仿他那加了北京儿化音的山东高密方言。

有些学历史的朋友告诉我，凡是回忆往事的文章里面有过于生动的外部描写和内心活动，都可能是写作时的个人渲染，不能作为可靠的史料。我很怀疑他们的说法，认为他们没有遇到个性鲜明、语言生动的人物，所以没能记住人家的风貌和自己当时的心理震撼。如果他们遇到了蔡老那样的奇人，肯定会和我一样终生不忘。

蔡老原名庸骧，也写作"英骧"，"超尘"大概是他给自己取的"号"，后来取代了原名，成为代表他身份的正式符号。英骧比庸骧似乎更加超尘拔俗，或许也反映了蔡老年轻时对自己的期许。网上有人拍卖云南大学中文系年振襄教授和蔡老的一通书信，附带一个不知何人写的简介，对了解蔡老其人很有帮助。不过，其中虽没有外部或内心的描写，却不一定就都是可靠的史料：

蔡超尘（1906—1996），原名庸骧，高密城里人，中国民主同盟盟员，曾任人民教育出版社中学语文编辑室副主任。少时就读高密县立中学，考入济南高中，与同学季羡林等人常在山东《民国日报》副刊发表作品，后考入北平辅仁大学。毕业后曾任国民党高密县指委、国民党山东省指委（编者注：两处指委，似为党务指导委员之简称）文书助理、《华北日报》副刊编辑、天津扶轮中学国文教员。日寇攻占华北后，南下云南。到文山开广中学任教，教授国文，后转入云南大学附中。因宣传鲁迅、高尔基等人著作和革命思想，国民党云南省党部曾介入调查，在当地共产党党组织保护下得以脱险。新中国成立后，任出版总署编审局教科书编辑、人民教育出版社中学语文编辑室副主任，主编中学语文教材。1956年起，人民教育出版社相继出版了他与张中行（编者注：当作张毕来）、王微共同主编的《初级中学文学课本》（六册）、《高级中学文学课本》（四册），他参与主编的中学文学课本深深影响了一代人。

我感谢这位不知名的撰稿人，因为他／她纠正了我对蔡老云南之行的误解。当初我家被扫地出门，从北师大的教员宿舍搬到了德胜门内的贫民聚集区，父亲在"牛棚"里被办"学习班"，母亲去了河南干校，姐姐哥哥到山西插队。我尚未"泡"在元白（讳启功）先生家，孤身一人住着，门前极少长者车辙。蔡老来访，没见到先父，却给了我温暖的精神鼓励。他看见我正在临写《化度寺故僧邕禅师舍利塔铭》，就兴致勃勃地拿过我的笔，在我的小书桌上左右手轮番挥毫，写下了诗词各一首。从老先生给我解释的话语和口气推测，都是他的原创。那首词的落款是"超尘左手"，可惜我忘了下半阕。上半阕是：

荷锸刘伶多事，

孤行我爱杨朱。

恓恓孔圣遇长沮，

兜头浇冷水，

进退费踟蹰。

　　刘伶是西晋名士，竹林七贤之一。他嗜酒如命，气得妻子把他推到酒缸里面去了。他毫无悔改之意，反而让一个童子扛着铁锹跟着他。他喝酒醉死在哪里，就让童子就地挖坑掩埋。我在那个年龄虽然听说过"醉后何妨死便埋"的逸事，但在当时的社会环境里，确实觉得这个人没事找事。我读过阮籍的"杨朱泣歧路，墨子悲染丝"。当时蔡老又给我讲解了一番，加深了印象。后来我进入英语专业，读美国诗人罗伯特·弗罗斯特的"*The Road Not Taken*"，马上就想起蔡老伯，想起了他的"孤行我爱杨朱"。孔子遇到长沮、桀溺耦而耕的故事，我读《论语》已经有所了解。有意思的是，后来批林批孔，蔡老仍然把自己的这首词写给别人看，只不过把"恓恓孔圣"改成了"恓恓孔二"。

　　为写此文，我查阅了《诗刊》1961年第6期，发现蔡老所书是发表过的作品，作者是石朋，同时发表的是两首——《登泰山》《文山道上》，炼字凝重，格调古雅，地点和蔡老的足迹相符，加之他当时给我讲解诗词的口气，我觉得"石朋"或许就是蔡老的笔名。可惜没有确凿的证据，只好姑妄言之，以待知情者加以纠正。《登泰山》除了"万象""大象"略显重复，颇有老杜遗韵：

　　卓荦超万象，眼底群峰簇。

　　蜿蜒走东海，绵亘压齐鲁。

　　晦明开大象，风雨历今古。

　　幽邃尽宝藏，樵木任资取。

　　蔡老为我挥毫书写的不是上面这首，而是七绝《文山道上》，描写的似乎正是他当年去云南文山开广中学教书时的经历：

系马垂杨古渡头，

侧身天地一虚舟。

江山不倦登临眼，

更做滇南万里游。

　　我当时虽然年少，读书少、阅历浅，却也知道此诗音韵铿锵，格调高逸，放在唐宋人作品中也不失光彩。第三句"江山不倦登临眼"极佳，或许是化用老杜之语"谢安不倦登临费"，但视觉感竟胜于杜句，应该能得到山水画家的偏爱。我早前听先父说过蔡老和一位北大同学的一些趣事，就觉得蔡老也是北大校友；再联想到"更做滇南万里游"，就想当然地以为他和周定一伯父（先父在北大的同班好友）一样，也是抗战时期跟着北大南迁到西南联大去的。上面那则简介让我知道他其实是辅仁大学的，毕业后工作了若干年才因战争南迁。

　　既然得了人家的好处，总得投桃报李，也补充一下简介里面没写进去的东西，并纠正一些错误的地方。蔡老在云南遭到国民党云南省党部调查的原因，不仅限于拿得上台面儿的"宣传鲁迅、高尔基等人的著作和革命思想"，也包括一些特务、警察们看着不顺眼甚至恼火，却不好拿到明处说道的事情。其中之一就是和那位北大学生的共同作为。那位同学个子比蔡老高，脸庞稍长，不如蔡老宽。他们都蓄起了蓬蓬的大连鬓胡子，在学校、街上肩并肩地进进出出，个子矮的蔡老看上去活像马克思；那个高个儿长脸的，长得像恩格斯。二人不打标语不喊口号，在街上行走没有触碰任何一条法律，那时也没人说他们寻衅滋事。然而他们却有效地宣示了自己接近马克思主义的思想状态。所以同学、同事们都知道蔡老左倾，就给他起了一个外号叫"蔡八路"。因此，简介中所云"在当地共产党党组织保护下得以脱险"也就顺理成章了。鼎革之后，人们传说蔡老还受邀在十一游行的时候登上天安门。后来我问过他，他说："木（没）上天安门，上的是观礼台。"观礼台在天安门两侧，庆典的时候能到那里去，其社会象征意义也不小。足见在一段时间里蔡老很受重视。

简介里面似乎有个地点问题，即说蔡老是"高密城里人"。蔡老到我家的陋室来，我按照家里待客之道，给他倒了一杯水。水是白开水，态度毕恭毕敬。他说："你这个小孩子还挺客气。其实不用。我少年时代走十几里路到县城上学，自带干粮，能够在不喝水的情况下细嚼慢咽非常干硬的山东煎饼。"如果蔡老是城里人，哪里用得着走十里路、自带干粮？简介还把蔡老编写初、高中《文学》教材的合作人弄错了一个。编写者除了蔡老、王微，领衔的不是张中行，而是张毕来。张毕来是贵州人，文史学者，教授。1954 年春天调到北京，任人民教育出版社中学语文编辑室主任。蔡老是副主任。所以由张毕来领衔比较符合那时候的排名文化。

简介里说蔡老逝世于 1996 年，这明显是个时间错误。1995 年夏天我回国开会。那时父亲想起了老朋友，自己又不利于行，让我替他看望几个老朋友，并说："先看蔡老。算来他都快九十岁啦。"我分几天顶着烈日走了五六家，第一就是蔡老家。进得院门，看见一个二十多岁的年轻人在粉刷房间。我不由得疑惑：这是蔡老的外孙子吗？蔡老的女儿叫蔡玉，和我年龄相仿，但是高大魁梧，不应该有这样身材、这个年龄的儿子吧？仔细一看，又觉得这青年面熟。忽然想起这是蔡老隔壁家的那个小男孩，大约二十年前我曾见过的。我连忙问他："你在替蔡老粉刷房屋吗？蔡老他老人家现在在哪儿呢？"青年一惊，仔细看看我，说："哦，您是那个俞、俞、俞……"我说："对，我是俞宁。你记性真好，还记得我。"没想到他脸色忽然变得沉重，说："蔡老先生去世了。"我当时愣在那里，说不出话，也没听见他接着又说了些什么。我多么希望蔡老真能像简介里说的那样，活到了 1996 年呀！那样的话，我就有机会见他老人家最后一面了。

这并非父亲第一次遣我去探望蔡老。上个世纪七十年代，蔡老退休了。闲暇多了，就养成了一个习惯，各处看望老朋友们，聊天，论学，发感慨。他很有规律，每个月必来北师大看看我父亲。我也得以旁听他们的谈话。1976 年 8 月底，也是酷暑中，父亲发现蔡老这个月没来，就让我赶紧过去看看，说："可别是病了吧？"我遵命去了，遇到了隔壁的小男孩，问他蔡老在家不在。小男孩兴奋地告诉我："蔡老先生出游了！"我问："去哪里呢？"他说："先回高密老家看看，然后登泰山，再然后……"这下我放心了，蔡老七十岁了还能登泰山，可见身板儿多硬朗。到了 10 月下旬，蔡老高高兴兴地来了。当时我们家里还有一位年轻的声乐爱好者来访，说她刚刚从女中音老师那里听了一首外面尚未传唱的新歌，叫《祝酒歌》。因为旋律欢快美好，所以听了几遍就记住了词曲。父亲说："姑娘，《祝酒歌》是歌剧《茶花女》里面的名曲，可不是什么新歌儿呀。"她连忙说："伯父，不是那个。这个是施光南刚刚创作的。要不然我给您唱一遍吧。"于是她大大方方展开歌喉，唱出了后来李光羲先生唱红大江南北的那首妇孺皆知的歌曲。我印象最深的是每段歌词里都有十多个"来来来来"。

歌手告辞以后，父亲才得空儿说："超尘兄，您一向是每个月必来光顾寒舍一次，这几个月没来，我很担心，自己又腿脚不利索，只好让三儿到府上去看望看望，才知道老兄兴致高、身体棒，登泰山而小天下去啦。"说罢拉着蔡老的手笑。蔡老也频频摇动父亲的手，笑眯眯地说："是呀，是呀。木（没）听那个歌儿里唱'来来来'吗？我这不就来了吗？我呀，就像妇女的生理期，两三个月不来，就一定是有喜啦！"说得二人哈哈大笑。我母亲、哥哥和我，也忍不住跟着笑了。父亲说："是呀，是呀！有喜，有喜！"1976 年 10 月，京城里的升斗小民们或多或少都感受到了一些过节的喜庆。

我也并不是只有父亲差遣才去看望蔡老。蔡老多才多艺。张中行先生亲口对我说："我们社（人民教育出版社）里，蔡超尘的书法最好，而且左右开弓，都潇洒跳脱，颇有气势。"其实，蔡老的才艺不限于书法一项。早在 1956 年，蔡老就获得了北京市春节围棋赛的冠军。按平时的水平，应该说父亲的棋艺略高一筹。我听父亲讲过一次和蔡老比赛的情况，不知是不是 1956 年那一次，在比赛现场，蔡老先于父亲用完了时间，进入"读秒"阶段，每分钟必须走一步棋。蔡老从容不迫，每步都等裁判读到 58 秒时才啪的一声把棋子下在盘上。父亲本来形势略优，竟然产生了领先者的思想负担，裁判为蔡老读秒声声，却让我父亲紧张得怦怦心跳。锱铢必较的比赛中，心态很重要。蔡老胜在心理素质极佳。后来父亲指导我读苏老泉的文章，里面有"泰山崩于前而色不变，麋鹿兴于左而目不瞬，然后可以制利害，可以待敌"这样的句子。父亲说："记得我输给蔡老那盘棋吗？"我本来忘了，经过先君子再次提醒，就记到了今天。

所以，蔡老来访我的独居陋室之后，我就时而去景山东街拜访老先生，跟他下棋，观摩他写字。蔡老的棋风宏阔大气，喜欢中盘厮杀，开局几乎不变地使用两个高目，诱敌来挂他的小目，然后他用在三路二间反夹，以图早早把棋局引入战斗。这个路子，日本围棋术语叫作"哈妹手"，大概是"陷阱"或"欺招儿"的意思。我开始上了几次当，就查阅日本的哈妹手棋谱，得到了对抗的方法。经过激烈战斗，我得了一个大角儿，蔡老取得雄厚的外势。以后的棋局走向，取决于我如何破解他的外势。这当然再次引起战斗。这样的对局，一定程度上提高了我的战斗力，总体水平也有所提高。我二十多岁的时候，棋风变野，蔡老有点儿招架不住了。父亲就不再允许我找蔡老下棋。他说："你的进步，蔡老出了大力，你不应该总用他教你的本事来战胜他。这样时间长了，他会觉得难堪。"

我1968年上初中，同班好友宋燕生有一个年岁比他大很多的姐姐，1966年以前就高中毕业，出去工作了。她有几本厚厚的《文学》课本，保存得很完整。一次我去宋燕生家里玩儿，看到了一本。那时我只知道有《语文》课本，没听说过中学还有文学课。出于好奇，随手拿起来翻翻，就再也放不下。那位大姐姐见我爱不释手的样子，就说："你拿回家慢慢看吧。不许损坏。看完了还给我就行了。"我从宋燕生家慢慢往自家走，边走边读，碰巧是李白的《梦游天姥吟留别》。看到了一段奇诡浪漫的诗句：

　　云青青兮欲雨，水澹澹兮生烟。

　　列缺霹雳，丘峦崩摧。

　　洞天石扉，訇然中开。

青冥浩荡不见底，日月照耀金银台。

霓为衣兮风为马，云之君兮纷纷而来下。

虎鼓瑟兮鸾回车，仙之人兮列如麻。

    我不由得进入了一种迷幻的状态，不知今夕何夕，也不知此身何处，迷迷糊糊地就到家了。父亲见了课本，说那是蔡老主持编注的。这让我更加欢喜。之后见到蔡老，对他讲起来自己的感受。他笑眯眯地说："巧哩，那一篇恰好是我注释的。"从这个角度看，说蔡老领我走上文学之路，也不夸张。

    我从蔡老身上，学到了一些东西，看到了一种潇洒不羁的人格魅力，还从他和父亲的友谊里面，学到了父亲的细心和蔡老的洒脱。写文章怀念他老人家，怎能忘了那些超凡脱俗的细节？怎能忘了自己初次体验一个有特色的人格？怎能忽视当时自己心理上的震撼和认知上的感悟？怎么能说有了这些细节和感悟，反而让回忆文章丧失了史料性呢？人不能妄想长生不老。好人、奇人也有一天必然"尘归于尘，土归于土"，但他们的人格魅力和言行细节，却能够活在尚存者甚至将来者的感知里面。这才是真正的不朽，这才是有意义的历史吧。

原载《南方周末》2023 年 7 月 27 日

【主编者言】"出走",是行为的具体记叙,也是心理倾向的深刻描述。有"出走"情结的人,终其一生,总有一种理想的亮光在远方不停闪烁,呼唤、指引着他们的心灵。

出走的母亲

颜长江

一

她出生在大雪天。母亲叫袁秀秀,父亲叫姚世雍。

父母卧病,三天后,一位姑婆婆回到娘家来,见到新生婴儿大感高兴,抱了起来——

"都三天了你们给她洗都没有洗,她还活着,还在吃她的小砣子(拳头)呢!吃吧,一个砣子四两糖。吃啊,姑婆来给你洗,洗干净,更好地吃你这小砣子上的四两糖吧!"

这是 1940 年 12 月 24 日,湖北省宜都县观音桥。这个从江西南昌移民过来的农耕家族有了一个新生女儿。

生下她不久,又"跑日本",袁秀秀抱着她躲在沟子里。她好哭,可母亲没多少奶水。于是同行的人都很嫌她。好歹大家没有被鬼子发现。她活下来,活到八十年后,她抱着孙女小雅,见孙女吃着小手:

"吃吧,一个砣子四两糖"。她说。

真是有来历的语言。

二

"树枝发嫩芽了，就像些刚出生的叶娃娃呢，尖尖绿绿。杨花儿在空中飘飘洒洒，像一群群小白蝴蝶飞来飞去，直到风静天黑，它们才纷纷着陆于田里地边，田埂小路上。"

这是她眼里的家乡：一条细细的河，门前一座小桥，南板桥。背坡望野，眼前一两里的水田。家就在桂花庙子旁。

春天，她有时"把田里苕子花扎成一大朵一大朵，在头上也插一朵，又把小花用线串起来，挂在脖子上，在田间小埂上跑来跳去，开心极了"。

有一天，二姑妈来了。

二姑妈与四姑妈，都嫁与郑家——也是清初大移民，打江西来的家族。

二姑妈名姚世恩，夫君郑斌科去读黄埔军校，回来就有了二房还有俩孩子。相处一阵，与夫君常常吵起来，于是这回到家乡的一群人又回武汉了，终生没有回乡。

姚世恩不一般，上法庭，打离婚官司。家里来过一个养伤的共产党人赵辛初（后来是湖北省委书记），他说过以后会分田地的，所以只要了钱。限于礼教，不会再婚，这样就没有孩子养老了——

现在二姑妈来了。爹问谁想穿花衣服啊，她就马上答道"我想穿"。她二姐不愿去，因为已许了婆家了。

她妈默默地在旁边屋剁猪草，不说一句话。

于是她去了姑妈家。她心想，反正离家也就一里多，随时可以回来。

万万没想到，第二天二姑妈与四姑妈家就搬往松滋县沙道观镇了。这真是措手不及，那在上百里外。

三

沙道观在平原，街边有条老便河。

她对着老便河哭，嘴里叫着："爹，你在哪里？""妈，你在哪里？"

二姑妈只好又用新衣服哄她，有时也责骂。她就躲在被子里哭。

有次，看到壮丁被拴着，倒吊在区公所，大人还吓唬她：再哭也就这样吊起来！

就这样哭了两三个月，思念慢慢埋在心里。

二姑让她跟一位姐姐玩儿，让她称呼为"陶姐"。

陶姐常拉她去教堂玩。这是座有名的教堂，几年前国民革命军在此与日本人有过血战。教堂里有很多新鲜的东西。她曾提着小篮跟在大人后面，围着小花园转。大人们边走边念，小孩儿就撒鲜花，直至他们走完花园进了教堂为止。

教堂也是学校。二姑妈支持下，她成了小学生。这是她最开心的事。

四

家住在吉贤街。

小女孩静静地打量着这个大人的世界。

有个穿旗袍抹口红的姐姐，街坊叫她"婊子"，她常常与自己母亲吵架，然后就哭。她们家有零食，但是，"姐姐回来才能吃"。有次从门外看见她们正在吃西瓜，她们给了她一块，她就学她样，啃啊啃，真好吃，啃得只有一点薄皮了。那姐姐笑得前仰后翻，腿一叉开，三角短裤都露出来了，小姑娘吓得忙回到家里。

有穿着笔挺的国民党军官，与自己的大老婆争吵，却不吵小老婆。

这是 1949。某天推开门，她惊讶地看到，满街都是伤兵，一片呻吟声。大人们都在后院私语，慢慢发现这些人特别好。原来，解放军到了！

她很聪明，开饭的时候，就到伙房那里站着。每次都有她一碗。"我就吃了两三个月的饱饭。"

人们开始接纳这些伤员。

家乡要土改了。四姑父一家急忙搬回原籍宜都县的茶元寺。二姑妈留下来，她加入了刚成立的棉花打包合作社。她是纺棉高手，一下子成为新社会的工人还是领头人，好不高兴。

好景不长。在沙道观，四姑有了大儿子，也就是说，小姑娘有了她第一位郑家弟弟，名为郑必柱。必柱是跟着二姑妈睡。回宜都县后他天天啼哭，因为他习惯了二姑妈了。

于是，二姑妈也搬回了郑家的原籍，得四姑妈家收留，成为一家。

小姑娘得名郑必珍。大人们让她继续上学，直接上二下。

她觉得有些高兴。因为这里离观音桥就十几里地了。

五

十几里的山路，沿一道高高的岭。

有一天小女孩放学了，惊喜地发现她爹来了，来看自己姐姐。临走时，她抱着她爹的腿不让："我要跟您回去！我要跟您回去！"

她爹只好说："天也晚了，好的，今天不回去了，住这里！"

女孩儿信了，可不久又发现她爹拿着家伙什儿出去，就去拦，她爹就说："我是到菜园子里给你姑姑砍黄瓜站子（架子）……一会儿就回来。"

女孩儿又信了。过了很久不见回来，便问二姑妈，二姑妈说："傻孩子，你爹早走远了！"

女孩儿顿时"五雷轰顶，感觉天都塌下来了"。她喊着爹啊爹啊你咋说话不算数呀，一路哭喊，冲向了山路。天很快暗了下来，到了一个岔口，她分不清该怎么走了，那年月山上还有野兽，她又怕又急，就问人。那人道，观音桥还远着呢，天都快黑了。又道，这不是姚世恩大姐的姑娘嘛，论辈分你得叫我大叔呢！

大叔命她住下。她很快睡着了。第二天东方开始酝酿鱼肚白的时候，屋外有人说话。是两个男人，还提着渔网，在与主人对话："找了一夜，幸亏在您这里找到了。"

这一夜，两个男人见塘就撒网——这是姚家的特长。

红日熹微，女孩儿扑了上去——爹呀……

六

又有一天，周末了。她在长长的放学队伍中，等走到老师视线的尽头，就一转向，开始疯跑。奔向观音桥，奔到自家屋后，躲在灌木林中往下看去。

太阳正往西边走着。她看见"母亲在小河边洗菜，哥哥（姚永培）在呵斥牛儿回家"。她看到整齐的田垄，和无边的麦浪。一浪一浪的，真是好看。

她后来如是描绘这人生中最美丽的画面。

她呆看着，天就这样黑下去。"黑得不见五指，黑得有如锅底。"她开始哭泣。哥哥以为有贼，拿着家伙来寻。"哥哥是我！"

一看是妹妹，就说："原来是么妹啊！怎么还不进去！"母亲的声音传来："死妮子，还不快给我进来！"

她睡得很温暖，第二天努力做事，拖到不能再拖的时候，才挪着脚步离开。

七

那时，过继实在是很普遍的事情。待在家里，大概率是给人做童养媳。

她二姐就是这样，十来岁时还为夫家到江堤上做苦力修堤，一连三十多天。据说还有一个姐姐和两个妹妹也夭折了。

姐妹受苦，而她坐在课堂里。她是位好学生。尤其喜欢音乐课，她唱得好。

应该是 1955 年，小学选了学生去考枝江县中。考取了九个，而母亲是唯一的女生。

"这在那一方引起了轰动"，一个女生！二姑，还有四姑一家，都高兴得没办法。

她爹从观音桥来，买了个新箱子给她。

从此，至少她的回忆中，再也没有说起离开观音桥父母家的痛楚。

她站立起来，接受了茶元寺就是她的家。

八

爱出走的郑必珍，走进了长江边的县城。高高的文庙，漂亮的民国筒子楼。

在中学，她有两位最要好的朋友，胡咏大，艾维英。这两位阿姨后来都上了大学，且都一样南下了广东。

她从爱哭的小女孩，变成开朗美丽的少女了。"郑必珍是我们年级最漂亮的了。"胡咏大回忆说，"热情大方，唱歌也好。"

她和好友也常常挨饿，有次"干饿了两天"。甚至学业难以为继。请假回到家里，说是拿钱，说得好听，家里也没有钱。

不过家是土改分的地主屋。四姑妈于是拆下一根房梁，和她一起抬到粮管所卖，哪怕对方压价，也还卖了几块钱……

初中毕业，上高中又是一笔花费。于是，她不想上大学了，选择了不用交学费的当阳县师范。这离家足有一百四十五里。度过艰难的饥荒时节，毕业了，她分配到秭归县茅坪的陈家坝小学。工资 29.5 元，她定期寄十元回家。这位乡村姑娘，成了让大家自豪的公家人。

<h1 align="center">九</h1>

到了二十二岁了，该结婚了。不少人来提亲。

但少时奋力追赶亲情的人，注定要的是不一般的爱情。

家后修铁路了，她与一位湖南工程师盘先生谈过，因家里反对没了下文。

下一位谈的对象更远，竟来自广东。

宜昌县三斗坪，长江边的古镇，是后来三峡大坝的所在。山水如画。那一天，镇中学老师颜亮亨，一位苏东坡式的浪漫人物，贪看江山，误了歇处，一看眼前正是秭归县茅坪小学，便进去求宿。学校一位领导正在喝酒，便一起喝起来。晚间相谈，知道父亲尚是一人，便说包在他身上……

不久热心的领导再让他去。在一间教师办公室，一位高挑的女教师，掀开帘子走出来。好一出"掀帘"的戏码，父亲对这位清秀的女子留下了很好的印象。那就是郑必珍。

颜老师是华中师院毕业。形象一般，但才情非凡，那是二百年梅州世家赋予他的。虽然政治上总是挨整，但他总是一副乐天派的样子。

回去后就写信，文章与诗歌齐飞，在那山乡，他的文笔就像一道光。

他们的第一次约会，是在小学前面溪流的大石头上。他们就坐在这风景中的石头上，开始唱歌。

是的，对歌定情。他从中学开始就在家乡演戏，她也打小热爱音乐，两人都性格大方，唱了一首又一首，从《刘三姐》到《洪湖赤卫队》，一直唱到日薄西山，没有重样。

不到半年间，她请来了她二姑妈。老人一看到两人的热乎劲，嘴上不说，心里明白。不久的七月，放假了，她先回宜都乡下，突然发来一封很长的电报，告诉路径，让他到"崭新公社找郑渺科"。渺科，就是四姑爹。

她做事干脆。他来到了茶元寺，吃了一惊，郑家已在准备婚礼了。他空着手来的，居然赚了个美丽媳妇。

1964 年，大儿子出生了，取名文斗，取才高八斗之意。新生儿生活条件不错，每天都有牛奶。贫穷，正在远去。

十

两位有情人少年时都不容易，而现在幸福只有三年。

三年了。美丽的年轻母亲，有一天去看爱人。她采摘了一把路上的野花。当进入学校时，她看到满校的大字报，不少是针对父亲的，恍如晴天霹雳，手上的花儿撒了一地。然后进屋，抱着父亲痛哭。

她上前将批判他的大字报全撕了！然后她一人舌战红卫兵，并引用毛主席语录，想将丈夫的问题说成人民内部矛盾。

虽千万人吾往矣！一个从小敢于出走的女子，她爱憎分明。

丈夫成了全县出名的人物，年年批斗，但结论悬而未决。1968 年，颜老师有大限将至之感，正好局势有一时缓和，便申请回乡探亲。他已十几年没回去了。竟然获得批准。于是妻子随夫，第一次到遥远的夫家。

这位母亲的腹中，又一个孩子，已三四个月了。

十一

那时的中国，出行并不容易。到了广州，僧多粥少，买不到去梅县的车票。颜老师一连排队三天，最后见到一位军人退票，众人来抢。他高声用客家话，说妻子大肚，还携着孩子，请求大家相让。结果大家就让了。

她就先行坐车拉扯着斗儿走了。那时车慢，在河源还住了一晚。

临近春节，那古旧深叠的梅州秋官第，那院中生活的贫穷艰辛的亲族们，一时惊诧：

一位高挑的外省女子，像一道陌生的阳光，突然刺激了那灰色朴素的古院生活。她落落大方，自报家门。噢，亮嫂，还有亮哥的儿子！

语言不通，她就站在院中，唱歌跳舞，一首接一首。

多年以后大家还津津乐道。丈夫晚了两天也回到了。当时祖屋至亲只有亲大哥颜容。他是归侨，当时处境也不好，其实不久将入牢狱。

四岁的文斗在院里，与堂哥文彬在光裕楼内外玩耍，天真而不知世事。多年以后，他将略尽绵力，主持这祖屋翻修的工作。

几个月后，1968 年的 8 月，陈家坝小学里，她生下又一个儿子。颜老师，她称作"老颜"的，写过一首诗，讲长江百折千回，终究还是归到大海，于是将新生儿命名为长江——

感谢母亲赐我生命！

十二

不久，果然，老颜被定为划而不戴的现行反革命分子，被赶往暮阳村劳动，工资停发（后又恢复）。

文斗曾笑着回忆：消息传来，她抱着五岁的文斗痛哭，说："伢啊，我们以后要更加节约，要给你爸爸省出买牙膏的钱啊！"

母亲已按政策调回茶元寺家乡。她带着文斗去探望流放的父亲。从江汉平原的枝城，到三峡中的三斗坪，有百多里。到了三斗坪下船，然后是走上十几里山路。

老颜本是睡在柴草上。房东卸下门板，给一家人当床。那里饭都是苞谷饭，粮食不够，以菜叶、玉米充之。吃饭时，小小的文斗大哭着拒绝，说："这不是饭啊，这不是饭啊！"

二十多年后，1996 年左右，文斗在宜昌县当小干部，在三斗坪挂职过。他关心贫穷无水的暮阳村，往长江所在的《羊城晚报》发了一稿，《俯看大江没水吃，黄牛岩上不胜寒》，得到福建一家企业捐助二十多万，他就帮该村建设泵站。

十三

母亲的渺科姑父，在 1971 年过世，终年 52 岁。这渺科爷个子不高，脸庞不大。这不妨碍他是生活中的强者与好心人。

顺理成章地分家了。在必柱三兄弟的大屋旁边，大家帮搭了一个偏屋，她的养母（我们叫婆婆）带着我们三个孙子过活。

茶元寺小学。我最早一幅照片就在那里拍的。我哥和我就在校门口玩儿，照相师傅可能是来给教师拍照片吧，看我们可怜，就拍了一张。我手里的玩具，不过是牙膏皮子。如果后来的人看见，肯定觉得我们是希望工程的对象。

"你妈每天放完学，就回家寻猪草，打柴火。"必顺族叔前不久回忆。有一天，母亲在田里晕倒了。必顺叔的母亲看见了，忙将她扶到家中，给她喝了红糖姜汤，才慢慢好转。

母亲很大方，常常带着笑，很能赢得人。那年月，她也曾率队下乡演戏（估计是样板戏），山民们打着火把前来观看，一来千把人。

母亲没有嫌弃父亲，她有义气。有次父亲回来探家，母亲说要给他个惊喜。她引来一个人，父亲一看，竟是大学同学张文斌。当时张老师也是右派，在附近劳动。大智大勇的母亲则在外望风。

母亲又调到山岭那边的松木坪中学。必顺叔那时是母亲的学生，也就十五六岁，有次上学，就受命将我带到学校去。

我记得母亲牵着我的手，慢慢走在长长的路上，走向镇上。一里上下的路，我们安静地去，到了一个大房屋，也许是公社，母亲与人争论了一番。回来的路上，母亲一直流着泪默默地走，照样牵着我。我也不吵不闹。

这次行走，我印象很深。

十四

在特殊年月快结束的时节，母亲去找县教育部门负责人，要求将父亲调到宜都县，一家团聚。那领导一看父亲的材料，一个反革命，当然不要。母亲就说："告诉你现在不要他，将来宜都县是要后悔的！"那领导火了，说这也太狂了。

调不过来，就调过去！就这样，就在毛泽东逝世的那天，母亲率领我们离开了宜都，拿着通知去到宜昌县读中学——土门高中。

母亲写道："这个地方很好。不是一般高兴，而是特别高兴。主要口粮增加了，小孩们可饱肚子，每天早上可吃两个馒头或者包子，并且，这月可扯（预支）下月的粮呢。"

在相当的历史时期里，她的主要事业，是将三个儿子喂饱而已。

那时就开始领教母亲的谋生门道。她令我与哥哥去生产队收割过的坡地里捡点洋芋什么的，或跟着春天翻地的农犁后捡泥鳅。我们也跟着母亲种南瓜。这样延伸到我中学，到了县城，都要开荒种菜。我有时挑着粪桶，跟在母亲后面。

十五

1981 年，父亲平反。知识分子的生活慢慢来临。父亲的政治地位急剧上升，海外亲人的来信也恢复了。家里收到洋里洋气的物件儿，让其他人很羡慕。

母亲也时不时将婆婆接来住。在宜昌县城，我们一家六口，还拍下合影。但是，母亲总是与婆婆拌嘴。在我们看来，婆婆是慈祥的，母亲个性强一些，尤其是我们调皮了，母亲要惩罚，就常对婆婆说："都是您看娇了的！"她与婆婆吵了，可能更不高兴，让我跪着，用棒子打。

接来婆婆住一阵，多少有点不愉快。然后婆婆就回去，有时回的不是茶元寺，而是先到枝江百里洲的侄女家玩。长江中的百里洲，婆婆在那里摘棉花。

她老人家看眼前棉垄伸到远方，看天上白云来来去去。

十六

1986 年的夏天，我刚经过了高考，而母亲正在武汉音乐学院进修。有一天母亲来了封电报："儿取武新。"意思是母亲在那里打听到了，我已被武大新闻系录取。

报到后，见到了母亲。我陪母亲去到不远的阅马场游览。在辛亥首义纪念馆前，我租上仿黎元洪的大帅服，威武雄壮；母亲穿着她的呢子长外套，很有风度。我们合了张影。她一脸满足。

后来，母亲将呢子外套给我穿了。

当时宜昌的楼上新家，客厅墙上没装饰，父亲请本县一位农民画家，画了一幅壁立千仞的三峡山水。刚上了墙，母亲看了却说："我不喜欢。看到就想起老颜在那里受苦的日子。"

父母曾去过广州，与海外回来的亲人相会。母亲回来，有一句我印象很深："那里的街上，跑的都是小车子！"

母亲晚年这样写过："改革开放的热潮席卷全国，很多人都往南边跑。有的老师就劝我们，颜老师你怎么不回广东？别人不是南边人都往那儿跑云云。我过后一调查，果然如此，到南方工资会陡增。当时我们两人的工资加在一起只有七十元，如果到了广州，起码三四百元。最后，得到了一位组织部长的同情。听说在一次会议他说：老颜在宜昌工作三十多年，我们做一点好事，让他回去。于是在教师回原籍的热潮中，我们卷了被子，带着孩子们就回来了。"

十七

这是母亲的又一次出走。中间还有传奇，超过五十岁就不能调动了，而父亲正好过了五十。没想到宜昌县领导们苦留不住，又觉得让咱家受了多年苦，于是设法帮忙，让广州开了绿灯。

应该是 1988 年的暑假吧，父母到广州办调动。我也去会合。父母，我和弟弟，那几天是住在广州东郊 87 中的教室里。校门前就是著名的广深公路，集装箱车很多，整夜轰鸣。这，就是改革开放的前沿洪流了！

她将两位学生培养进了音乐专科。87 中是广州的五类学校，最低等级。所以，这是了不得的成就了。

1990 年，我毕业了，也到了广州工作。从此经济上全家处于上升轨道。胡咏大阿姨从广州来，她和母亲坐着，我在那小小客厅里给他们表演，将歌曲连串唱，边唱边舞，胡阿姨笑得都直不起腰来。

婆婆也是一家人中的一位，但她从来没来广东。郑必建二爹与芳菊二妈是大好人，担起了照顾姨妈的任务，母亲也定期寄点钱回去。

婆婆去世之后，母亲却常念叨着，寄给二爹钱，要将婆婆的坟修得更好。当年那个小姑娘，和她养母的故事，就这样到了结局。

十八

黄埔岁月并无故事，只是点点滴滴，老乡们的关心，不可胜数。

"郑妈妈是一位侠女。"大家这样评价她。

仅举一例。有一次，有老乡打电话求助。他们是开大车的，不料在郊区村里，被村人故意放低电线拦车，然后打人扣人，敲诈钱财。

我只得又去应付。母亲不放心，也跟着。接近村子时，母亲在公路边找了木棍拿上。我问她为什么，她说：我怕他们打我。

我家到广东，也帮了家乡人。母亲当年从茶元寺到观音桥的出走路上，郑家与姚家为主的老乡，渐渐来了几百人，在我哥文斗的率领下，开展租赁行业，竟让大家都富了起来。母亲周围子侄围绕，高朋满座，仿佛将家乡也搬过来了。

只是新世纪，母亲退休后，身体开始变差了，糖尿病。

有一天，我回到家。临窗的书桌上，我看到了一叠稿子。那明显是一篇文章，只不过字迹有点潦草。竟然是母亲的手笔！

我看了一看。写的是她的家乡，与她的出生。她已是一位奶奶，铅华洗尽，平心静气，娓娓道来。母亲从不写作，但这乡土文学那么地道，让我羡慕。

从此我回到父母身边，一方面是催她写作，另一方面是催她走路。但是她总是不执行，父亲也很无奈。

于是有一天，我说陪他们走一走。拉父母走进旁边的横沙村，在现代的农民楼里穿行。渐渐地，是古老的古村小巷。

很远，总是没有尽头。母亲说："长江你这是要带我去哪里呀？"

我说：医生叫你每天走三千米，我今天就带您走足三千米！母亲辛苦地前行。她相信我，相信她的儿子。我们终于抵达我的工作室，黄埔区有关部门赠送给我使用的功甫家塾。

只记得小时她牵着我的手，从观音桥携我走山路到茶元寺——那条路明亮，两边是绿草山坡，应该就是她小时出走的路。我记得我总是哭闹，而她不停地哄我走，声响至今犹在。

现在，是我牵着她的手走路。

十九

2016 年，我杰出的哥哥去世，母亲深受打击。2020 年初，疫情又来了。

5 月份，出了一件事情。母亲起夜，突然坐到了地上。中风与颈椎骨折同时发生了。我们轮流照顾。母亲从昏迷中醒来，她对我说："我们家的猪，该杀了。你要去请个杀猪佬过来，要早点约。"

她几次说，隔壁谁谁家的猪，养得那么大。

她的思维回到青少年时候，没说别的。她对那块土地，是多么富有感情。

正以为我母亲从此完全痴呆，但是港湾医院的医术，让她神智大致恢复。2022 年 6 月底的一天早上，母亲情况又差了一些，送院的过程因为疫情防控的关系弄得非常拖沓。

7 月初居然出院了，我们也很高兴，早买了高级病床和吸氧设备。只不过大部分时间她只能瘫坐在床上，靠插管吃点流食。我们去看了她，她不能说话。但是，当孙女小雅进到房间的时候，她用力握了握孙女的手，当孙女走的时候，她居然抬起右手，表示再见。这是我见到的她最后的动作。

二十

到了 7 月 16 号。那天我要去深圳越众历史影像馆，参加关于我新书的研讨会。我想临行前看看母亲吧。十点来钟我到了她的病床前。看她侧向一边，喘着粗气，如同拖拉机似的吼声。我想母亲的事无小事，就叫了救护车。等我下去接救护人员上来，不过一两分钟工夫，在家的表姐平静地说：母亲刚刚停止了呼吸。

我将手伸到母亲鼻孔前，静止，安静。

手指离母亲，那么近，那么远。

我也很安静。

她脸庞不再疲累，渐渐竟没了皱纹，光滑安详。火化前再见她，肤色那么白皙，身材也似从前。我想，这样年轻的身体，为何会终止呢，而我又有什么资格去烧掉它呢！

靠整理母亲的文稿度过。我从网上搜索到，那个教堂居然还存在！我一阵心悸，如果我再次走入教堂，我将是何等的战栗！我仿佛会看到，一个可怜的小姑娘，怯怯地来到了神父的面前，开口唱赞美曲。

为什么我没在母亲在世的时候，陪她去看这个教堂呢？

2023 年，我把母亲葬在了罗浮山上。本来是想回到家乡，她父母旁边，她再也不用出走了。可种种原因，难以做到。

我难以自拔。我想可能我要重走母亲的路。重走，从茶元寺到观音桥，一定要找到她当年那条小道。也许，当我走到的时候，我能看见，一个正在灌木丛中蹲着的小女孩。

就像看到我的女儿一样。我会给她带去，她热爱的花衣裳，给她换个新的书包，然后陪着她看眼前的麦浪——

二十一

我会对她说，孩子，你不要伤心。你会有美好的前程。你会读上中学，你会吃公家的饭，你会有一个来自远方的如意郎君，你也会有几位杰出的儿子，你将度过你丰富而被人记住的一生。

我会对她说，孩子，你不要不高兴。其实这是一件好事。你又能读书，偶尔也能见到父母，就像后来你的孙子孙女，读的寄宿学校一样。你规避了一早要去夫家的命运，你会是个知识人。

也许，太阳正在西沉。孩子，你不要伤心。我要告诉你，你记住：你的周围，全是爱你的人。

原载公众号"秋官第" 2023 年 7 月 28 日

【主编者言】从生命原点上的几个小故事，可以体会岁月，感受时代，理解一颗少年之心。曾经的怯懦、叛逆、惆怅和忧伤，是否给作者留下了深刻的人格印记？

生命的"原点"

谢庆立

每个人都有一个生命的"原点"，它常常是人生的第一本教科书。这个教科书是鲜活而感性的，铺就你永远的生命底色。生命的"原点"又像一片"高地"，无论你飞得多高、飞得多远，你都会清晰地看见它，是你魂牵梦绕之地。

我生命的"原点"——豫东平原上的鹿邑县孙渡口村。

我出生在上世纪六十年代，适逢三年困难时期的后期，故乡饥荒仍在蔓延。奶奶告诉我："你出生的那年头没饭吃，村里出生了 7 个孩子，有 4 个不到 3 岁就死了，多是因为营养不良。"我娘说，我那时也多病，针没少打，屁股上都是针眼。医生嫌我太瘦，每一次给打针，总是撮起屁股上的皮，这样免得扎着骨头。能侥幸活下来，那是祖上修来的福气。

小时候，早上一睁开眼就不见了爹娘，他们天不亮就要下地干活挣工分，到了天黑才能回家。我和姐姐只能没生没熟地胡乱吃东西，常常是半饥半饱。没有大人管束，我们很自在，捉迷藏，捏泥巴，逮蜻蜓，比赛爬树，下塘游泳，玩得开心极了。姐姐到了 13 岁，也下地和爹娘一起干活，虽和大人干得一样多，但只算半个劳动力，一天能挣 6 个工分，相当于 5 分钱人民币价值，可以在集市上买两个窝窝头。

姐姐成为生产队的"劳动力"，对我来说却是一件好事，因为没谁再管束我了。那时，我常常和村里的大孩子一起，去离村子两里远的地方看汽车。蹚过清水河，穿过一片树林，不远处有一条公路，但汽车半天才过上一辆，我们就去猛追一阵子。天热得难熬，我们就爬上河堤，躲在树荫里等着汽车的到来。若是客车，我们就在上面欢呼一阵子。一次我看到客车，一瞬间有了莫名的惆怅——说不定在哪一天，我也离开村子，到很远的地方去——冥冥之中，一种直觉。以后，每当夜深人静，听到汽车的叫声，这样的惆怅就更加强烈。

村里没通电，也没有无线广播。一天，当村支书的三舅来我家，他提着一个收音机，引得村里的大人小孩围了好几圈儿，村里人说收音机是话匣子。三舅豪爽，干脆把收音机挂在树上，音量开大，让半个村子的人都听到。

看电影就是村里的狂欢节，乡亲们的高兴劲就甭说了，一年到头却看不了几次。放映一般是在打麦场上，借着两棵大树扯起幕布，太阳离地丈余高时就坐满了人，方圆几里的人也陆续地来，往往等到夜幕降临才放映。《闪闪的红星》《小兵张嘎》《地道战》《地雷战》和《平原游击队》等战争题材的影片我都看过。

那时我吃不饱肚子，幼小的心里却埋下了英雄主义的种子。我想，共产党虽然赶走了日本鬼子，打败了国民党反动派，但美英等国的人民还生活在水深火热之中，我一定要好好学习，长大了解放全世界，帮助天下人实现共产主义，而最好的办法就是先去当兵。

12岁那年，我开了眼界。一天，我和父亲一起去拉煤，第一次进了40多里外的县城。我惊呆了：宽阔的街道一眼望不到尽头，两边还有一些高楼，最高的有3层。我推着煤车经过县革命委员会的大楼，央求父亲停下来。我想到楼上看看。我走到门口，腿却哆嗦起来，那些穿着整齐的人上楼下楼，我突然生出一种怯懦。我在楼下观望了一会儿，再也没有爬上楼梯的勇气了。

我推着父亲拉的车，一路上胡思乱想：城里人穿漂亮衣，住高楼，村人整天干活，吃不饱饭，即使不是"水深火热"，也不算幸福生活吧！再说解放全人类，也不是一个人所干的事。那就先解放自己、改变自己吧。出路或长大当兵，或好好读书，长大了走出孙渡口。但那时靠政治推荐上大学，我知道，这好事，即使做梦，也没我的份儿。

那时，农村人生活清苦，一年吃上几个白面馒头，再吃上两顿肉，这就算很不错了。读书时，我精力不集中，常常幻想好吃的，满脑子烧饼油条麻花之类的东西，也时常盼着家里来客人。母亲很好客，家里来客，她要杀只鸡。那香喷喷的鸡肉快做好时，我的眼睛就直勾勾地盯着锅里的鸡肉，但母亲还是把鸡肉盛得一点不剩。

小学阶段，给我印象最深的是孙渡口学校的民办教师吴永亮。我上四年级时，他是班主任，写一手好字，我喜欢模仿他的字体。但他脾气不好，我那时顽劣，成了他批评的对象。我非常忌恨而又无处发泄。过了一段时间，北京出了个小英雄黄帅，学校领导把这些材料念给我们听，要学生给老师提意见，这叫紧跟大好形势，开展"反潮流"活动。

不久，我写了一篇《我们不是"奴隶"》。文章里，我把吴老师批评我时的神态描写了一番，又不提名地批了他一通，还在报纸上抄了一段"反潮流是马克思主义的一个原则"之类的话，想借"帽子"压压老师。

但事情的结果出乎我的预料。没过多久，吴老师看了我的文章，反倒在班里表扬了我。他读了我描写他批评人时的一段文字，引得全班同学大笑，我则感到十分尴尬。吴老师见了我爹，说："孩子小小年纪写文章骂老师，我可没教过他这一招呵。但这孩子悟性好，说不定以后不会土里刨食哈！"我父亲一听，你小小年纪就对老师无礼，太过分了！结果招致一顿暴打，还罚跪砖头。爹说，只有这样才可以让我长点记性。

几天后，校领导要我再写几篇此类文章，我就怎么也不肯写了。那时，我喜欢读报上文章，"梁效"的文章、浩然小说改编的连环画我特别爱看，里面的故事太让我着迷。学校里组织了文艺宣传队，我一时手痒，写了《新三字经》，是个快板，让同学们上台演出，我成了学校里的"名人"。后来，公社会演，我写的《新三字经》被看中了。一天，一个干部模样的人要我和他一起去公社，说还有两个孩子也创作了节目，要我在他的指导下修改。

到公社大院，我和另外两个孩子住在一起，他们是初中生。那几天，窗外的槐花随着淅沥的小雨点落满地，砖砌的小路上爬满了绿茸茸的青苔，我突然有一种远离乡村的忧伤。第二天我发现公社干部出入都骑自行车，开饭时吃白面馒头。我心里感到很难受：我爹我娘一年到头干重活，连红薯干也吃不饱，你们不劳动，凭什么天天吃饭像过年，出门还有自行车骑着？

岁月沧桑，对多数人而言，也许陈年旧事早成了过眼云烟，这些记忆却烙在了我心里，令我挥之不去！

有一年春节回老家，我到村里转悠，寻找过去的大队小学，发现校舍早已被拆除，当年的踪迹一点也没有了。那天，弟弟问我："哥呵，过几十年了，还看小学干吗？"我没有回答，瞬间眼眶湿润。

想起了小时候第一次独自出远门时的情景。那天早上天下着鹅毛大雪。我临出门时，雪却停了，大地银装素裹，天地间是无边的静穆。我娘安排了一句话："记住你留下的脚印，路再远你也能回来！"

原载网易号"必记本"2023 年 9 月 1 日

【主编者言】她是故事人物的亲孙女，一个在西方文化熏陶中长大的人。她的观察和理解，还有她的人文思考、遣词造句，与我们有很多不同。她的文章给了我们不同的感受。

奥本海默叫她姐姐，大家说她本应获诺奖

袁婕达

有人把绳子一拉，黄色的帘布飘落下来，露出我祖母的雕像，有三层楼那么高。

那是 2012 年 5 月，出自一位雕塑家之手的吴健雄雕像耸立在上海北面不远的一座市镇（江苏太仓）。她是名满天下的核物理学先驱，1936 年从中国前往美国留学，而且，从很多方面看，从此一去不回头。她推翻了曾被认为是自然基本法则的定律，在曼哈顿养育了我的父亲，在我小的时候教我怎么用筷子。

在实际生活中，她的身材可能刚好 5 英尺（约 1.5 米）高，而且随着衰老而愈变矮小。如今的雕像还原了她年轻时的模样，坐落在一个底座上，披着那种学术长袍，我只是在她十六次获得荣誉科学博士学位的照片中才见到过，其中一次是普林斯顿大学，首次将这样的学位授予一位女性。当时我过了片刻才意识到这尊雕像就是她。铜像那么大，那么绿——与自由女神雕像一样的薄荷绿色调。

我和父母事先飞到了上海。一百年前的 1912 年，我的祖母在此出生。然后我们向北驱车一小时到达位于长江入东海处的渔村浏河，这是她从小长大的地方。

我们时差还没有倒过来，在迷糊中出席了当地政府为她组织的百年生辰庆

典。我没料到会有警察的摩托车队开道，有着她名字的横幅跨越过大街上方；还有每天夜晚与当地官员一起的喧闹的宴会，以及宴会上如流水一般的茅台酒——一种清澈的发酵高粱酒，味道像甜松节油。在这种场合，像我的表叔吴肃这种善于交际的人，会走遍每张餐桌给大家敬酒。然后你必须像他一样走遍所有餐桌，接连不断地干杯，每隔一杯偷偷往里注水，使你不至于醉倒在半道上。

每次访问中国总是同一连串眼花缭乱的、我从来都不知道有过的亲戚见面，还有那种嘈杂而熟悉的语言，美国出生的父亲和我听了一辈子也没能听懂多少。我们只是任人摆布。

雕像揭幕的那天早晨，我们的亲戚带领着我的父亲袁纬承（Vincent Yuan，吴健雄唯一的孩子）、我的母亲露西·里昂（Lucy Lyon）和我（唯一的孙辈）来到一片折叠椅的海洋前面，每个椅子上都覆盖着红色和黄色的织物。仪式中有很多不加翻译的中文演讲，讲话中某个地方我听到了我父亲的名字，然后是我的名字。我表叔赶紧示意我们站起来挥手，然后响起了一片掌声。我的母亲是种族上而非宗教上的犹太人，金发碧眼，当她被介绍而站起身来时，数千人齐声发出一阵惊叹。

到中国去纪念我的祖母，我们以前也经历过：在她读大学本科的南京，有一个纪念馆。她的另一尊青铜雕像矗立在上海。这次百年诞辰之行，我们参加了吴健雄陈列馆的开幕式，其中展示了她的学术论文，以及她在白色实验室工作服内穿的开衩旗袍。在她的家乡，我们参观了她父亲创办的学校教室，她父亲办学主要目的是让自己的女儿能够接受教育。那里孩子们唱了关于吴健雄的歌曲。

中国的英雄崇拜令人印象深刻，而当你的祖母是崇拜对象时，那简直是一种超现实的体验。在纽约，她来回于哥伦比亚大学的实验室和附近的租金稳定的教员公寓之间，一点儿也不引人注目，一起住在那里的祖父是一个粒子物理学家，还有我父亲，他后来也成为一名核物理学家。

这种圣人一般的崇拜，很容易使人失去对真实人格的了解。我还保留着对自己祖母的记忆，不过不完整。使她成名的研究工作改变了科学家对宇宙的认识。这激励了无数女孩和妇女，她们直到今天还同我有联系。

然而，回到我记忆中的图景是我的童年：穿着她给我的印有圆点的派对礼服绕着她跳舞，或者和她一起冲下楼去看克莱蒙特大街的圣诞颂歌表演。今天我快到了她做出伟大发现的年龄。我有生之年中有一半是和她祖孙相知的岁月。

像许多来自移民家庭——或者来自科学家的家庭，经历过战争和破坏的家庭——的孩子一样，直到祖母逝去从而没有机会再问她的时候后，我才意识到我对她的一生知道得那么浅薄。把记忆拼合起来。我们的家庭故事在官方说法和传记中被重复了许多次，不清楚哪个版本是真的。过去是一个结束了的篇章。第一代人努力与旧的生活方式、语言、食物拉开距离。像我这样的二代孙辈，却回过头来，渴望更多地了解当初这一切开始时的情况。

我的祖母在中国像摇滚明星。后来，在2021年初，美国邮政局为纪念她而发行了一枚永久性邮票，于是她在美国也成了摇滚明星一类的人物。[你还可以购买一件印有她和其他"STEM（科学、技术、工程、数学领域中的）女性"的T恤衫。最近，她和她的邮票成为电视里智力竞赛节目"Jeopardy！"中"著名亚裔美国人"的一条线索，标价800美元。]

我祖母的邮票使得出现在邮票上的亚裔美国女性总数上升为二，与推广木须肉的厨师廖家艾（Joyce Chen）并立。

邮票中祖母的肖像看起来就是我记忆中的那个女人：聪明，眼光深邃，梳着精致的高发髻——这本身就是一项物理学成就。脸上带着似笑非笑的狡黠，总是让我想知道她在想什么。

在某种程度上，我们都无非是在对我们亲近的人的生命进行理论上的诠释；一旦他们逝去，我们就会处理他们留下的资料和笔记。

我不是核物理学专家，但这是我的理解：我祖母在1956年进行的一项实验证明了一个理论，它打碎了我们对物理世界的认识。她接受了她那个领域内无人愿意面对的挑战，她证明了"宇称不守恒"，也就是说自然规律并不是完全对称的。

一个自然现象及其镜像并不总是相同的，宇宙有时会区分左右。

巴纳德学院的天体物理学家简纳·列文（Janna Levin）告诉我，为什么大爆炸后物质多于反物质——为什么宇宙中存在物质而不是一无所有？为什么没有湮灭到无影无踪？归根结底，为什么宇宙会像我们如今认识的这样存在？我祖母发现的这种不对称性可能从根本上回答了这些问题。

祖母是个什么样的人？我的感觉来源于许多文字资料，其中一些与同行评审的科学论文一样可靠。有一本由江才健最初用中文写的传记，还有每逢表彰科学界女性时冒出来的无数文章。还有一本2019年出版的儿童读物《物理学女王》作了最简洁的叙述，后来发现这本书对我进一步了解祖母竟然特别有用。

关于她的职业生涯，最重要的一点是什么？——回答是这个：祖母本应该获得诺贝尔奖。

我甚至在懂得她的工作（不是说我有能力真正理解它）之前就开始听到这种说法了。她在全世界被称为"中国居里夫人"和"物理学第一夫人"。她在执教了几十年的哥伦比亚大学，总是要求学生在工作上尽善尽美并且长时间待在实验室里，这时心生不满的学生就会称呼她为"吴夫人"，或者"龙女士"。她更喜欢别人叫她吴教授或吴博士。我叫她祖母，虽说一个受中国文化浸淫较多的孩子会叫她奶奶。

她虽然未获得过诺贝尔奖，但她的名字却经常同那些得到过该奖的物理学巨人放在一起，比如居里、爱因斯坦、费米和费曼。

吴健雄11岁时，她父母办的学校已经教不了她什么，于是她就离家求学。她很幸运——她在家里是排在两个兄弟中间的女孩，父母政治上进步，是真正的革命者，倡导妇女权利和女童接受教育的权利。

她要跋涉50英里崎岖不平的乡间小路到苏州的一所门槛很高的免费女子师范学校去上学。然而，她在晚上偷偷学习从同学那里借来的物理和数学书。

为什么是物理？她从来没有告诉过我，但是当时正是 1920 年代，在爱因斯坦的相对论推动下，欧洲和美国涌现出一系列令人兴奋的发现。想要参与其中是很可以理解的，好比年轻的帕蒂·史密斯在 1960 年代后期想要到（纽约）东村去一样。

1936 年，她 24 岁时登上远洋轮，开始了为期一个月的横跨太平洋的旅程，前往美国。她的旅费是叔叔支付的。她必须出国，当时的中国没有地方可以攻读原子物理学的博士学位。

日本侵略中国的威胁正迫在眉睫，当时那些离开祖国的人都知道他们在逃避什么。她去国后一年的第一场战斗，就发生在她家乡以南 27 英里的上海。然后是南京大屠杀，日本人强奸或屠杀了数十万平民，这是她不久前完成大学本科学业的城市，她也曾在这里带头到中国国民党领袖蒋介石的官邸抗议，要求他采取更多制止战争的措施。

她当时没有预见到，这场战乱后来扩散成为第二次世界大战，也没有预见到她的兄弟和叔叔后来在"文化大革命"中被折磨致死。她以为几年以后就可以回国的。

她在轮船上挥别父母的时候，也是她最后一次见到他们。

邮票发行时，一位记者联系到我父亲，问他关于他母亲的事。父亲把他的回答抄送了一份给我，这是他对我比以往任何时候都更直言不讳的一次。

他能不能谈一下她是如何做一个母亲的？

父亲回答，她长时间在实验室工作，深夜才回家。"她一方面照顾我，一方面也要从事她的工作。"她检查他是否完成了家庭作业，但没有管得很细。

他们在一起有过什么快乐的事？

父亲写道："说起乐趣的事，我们没有太多共同点，工作就是她的生活和乐趣。"她宁愿在旅行时，而不是在日常生活中跟他在一起。

父亲从阅读人们关于母亲的文字中了解到自己童年的一些事情。"她实验室的学生给我们买了两张马戏团票，这样可以让她离开实验室两小时，"他说，

"但她走了不到半小时就回来了，笑着说她不必去看马戏了，因为保姆已经同意带我去。"

我来自一个物理学家的家庭，在新墨西哥州的洛斯阿拉莫斯长大，这是一座秘密兴建的小镇。我周围的许多成年人都有安全许可证，我们这些孩子也学会了不要打听他们的工作。他们过着神秘的职业生涯，对我来说是禁区。

我的科学和数学课都学得不错，但我更喜欢讲故事。所以我成了一名记者，写了很多知名人物的特写，喜欢盘问他们的生活。不知何故，我从来没有试图揭去我自己家庭名誉的外衣。

即使现在也很难，因为如果我挖掘得过于用力，我不得不面对下面的想法：吴健雄在取得众多成就的过程中，没有平衡地兼顾她的工作和家庭生活，她的这些选择造成的影响，已经波及我的父亲，接着又以我在多年治疗后才开始理解的方式波及我。这篇文章花了几个月的时间写成，在此期间，我动了一次子宫手术，并且冷冻了我的卵子——生怕 43 岁单身的我断了她家族的血脉。

我祖母走下了那艘远洋轮时，原来打算到密歇根大学攻读博士学位，但是在访问了加州大学伯克利分校后改变了主意，决定在那里注册就读。因为她吃惊地得知密歇根大学的学生会是不允许女性从前门进入的，而且带领她参观伯克利的向导是中国的另一个物理学研究生袁家骝，人们通常称他为卢克（Luke）。

卢克就是我的祖父，但这里还有另一个对于物理学家来说不那么浪漫——或者也许更浪漫的爱情故事：伯克利恰好拥有世界上第一台回旋加速器，这是一个仓库大小的设备，可以将带电粒子沿着螺旋的路径加速并将它们射向更小的粒子。我的祖母一看到它，就知道自己必须留在这里。

她本来是打算回国的，但 1937 年日本全面入侵中国切断了所有希望。我相信，漂泊再加上绝望，使她全身心投入到实验室工作中去，通常会一直待到凌晨 4 点。她每次参加考试的时候都担心如果考不及格，自己会无家可归。每次考试通过——总是能通过——她就会去中餐馆庆祝一番。

她在伯克利开始了她毕生的工作——研究 β 衰变。这是放射性衰变的三种主要方式（α、β、γ）之一，是一种弱相互作用的现象，是使得太阳发光的基本动力。她周围的世界正在崩溃，她则专注于不稳定的原子，当原子崩裂时，会自发地放射出小碎片而重新变得稳定，在此过程中释放出能量并变成其他元素。

在她艰难的上升过程中，一个不变的话题是：无论走进哪个房间，她都是罕见的、通常是唯一的女人，而且还是个中国女人。1941年《奥克兰论坛报》在一篇关于她的核裂变研究的文章中称她为"身材娇小的中国姑娘，看上去像是个演员、艺术家或者追求西方文化的富家小姐"。当年那些关于她的文字，几乎都以带点色情的东方主义笔调称赞她多么美貌，仿佛对她竟然也是罗伯特·奥本海默（J. Robert Oppenheimer）所称的 β 衰变研究"权威"表示惊讶。

我父亲和我不得不根据一些文字记录来还原她生命中的这一段经历，尤其是1993年出版的莎朗·麦格瑞（Sharon Bertsch McGrayne）所著的《诺贝尔科学奖女性》一书，书的作者在我的祖母和她的许多同时代人离世之前采访过他们。

伯克利没有给予我的祖母永久职位。这是一个沉重的打击。麦格瑞认为这是性别歧视加上战争期间反亚裔情绪高涨造成的，在西海岸尤其如此。1882年的排华法案因为1924年更严格的移民法案而得到加强。不久后建立了日本人的拘禁营。当年，在全国排名前20的研究型大学中，没有任何一个女性的物理学教授。（即便是现在，根据美国国家科学基金会的报告，获得物理学学位的女性少于任何其他科学领域。）

我的祖父在伯克利也无法获得薪水合适的职位，他在加州理工学院获得了一个不错的职位，后来又在新泽西州获得了一个为美国国防部研制雷达的工作。他们结婚后搬到了东部，祖母一度跟着祖父的职业生涯而迁徙。她曾在史密斯学院短暂任教，在那里她喜欢上了指导年轻女性的工作，但她的教学职责使她没有时间进行研究。一年后的1943年，她签约成为普林斯顿大学首批女性物理学研究员之一。

一年后，哥伦比亚大学的一项秘密战时研究项目将她吸引过去。哥伦比亚大学战争研究部门的两名物理学家花了一天时间考问她，但始终不透露她将从事什么工作。考问后他们让她猜。

她回答："抱歉，如果你们不想让我知道你们在做些什么，本应把黑板上写的东西擦干净"。

据麦格瑞说，他们当场雇用了她。

请想象一下核物理发展过程中这样一个时刻：一系列重大的发现以疯狂的速度出现，科学家们硬挤进已经没有座位只有站位的演讲厅，或者爬上柱子以便看清楚黑板上的方程式。而我的祖母就处在这样的场合中心。

直到1950年代，宇宙的对称性，包括左右对称性即宇称守恒，仍被认为是无可辩驳的事实。宇称说的是宇宙不偏袒左或右，物理定律对于任何事物及其镜像同样适用。已经证明这对于行星和棒球等宏观物体都是对的。

但在原子核的层次，并不完全是这样。科学家们使用高能加速器将粒子轰击成一堆更小的粒子，结果有点不对头。要么是实验有毛病，要么是三十年来的物理学有毛病。

1956年春天，我祖母在哥伦比亚大学的一位同事李政道告诉她，他和普林斯顿大学的杨振宁正在写一篇引起争议的论文。论文论证了宇称在弱相互作用中可能不守恒，弱相互作用是宇宙的四种基本力之一。（重力是另一个基本力；他们的理论就像是说重力只是有时起作用一样令人无法接受。）

我的祖母当时44岁，已经以严格和一丝不苟的实验家著称。在实验室里证明李、杨这样的理论家的观点是否真实，正是她擅长的。她不认为物理学是争第一的疯狂冲刺，她珍视精确性和无可挑剔的正确性。

要不是科学界认为李和杨的理论太不可置信，本来会有一群实验家竞相证明他们的理论。杨振宁后来说我的祖母是唯一理解到验证他们理论的紧迫性和重要性的人。

她建议以同位素钴−60——一种强的 β 衰变放射源为中轴进行实验，并将其降至接近绝对零度的温度，消除各种干扰以便更容易测量衰变时发射的电子的路径和方向。

哥伦比亚大学没有合适的设备，所以她与位于华盛顿的美国国家标准局的低温团队合作，该团队由英裔美国人欧内斯特·安布勒（Ernest Ambler）领导。整个1956年秋天，她往返于纽约和他们的实验室之间，同时仍在哥伦比亚大学教书，由丈夫和一个保姆照顾他们9岁的儿子。

在追忆往事时，我祖母以前的学生往往会想起她的严谨——长时间待在实验室里，睡在地板上过夜。有一天晚上，一个学生小声提醒她该回家给儿子准备晚饭了，他多次打电话到实验室，告诉妈妈饿了。

她回答说："哦，他找得到开罐器的。"然后继续工作。我爸爸一年级时就开始上寄宿学校。根据麦格瑞的说法，吴博士列出了成为科学界成功女性的先决条件是：一个"好丈夫"，短途通勤以及良好的托儿服务。我看到了祖父全心全意奉献于她。他本人也是一位有成就的物理学家，他在家做饭，开车送她到任何地方（祖母从没学过开车），常常把她的需求放在第一位。

她的实验的初步结果令人震惊。最突出而且可测量到的是，从原子核的南极放射出的电子比北极多。她把自旋倒转过来，得到了同样的不对称结果。

圣诞节前夜，她登上了回纽约的火车，把好消息带给了李政道和杨振宁：她的工作——后来被人称为"吴实验"——看来证明了宇称在 β 衰变中不守恒。

原来，宇宙有点像个左撇子。她于1月2日回到华盛顿验证她的结果。

两天后，李政道与一群哥伦比亚大学的科学家分享了这个消息，尽管我的祖母曾要求他不要这样做，暂时不要。

这一点很重要，因为它直接影响到她这项发现的功劳归谁的问题。由利昂·莱德曼（Leon Lederman）领导的另一组哥伦比亚大学科学家正在做另一个实验，莱德曼意识到自己的实验稍加修改也可以测试宇称的不守恒。他们在四天之内确认了我祖母的结果。

消息传播开来。我的祖母感受到了赶在莱德曼之前发表论文的强大压力，同时反复检查她的结果。在物理学中，谁首先提交和发表研究结果，荣誉就归谁。

莱德曼在李政道的要求下暂缓提交论文；如果他们不是哥伦比亚大学的同事，这样的善意不太可能发生。直到1月9日，我祖母的团队才从抽屉里拿出一瓶稀有的1949年波尔多拉菲酒庄出品的红酒，为推翻宇称守恒而举杯庆祝。两篇论文都发表在1957年1月15日的《物理评论》上。莱德曼的论文承认他是在听说我祖母的结果后才开始实验的。

哥伦比亚大学为此举行了新闻发布会。新闻登上了《纽约时报》的头版。据一条通讯形容，在那年1月份纽约举行的美国物理学会年会上，哥伦比亚大学的一个大型演讲厅"被庞大的人群挤得水泄不通，人们想尽一切办法进去占据一席之地，就差没有人挂到枝形吊灯上"。

这是一场胜利，但从某种意义上说，损害已经不可挽回。那年下半年，诺贝尔奖委员会拒绝把奖金授予任何实验方面的人士；李政道和杨振宁因理论工作而获奖，成为第一次获得诺贝尔奖的中国籍物理学家。

看来这里存在着性别歧视，虽然不是那么明白公开。120年来，只有四位女性获得了诺贝尔物理学奖。吴健雄的工作成果在接下来的几十年里备受赞誉：普林斯顿大学授予她荣誉科学博士学位（那里的校长称她为"世界上最顶尖的女物理学家"），哥伦比亚大学给了她终身教授职位，还有美国国家科学奖章，美国物理学会主席职位，以及以色列声望卓著的沃尔夫奖。

诺贝尔奖审议过程中有些什么样的讨论，这些记录要等到李政道和杨振宁去世以后才会公开。但可以看到一些不利于她得奖的因素：两篇竞争的论文（一周后还有来自芝加哥的第三篇）；有些人坚持国家统计局的科学家们也应该分享功劳；诺贝尔奖每年每个学科的获奖人数有限制。

我不知道祖母对此有什么想法，或者她是否想过，因为它涉及那种从来没有跟我们谈起过的感情。

我父亲说她愿意让她的工作来说明一切。

我在脸书上写了一篇关于吴健雄邮票的帖子，我的朋友们把它分享给了他们各自的圈子。有一位我不认识的人回答说他不会买她的邮票，因为她从事过曼哈顿计划中的一项关键工作——研发铀浓缩方法增加核弹的燃料供应。

　　科学家们对于广岛和长崎的破坏难辞其咎；他们也没有制止他们的政府。我的祖母跟她的朋友奥本海默一样，有着纠结的遗憾。1965年访问台湾期间，她忠告中国国民党领袖蒋介石永远不要走制造核武器这条路。

　　从多方面讲，核弹也是把我的家人带到新墨西哥州的原因。我部分童年是在山区小镇洛斯阿拉莫斯度过的，这座小镇的主体是国家实验室综合体，是作为曼哈顿计划的一部分建造起来的，它部分位于偏远山谷，从那里步行到庞塞的加油站购买Jolly Rancher糖果要花上一整天时间。我还是个孩子的时候，我的祖母曾到过一次这片沙漠地来看我们。那里海拔高对她的血压不利。也没有地方可以吃到好的中国菜。她不喜欢那里。

　　我父亲大学里学的是物理，在哥伦比亚大学获得了博士学位。他也是一个1960年代留长发的反文化主义者，我祖母认为他学习不够努力。当他爱上我妈妈时，祖母并没有太欣喜，妈妈当时留着长长的金发，是一个毫无中国味的嬉皮士，她后来成了一位玻璃艺术家。我自己的叛逆性格选择十分有限，不当科学家是我能做的最具颠覆性的事情。

　　我一直想知道为什么我父亲要学物理——为什么要追随如此大人物的脚印？是由于压力吗？还是想通过从事母亲最钟情的工作加强他同母亲的纽带？

　　他最近告诉我，他从没有想过这些。他喜欢做一名科学侦探，在一个有正确答案的领域里工作，而且好的实验可以证明答案的正确性。

　　一年两次，通常在放假期间，父母带着我到纽约去看我的祖父母。在他们的公寓里，在玉雕和立轴画卷之间，有一面墙挂满了我的祖父母和各种各样的陌生人合影的相框。我直到十几岁才开始问照片中的人都是谁，他们中有：和我的祖母同时获得埃利斯岛荣誉奖章的穆罕默德·阿里，以及教皇约翰·保罗二世、杰拉尔德·福特总统，以及她在 1970 年代中国重新对西方开放后会见的中华人民共和国第一任总理周恩来。

物理学界的世界很小，我的祖母一直与其中的伟人为伍。当初邀请她留在伯克利的欧内斯特·劳伦斯（Ernest Lawrence）因发明回旋加速器而获得了诺贝尔奖。她的论文导师、来自意大利的埃米利奥·塞格雷（Emilio Segrè）后来也获得了诺贝尔奖——他是在墨索里尼掌权后背井离乡来到美国的。建造了世界上第一座实用核反应堆（曼哈顿计划的关键设备）的恩里科·费米（Enrico Fermi）因为反应堆老是莫名其妙停机而感到困惑，塞格雷让他"去问吴小姐"。她证实了他的怀疑：核裂变的副产品氙 –135 污染了反应堆。我祖母叫奥本海默为"奥皮（Oppie）"，奥本海默称她为"Jiejie"，这是一个亲热的称呼，中文意思是"姐姐"。

我父亲无法证实下面这个故事，但我经常听到它：当他 1947 年出生在普林斯顿时，我祖母的一位朋友，也是逃离战乱恐怖的科学家曾到医院来探望过她。他的名字叫阿尔伯特·爱因斯坦。

2012 年纪念祖母诞辰的中国之行期间，在纪念活动中和车上，一位亲戚问：我们今晚去看一场戏好吗？

我想，有一个晚上与亲密的家人一起避开人们的注意力也不错。可是当我们到达剧院时，我看到了节目的标题——《吴健雄》，当然不可能是别的。

记得在纽约的时候祖母带我去看过中国戏剧，服装多、化装重、布景少的那种，有人拉二胡，还有一条巨大的眼睛鼓出的龙在黑暗中游动。

不过，《吴健雄》是一部精心制作的现代话剧。帷幕升处，讲的是中国一个村庄里一个有着改变世界的远大抱负的小女孩的故事。话剧展示了很多真实的方面：她对父亲的挚爱，她难得地受到了良好的教育。同时它也有（更多）的超现实情节。当她到达美国时，金门大桥、帝国大厦和拉什莫尔山总统群像的纸板剪影同时出现在布景里，歌手们穿着轮滑鞋绕着舞台翩翩起舞，看到这里我差点笑出声来。

我祖母没有回到中国的事实似乎是一个特别的症结所在：这部话剧用几次独唱曲来表现她留学美国是为了用科学拯救中国。一个扮演我父亲的小男孩几次出现在场景中，包括有一次他跑进房间，手里挥舞着护照，并顽皮地问道：谁还会想离开美国？

扮演我祖母的女演员狠狠地扇了他一巴掌，他摔倒在地上哭了。

我转头看了看父亲的反应。

他睡着了。

在那四年之后，我们收到了来自邮政局的一封标记为"机密"的电子邮件，询问我们是否同意吴健雄成为"杰出美国人"邮票系列中的一张。当时只是"推荐"阶段。他们需要查看遗嘱文件。公民邮票咨询委员会每年会获得大约三万条邮票主题的提名。我们至今不知道是谁提交了她的名字以及她是如何被选中的。

作为她遗嘱的执行人，我父亲得到过很多这一类的要求。他都懒得作出回应。我祖母的粉丝和崇拜者常常最后求助于我，询问我是否可以催促父亲给他们回信。他已经 74 岁，仍在从事保密的核物理研究项目，他不大使用个人电脑，主要是用来查看我的行踪，以及纽约尼克斯篮球队或克利夫兰布朗橄榄球队的赛事。不过对于邮政局的要求，我唯一的一次看到他马上回复了。

我们当然知道不要把这件事当作已经敲定了，但是两年后，画像的初稿寄给了我们——一幅由香港出生的布鲁克林艺术家麦锦鸿（Kam Mak）创作的蛋彩画。此后又过了几年，美国邮政局传来消息：邮票将于 2021 年 2 月 11 日妇女和女童参与科学国际日发行。它将是普通邮件用的永久性邮票。

除非您是集邮者，否则邮票不过是邮票——但是如果祖母在邮票上就不一样了。这张邮票将我与我祖母失散多年的堂亲表亲以及从前的学生联系了起来。热爱科学的小女孩们寄来了她们的新英雄吴健雄的画像。

纽约的一位朋友将吴博士的邮票贴在 100 张号召"停止仇恨亚裔"运动的明信片上，她鼓励人们寄送给他们的国会代表。

我告诉她，她每张明信片多付了 12 美分。她说让我祖母的头像出现在上面更为重要。

祖母在纽约的公寓，我喜欢把它看成是学会了以中国人为傲的地方。这里有着华丽的茶具、煮白菜的味道，以及中文谈话，这个另类的世界，总会使我觉得祖父母就在当着我的面谈论我。

那些年去纽约时都排满了访问各种亲戚，他们中许多人都是在我的祖父母帮助下移民到纽约的。经常在铺着白色桌布、优雅的餐厅里举行宴会，门口有木头浮雕的龙迎接我们。我的祖母知道最好的餐馆都藏在哪里，它们好像总是位于高速公路的立交桥下面。孩子们在餐厅里四处奔走，接受装满簇新钞票的红包，设法逃开让我们吃海参的叔叔伯伯。我的祖母像女王一样主持这些活动——这是吴女士的高光时刻。

她的英文写作优雅而流利，但我小的时候，经常会因为听不懂她在电话中的口音感到沮丧，只好把话筒交还给父母。我记得在我 9 岁的时候，她兴奋地告诉我她会带我去看……什么，奶奶？这是一个 p 开头的字。直到我们在布朗克斯动物园里挤过人群，我才意识到她说的是从北京借来作短期展出的大熊猫兴兴和玲玲。

我们当面交谈或者通过她从世界各地给我写来的信和明信片交流就好得多。发行纪念邮票，贴在她最喜欢的交流方式上，看来是一种颂扬她的恰当方式。我无法知道语言在多大程度上妨碍了我们之间的相互深入了解。不过，这使得我们之间的交流被简化为最纯粹的感情：我知道她爱我。

在我的朋友群中，我是唯一一个成绩报告单曾被交给一位近乎诺贝尔奖得主过目的人。我在六岁时得过一次坏成绩，后来再也没有过。我的父母让她随时了解我的学业以及我在小提琴方面的进步，有一段长时间我热衷于练习小提琴，那是因为她带我去了一个青少年交响音乐会，由马友友的姐姐马友乘指挥。她是祖母的朋友。

不知道我这里讲的故事是否给了人们一个严厉的中国祖母的刻板印象。实际上，她无非是想让我看到生命的无限可能，看到突破周围的障碍能够给你带来什么。在美国的女性和中国人很少受到重视和尊重的时代，她努力让自己受到重视和尊重。

早在 1965 年，她就在演讲中提倡科学界包容更多的女性。在麻省理工学院那年召开的关于科学和工程领域中的妇女的研讨会上，她抨击那种把科学视为男性领域的"牢不可破的传统"，并大声提出质问：原子或 DNA 分子难道也像我们的社会这样"对男性或女性有偏袒"？她问道："在我们现在这个富足而成熟的社会，在白天提供优良的专业托儿服务，使得妈妈们可以摆脱单调的家务，在她们喜好的领域工作，这种要求难道太过分吗？"她说，科学家们固然需要家庭生活，"可是，在理想情况下，这种对伴侣和父母做奉献的人类高贵愿望也必须由男性平等分享"。

我记得我们之间曾有过一次冲突，当时我还是个青春期的孩子，我自豪地给她看了我刚打了耳洞的耳朵。她很生气。我怎么能在自己的身体上打洞呢？后来我了解到，她父亲一直坚决反对女孩子缠足，在她出生的那一年缠足被禁止，但在很多地方这种做法仍持续存在。她侥幸地逃过了这样的厄运。

这是我们之间的代际距离之一——我这种美国人的凡事不在乎和她那种中国人的坚韧不拔。从 1970 年代后期开始，我的祖父母终于可以回中国了，他们回去了很多次，但是从未带他们唯一的孙女——他们回去见亲戚，了解文化。中国曾是他们的家，但我觉得，对于我的祖母来说，这也是一个略带失落感的地方，就如同每当我经过哥伦比亚大学附近她居住过的街道时，所产生的失落感。

我对祖母的最后记忆是她坐在套着褪色的黄灯芯绒的扶手椅里，她和我的祖父喜欢一起坐在那一对椅子里。我握着她的手，那是在她 1996 年第一次中风后不久。她喜欢看着窗外的巴纳德学院校园，赞叹透过体育馆的大窗户所看到的打篮球的女青年。

她说：看她们有多强壮，多快。看她们做事多么努力。

她是在 1997 年 2 月的一个寒冷的星期天去世的,那正是我在耶鲁大学上大一的第二学期的第一个月。我祖父正在为她准备午餐的时候,她倒在了黄色扶手椅中。我的室友告诉我:"你得给你妈妈打电话,她给你打了二十次电话。"一个我并不熟识的同学在我之前从《纽约时报》读到了祖母的讣告,他告诉我他非常悲伤。

几十年过去了。我的祖父在她去世六年后也去世了,他是在去中国旅行时被送进医院的。发行纪念邮票是一件好事——给了我机会回顾我祖母的一生,和父母谈谈他们的记忆。但我有时感到很难保持一种假象,仿佛我们对于纪念她有着无穷的热情。我不需要从历史书中去了解她。我只想再次握住她的手,让她告诉我那是什么样的感受:横渡大洋、无法估量的牺牲、战争、吴实验的争分夺秒、做出科学发现时的独特的快乐。

我想到了那晚的话剧,为了讲述她的人生故事,为了不多的几次也许再也见不到的演出,人们付出了多少努力和心血。扮演我祖母的歌手在会见我们时都哭了。他们讲述的部分是吴健雄的故事,部分不是她的故事——它是从中国声称拥有她的角度来讲述的。

这是永恒不变的现象。在一个不对称的宇宙中,一个现实中的人同他延伸到空间和时间中的形象是不同的,人民、机构和国家都想声称拥有她,正如我现在仍然想拥有她一样。我接受这样的说法:她究竟是谁?其很大一部分是完全不可知的,她存在于每一个人的脑海中。

原载公众号"知识分子"2023 年 9 月 15 日

(华新民译自 Discovering Dr. Wu,原载《华盛顿邮报》2021 年 12 月 13 日)

【主编者言】回顾自己走过的路，总能看到必然和偶然。一般人喜欢把偶然因素视为命运的垂青，却不明白这种垂青如何落在了自己头上。时代框架下，我们本能地努力向前。

黄昏之际，我听到了命运女神的敲门声

闵乐晓

有时回望人生，我时常会想：一个人的一生会有多少偶然的事件呢？而这些偶然的事件又怎样成为影响人一生的必然事件呢？

我一直都在努力改变命运

1984 年，那一年我正好 20 岁，刚从家乡的四川乐山师专中文系毕业，只是一个大专的学历，分配到地处乐山郊区的新桥中学任教。

80 年代是个充满朝气的年代，而我自认也是一个努力的人，于是，一面教书，一面做一些文学史和文艺理论方面的研究，并在一些刊物发表了几篇论文。其中一篇《郭沫若的〈屈原〉和莎士比亚〈哈姆莱特〉悲剧性的比较》，采用悲剧美学理论和 80 年代刚刚进入中国的比较文学方法，尤其是平衡比较的方法，疏论两部悲剧作品悲剧性塑造的异同，而被选入 1985 年在山东师范学院举办的现代文学史学术研讨会上的讲演论文，并发表于《郭沫若学刊》（1986 年），这篇论文还获得了乐山市人民政府颁发的社会科学研究成果奖。那年我 22 岁，应该算是当年获奖人里最年轻的了。

当然，身处西南一隅的一座小城，仅仅是这座小城里的一位中学老师，我又能有什么更大的作为呢？

80年代，社会的流动性是很弱的，一个人改变自己命运的最好方式，其实就是高考或考研。1986年，我首次报考硕士研究生。那一年，我报考的是山东大学中文系周来祥先生的文艺美学专业，但很快就收到了名落孙山的通知，落选的原因不是专业考试而是英语考试的成绩离上线的要求还有很大的距离。1987年，我做了新的规划，确定报考四川大学西方哲学史专业的硕士研究生，计划用一年的时间来做好英语考试和专业考试的准备，并经人介绍，认识了四川大学哲学系的任厚奎教授。任教授是西方哲学史教授，正在招收西哲史方向的硕士研究生。尽管我之前已读过一些哲学或哲学史的著作，但真正从文学专业往哲学专业转向，又谈何容易呢？

这一年，为了考研，我真的成了拼命三郎，不仅所在中学的课要教，哲学专业的书，我也必须系统地读。每个周六，我更要乘坐4个多小时的公共汽车，从乐山赶到成都，参加周日的考研英语辅导，周日晚再乘坐晚班的公共汽车赶回乐山。寒暑假，则整个假期泡在川大，参加考研的专业考试和英语考试辅导。这种疲于奔命的学习强度之大，唯我知之，却也乐在其中。

和武大的偶然相遇

提起我和武大的关联，还不得不从一个偶然的事情开始。相比今天而言，80年代其实也是苦闷的年代，而摆脱苦闷的方式，除了读书写作，也许还包括谈恋爱吧！

应该是在1986年的八九月间，一个刚刚从乐山师专毕业的女生不经意地走进了我的生活，她比我晚两年毕业，毕业后分配到乐山一家企业的子弟中学当老师。那时太年轻，我至今也没法确认，我当时对她的情感算不算就是爱。

她所在的学校的位置正好处在我所在的学校和我家之间，所以经常会在骑着单车上下班时到她那里落个脚，聊聊天、看看书、读读报或吃个饭什么的，久而久之，双方便有了谈恋爱的感觉。那时候，她每天都会从教研室带回当天的报纸，给我读读。大约在1987年4月的某一天，我在她的宿舍看到了一份被开了"天窗"的报纸，是不是《光明日报》或《中国教育报》，我已经记不清了，但这个突然出现的天窗，却给我留下了深刻的印象。几天以后，我在她宿舍的某个略为隐秘的角落无意间翻一本书时，偶然发现了书中所夹的那片从报纸上剪下的部分。这个纸片上的内容，是武汉大学各系从全国范围内招收已有大专学历并在该专业有一定学术研究成果的插班生的招生广告，经考试合格的考生将插入该专业三年级学习，两年后经考试和论文答辩颁发本科毕业证和学士学位证书，并纳入大学生全国统一分配。

这页偶然的纸片就这样翻开了我命运全新的一页！好像有一首歌唱到，过去青梅竹马的姑娘不是你今天要娶的新娘。是的，我与这位姑娘虽然说不上青梅竹马，但也应该是我懵懵懂懂的恋爱的开头，只是最终没有走到头。不过正是经由她，这页纸片从那一刻开始，成了我命运转折的一叶轻舟，带着我一直走到了今天。其实，我至今也不明白，她剪下那个报纸的天窗并把它小心翼翼地夹在书中，是怕我看到那条信息，还是为了让我看到那条信息？或者两者兼而有之？对于这几种可能，我其实都能理解。

4月份向武大报名，为使考试更有把握，我最终报了武汉大学中文系的插班生。5月，我前往武大参加考试，这是我第一次到武汉，乘坐火车，从雾气缭绕的四川盆地到万里无云的江汉平原，一种楚天辽阔、江天廓远的感觉便骤然升起了。在浩瀚的长江边，看到这座改变了中国现代历史的首义之城，一座气势恢宏的江城！再走进武大，我终于看到了这座只在梦里出现过的最美学府。

考试其实并不容易，据说参加1987年武汉大学中文系插班生考试的考生竟多达上百人，坐满了好几个教室，最终却只能录取五六人，但我依然踌躇满志，仿佛志在必得一样。考试完毕后，我专门拜访了武大中文系负责插班生招生的白巍岐先生。白先生时任武大中文系副主任，我向他介绍了我考试答题的要点。他认为我考试应该不会有大的问题，尤其是，他明确表示，我报名时提交的学术成果应该高过其他考生，特别是我所获得的地级市人民政府颁发的学术研究成果的奖项更会为我加分。

按理说，6月底前应该是收到录取通知书的时候了，但一直到7月初我都没有收到任何通知。那时，通信不方便，信息的传递往往是通过写信。记得在6月底前，我写过一封信向白巍岐先生询问，但一直未收到回信。

梦想和现实的差距往往就是失望的来源之处，但不管有多失望，我都必须泰然处之。那时候学习哲学，曾读过德国哲学家文德尔班的一句名言：道路本身就是道路的目的。这个时候，我也该用这句话宽慰自己了。是的，我努力了，走了很远的路，却未能到达目标，但我的努力本来就是意义。

我终于听到了命运女神的敲门声

我还得向前走，武大不能去，原来计划报考川大的研究生，我还得继续准备。7月中旬，正值学校的暑假，我带着失望，也带着新的希望，再一次前往川大，参加为期40天的考研系列辅导。那时，多次前往川大，我已认识了川大哲学系及其他系的很多研究生，其中包括任厚奎先生的硕士研究生唐晓勇、马哲专业的汪成忠、社会学专业的昝宝毅及经济学专业的吴永红等。为省钱，这个假期，我就免费借住在唐晓勇的宿舍，我至今都还记得，是川大研究生宿舍新1舍1单元408室。考研辅导就快结束了。有一天的黄昏，命运女神的敲门声响了，这一天，大概是8月20号吧！

黄昏之际，夜幕降临，夜晚从来都是学习最好的时刻。这晚，8点左右，天已经黑了，我带着录音机的耳机，已经听了近一个小时的英语听力课程。刚放下耳机，准备让发麻的耳朵休息片刻，我好像突然听到一个弱弱的声音在叫我的名字，我不敢肯定是叫我，再仔细听，好像又一阵弱弱的声音传来，"闵——乐——晓、闵——乐——晓"。这声音沙哑、有气无力，每个字后面都拖着弱弱的、长长的尾音，带着我家乡乐山特有的土音，男声，声音弱小，却觉得异常熟悉。我走到宿舍阳台上，往声音传来的方向观望，天已经完全黑了，宿舍里射出的微弱的灯光只映照出眼前一片灰蒙蒙的梧桐树，看不到任何人，也没有任何声音。难道是我听觉上的幻觉？正当我这样想的时候，梧桐树下走出了一个小小的人影，一面走，一面用弱弱的乐山土音继续叫道："闵——乐——晓、闵——乐——晓"。啊！我听出来了，那是我哥的声音，我在楼上大声叫道："毛娃儿，是你吗？"毛娃儿，是我哥的小名，我一直都这样叫他，这一天之后，我慢慢习惯了叫他毛哥。毛哥听到了我的声音，那个正在走动的人影停住了，他朝我站的阳台上望上来，却再也叫不出声音，只朝着我的影子挥手，从上到下地挥手，然后，用沙哑的乐山土音叫了两个最简单的文字："下来！"

我跑下楼，从四楼一直跑到一楼，在快速的跑动中，我闪过一个念头：我哥怎么会跑到川大来找我呢？是家里出了什么大事儿吗？

很快，我见到我哥，他已经精疲力尽！还没等我问他为什么找我，他就用沙哑的声音和地道的乐山土话，对我传达了命运女神的宣告：你被武汉大学录取了！

我其实已经不抱希望了，所以真的不敢相信这个结果。

然后我哥告诉我，武汉大学招生办的老师已经在乐山等了我两天了，今天早上又找到母亲说，如果见不到我本人，他明天就必须离开了，并且这个招生指标就可能要作废了。母亲于是要求我哥，无论如何要到川大来找我，我哥说，成都我都没去过，川大在哪里，我也不知道，并且川大那么大，我怎么找啊？是的，我没给家里留下任何我在川大的地址，那会儿更没有电话，但我哥最后真的跑到了成都，问到了川大的地址，然后一幢楼一幢楼地叫，声音从大到小、从铿锵有力到有气无力，从教师宿舍到研究生宿舍，至少叫了上百幢楼，居然真的把我找到了！

事后我想，仅仅是找到我这一件事，就应该是多么偶然的一件事啊！在参加考研辅导期间，晚上我也经常会去拜访一些川大和外校的老师与朋友。80 年代的成都还是一个诗意盎然的城市，诗人众多，流派林立，成都，被诗人们封为中国现代主义诗歌的"首都"。那时，我也写诗，认识不少成都诗歌圈的朋友，偶尔也会外出参加诗人的聚会。假如那个黄昏我外出了，或者我哥用弱弱的声音叫我时，我还戴着耳机在练听力，我都不可能听到命运女神的敲门声！而且我哥说，在找到我之前，他已准备放弃了，因为声音已经哑了，担心太小的声音，叫了，我也不会听到了。

无论如何，这个黄昏，都是我人生命运的一次转折。在古罗马神话中，命运女神和智慧女神是两个不同的神祇。黑格尔后来在《哲学史讲演录》中写道：智慧女神的猫头鹰，要在黄昏之际才起飞。很多时候我都想戏仿黑格尔，再创造一句名言：命运女神的猫头鹰，要在黄昏之际才起飞。

而这个黄昏，正是毛哥以瘦弱矮小的身躯，一路孤身向北，从乐山到成都，穿越无数的楼宇，穿越陌生的人群，用家乡的土语做工具，在茫茫人海中找到我，然后唤醒尚不知道命运方向的我：你的下一站是武大！多年以后，我在广州听一个很会说话的企业家的讲演，他在讲演中说道，我们很多人只会跪拜佛龛中的菩萨，但往往忘记了我们生命中近在咫尺的菩萨。诚哉斯言！我此刻突然感觉到了，在那个黄昏，毛哥就是命运女神的信使！

这一晚，已赶不上从成都回乐山的公共汽车了，我和我哥坐人力三轮车从川大到达成都去往乐山方向的高升桥附近，然后拦下一辆货车，央求司机带我们到乐山。坐在货车的露天车厢里，我们一路颠簸，夏夜的风呼啸吹过，我只感觉到凉爽和幸福；这夜，头顶的满天星斗，我抬头就能轻易地看到那颗耀眼的北极星。很快，我们就到达了离乐山还有 20 来公里的夹江，再爬上往乐山的拖拉机继续前行，终于在当晚深夜到达了乐山。

第二天一早，母亲带着我在乐山市区的某个招待所见到了武汉大学招生办的一位姓崔的老师。崔老师告诉我说，武汉大学早在6月底前就把录取通知书和政审材料发到了我所在的乐山市新桥中学。7月份，武汉大学招生办收到了新桥中学发来的一份公函，公函写道，我校闵乐晓同志因教学工作的需要，无法前去贵校学习，并加盖了学校的公章。直到8月份，武汉大学中文系负责招生的白矗岐主任在知道此事后，才正式向学校招生办提出要求说，一个中学这样的一份公函就剥夺一个人受教育的权利，是不正常的！该考生是优秀的人才，武大招生办应派人前往考生所在地，了解考生和考生所在单位的真实情况，通过协调该中学上级主管部门，争取完成政审，如无政治问题，应让该考生入学。

我向招生办的崔老师表示，我因为在成都参加每周日的考研英语辅导，经常出现周一上午及周六下午私自调课的问题，而和学校校长发生过激烈的争执，才导致校长用这种方式为难我。崔老师也觉得，在这种情况下，如果找学校商议应该是徒劳的，我应该找到学校的上级主管部门教育局或更高的部门来解决此事，并且必须要快，必须要在两三天内征得学校和主管部门的同意，并要完成政审和体检等程序，才能将武大的录取通知书现场发给我。

关键时刻，还需要贵人相助

我必须和时间赛跑！记得我当天就找到在乐山师专工作的李向阳先生，向他求助。他是乐山文化界的名流，作家、现代文学史专家，比我大10来岁，算得上是亦师亦友的师长兼朋友，几年前刚调到《乐山师专学报》做副总编兼编辑部主任。我前面提到的那篇获奖论文，就是通过他的推荐才得以入选、发表和获奖的。他当即表示，你们新桥中学的校长是我川师的校友，跟我关系还不错。你等我一下，我去给他打个电话，不就是放个老师去读书吗？我想他会给我面子的。过了一会儿，他打完电话后回来告诉我，不行，他跟你矛盾太深了，说你不能把新桥中学作为跳板，根本不同意放你，也完全不给我面子！

然后他给我提到了一个人，并且说这个人一定可以帮到我。他说的这个人，名字叫卢祥麟，是位女士，是市民盟主委，关键是，她是抗战时期武大西迁乐山时的武大学生，后来就留在乐山，工作了一辈子，还是乐山市政协的副主席，有很深的武大情结，是乐山武汉大学校友会的创办人，这个事情，她一定会帮忙。

我当然知道，抗日战争期间，为躲避战火并为祖国继续培养人才，武汉大学西迁，在乐山进行了长达八年的艰苦办学，与乐山结下了深厚的缘分。我原来读书的乐山师专，早已更名为乐山师范学院，其校址就是当年武大西迁乐山时的主要校址之所在。前些年，在这个校址上，还巍然耸立起了一座武大西迁纪念碑。

经过向阳师长的介绍，我很快找到了卢副主席的家，向她表达了我报考武大之艰辛却被学校草率阻止的痛苦和无奈，可能我在表达时眼里还带着一点泪花吧！一个武大西迁之地乐山的学子前往武大学习的权利被粗暴剥夺，这件事情使这位"老武大人"愤怒，她的武大情结爆发了！

卢副主席，一个外省人，形象优雅而干练，在乡音和土话浓重的乐山操着一口纯正的普通话。她当着我的面，拿起电话，拨通了主管教育工作的熊献群副市长的电话，她用字正腔圆的普通话对副市长说：熊副市长，你主管教育，教育必须尊重人才和帮助人才成才！新桥中学的语文老师闵乐晓，好不容易考上了武汉大学中文系的插班生，新桥中学的校长居然给武汉大学发公函不同意人家去读书，是谁给了他这样的权利？现在是尊重知识、尊重人才的时代，这件事你必须管，必须亲自出面，明天就解决人家入学的政审问题！

后来我才听说，熊副市长曾经是卢副主席的下属，他们同事多年，有过上下级关系，熊副市长自然就很重视此事了！

第二天一早，熊副市长乘坐他的政府专车——好像是一辆红旗牌的老式轿车——来到我家，并在我爸妈的执意要求下，在我家喝了一杯茶，小坐了一会儿。他被我家陋室中堆积如山的书籍深深地震撼了，他说，他知道我为什么能考上武大了。然后，他告诉我，现在还是假期，他已经让教育局通知校长和书记在学校等着，他让我坐他的车，一起前往学校解决我的问题。这应该是我人生中第一次坐轿车，但我并不关心坐轿车的体验，我关心的是我的命运！此刻，它就像一辆命运的过山车，开过了这一道山，后面就应该一切顺畅了！

在学校，校长、书记、熊副市长和我，还有专门赶来的教育局领导一起在校长办公室开了一个他们所称的"现场办公会"，其实就是一个很短的会，照例是熊副市长对着学校一顿批评，然后用今天看来都显得完全正确的语调总结性地指出：在改革开放的今天，我们必须尊重知识、尊重人才！任何单位和部门都必须从全局出发，不拘一格降人才！

熊副市长最后用命令式的口吻指示道，我一会儿还要回市政府开个会，我就先走了。闵老师把政审表也带来了，上午该学校填写和盖章的由学校完成，下午需要教育局填写和盖章的由教育局完成。

在权力主宰一切的格局中，官大一级压死人，何况熊副市长和中学校长之间又何止一级之差呢？此时此刻，校长的权力很小，他一直想用这个很小的权力为我挖个命运的大坑，但此刻却屈服于一个更大的权力。我从他茫然四顾又满脸赔笑的面容上，感觉到了他内心深处的黯然神伤。

有熊副市长的权力加持，政审的事得以在一天内顺利解决。我此刻想说的是，读了多年的书，我至此不过就是书呆子一个而已，涉世不深、自视清高却根本解决不了人际生活中的琐碎之事！后来有了一些生活经验才知道，人间万事和书本上的坐而论道完全不是一回事！直到今天，我都想进一步追问：这种事与道的分离，到底是人世间的幸事还是不幸之事呢？

在武大重塑一个全新的自我

9月份，我拿着这份失而复得的录取通知书正式进入了武大。胡风有诗写道：时间开始了！我觉得，真可以用这一句诗来形容我从武大开始的命运转折。

80 年代的武大，简直就是中国高等教育改革的一块高地！学分制从这里开始推向全国高校。除插班生招生制度外，双学位制也从武大试点开来，而这些都极大地重塑了一个全新的自我。因为有双学位制，在武汉大学的这两年，我更多选择的是哲学系的课程，基本完成了哲学专业的必修课和选修课的学科要求，并在这两年的学习过程中，学思并进，完成了一部 24 万字的文化哲学著作《文化的阵痛与新生：西方现代反主流文化研究》，该书由后来成为著名西方哲学史家的邓晓芒先生作序。邓晓芒是当时武大哲学系最受欢迎的青年教师之一，与易中天、赵林一起被当时的学生称为"武大三大名嘴"。邓师对此书写作的悉心指导令我终生难忘，那时候，每周我都会抽一两个下午的时间去他家，将写好的章节交给他审阅，再拿回经他批改和加上密密麻麻旁注的部分回去思考和修改。在他家，我不断地向他讨教西方哲学史及思想史上的重要概念和意义，讨论此书写作过程中我所遇到的各种困惑的理论问题。每次讨论到意犹未尽之时，邓师都会留我在他家里吃晚饭，甚至和我小酌两杯，令我诚惶诚恐，却感动不已。他为我那本书撰写的序言更不无溢美地写道：我衷心地希望，以此书的出版为开端，一代最年轻的青年思想家在理论界崛起。那时我的确年轻，此书完成于 1988 年，那一年，我仅仅 24 岁。后来，因为特殊的原因，此书被已签约出版的云南人民出版社解约撤稿，最后推迟到 1994 年，才在花城出版社出版。21 世纪以降，因为下海经商，我差不多中断了系统性的学术研究，每次在书架上看到这本书，我都觉得是对邓师的辜负，因为邓师寄以希望的"青年思想家"，直到现在，我都快到老年了，还一直没有"崛起"呢！

至于这两年在武大中文系学习期间的中文系课程，我真的倒是很少去听，因为主要的课程，如中国文学史、西方文学史、文艺理论、西方文论、西方现代派文学、文学批评史等等，我都可以利用原来学习的积累，再看看参考资料，便能考出一个较好的成绩。记得在中文系的课程中，我仅仅选择了易中天的

"美学"、陆耀东的"中国现代诗歌流派"、於可训的"批评方法"及曾庆元的"悲剧论"等很少的几门选修课来听听而已。

80 年代的武大，相当长的一段时间，都是由刘道玉任校长。他在武大所掀起的高等教育改革的实验不仅引领了改革时代的潮流，更成为 80 年代的一座精神丰碑。这个时期的武大，后来常被 80 年代的校友们称为"刘道玉时代"，武大所在的珞珈山更被视为校友心中的"圣山"。我们欣逢其时，欣逢其地，乃人生的一大幸事也。

如果今天一定要问，"刘道玉时代"武大的精神实质是什么？我一定会说，那就是建立在自由理念基础上的让教育回到人的教育，并由此引申出对人和人才的尊重、对人的创造精神的唤醒，而这，正是"刘道玉时代"的武大名师荟萃和优秀校友辈出的根本原因之所在。

其实，没有自由，怎么会有大学的精神呢？只有自由，才能使创造的花蕾竞相绽放，才能培育健全的人格。那个时候的武大到底有多自由呢？那个时代的武大，不仅文史哲的界限被打破，而且文理之间的界限也被打破，学生可以自由地跨系选课，甚至可以自由地转系，尤其是在选课方面，武大倡导不是老师选择学生，而是学生选择老师，上课时，老师不点名，学生不签到，课堂也因此成了自由的课堂，"去者不究，来者不拒"。也因为此，在武大"蹭课"便成为武汉高校的一道奇观，像邓晓芒、易中天、赵林、郭齐勇等年轻老师的课堂上不仅坐满了不同系的同学，甚至混入了外校的学生乃至武汉的社会青年。我在武大读书期间通过野夫学长介绍，而认识的青年诗人野牛，当时就是武汉自行车厂的一名工人。此君长期向厂里请病假，然后在武大蹭课，更在我们宿舍里蹭吃蹭睡，俨然成了武大的编外学生。武大的课程之所以吸引人，还在于课程内容的改革，部分老师的课程甚至把教师启发、学生自学、师生讨论与学生独自研究相结合，而不是照本宣科式的一味宣讲。

那个时候，学校的公告栏里贴满了各种来自校内外，甚至海内外学术大家的讲演海报，我们经常会为了当晚选择哪一场讲演而难以取舍！

那个时候，思想无禁区！学生社团风起云涌，各种基于学生兴趣而形成的自由研讨活动此起彼伏。

那个时候，学生在周末可以在任何场地举办舞会，然后翩翩起舞。

那个时候，学校不反对学生自由恋爱甚至结婚，情侣们不辜负武大山水相依的良辰美景。

那个时候，珞珈诗派独领校园诗歌的风骚，既吟唱随风飘落的樱花，也礼赞珞珈山上的乔木。

武大真的是一座精神的熔炉，我们在这里熔炼，在这里自由地成长，并最终重塑了一个全新并健全的自我。这个全新并健全的自我不仅有丰富的知识储备，更注重发现问题和解决问题的能力和方法。尤其是"刘道玉时代"的武大所弘扬的让教育回到人的教育的理念，从根本上促使我们精神的全面觉醒，一个从自由出发并在此基础上形成自己的责任担当和人格尊严的观念，开始成为我们价值观的核心部分。这是一代武大学子在珞珈山麓所亲历的一场真正属于自己的思想启蒙运动。从此以后，我知道了：做人比做事更重要！

没有人文情怀的知识是可怕的！

教育就是让人更好地成为人！

从学思并进到知行合一！

首先质疑，然后相信！

我们每个人其实都不是一座孤岛，我们自己的命运和他人的命运最终是关联在一起的，并因为这种关联而构成了时代的命运。

1994年，我再次负笈珞珈，考入武汉大学哲学学院，师从被誉为"珞珈泰斗"的著名中国哲学史家萧萐父先生，攻读中国哲学史专业的博士。

记得在此期间，有一次，我去拜访刘道玉校长，拜访中，我提到了80年代考入武大的波折，并向校长发问道：为什么武大招生办会专门派人为了我这么一个默默无闻的中学老师而前往乐山呢？校长回答说，像你这样的情况，我相信，我做校长的时候，所有负责招生工作的领导和老师都会这么做。

又二十多年过去了，每次想起校长这个风轻云淡却轰然改变了我命运的回答，都会令我百感交集，令我动容不已，甚至令我泪流满面！

原载《羊城珞珈情》（2023 卷），广东人民出版社，2023 年 10 月

【主编者言】一段趣事，如诗话一般开头，引入诗句的学术性探寻。且展开想象的翅膀，飞越时间和空间。但是依然脚踏实地，知道必须腰缠十万贯，才好骑鹤下扬州。

十万贯、骑鹤与上下扬州

谷曙光

缘起："空缠十万贯，不得下扬州"

今春的某日，突然看到一位同事发的图文并茂的朋友圈，图是扬州瘦西湖的春光与画舫，桃娇柳媚，碧波潋滟；配的文字是"空缠十万贯，不得下扬州"。这是把著名的"腰缠十万贯，骑鹤上（下）扬州"略改了一下，显属有感而发。我则立刻心有戚戚，想跟同事互动一回，遂灵机一动，在这条信息后追了句："既乏十万贯，亦难下扬州"，意谓同事富于资财，只是因疫情而不得下扬州；而我，"穷措大"一个，更无力下扬州去逍遥快活。其实，我只是存心"掉书袋"，做点"翻案"文章，调笑罢了。

这一时兴起之举，并未结束。我接着把截图发给一学生看，他表示赞同，但附上大哭的小黄人表情，好像显示他比我更窘，更无法实现下扬州的心愿。为了安慰他，我急中生智，又续了句："挣上十万贯，疫散下扬州。"没想到学生乐不可支，反过来调侃我："分我十万贯，师徒下扬州。"我亦大乐，"脑洞大开"，继续文字游戏：

"管他多少贯，都要下扬州"——洒脱；

"腰缠无十万，官遣下扬州"——出差；

"囊中无一贯，看人下扬州"——羡慕；

"此间风月好，何必下扬州"——反语；

"不费十万贯，纸上下扬州"——看书。

学生抃掌，师徒莞尔。这细节，是春天疫情中的小插曲，记录下来，不过是博人一粲，略抒久困于疫的愁郁而已。

到了晚间，我的职业敏感突然来袭，忆起诗词中其实有"下扬州"和"上扬州"两种说法，究竟何者为是？十万贯、骑鹤与扬州又有何关联，为什么放在一起？想到这里，我困意全无，马上行动起来，查文献，费思量，试图解决问题。

扬州的历史沿革错综复杂，约略言之，今之扬州，乃隋唐以来之扬州。其地向称繁丽，不但大贾云集、富甲天下，而且有亭台花月之胜、笙歌粉黛之乐，成为无数人心目中的"乐国"。宋人以为，甚至杜牧的"二十四桥明月夜，玉人何处教吹箫"都未足以尽扬州之美；最好也最到位的，写到极致绝伦的扬州诗，乃唐人张祜之《纵游淮南》："十里长街市井连，月明桥上看神仙。人生只合扬州死，禅智山光好墓田。"不但要在这里生活，最后还要终老于此，恋恋红尘，生死不离，才算得遂心愿。扬州的魔力大矣！既然如此，那就来扬州吧。怎么来呢？——"下扬州"或"上扬州"。

盘点各种"下扬州"

先说"下扬州"。南朝时无名氏的《那呵滩》其四就写："闻欢下扬州，相送江津湾。愿得篙橹折，交郎到头还。"后世送情郎下扬州，就成为一种相对常见的抒情模式，这多是在乐府和文人拟乐府中用之。明末陈子龙《懊侬歌》（其一）云："咿哑江陵乌，集欢樯子头。白皙江陵女，随欢下扬州。"则是写一对情人携手下扬州。

"下扬州"成为一个著名典故，主要还是拜隋炀帝杨广所赐。杨广虽是有名的昏君，但他疏浚运河，却颇有功绩，那著名的大运河沟通了长江、黄河、淮河、钱塘江、海河五大水系，令扬州成为交通枢纽、商贸重镇，日益繁华起来。杨广三下扬州巡幸，更于江都置宫馆，还留下了《泛龙舟》诗："舳舻千里泛归舟，言旋旧镇下扬州。借问扬州在何处，淮南江北海西头。……"无疑有着浓浓的扬州情结，后来的《隋炀帝艳史》《隋唐演义》《说唐》等小说还虚构了他在扬州的艳遇——跟美女琼花的故事。这自然是靠不住的"戏说"而已。

到了唐代，写"下扬州"最著名、最精彩的，无疑是李白。他的《黄鹤楼送孟浩然之广陵》："故人西辞黄鹤楼，烟花三月下扬州。孤帆远影碧空尽，唯见长江天际流。"极脍炙人口，《唐宋诗醇》评云："语近情遥，有'手挥五弦，目送飞鸿'之妙。"在最美好的烟花三月"下扬州"，遂成为人人歆羡的乐事。李白的妙笔，必然对"下扬州"的流传起到了推波助澜的作用。他还有一首《上皇西巡南京歌十首》（其六）："濯锦清江万里流，云帆龙舸下扬州。北地虽夸上林苑，南京还有散花楼。"其实此诗颇具迷惑性，几个地名，风马牛不相及。诗里的南京，实指成都。安史乱中，玄宗仓皇逃到蜀地，其中的"下扬州"云云，系用事，大有美化逃跑的意味。太白真是善于用典，把天子之"蒙尘"，依然写得那么富丽堂皇，甚至令人产生眩惑之感。

杜甫也写到"下扬州"，《解闷十二首》（其二）云："商胡离别下扬州，忆上西陵故驿楼。为问淮南米贵贱，老夫乘兴欲东游。"扬州果然是东南最繁华富庶的都会，而"下扬州"也有可能是为了"国际贸易"，唐时的西域胡商就常往来其间，亦引发了杜甫的游兴。但杜甫只是向往，并未真到过扬州。晚唐杜牧则真的在扬州留有风流韵事，小杜自言"十年一觉扬州梦"，诗里也用过"下扬州"，他最有名的扬州诗应属"春风十里扬州路，卷上珠帘总不如"（《赠别》）。

李白、杜牧等名诗人的千古丽句，令"下扬州"成为风雅之事，后人再作，就喜欢在诗中营造一种优雅氛围、斯文格调，如南宋郑震《荆南别贾制书东归》："回首荆南天一角，月明吹笛下扬州。"元代杨维桢《筚篥吟》："春风吹船下扬州，夜听笛声江月流。"明代王世贞《过德州不及访于鳞有寄》（其二）："最好渐圆新夜月，片帆无赖下扬州。"无论是月明吹笛、春风吹船，还是片帆无赖，都把"下扬州"描摹成诗意的、令人神往的佳事。

有正必有反，并非所有的"下扬州"都让人向往，也有的是不得已而为之。宋人周行己《病中思归呈千之十七兄》有句："白首遑遑谩世忧，我今问米下扬州。"就是为了生计，哪还有潇洒可言？明初袁凯《江上舟中闻笛》云："谁家吹笛倚江楼，江上行人夜未休。独有思家两行泪，为君挥洒下扬州。"虽思家念亲，却凄凄惶惶、身不由己地"下扬州"去也。

直到晚清民国，"下扬州"都是诗词中常见的典故，如杨圻就多次用，录其《临江仙·怨意》一首："飞絮游丝无定意，芳菲欲问无由。吹箫人在小红楼。珠帘玉砌，满眼是春愁。雨后风前怜别夜，一床闲梦悠悠。桃花春水下扬州。江南江北，还在海西头。"这浓浓的离愁别怨，如何排遣！

上文列举的"下扬州"的作品，以行路、送别、寄远居多；此外，在咏史怀古中亦大有用武之地，历代不乏佳作。古代的扬州，几番兴衰，其繁华愈胜，而摇落愈悲。从鲍照《芜城赋》的盛衰之叹，到姜夔《扬州慢》的黍离之悲，佳篇甚多，不胜枚举；而隋炀帝的"下扬州"，又提供了独特的怀古视角。南宋朱继芳的《扬州》云："金陵王气水东流，流到淮南（一作东淮）古岸头。夜半一声天上曲，锦帆天子下扬州。"用杨广巡幸事，咏古伤今，含蓄有情。明人王恭的《台城送客之广陵城》在送别中寓有兴亡沧桑的意味："金陵树里送行舟，二十四桥春水流。肠断琼花天上去，更无歌管下扬州。"亦词清句丽，感慨不已。明吕时臣《过山阳有感》云："黄金散尽不封侯，始信浮生总浪游。漂母祠前芳草暮，淮阴道上白云秋。帆收远寺钟初定，角转重城水乱流。多少英雄死无处，何如吹笛下扬州。"同为咏史，却略见新意。末尾言英雄功业皆为虚幻，何如下扬州潇洒快活？

值得留意的是，在僧人诗偈中，"船子下扬州"屡见不鲜。这源于《景德传灯录》所载之唐代福州雪峰义存禅师语录：

> 问："寂然无依时如何？"
>
> 师曰："犹是病。"
>
> 曰："转后如何？"
>
> 师曰："船子下扬州。"

"船子下扬州"乃一譬喻，借以形容修行中达到的高妙境界，或许类似乘船中那种"潮平两岸阔，风正一帆悬"的舒适恬逸感，其中有可意会而不可言传之妙。此后僧禅诗屡用之，北宋高僧释宗本《辞众》就云："本是无家客，那堪任便游？顺风加橹棹，船子下扬州。"亦是悟道妙谈。

用"下"字，当跟扬州的交通和地理位置大有关系。古代到扬州，一般都是水路，而扬州在中国的东部，离海不算远了，所谓"海西头"。如果从中原一带到扬州，那就是"下水船"，即从西往东顺水下驶的船，故用"下扬州"是水到渠成的，也是顺理成章的。无论是隋炀帝的下扬州，还是清乾隆的下江南，用"下"固然有水路顺流而下之意，但不可忽略，还有一层皇帝居高临下巡游的意味。当然，如果处在扬州下游或南边，而往扬州去，从地理位置上则是"上扬州"了。

美丽的梦：多金、成仙加"上扬州"

上面梳理的这条"下扬州"线索，跟标题里的十万贯、骑鹤似乎没有太多关系，真正有关联的是"上扬州"。

十万贯，在古代泛指发大财，史书中记载"数十万贯"的地方甚多。小时读《水浒》，屡见"十万贯金珠宝贝"，就觉得这是泼天富贵了。唐代即有"钱十万贯……可通神矣"之说（张固《幽闲鼓吹》）。宋太祖曾想用桑维翰这样的大臣（其时桑已死），左右言此人太爱钱，活着也不能用，太祖说了句极风趣的话："穷措大眼孔小，赐与十万贯，则塞破屋子矣！"（按，宋人笔记载之颇多，录自陈善《扪虱新话》上集卷二）令人绝倒。窃以为，十万贯或可喻为今之财务自由，似甚应景。而骑鹤，一开始就与道教的成仙飞升有关。鹤在古代文化中被认为是长寿、优雅、吉祥的象征，仙人多骑鹤，在鹤前加一仙字，即有超尘出世之思。白居易是较早用骑鹤典故的诗人，其《酬赠李炼师见招》有句云："曾犯龙鳞容不死，欲骑鹤背觅长生。"贾岛《游仙》亦用之："归来不骑鹤，身自有羽翼。"至宋，诗文用得更多。

　　十万贯、骑鹤、扬州，这三者是怎么合在一起的呢？可以说源自唐诗。"腰缠十万贯，骑鹤上扬州"，收入了清人所编的《全唐诗》，题为《言志》，下有释文："有客相从，各言所志，或愿为扬州刺史，或愿多赀财，或愿骑鹤上升。其一人云云，欲兼三者。"孔子有名言："盍各言尔志？"对芸芸众生而言，似不必侈谈什么鸿鹄之志。释文中的三个志愿，很"接地气儿"，至少"不装"。三事单独实现已难得，合并或可称"最高理想"。自古以来，多数国人最大的愿望就是做官，如果能在富足的好地方做官，更是求之不得。扬州是人间乐土，在此做刺史绝对属于上等的美差。除了做官，多金、成仙也是人人羡慕的。而有一人，胃口奇大无比，要兼得这三桩好事——做扬州刺史、多金、骑鹤飞升，而把它们合成一句——"腰缠十万贯，骑鹤上扬州"就横空出世了！噫吁嚱！三桩人所歆羡的美事一并实现，快何如哉！诗里的扬州，原意是指到扬州做官，而用"上"字，不但有去、到之意（今犹常说：上班、上学、上哪儿去），还显示出飞升的意味，似乎"上扬州"是去人间天堂，且与骑鹤正相匹配，而诗也就有了仙气，刻画出得道升天之逍遥。说到底，十万贯、骑鹤和"上扬州"用在一起，还是源自一个"欲"字，很多人想鱼与熊掌兼得。古人擅长精炼，如能将十字简化成一词，以喻三事，岂不更妙？于是"扬州鹤"又成专有名词，一词总三事，宋人颇喜用之。但睿智的苏轼已泼了一瓢冷水："无肉令人瘦，无竹令人俗。……世间那有扬州鹤？"（《於潜僧绿筠轩》）痴儿何其多也！

从文献上考察，"腰缠十万贯，骑鹤上扬州"最早见于宋代，如葛立方《韵语阳秋》、僧人诗偈等，盖当时已成歌谣谚语，流布人口；而诗句再加上"三难并"事迹，最早也见宋代文献，如类书《事类备要》《古今事文类聚》（伪托王十朋的《东坡诗集注》亦载），而出处则写《小说》，后乃有云为南朝梁殷芸《小说》者。此书久佚，今人辑录之《殷芸小说》，收此条于三国"吴蜀人"中。清人李慈铭《越缦堂日记》曾辨《殷芸小说》所言之扬州为建业（江宁），非今之扬州，可参。

从用事的角度考订，十万贯、骑鹤、上扬州三事，在宋以前诗文，从无合并用之者。退一步讲，三事各自单用，亦自唐人始。故笔者以为，《全唐诗》收录似较合适，盖唐人始单言之，继而又"三合一"，而宋代成口头禅，更广泛运用之。若为三国时典故，何以整个六朝、唐代无言之者？传言出自《殷芸小说》，并无确凿证据，误传的可能甚大。且诗文典故、意象的成立、运用和固定，是有其过程的。再考虑扬州在隋唐发展成人所向往的大都会，空前繁盛，故将此典故的出现时间断在唐代，远比断在三国合理。其真正流行、家喻户晓，则在宋代。

请允许"想得美"

今人嘲讽异想天开者，每戏云："想得美！"宋人笔记中已有"美事不两全"的慨叹，王楙《野客丛书》卷十三云："'腰缠十万贯，骑鹤上扬州'，天下美事，安有兼得之理！夏侯嘉正喜丹灶，又欲为知制诰，尝曰：'使我得水银银半两，知制诰三日，平生足矣！'二愿竟不遂而卒。白乐天弃冠冕而归，锻炼丹灶，未成，除书已到。世事相妨，每每如此。盖造化之工，不容兼取，既欲为官，又欲为仙，安有是理邪！"白居易、夏侯嘉正都成"反面典型"。十万贯是俗世之发大财，而骑鹤则是得道成仙之快意，还要饶上在富庶的扬州做官，真是黄粱美梦，注定无法实现，只能再说一句"想得美"！

虽说是"想得美"，但总要允许人去想；人生实苦，如果再没点美好的空想迷梦，岂不令人绝望？从宋代起，"上扬州"乃成一典故，时兴起来，有特殊用意，与"下扬州"不同。宋人王庭圭《梁道人借示丹经数册阅未遍辄告行归其书赠之以诗二首》（其一）云："丹经汗损几车牛，奥意难从纸上搜。相见缠腰无十万，待看骑鹤上扬州。"这是祝愿朋友早日成仙得道。陈与义《答元方述怀作》有云："不见圆机论九流，纷纷骑鹤上扬州。"亦属有感而发。在雅士的眼中，"上扬州"或许俗不可耐，于是反其道而用之，如南宋欧阳守道《题兴善院净师月岩图》："人言腰钱骑鹤上扬州，何如岩中月下从僧游。"这"行到水穷处，坐看云起时"之妙，又岂是"腰钱骑鹤上扬州"所能比拟的！人最不可俗也。

还有的"上扬州"用典，颇能翻新出奇。如宋张扩《读钱神论偶成》有云："不愿腰缠十万上扬州，安用呼卢百万供一掷！"众人都羡慕的，这位偏不，他喜欢一掷百万地去豪赌。也是人各有志，不可强求。南宋范成大《白云泉》云："龙头高啄嗽飞流，玉醴甘浑乳气浮。扪腹煮泉烹斗胯，真成骑鹤上扬州。"泉水煮茶，美矣；饮茶到一定境界，妙矣；以"骑鹤上扬州"形容美妙的吃茶之境，何等熨帖稳惬！这不能不说是借鉴了高僧诗偈的用法，点铁成金矣。

金、元名臣耶律楚材《感事四首》（其一）亦用"上扬州"：

> 富贵荣华若聚沤，浮生浑似水东流。
>
> 仁人短命嗟颜氏，君子怀疾叹伯牛。
>
> 未得鸣珂游帝阙，何能骑鹤上扬州。
>
> 几时摆脱闲缰锁，笑傲烟霞永自由。

篇幅有限，不拟疏解全诗，只看第三联，意谓想到扬州做刺史，有个前提，得先进京，金榜题名，然后才有外放的机会，可谓大实话也。耶律楚材在另一首《蒲华城梦万松老人》末尾云："撇下尘嚣归去好，谁能骑鹤上扬州？"径直指出"上扬州"乃空幻之迷梦。

另，宋人宋伯仁有《扬州骑鹤楼》诗，因知宋时扬州有骑鹤楼，足见"腰缠十万贯，骑鹤上扬州"在当时之深入人心，竟然令"骑鹤"从文学想象变成了实地景观。据《大明一统志》，此楼明时尚存，在府城东北；清《江南通志》言，在江都县大街内。而今安在哉？

由上面的引用分析可见，"上扬州"跟十万贯、骑鹤搭配，是"正牌"，用得也最多。特别是文人墨客用扬州典故，凡是把扬州跟十万贯、骑鹤联系在一起的，率多作"上扬州"，绝少作"下扬州"者。虽然一字之差，但鲜有误用，足以说明古代文士对此典故是有斟酌的。戏曲已是通俗文学，甚至文人作剧也如此用，可知一丝不苟，元代杨景贤的《西游记》杂剧就有"金钗两股牢拴就，抵多少骑鹤上扬州"。这并非锱铢必较，而是读书细致，造理精微。

兹举两位同时用过"上、下扬州"的宋明文人，以见区别之井然。北宋邹浩《招俞清老并简康远禅师》（其一）云："腰钱骑鹤上扬州，妄想空来事事休。惟有三竿风月在，待君同理钓鱼舟。"与"腰钱骑鹤"并举用"上扬州"；其《寄俞清老》末云："一滴曹溪好消息，为君船子下扬州。"与"船子"同用则是"下扬州"矣。有趣的是，此二诗都是写给俞清老的，可称见微知著。再看明代胡应麟，其《赠戚山人伯坚》中的两句："底事歌鱼来越郡，谁能骑鹤上扬州。"《真州逢李季宣》起云："短棹东来不厌游，吹箫弹铗下扬州。"《青楼曲八首》（其八）末云："二十四桥天似水，画船乘月下扬州。"上、下之间，亦是辨别清晰，洞识精微。

文人墨客明察秋毫，而宋代的和尚有时却"上、下"混用。宋时僧禅诗写到扬州的颇多，有的就把"上、下扬州"混淆了。佛教传道，讲究心法妙悟，而禅师喜借人所共知的俗语、口头禅来打机锋、参话头，以求得佛理禅趣。既然"骑鹤上扬州"有白日飞仙之妙，禅诗用用何妨？北宋禅师释中仁《举与万法为侣因缘颂》就径直拿来："秤锤搦出油，闲言长语休。腰缠十万贯，骑鹤上扬州。"南宋的释师体《颂古二十九首》（其十三）亦云："义从亲处断，贫向富边休。腰缠十万贯，骑鹤上扬州。"此二处的"上扬州"，已然意味着宗教意义上的超脱与自由了。如前所言，还有混用"下扬州"的，南宋释宗杲《颂古六首》（其五）云："俱胝一指头，吃饭饱方休。腰缠十万贯，骑鹤下扬州。"又如释道颜《颂古》（其七十九）云："快骑骏马上高楼，南北东西得自由。最好腰缠十万贯，更来骑鹤下扬州。"问题来了，何以僧人偶尔上、下混用？或许因为僧禅诗比较接近白话诗，与民间的关系亲近，而民间没有分辨得那么细致，老百姓是"上、下扬州"混用的，于是僧禅诗间或从俗，无有定准了。

妙在上下虚实之间

通过上文的梳理可见，"下扬州"和"上扬州"是两个不同的典故，含义不同，用"下"抑或"上"，是要视情况而定的。但凡表达升官发财、享受人生，或追求升天得道的，多把十万贯、骑鹤和"上扬州"联系起来，这往往是精神上的虚指；而真的要去扬州（包括送别），或由杨广巡幸扬州抒兴亡之感，则用"下扬州"居多。另外，还有个别的特例，不赘述。从数量上考察，历代诗词中，用"下扬州"和"上扬州"的，大约各占半壁江山，没有出现一个极多、另一极少，或一个压倒另一个的情况。

《周易·系辞上》有云："形而上者谓之道，形而下者谓之器。"借言之，"上扬州"，多精神世界的畅想翱翔，一枕槐安，飘飘欲仙，"形而上"也，故用"上"；"下扬州"，多现实生活的顺流而下，实有其事，"形而下"也，故用"下"。再从情绪言之，"上"有着逆流的刚劲、昂扬的憧憬；而"下"则多顺流的缠绵、离别的伤感。从诗的感觉来说，如作"烟花三月上扬州"，或略显不符审美习惯，缺少了思念的缠绵与离别的惆怅；如作"春来骑鹤上扬州"，就显得明快、晓畅，要和谐许多。说明这里也有微妙的审美心理的问题。

近代以来，笔者故乡有一首流传很广的民间小调《摘石榴》，写青年男女无法自由恋爱，遂"下扬州"私奔，追求美好生活。歌词中男的提出"下扬州"的想法，女的接唱："听说下扬州，正中我心头，打一个包袱我就跟你走。一下扬州，再也不回头……"以"下扬州"来象征心目中的恋爱乐土，这倒是与明末陈子龙的写法一脉相承。

拙文谈的问题虽然细小，但因"腰缠十万贯，骑鹤上（下）扬州"是口头禅、欢喜事、"心外妙"，众口流传，甚至入了古代童蒙书（如《幼学须知》），惜人多未措意其形成时代和幽微差异，特别是未能体会古人用典的精密不苟，故不惮繁琐，考证始末，斟酌异同。这或许也不是没有意义的。今人谈一线大都会，言必称"北、上、广"；而在中古时代，扬州则是当之无愧的东南大都会，或可比作今之上海，故而人人憧憬神驰。要之，这个典故形成于唐代，风行于宋代，迄今不衰，与隋唐以来扬州富甲东南、佛教的流行及世俗享乐的社会风气等，都有着密切关联。

大疫已三年，百事不由人。期待疫散云开，所有的人，不管有没有十万贯，骑不骑仙鹤，做不做扬州的官儿，都能随时随地、毫无阻碍地"下扬州"或"上扬州"。这一天，远乎哉？

原载《上海书评》2022 年 9 月 5 日

【主编者言】有不少的人爱书，与书结缘一辈子，并在其间留下了自己的各种印迹。姜德明先生就是这样的人。本文作者也是，所以他追寻姜德明，得知了许多有关史料。

为书籍的一生
——追忆姜德明先生

胡春晖

二〇二三年五月二十六日，北京金台西路，一位爱书的老人远行了。他一生遨游于书海，读书、淘书、藏书、著书、编书，他的书话著作影响了众多读书人。他就是藏书家、散文家、高级编辑姜德明先生，享年九十四岁。

购读姜先生书话著作多本，先生以自藏书为基础写的大量书话文章，读之不忍释手。读着读着，就有写信向先生请益的想法。先生有一篇《钱基博藏品说明》的文章，谈钱基博在华中师范学院（华中师范大学前身）执教时捐赠文物、书籍的事，先生购得油印的钱基博亲撰《文物研究赠品说明合册》（《历史博物馆赠品说明书》及《文物研究》合册），"凡赠品二百一十一件，自商周三代历汉唐宋元，以迄于明清"，有殷墟龟甲、旧玉、旧砚旧墨、古拓、书画墨迹、图书金石等十大类。先生说："建国初期，知识分子欣逢盛世，乐于把一生心血换来的奇珍异宝无偿地献给国家，引起我对钱基博先生顿生敬意。"文章最后说："我不了解这些文物的下落，至少没有人讲起钱基博献宝的故事。"读此文后，查相关资料，我写了一篇《钱基博捐赠华中师大藏品的下落》，在报刊发表，无非是说说钱基博捐献的这些文物的下落，讲讲钱基博献宝的故事。之后寄先生请教，先生很快回信："来函收到，承告钱基博事，是我当年写作时未知的史料。"我文中叙及的事，大多发生在《钱基博藏品说明》一文发表后，当然先生"写作时未知"了。

先生《杨大瓢的书》一文中，提及杨大瓢的书有《函斋题跋》《铁函斋书跋》，我请教是否为同一本书，先生回复:《函斋题跋》与《铁函斋书跋》是否同一本书容后待查，一时不敢断定，望谅。另一篇《知堂的藏书印》文中，有关于张越丞的，我写信请教，先生回复:印人张樾丞，一名张越丞。生于一八八三年，殁于一九六一年。查相关资料，张樾丞，河北邢台新河县人，名福荫，以字行，篆刻家，先后为溥仪、徐世昌、段祺瑞、冯玉祥制印，新中国成立后，"中华人民共和国中央人民政府之印"即出自他手。书画家傅儒评价张樾丞曰:垂露悬针笔不斜，昆吾削玉似泥沙。他年若遇黄文节，能赋元晖与米家。

因以上因缘，二〇一五年十月下旬的北京之行，就有拜访先生的愿望，与《芳草地》杂志主编谭宗远老师联系，把此想法说出来，他即与姜先生联系，先生当时就确定了时间。二十七日上午近九时，到朝阳区文化馆谭老师办公室，一女士正与谭老师聊天，应该是谭老师说的一同前往拜访姜先生的浙江书友子仪了。简单寒暄后，一起到人民日报社宿舍，先生家住二楼，按门铃，先生开门，三人随先生径直到书房，先生的家人递上了茶。坐定后，子仪为正在撰写中的《陈梦家先生编年事辑》向先生请教，先生回忆说:"一九五六年夏天由《人民日报》八版顾问萧乾带着我一起去找陈梦家约稿，当时他住在东四北的钱粮胡同。约到了几篇，《人民日报》副刊发了。陈对地方剧有兴趣，豫剧、曲剧等，魏喜奎演唱的曲剧《杨乃武与小白菜》，他挤在前门外的小剧场观看。去过陈家，三四次，书房很简易，没有挂书画之类。他发表在《人民日报》上的作品都通过我手。他给我写过信，好几封，可惜一封也没有留下来。与他合影过没有，不记得。去时不是走的大马路，是沿着胡同走，进的是路南的一个小旁门。"先生说的《人民日报》八版顾问，是一九五六年七月一日，《人民日报》改版，由四版增至八版，创办副刊，副刊没有名称，因在第八版，简称"八版"，萧乾任八版顾问。约到的陈梦家的几篇文章，即一九五六至一九五七年八版刊登的《论老根与开花》《论简朴》《论间空》《论人情》《关于电影〈花木兰〉》《要去看一次曲剧》《看豫剧"樊戏"》等。

"我与萧乾同一间办公室，文艺部主任林淡秋让我跟着萧乾跑，为副刊组稿，让我要特别尊重萧乾，照顾萧乾。萧乾带着我去见各路人马。萧乾自己也动笔写，当时在《人民日报》上发了《万里赶羊》《初冬过三峡》，还化名发表了影评。周太玄，生物学家，少年中国学会骨干成员，在东厂胡同社科院图书馆接待的我们，人特别好。谭邦杰，西郊动物园的专家，写过一篇散文，谈动物园野兽夜间叫声的。还见了钱锺书、杨绛、何其芳、冰心、沈从文、杨宪益、黄苗子等等。我还和刘甲一起到武汉找刘永济、袁昌英、毕奂午约稿。没有约到稿的是钱锺书，给我写过信、签名本，我编副刊几十年，始终没有写一个字，想了各种办法，《谈艺录》补充修改想拿来发表，钱锺书说不要不要，再考虑考虑，三月两月考虑没了。他跟张中行一样，写文法。我的《作家百简》里，钱锺书的信收了两封。"其中一封一九八三年一月十九日信婉拒了先生的约稿。

"德明同志：不晤忽已经年，时从报刊中获读大文，才思洋溢，娱目赏心。顷奉惠书，忻悉规划刊物，乃大佳事，愚夫妇亟望其成，先睹为快。然虽鼓助兴之掌，终束分劳之手，所谓心有余而力不足也。奈何奈何！草复。顺颂年禧。钱锺书敬上杨绛同候。十九日夜。"

谈到与作家、学者见面，我插话说，您有没有带他们的著作请他们签名啊，先生说没有没有，一本也没有，那时候不兴这个。

聊天时，先生手头正在看《书衣文录》(手迹)，百花文艺出版社当年五月出版的，在下册三二六、三二七页，是孙犁在先生寄去的孙犁著《津门小集》上写的题跋，先生并看念：回忆写这些文章时，每日晨五时起床，乘公共汽车至灰堆，改坐"二等"，至白塘口。在农村午饭，下午返至宿舍，已天黑。然后写短文发排，一日一篇，有时一日两篇。今无此精力矣。然在当时，尚有人视为"不劳动""精神贵族""剥削阶级"者。呜呼，中国作家，所遇亦苦矣。德明同志邮寄嘱题，发些牢骚以应之。一九八一年三月一日下午孙犁题于澹定斋。接下来的三二八、三二九页，也是孙犁于同一日在《晚华集》上给先生的题跋：此集所收，虽有几篇旧作，然多系近年作品，观其笔意，较之青年时，有失有得，失者为青春热情，得者为老年阅历。不知德明同志以为然否？一九八一年三月一日孙犁。

说到古籍专家、中国书店雷梦水的著作《书林琐记》，先生说是他鼓励并收集出版的，其时先生正在人民日报出版社社长任上。

先生与戏曲评论家、梅派艺术研究家许姬传联系多，书信往还，许姬传还赠过先生字。我带去了购藏的中华书局一九八五年五月版《许姬传七十年见闻录》，许姬传签名本，请教先生签名真伪，先生拿着书仔细看后说，是他的字，错不了，错不了。

我和子仪分别带去了先生的著作，请先生签名。看到我带去的浙江文艺出版社一九八七年十月版《燕城杂记》，他并签并说，这本书少见，印数太少，出版也早。签到《清泉集》《十年一梦》时，说这些都是早期出版的，曹辛之装帧设计的。

时间过得真快，不知不觉，一个多小时过去了，子仪提议一起合影留念，四人一起，请先生哲嗣姜旗帮忙，拍了一张照片。先生和子仪居中，谭老师和我两边。仔细看墙上，靠右镜框里，是作家、藏书家唐弢赠先生的字：燕市狂歌罢相，相将入海王。好书难释手，穷落亦寻常。小诗书赠德明同志两正唐弢。对于此赠诗，先生《唐弢的信》中说，唐弢一九七七年十一月二十日来函：屡蒙索字，不胜汗颜，实在因拙书太不像样。前些时曾专作一诗，结果因写得不好，撕了。诗为五绝，专以赠阁下者，辞云：燕市狂歌罢，相将入海王。好书难释手，穷落亦寻常。不知尊意如何？倘觉不恰，自当改削或另作，只怕别人见了，以为尔、我竟以鲁、许自视耳，一笑！此赠书先生极为看重，言"如今已成为寒斋的一件珍贵纪念物"。中间和左边为赵龙江老师为先生祝寿所书，中间是二〇〇六年先生七十七岁寿时抄录的明吴伯裔《墙东诗自记》，左边是二○○八年先生七十九岁寿时临篆刻家、西泠印社创始人之一王福庵"如南山之寿"。之后，先生送我们到门口告别。

读先生的书，影响犹深。如看过《钱基博藏品说明》《土纸书的特殊价值》《驴背上驮来的》《西线无战事》等文章后，就试着写，先后写了《钱基博捐赠华中师大藏品的下落》《"译文丛书"与土纸本》《马背上的图书馆》《洪深、马彦祥译〈西线无战事〉版本趣谈》等文。

读先生的书，字里行间感受到先生的古道热肠。先生的藏书，有他人需要的，尽量提供。高长虹一九二六年在北京编的杂志《弦上》，唐弢、陈漱渝借用过；高长虹的家乡要印行高的文集，借去复印过。与周恩来等人组织觉悟社，后担任过地下中共北平市委书记的烈士马骏用马天安的笔名出版的剧本《出狱之后》，马骏后代从来不知道马骏写过此剧本，把这本革命文物借去复印过。《缪弘遗诗》，西南联大一学生的诗集，李广田作序，李的亲属编李广田文集，借去抄补入集；刘君编撰《中国现代新诗目录》，借去复印过；王景山撰写西南联大文艺社团回忆录，也借去过。（《冷摊得来》）庄瑞源主编的"新生文艺丛书"第一辑《暴风雨》，封面目录有小说作者张白怀的名字，文章刊登后，作家张抗抗见告，张白怀是她的父亲，原作佚失多年，先生复印以赠。（《暴风雨》）臧克家小说集《挂红》，一九四七年六月读书出版社出版，这是作者第一部小说集，作者很珍视，俟一出版即题跋赠给诗人、作家冯雪峰："我以我第一个小说习作集，去碰一个严正而深邃的灵魂，并欣待着他的评断。雪峰兄　三十六，六月　通信处：本市（五）北四川路东宝兴路一三八号。"作者本人却无存，先生得知，复印以赠。（《诗人的题句》）

这次拜访之后，想到先生年事已高，就没有再去打扰，这是与先生的第一次见面，也是唯一的一次。而今，先生远行了。先生在《人民日报》副刊时，倡导、刊登书话，并身体力行，自己动笔，一发而不可收，对大力推动书话的写作、出版，产生了积极而深远的影响。先生的一生，是为书籍的一生，先生在《为书籍的一生》一文结尾说："'为书籍的一生'是神圣而光荣的！"

忆拜访先生时，天气晴朗，金秋的阳光洒在先生书房。温文尔雅的先生坐在书桌与书柜之间谈书人书事的情景，历历在目，恍如昨日。寒斋里，先生的书、先生的签名、先生的来信还在，睹物思人，不禁潸然……

原载《北京日报》2023年6月6日，同年6月13日《作家文摘》转载

）情 怀

【主编者言】这是关于一个作家的描绘和分析。这个作家的作品丰富、多彩、诚挚、深刻，时有"怪味"。他是一只临终抖落掉自己耀眼羽毛的火鸟，留给这个世界美丽。

祖慰、火鸟及落羽杉

李建军

今年 4 月，朋友海蒂发信息来，说武汉有个采风活动，想邀我一起参加。

哦，武汉！我当然想去看看，看看她浴火重生的模样。三年暌隔，劫后重来，也许会有别样的感受和发现吧？

来到一个地方，就难免会想起这个地方熟悉的人和有趣的事。

在武汉的几天时间里，我总是想起祖慰先生，想起我们相聚的情景。

然而，我却再也见不到他了。

就在我来武汉的一年前，即 2022 年的 3 月 3 日，祖慰先生以八十五岁的遐龄，离开了人间。

我知道祖慰先生，是在上世纪 80 年代——那时，他是一个极活跃的著名作家；但与他见面，却是很晚的事情。2014 年 7 月的某一天，李文子女士发微信给我，说祖慰先生来北京了，说他在大型文化杂志《领导者》上读了我的一篇长长的诗歌评论，很想见个面，一起聊聊天。7 月 26 日中午，我终于见到了祖慰先生。他看起来比实际年龄要年轻很多，虽年逾七旬，但谈锋甚健，了无倦容，像五十多岁的中年人一样精力弥满。

祖慰先生是一个豁达而乐观的人。他了解自己的气质和性格，认为自己是"多血质和胆汁质混合型的"（祖慰：《扬弃与"∩"》，广西人民出版社，1986

年，第298页）。他热情而坚韧，的确是一个兼具多血质和胆汁质的混合气质的人。

他的人生并不平顺，甚至可以说，充满了坎坷和不幸。他出生在中华民族苦难深重、血泪交流的1937年。死亡的阴影笼罩着这个出生只有84天的婴儿。为了免遭敌人的毒手，哭声震天的他，差点儿在苏州河上被抛弃掉。四岁那年，父亲被汉奸枪杀了。从此，他便跟着母亲，东躲西藏，四处漂泊。很年轻的时候，他又因为文学创作而受尽磨难——他被戴上种种"帽子"，被发配到咸宁农村接受审查和劳动改造，被分配到当阳长坂坡的一个工厂当工人。然而，无论是中岁以前的种种坎坷和磨难，还是将近二十年的域外萍漂，都不曾改变他见棱见角的性格，也不曾污损他干干净净的人格。他历尽劫波，却依然故我，一如既往。他还是那么热情，那么爱说，那么爱笑。

祖慰先生镇定地接受自己所承受的磨难和痛苦。他超越了自己所遭遇的不幸和挫折。他总是回忆起襁褓中的自己在苏州河上的哭声："是的，像交响乐开头要呈现出全曲的主题一样，他在苏州河上的哭声，定下了他人生的基调。几十年来，他总想喊出、唱出、写出自己的声音，不大考虑这声音会惹出什么麻烦。他的欢乐和苦闷，无不源于此。"（祖慰：《扬弃与"冂"》，第302页）在祖慰先生看来，他自己的基本性格和人生态度，在苏州河逃难时，就已定型了。自此后，无论父亲的横死，还是自己的横祸，都没有使他成为缪塞式的感伤主义者，也不曾使他成为卢梭式的自我中心主义者。

祖慰先生是一个早慧的人。十五岁那年，他就写出了十几万字的论文《人有天才吗？》。他博览群书，好学深思，懂文学和艺术，也懂建筑和设计。他写了很多风格独特的小说和报告文学作品，曾四次获得全国优秀报告文学奖。但是，在他身上，你看不到一丝一毫的傲慢和自负，看不到一丝一毫的嚣张和跋扈。他与人交谈，态度真诚而热情，脸上满是专注的神情和温暖的笑意，显示出对他人由衷的尊敬。他的气质是高雅的。他的谈吐和举止，显示出少见的风度和教养。与他比起来，那些颐指气使的"执牛耳者"和卑躬屈膝的"操牛尾者"，简直就像土鸡瓦犬一样狼狈和猥琐。

当然，祖慰先生也绝不是那种平庸而无个性的人。相反，他是一个特立独行的人，一个具有思想家气质的作家。他不喜欢人云亦云，也不愿意屈从权威。他总是在思考，总是在提出问题。他按照自己的方式，思考自己感兴趣的事情，并按照自己的认知和风格，来表达自己的疑问和思考。

祖慰先生的小说创作和报告文学有一个共同的特点，那就是在显示着自觉的启蒙意识、巨大的改革热情和积极的科学精神。在他的作品里，你可以感受到典型的"八十年代精神"和"八十年代气质"。对未来的信心，探索生活的热情，强烈的责任感，赋予他的创作以鲜明的时代色彩。像那个时代的许多作家一样，他想给读者提供一个"全新的人生世界"（祖慰：《扬弃与"∩"》，第10页）。

幽默感和探索性，是他小说写作的两个特点。他是一个有趣的人，讨厌一切做作和无趣的东西。他倾向于用有趣的方式来塑造人物和讲述故事。读他的小说，你会感受到一种个性化的东西，会感受到一股压抑不住的激情和自信，会感受到他思想上的活跃和情感上的喜悦。他的小说作品的基本主题，就是探索一种更好的生活方式，建构一种更加健全的人格，具体地说，就是摆脱那种僵硬的、无趣的生活，进入一种更有趣的生活状态和更健康的心理状态。就像他短篇小说《老画家的情态》所说的那样，人们应该摆脱心理上的"负"状态和"零"状态，进入健康的"正"状态。

在报告文学的写作中，他将关注的目光投向教育界，投向科学界，投向改革的前沿和经济特区深圳。他写了至少两篇报告文学，来描写深圳的"经纬"和"T细胞"；写了至少四篇报告文学，来讲述三位改革型的大学校长的故事。在《晶核》和《扬弃与"∩"》两篇作品中，他细致地讲述了武汉大学校长刘道玉的教育改革和人生历程；在题为《朱九思引力》的报告文学中，他将当时的华中工学院院长朱九思当作主人公，赞扬他在科学研究上"全力竞争，当仁不让"的进取精神；在《现代活力的"诊断"》中，他将焦点放在另一个"特殊人物"——上海医科大学副校长朱世能——身上，从多个角度，通过多声部对话的方式，塑造了一个"谈不清爽"的人物，塑造了一个"点子多、实心干"的改革者形象。城市形象的现代化塑造和农村的经济改革，也是他的报告文学写作关注的问题。

祖慰先生既外在地观察和叙述他者的生活，也内在地观察和分析自己的创作。在《智慧的密码》一书的自序中，祖慰先生将自己对象化，在人物与作者的"我报告了他，他报告了我"的共生关系中，分析了"我"的深层心理结构。"我"试图拓宽报告文学的边界，为报告文学争取更大的表现空间，而报告文学所描写的"他"，则应该是"载着未来方向的真人真事"（祖慰：《智慧的密码》，四川人民出版社，1985 年，第 9 页），应该是一个体现"时代本质全息的'他'"（祖慰：《智慧的密码》，第 14 页）。那么，报告文学中的"我"到底应该是什么样子的呢？祖慰并不认为报告文学作家是一个完全客观的记录者。在他看来，报告文学作家在写人物的同时，也表现自己，表现自己的审美意识和人生价值观，并视之为"报告文学的灵魂"（祖慰：《智慧的密码》，第 16 页）。这是一个很深刻的观点。无论多么客观的文学写作，都是作者自己的写作，都必然要显示作家自己的趣味、人格、思想和价值观。祖慰先生又从感知方式和文学气质等方面，分析了作为报告文学作家的祖慰——他是一个"用哲学思辨式的感知方式"写作的作家，而他的文学气质则见之于"语言风格"和"叙述方式"两方面。他说自己无论写小说还是写报告文学，都使用"三元（哲理性、幽默感、知识性）杂交的语言"（祖慰：《智慧的密码》，第 18 页），他甚至详细地分析了自己的几种叙述方式。

在文学创作方面，他有很多很怪，也很有趣的思想。他认为传统的现实主义文学，已经发展到极限了，已经无法再超越了。他从生命科学得到启示，领悟到"文学生命要出新，必须要像动植物出新品种那样杂交"，他将自己的形式很怪的小说命名为"骡子文学"。（祖慰：《婚配概率——祖慰的怪味小说》，长江文艺出版社，1985 年，第 8—9 页）他甚至将数学图、物理图、交通路标和幽默画插入自己的小说作品。

他的这些文学观念，是有新意的，但也是偏颇的。他似乎中了进化论和科学主义的蛊。他按照这想法写出来的小说，虽然与众不同，但也曲高和寡。进入他的小说世界，你会发现，作者是一个思维活跃、刻意创新的人；你还会发现，这些小说有一些共同的特点——作者形象大于人物形象，理性内容大于感性内容，"可写性"大于可读性，特殊品质大于普遍品质。这样的小说，离作者和批评家比较近，但离普通读者却有点远，所以，就很难成为被普遍接受和赞赏的作品。如果你想验证我的判断，不妨拿他的短篇小说《抽象"人"》做个个案解剖。

是的，祖慰先生的现实主义文学观念，是大可商榷的。受 20 世纪 80 年代的"去现实主义"思潮影响，受某些蔑弃传统、自我作古的"现代主义"观念的蛊惑，他对现实主义的态度是消极的，对文学创新的理解则是简单的。现实主义文学，就像大地上的道路一样，谁都可以在上面行走，谁都可以沿着这道路到达自己的目的地。哪有别人昨天走过的路，自己今天就不能再走的道理？哪有别人跑步走过的道路，自己就不能散步的道理？后代作家要把接受固有经验的"影响"，当作一件自然而必要的事情。一个作家要想成熟起来，要想创造出真正有价值的作品，就不能否定和排斥前人的伟大经验。因为，一切积极意义上的创作，都是一种合作性的"共创"，是后辈作家与前辈作家一起完成的创作，是赋予旧的方法以新的表现力的创作。完全否定旧文学传统和固有的经验的所谓探索和创新，不过是文学认知和文学创作上悲观的放弃主义和取消主义罢了。

好在，祖慰先生是一个有着成熟的自反批评意识和自反批评能力的作家。他喜欢观察和分析自己，常常把自己当作批评的对象。这样做是对的。每一个人，尤其是作家，应该经常性地进行自反批评。因为，一个不懂自反批评的人，是不可能成长和进步的；因为，一个不能清醒地认识自己的作家，也不可能深刻地认识他人和生活。

祖慰先生后期的创作，主要是思想化的写作。在我看来，祖慰先生最有价值和生命力的著作，也许不是他的味道"怪怪"的小说，也不是他的得了四次大奖的报告文学，而是他的充满问题意识和思辨智慧的思想著作，是他的充满"大哉问"的《黑眼睛对着蓝眼睛》和《天问》。这两部思想著作所讨论的主题，几乎全都是大问题——是世界性和人类性的大问题，是现代文明如何融合与发展的大问题，是涉及"人的千古困顿"的大问题。

《天问》是艺术之问，是哲学之问，是文明之问，最终要"叩问40000年人类文明裂变史"；《黑眼睛对着蓝眼睛》记录了作者"巴黎十七年的逸思遄飞"，谈论的是人文的复活与人类的自我拯救，是如何确立人类共同的"价值基准"，是如何克服人类的"跨文化误读的双盲悲剧"，是如何禁绝对人的生命尊严的蔑视和践踏。他终于发现了"人文价值"解码的"奥秘"："人文价值最核心的价值，天经地义是人与人之间的爱。爱是群体有效合作与和谐共存的根基。……因此，在人文之爱没有真正扩展到整个人类之前，根本就不会有人文的'历史进步论'之论，只会是西西弗斯的上升与坠落。"（祖慰：《黑眼睛对着蓝眼睛》，第280—283页）这思想，多么朴素又多么深刻！这答案，多么简单又多么重要！

在这两部思想著作中，祖慰先生讨论问题的方式，既是哲学性的，也是诗性的；既充满思想的力量，又充满修辞的力量。一旦打开这两部书，你会感受到一股巨大吸引力——一股思想与美感合力形成的吸引力。充满智慧的深刻思想，充满美感的流丽表达，使你油然想起杜甫的两句诗："庾信文章老更成，凌云健笔意纵横。"在这两部厚重而妙趣横生的作品里，思想家祖慰和作家祖慰终于和谐地融为一体。他不需要借助"怪味"来显示自己的个性和风格，也不需要在叙事和议论之间大费周章。

祖慰先生是一个充满理性精神的作家。他爱这个充满未知性的世界，总是表现出强烈的求知欲望和探索激情。任何东西都不能使他放弃自己的理想，放弃对光明和美好事物的向往，就像他谈到自己的性格和理想主义热情时所说的那样："贫、病、乱，这个不幸的童年生活中的三元素，应该把他的性格塑造得沉郁、自卑和对明天什么也不想。可是，他偏偏有个想入非非的精神世界，就像安徒生童话中的卖火柴的姑娘一样，即使在冻馁而死那一刻，还有着一个自己神往的光明而温暖的精神天地。"（祖慰：《扬弃与"∩"》，第304页）虽然吃了很多苦头，但他仍然是理性的乐观主义者，仍然是乐观的理想主义者。

进入消费主义时代，文学越来越被理解为一种满足人的外在需要的文化现象。它以快乐为动力，也以满足快乐需求为目的。于是，文学便越来越成为一种轻飘飘的、无足轻重的东西。然而，祖慰先生却反乎是。他认同和接受"诗可以怨"和"文穷而后工"的古老观念。他说："文学史是一部殉道者的历史，苦役人的实录。"（祖慰：《扬弃与"∩"》，第311页）他的这句话里，隐含着这样的认知：文学是不幸者的盟友，是苦难的结晶；不曾体验过苦难的折磨，不曾品尝过失败的滋味，就很难成为一个真正的作家。

俄罗斯流传着一个关于火鸟的故事。孤女玛鲁什卡温柔娴静，刺绣功夫无与伦比，闻名遐迩。她的手艺和名声，让邪恶黑巫师"不朽卡舍伊"心生恨意。她让玛鲁什卡变成一只火鸟，而她自己则变成一只巨大的黑猫鹰。她用自己的利爪攫住了玛鲁什卡。为了给人们留下最后的记忆，玛鲁什卡决定抖落掉自己美丽耀眼的羽毛："虽然火鸟在黑猫鹰的利爪下死去了，她的羽毛却留在世间，落在大地上。它们可不是普通的羽毛，而是富有魔力的羽毛，只有那些爱美并试图为他人创造美的人才能欣赏到其光彩。"祖慰的内心世界，也有着玛鲁什卡的愿望和激情。虽然备尝艰辛，虽然历尽苦难，但他内心的光焰依然灼灼如初。他要用自己的作品，用自己的精神之火和思想之光，照亮这个世界和人们的心灵。

武汉的采风活动安排，张弛有度，很有章法。在市区和厂区里的快节奏的参观之后，就会带大家到江边、绿地和樱桃园放松一下。

这天下午，大巴车缓缓地停在了两边都是油菜地的公路上。

我一下车，就被公路两边挺拔而优美的大树吸引住了。

我拍了照片，进入"形色识花"小程序搜求它的名字。

看到"落羽杉"三个字，我简直要惊呆了。

多传神啊，这名字！多优美啊，这名字！

那个想出这三个字的植物学家，简直就是诗人呀！

落羽杉的样子美极了。它的枝叶，仿佛一根根美丽的绿色羽毛——不，它比羽毛更美丽，更像一件艺术品。它的身形，像银杏一样挺拔，却比银杏还要颀秀。它也不像银杏那样枝叶繁多，那样给人一种太过密匝的感觉。至于喧闹的白杨、臃肿的悬铃木、邋遢的女贞，更无须来与它相比。它的一切都显得恰到好处——树干亭亭玉立，枝叶排列有致，色泽温润嫩绿。它端端正正地向上伸展，高耸碧霄，简直要摩天拿云了。

哦，落羽杉，你这长江边临风的玉树！

哦，落羽杉，你这树林中清峭的君子！

看见落羽杉，我仿佛看见了祖慰先生。

它简直就是祖慰先生的人格和风神的物化形态。

然而，我却再也见不到祖慰先生了。

愿你在另一个世界，一切安好，落羽杉一样风神秀雅的祖慰先生！

原载《文学自由谈》2023 年第 5 期

【主编者言】作者是年轻人，应没见过汪曾祺。文章主要是转述，内容多引用汪曾祺自己所说。但读来有亲切感，因为汪曾祺本就是"如叙家常"，而作者同样文风淡然。

汪曾祺的旅美心史

李怀宇

汪曾祺（1920—1997）是我很喜欢的作家。多年来，汪先生的各类文集不断出版，凡是收有新文章的，我都尽量不错过，常读常新。最近重读汪先生的书信集，发现他写给妻子施松卿（1918—1998）的信，从 1987 年 8 月 31 日至 1987 年 12 月 7 日，所写正是他在美国爱荷华访问之事。

1987 年 9 月，汪曾祺应聂华苓和保罗·安格尔（Paul Engle，1908—1991）之邀，参加爱荷华大学"国际写作计划"。1991 年 12 月 20 日，汪曾祺写了散文《遥寄爱荷华——怀念聂华苓和保罗·安格尔》，对这一段岁月有动人的回忆。而汪曾祺在爱荷华生活的点点滴滴，更多的是写在给施松卿的家信中。写这些信时，汪曾祺有意留下这段生活的第一手记录。他到了美国给妻子的第一封信里说："稿纸带少了。可以写一点东西的。至少可以写一点札记，回去再整理。我写回去的信最好保存，留点资料。"果然，后来他写了散文《林肯的鼻子》和《悬空的人》。在家信中，1987 年 9 月 29 日，他说："我想写一篇散文，《林肯的鼻子》。林肯有一句名言 'All men are created equal'，林肯的鼻子可以摸，体现了这种精神。我发现美国是平等的。自由是要以平等为前提的。" 1987 年 12 月 6 日，他说："此信这一部分请代为保留，我回来后也许会写一点关于黑人问题的文章。我想这篇文章的题目可以是《悬空的人》。"

汪曾祺的信札，有明人之风。因为是写给妻子的信，说的是体己话，如叙家常，笔调比散文更轻松。在这种放松的状态下写的文字，自然流露了汪曾祺当时的心境。如今将这批信重理一遍，可见汪曾祺这一段"旅美心史"。

一、生活的气味

1987年9月1日，汪曾祺刚到爱荷华，洗了一个脸，即赴聂华苓家的便宴：美国火锅。汪曾祺喝了两大杯苏格兰威士忌，宴后，主人给汪曾祺装了一瓶威士忌回来。安格尔把《纽约时报》杂志上汪曾祺全版大照片翻印了好几份，逢人就吹：这样的作家，我们不请还请谁？

汪曾祺擅书画，特意带了画和对联送给聂华苓，安格尔一看画，就大叫："Very delicate！"汪曾祺对聂华苓说："我在你们家不感觉这是美国。"在爱荷华的第一天，汪曾祺有宾至如归之感，他说："这里充满生活的气味，人的气味。"

汪曾祺住在五月花（Mayflower）公寓八楼30D，很干净，无噪声。他开始琢磨厨艺，利用美国厨具，做中国菜。在接下来的日子，他不仅自己做饭，还为朋友献厨艺。

"国际写作计划"每星期派车送作家去购买食物。汪曾祺发现：蔬菜极新鲜。只是葱蒜皆缺辣味。猪肉不香，鸡蛋炒着吃也不香。韩国人的铺子什么佐料都有，生抽王、镇江醋、花椒、大料、四川豆瓣酱和酱豆腐，应有尽有。豆腐比国内的好，白、细、嫩而不易碎。有几个留学生请汪曾祺他们吃饭，包饺子。但留学生都不会做菜，要请汪曾祺掌勺。汪曾祺发现美国猪肉太瘦，一点肥的都没有，嘱咐留学生包饺子一定要有一点肥的。不久后，汪曾祺为留学生炒了一个鱼香肉丝。他说：美国猪肉、鸡都便宜，但不香，蔬菜肥白而味寡。大白菜煮不烂。鱼较贵。

蒋勋住在汪曾祺的对门。蒋送了汪好几本书。汪送了蒋几张宣纸、一瓶墨汁。蒋原籍西安，汪便给他写了一条字："春风拂拂灞桥柳，落照依依淡水河。"

9月11日，汪曾祺一行到海明威农场参观。一家人有几千亩地，主要种玉米。玉米随收随即在地里脱粒，然后就运进谷仓，只要两个人就行了。海明威夫妇到过中国：北京、沈阳、广州……海明威夫人说北京是很美的城市。汪曾祺抱了她一下。她胖得像一座小山。

中秋节晚上，聂华苓邀请汪曾祺及其他客人家宴，菜甚可口，且有蒋勋母亲寄来的月饼。有极好的威士忌，汪曾祺怕酒后失态，未能过瘾。美国人不过中秋，安格尔不解何为中秋，汪曾祺不得不跟他解释，从嫦娥奔月，中国的三大节，中秋实是丰收节，直至八月十五杀鞑子……他还是不甚了了。月亮甚好，但大家都未开门一看。

10月12日是安格尔七十九岁生日，晚上请大家去喝酒，谢绝礼物，但希望大家念念诗、唱歌、表演舞蹈。安格尔家的门上钉了一块铜牌，刻字两行，上面一行是Engle，下面是中文的"安寓"。汪曾祺给安格尔写了一首诗："安寓堪安寓，秋来万树红。此间何人住？天地一诗翁。此翁真健者，鹤发面如童。才思犹俊逸，步态不龙钟。心闲如静水，无事亦匆匆。弯腰拾山果，投食食浣熊。大笑时拍案，小饮自从容。何物同君寿？南山顶上松。"

10月中，陈映真八十二岁的父亲特地带了全家，坐了近六个小时汽车来看看中国作家，听大家讲话。晚上陈映真的妹夫在燕京饭店请客。宴后陈映真的父亲讲了话，充满感情。吴祖光讲了话，也充满感情。安格尔抱了陈映真的父亲，两位老人抱在一起，大家都很感动。汪曾祺抱了陈映真的父亲，忍不住流下眼泪。后来又抱了陈映真，汪、陈二人几乎出声地哭了。《中报》女编辑曹又方亲了汪曾祺的脸，并久久地攥着他的手。

汪曾祺说：我好像一个坚果，脱了外面的硬壳。10月20日，他写信给妻子："不知道为什么，女人都喜欢我。真是怪事。昨天董鼎山、曹又方，还有《中报》的一个记者来吃饭（我给他们做了卤鸡蛋、拌芹菜、白菜丸子汤、水煮牛肉，水煮牛肉吃得他们赞不绝口），曹又方抱了我一下。聂华苓说：'老中青三代女人都喜欢你。'……德熙说我在美国很红，可能是巫宁坤的外甥女王渝写信告诉他的。王渝说她写信给巫宁坤，说：'汪曾祺比你精彩！'她说那天舞会，我的迪斯科跳得最好，大家公认。天！"

二、有画意的小说

在爱荷华，汪曾祺改写《聊斋》故事，这便是后来的《聊斋新义》。他说："我觉得改写《聊斋》是一件很有意义的工作，这给中国当代创作开辟了一个天地。"

汪曾祺也喜欢作画送人。有一次作家们存款的银行请客，聂华苓想要有所表示，安格尔让她跟汪曾祺要一张画，请所有作家签名。汪曾祺让作家们就签在画上，作家们说这张画很好，舍不得，就都签在绢边上。

9月20日，汪曾祺在"创作生涯"会上发言。谈到"空白"时，汪曾祺说，宋朝画家马远，构图往往只占一角，被称为"马一角"，翻译者译成"一只角的马"，美国工艺美术中有一只角的马，即中国的麒麟。这份发言在9月29日整理出来，汪曾祺独抒己见：

> 中国画家很多同时也是诗人。中国诗人有一些也是画家。唐朝的大诗人、大画家王维，他的诗被人说成是"诗中有画"，他的画"画中有诗"。这是中国文学的一个悠久的传统。我的小说，不大重视故事情节，我希望在小说里创造一种意境。在国内，有人说我的小说是散文化的小说，有人说是诗化的小说。其实，如果有评论家说我的小说是有画意的小说，那我是会很高兴的。可惜，这样的评论家只有一个，那就是我自己。
>
> 大概从宋朝起，中国画家就意识到了空白的重要性。他们不把画面画得满满

的，总是留出大量的空白。马远的构图往往只画一角，被称为"马一角"。为什么留出大量的空白？是让读画的人可以自己去想象，去思索，去补充。一个小说家，不应把自己知道的生活全部告诉读者，只能告诉读者一小部分，其余的让读者去想象，去思索，去补充，去完成。我认为小说是作者和读者共同完成的。一篇小说，在作者写出和读者读了之后，创作的过程才完成。留出空白，是对读者的尊重。

那年年底聂华苓的女儿王晓蓝要和李欧梵结婚。李欧梵在爱华荷听了汪曾祺的这次发言后说：作者和读者共同完成是一种很新的理论。

10月18日"我为何写作"讨论会，汪曾祺以为可以不发言，结果每个人都得讲。汪曾祺略加思索后说：

> 我为什么写作，因为我从小数学就不好。
>
> 我读初中时，有一位老师希望我将来读建筑系，当建筑师，——因为我会画一点画。当建筑师要数学好，尤其是几何。这位老师花很大力气培养我学几何，结果是喟然长叹，说"阁下之几何，乃桐城派几何"。几何要一步一步论证的，我的几何非常简练。
>
> 我曾经在一个小和尚庙里住过。在国内有十几个人问过我，当过和尚没有，因为他们看过《受戒》（这里的中国留学生很多人看过《受戒》）。我没有当过和尚。抗日战争时期，日本人打到了我们县旁边，我逃难到乡下，住在庙里。除了准备考大学的教科书之外，我只带了两本书，《沈从文选集》和《屠格涅夫选集》。我直到现在，还受这两个人的影响。

10月30日下午，汪曾祺给妻子的信记录了他谈"作家的社会责任感"。起首说："我的女儿批评我，不看任何中国当代作家的作品，除了我自己的。这说得有点夸张，但我看同代人的作品确是看得很少。对近几年五花八门、日新月异的文艺理论我看得更少。这些理论家拼命往前跑，好像后面有一只狗追着他们，要咬他们的脚后跟……"这篇讲话，汪曾祺并没有带稿子，而畅所欲言：

> ……我认为一个作家写出一篇作品，放在抽屉里，那是他自己的事。拿出来发表了，就成为社会现实的一个组成部分。作品总是对读者的精神产生这样那样的影响。正如中国伟大的现代作家鲁迅说的那样：作家写作，不能像想打喷嚏一样。喷嚏打出来了，浑身舒服，万事大吉。
>
> ……我曾经在一篇小说的后记里写过：小说是回忆，必须对热腾腾的生活熟悉得像童年往事一样。我认为文学应该对人的情操有所影响，比如关心人，感到希望，发现生活是充满诗意的，等等。但是这种影响是很间接的，潜在的，不可能像阿司匹林治感冒那样有效。我希望我的作品能滋润人心。

在讲话现场，汪曾祺还加了几句："我认为文学不是肯塔基（肯德基）炸鸡，可以当时炸，当时吃，吃了就不饿。"10 月 30 日这封家信的最后，汪曾祺说："我回来要吃涮羊肉。在芝加哥吃了烤鸭，不香。甜面酱甜得像果酱，葱老而无味。听说北京开了一家肯塔基炸鸡店。炸鸡很好吃，就是北京卖得太贵了，一客得十五元。美国便宜，一块多钱，两大块。"

三、艺术之旅

这一年秋天，汪曾祺旅行了半个月。路线是 Iowa City（爱荷华城）—芝加哥—纽约—纽黑文—费城—华盛顿—马里兰—费城—波士顿—芝加哥—Iowa City。

在芝加哥，汪曾祺和蒋勋去看艺术博物馆。汪曾祺看了梵高的原件，才真觉得他了不起。梵高的画复制出来全无原来的效果，因为他每一笔用的油彩都是凸出的。高更的画可以复制，因为他用彩是平的。莫奈画的睡莲真像是可以摘下来的；有名的《干草堆》，六幅画同一内容，只是用不同的光表现从清早到黄昏。毕加索的原作，有一幅他的新古典主义时期的画《母与子》，很大，好懂；也有一些他后期的五官挪位的怪画。汪曾祺说："这个博物馆值得连续看一个月。可惜我们只能看两小时。"

芝加哥的六个中国留学生开车陪汪曾祺和吴祖光去逛了逛。看了一个很奇怪的教堂后，汪曾祺回忆："我们又开车经过黑人区，真是又脏又旧。黑人都无所事事，吃救济。我们竟然在黑人区的小饭馆吃了一餐肯塔基炸鸡。"

旅行的归途中经过海明威的家乡。有两所房子，一处是海明威出生的地方，一处是海明威开始写作的地方。两处都没有明显的标志，只是各有一块斜面的短碣，刻了简单的说明。两处房子里现在都住着人家，也不能进去看看。汪曾祺感慨："芝加哥似乎不大重视海明威。"

在纽约的第二天，金介甫夫妇开车带他们去看了世界贸易中心。汪曾祺说："这是两幢完全一样的大楼，有一百多层，全部是不锈钢和玻璃的。这样四四方方、直上直下的建筑，也真是美。芝加哥的西尔斯塔比它高，但颜色是黑的，外形也不好看，不如世界贸易中心。"

汪曾祺在纽约住王浩家。他回忆："我和王浩四十一年没有见了，但一见还认得出来。他现在是美国的名教授（在美国和杨振宁、李政道属于一个等级）。他家房间颇多，但是乱得一塌糊涂，陈幼石不在。但据刘年玲说，她要在，会更乱。这样倒好，不受拘束。王浩现在抽烟，喝酒。我给他写的字、画的画（他上次回国时托德熙要的），挂在客厅里。"

王浩是汪曾祺在西南联大的同学。1987 年 2 月 23 日，汪曾祺写《金岳霖先生》一文，谈到王浩是金岳霖最得意的弟子。上课时，金先生讲着讲着，有时会停下来，问："王浩，你以为如何？"这堂课就成了他们师生二人的对话。汪曾祺在文中还说："王浩和我是相当熟的。他有个要好的朋友王景鹤，和我同在昆明黄土坡一个中学教书，王浩常来玩。来了，常打篮球。大都是吃了午饭就打。王浩管吃了饭就打球叫'练盲肠'。王浩的相貌颇'土'，脑袋很大，剪了一个光头——联大同学剪光头的很少，说话带山东口音。他现在成了洋人——美籍华人，国际知名的学者，我实在想象不出他现在是什么样子。前年他回国讲学，托一个同学要我给他画一张画。我给他画了几个青头菌、牛肝菌，一根大葱，两头蒜，还有一块很大的宣威火腿。——火腿是很少入画的。我在画上题了几句话，有一句是'以慰王浩异国乡情'。"没想到此文写后几个月，汪曾祺和王浩在纽约重逢了。

在华盛顿，汪曾祺觉得在航天博物馆开了眼界。阿波罗号的原件原来是那么小的一个玩意，登月机看来很简单，只有一辆吉普那么大，轮子是钢的，带齿。他看了现代艺术博物馆，毕加索已经成了古典了，展品大都看不懂。有一张大画，是整瓶的油画颜色挤上去的，无构图，无具象，光怪陆离。门口有一大雕塑，只是三个大钢片，但能不停地摆动。美国艺术已经和物理学、力学混为一体。他看了白宫，不大。美国人不叫它什么"宫"，只是叫"白房子"。

在波士顿，汪曾祺去市博物馆参观，很棒！宋徽宗摹张萱《捣练图》在那里。汪曾祺万万没有想到颜色那么新，好像是昨天画出来的。中国的矿物颜色太棒了。他很想建议中国的文物局出一本"海外名迹图"。刘年玲带了汪曾祺去看一个加勒夫人的博物馆。刘年玲说这里的沙拉很有名，大家都叫了沙拉，原来是很怪的调料拌的生菜。在国内，沙拉都有土豆，可是这种叫作"凯撒沙拉"的一粒土豆都没有，只有生菜。汪曾祺对刘年玲说：我很怀疑吃下这盘凯撒沙拉会不会变成马。

11 月 22 日，汪曾祺去参加"美国印象座谈会"。他讲了林肯的鼻子是可以摸的，并说谁的鼻子都可以摸，没有人的鼻子是神圣的。会后，好几位女士都来摸他的鼻子。聂华苓说："你讲得真棒！最棒！"

此时，汪曾祺已不想去西部旅行。他说："我游兴不浓，因为匆匆忙忙，什么也看不到。我连纽约、华盛顿、波士顿的大概方位都不清楚，只是坐在汽车里由别人告诉这里是什么，那里是什么。我印象最深的是梵高、毕加索、宋徽宗的画。"

四、文化之根

感恩节将至，汪曾祺说："这几天大概要吃火鸡。美国的感恩节都吃火鸡。移民来到美国，发现美国土地如此肥沃，充满感谢，于是就有一个Thanksgiving 的节。火鸡遍地跑，于是大家吃火鸡。火鸡不怎么好吃。大多是整只烤的。"

11 月 24 日，他写信感谢聂华苓："我本来是相当拘束的。我像一枚包在硬壳里的坚果。到了这里，我的硬壳裂开了。我变得感情奔放，并且好像也聪明一点了。这也是你们的影响所致。因为你们是那样感情奔放，那样聪明。谢谢你们。"

在感恩节的前一天，汪曾祺看见爱荷华的树叶全落了，露出深黑色的树干。草也枯黄了。他说："我在这里还有整二十天。很奇怪，竟然有点依依不舍的感情。"

他在美国报纸上看到沈从文奇迹般地痊愈了，即刻写信给妻子："是吗？你打电话给张兆和问问看。我在耶鲁未见张充和，因为她已去敦煌。"

爱荷华大学"国际写作计划"每年邀请的不只是华文作家。汪曾祺和外国作家也打成一片。有一晚，汪曾祺十一点回到五月花公寓，几个拉美作家强拉他去他们屋里喝了一杯威士忌。他们说西班牙语的作家都很喜欢汪曾祺。

汪曾祺还给一位墨西哥诗人画了一张画，见他不在家，便塞进他的门缝，他夜里两点钟敲门道谢。聂华苓很奇怪：为什么这些洋人会喜欢汪曾祺，而且有些事为汪打抱不平。汪曾祺说："我也不知道，那天晚上我用很坏的英语跟他们聊了一晚，他们的英语也不好，居然能讲通。"

正当汪曾祺为回国做准备之际，有两位黑人学者请他去聊了一晚。一个叫Herbert，一个叫 Antony。Herbert 在一次酒会遇到汪曾祺，就对他很注意。

以后汪曾祺每次讲话，Herbert 都去听。Herbert 认为汪曾祺是一个有经验、有智慧的人。Herbert 读了四个学位，在教历史，研究戏剧。Herbert 跟汪曾祺谈了一个剧本的构思，汪给他出了一点主意，他悟通了，非常感谢。

谈了五个小时后，汪曾祺明白了一些美国黑人的问题。他们没有祖国，没有历史，没有传统。他们的家谱可以查到曾祖父，以上就不知道了，是一段空白。因为是奴隶，他们不知道自己是从非洲什么国家、什么民族来的。非洲人也不承认他们，说"你们是美国人"。他们只能把整个非洲作为他们的故乡，他们不知道他们的族名。他们想找自己的文化传统，找不到。美国的移民都能说出自己是从英格兰、苏格兰、德国、荷兰来的……他们说不出。

汪曾祺从他们的谈话里感到一种深刻的悲哀。汪曾祺说了自己的感觉。他这才感到"根"的重要，祖国、民族、文化传统是多么重要。Herbert 说《根》那本书是虚构的，实际上作者没有找到根。

在起身告辞时，Herbert 问汪曾祺："我们找不到自己的历史，你说我们应该怎么办？"汪曾祺说："既然找不到，那就从我开始。"这一晚的谈话，汪曾祺后来写成了《悬空的人》一文，他在文中说："一个人有祖国，有自己的民族，有文化传统，不觉得这有什么。一旦没有这些，你才会觉得这有多么重要，多么珍贵。"

就在聊天的当夜，发生了一件事：汪曾祺的房间失窃了。小偷不知是怎么进来的。就在汪曾祺熟睡时，小偷搬走了屋里的电视机，偷了他600美元现款。除了这些东西，小偷把汪曾祺的毛笔、印泥、空白支票本、桌上不值钱的小玩意都拿走了。小偷还把汪曾祺的多半瓶伏特加拿走了。估计还尝了一口，瓶盖未拿走。后来汪曾祺发现，小偷把台湾《联合报》副刊主编陈怡真送他的一个英国不锈钢酒壶也拿走了。壶里有聂华苓给他灌的威士忌。

事后，聂华苓给汪曾祺开了一张600美元的支票。聂华苓听说陈怡真送他的酒壶丢了，高兴极了，说："我正想送你什么好，这下好，我再买一个送你！"她知道他的皮夹子也丢了，说："正好，我有一个很好的皮夹子。"汪曾祺的皮夹子里没有什么，只有几十元人民币，这小偷把人民币偷走，干什么用呢？幸好，汪曾祺的护照、机票没有被偷，否则就麻烦了。

此时，汪曾祺离回家还有一个星期。他心情轻松，就看看书吧，看安格尔的诗、聂华苓的小说，还有不少美国华人作家寄给他的作品。汪曾祺读海外华人的作品，颇有意思，有的像波德莱尔，有的像 D.H. 劳伦斯。他们好像打开了汪曾祺多年锈锢的窗户。不过看起来很吃力，汪曾祺得适应他们的思维。他这才知道："我是多么'中国的'。我使这些人倾倒的，大概也是这一点。"

曲终人散一惆怅，回首江山非故乡。1987 年底，汪曾祺回国。离开爱荷华那天，下了大雪。

原载《书城》2023 年 4 月号

【主编者言】对于一位院士，我们非专业的人很难在他的学术上说些什么。但是任何学科的发展都伴随着人文精神的进步，作为一位"大先生"，自有值得世人拥戴的地方。

从杨叔子看大先生之大

罗海鸥

最后一次见到华中科技大学老校长杨叔子院士，是 2022 年 9 月 28 日。9 月 27 日，我到华科大教科院"校长讲堂"讲学，借此机会于 28 日上午去探望他。其女婿李晓平老师开车带我去校医院。走到病床前，杨院士看到我来，把手从被窝里慢慢地伸出来，低声并吃力地说："我们还是握握手吧。"我们断断续续交谈了两三句话，他就说累了，要休息了。我只能告辞，默默退出。

这次探望，我感慨万千。杨院士自 2014 年 6 月突发脑卒中后，身体大不如以前，常住医院。其间见过他两次。这次看到他身体如此羸弱，我简直不敢相信，有一种不祥的预感。

尽管知道杨院士身体越来越差，但真正听到他去世的消息，我还是难以接受，悲痛万分。说来也奇怪，2022 年 11 月 4 日，我到湛江讲学。这是恩师涂又光先生去世十周年的日子。不知什么原因，我没有胃口，觉也睡不着，神分气散，好像冥冥之中，有一种征兆。5 日上午参加岭南师范学院特殊教育系十周年系庆活动。作完大会发言，便收到深圳大学肖海涛教授发来杨叔子院士于 4 日晚上去世的微信。当晚，我一个人行走在广州沿江大道上，江水无语，苍天无言，我泪流不止，深情地呼唤着那个熟悉的名字，那个境界高远的灵魂。我静静地回忆起与杨院士交往的点点滴滴，感恩他对自己的教导、鼓励和影响。

后来看到华科大《今日，送别"大先生"杨叔子》等报道。

称杨叔子为大先生，十分恰切，比其他称谓都好。"先生"一词，是我国几千年的敬语，也是教育的魂魄。先生，既是一种称谓，也是一种修为，一种境界。在教育界能真正配得上先生称谓的人不多，配得上大先生敬语的人更少，而用大先生来称杨叔子名副其实，充分表达了我们大家对他的崇敬和爱戴。

一、集科学家、思想家和教育家于一身的大先生

杨叔子作为大先生，大在哪里？首先表现在其集科学家、思想家和教育家于一身。

1993 年初，杨叔子院士担任华中科技大学（当时叫华中理工大学）校长。我是同年秋季攻读华科大硕士学位的。那时候，只知道他，没有跟他接触过。真正跟他接触交往，是 1999 年攻读博士学位以后。跟他交往认识后，我就邀请他来我任职的广东艺术师范学校（现广东省外语艺术职业学院）演讲。在导师文辅相教授的推动下，杨院士利用到香港开会的机会，于 2001 年 12 月 3 日来广州，给广东艺师全校师生作人文演讲，题目是《科学与人文相融则利，相离则弊》。站在露天的讲台上，他首先以我的名字作了一首诗，没有讲稿，一口气讲了整整三小时。

杨叔子院士的这场演讲，融思想、逻辑、文采、激情和诗意于一体，对科学与人文各自的特点、重要性及其相融与相离的利弊作了系统深入的论述，让人醍醐灌顶，震撼和感动了在场的一千多名师生。他高度的文化自觉，强烈的家国情怀，古今贯通、中西融会、文理会通的渊博学识，惊人的记忆力，以及富有诗意的表达，令大家叹服。当天，《羊城晚报》以"杨叔子院士羊城话人文"为题作了报道，广东电视台也作了相应报道。后来我们根据录音将杨院士的演

讲整理成文，发表在《高教探索》2002年第1期上。

这场精彩的学术报告，已过去20多年了，其中许多思想观点并没有过时，对今天中国大学教育仍具有指导意义。杨叔子院士集科学家、思想家和教育家于一身的大先生形象已显露出来。

（一）杨叔子先生是一位科学家

作为科学家，杨叔子先生是华中工学院首位当选的中国科学院院士，也是华工5万多毕业生中第一位当选院士的人。他曾担任华中理工大学校长、华中科技大学学术委员会主任、中国高等教育学会副会长、中国机械工业教育协会副理事长、高等学校机械类专业教学指导委员会主任委员、亚太地区智能制造协会主席、中国人工智能学会副理事长等职务。他长期致力于机械科学和工程的研究，在先进制造技术、设备诊断、信号处理、无损检测新技术、人工智能与神经网络的应用等众多方面获得了重要成果，尤其是他带领团队成功地解决了钢丝绳断丝定量检测这一世界难题。他还是我国智能制造的首倡者和先行者。他先后获国家级、省部级科技与教学重要奖励20余项。

像我国老一辈优秀科学家一样，杨院士有极高的文化修养。他不是那种文理分科造成的只懂科技不谙人文，或只懂人文不谙科技的人才，而是文理会通的优秀科学家，或叫大先生。他不仅在自然科学领域有深厚的造诣和卓越的成就，而且在人文学科、社会科学领域也有广博的知识和深厚的修养，对人文经典和古诗词信手拈来，出口成章，还会写诗，是一个诗人。杨院士坚持诗词创作60年，创作了约700首诗词，2017年出版了《杨叔子槛外诗选》一书。他善于在演讲和写作中引经据典，用诗词来丰富内涵，净化心灵，激发才情。这也成为其演讲和写作的一个特色。作为中华诗词学会诗教委员会主任，杨院士大力呼吁让中华诗词走进校园。

（二）杨叔子先生是一位思想家

杨院士从小就十分重视思考，注重培养和提高自己的思维能力。他经常对学生们说，上大学就是要做好三件事：学会做人，学会如何思考，学会知识及其应用能力。他不论是写文章，还是作演讲，都是思想、逻辑和文采俱全，常常会提出许多新思想。如大家都熟知的，"一个民族，没有现代科技，一打就垮；没有民族文化，不打自垮"。又如，教育要"育人而非制器"。在二十多年前广东艺师的演讲中，他就提出了许多新思考、新思想。这里择要讲两点。

第一，背靠"五千年"，坚持"三面向"。1983年，邓小平同志提出，教育要面向现代化，面向世界，面向未来。杨院士在这个基础上创造性地提出，教育工作应当背靠"五千年"，坚持"三面向"。这充分体现了他的理论勇气、教育智慧和使命担当。他讲到"四书"之首的《大学》开宗明义讲高等教育怎么办，提出"大学之道，在明明德，在亲民，在止于至善"。用现在的话来讲，就是高等教育首先要重视品德学习，要养成高尚的品德；其次要有创新能力，要使学生的个性得到全面健康的发展，也就是成为真正的、有创造性的、高尚的人。我国有非常优秀的教育传统，这就是我们说的背靠"五千年"的意思，但是有怎样的思想感情，有怎样的创造能力，有怎样的个性，这一定要符合时代的要求，要坚持"三面向"。我们的教育应当背靠"五千年"，继承、弘扬和超越我国优秀的传统。坚持"三面向"，就是要求教育要符合现代社会的要求，符合世界的要求，符合未来的要求。他强调我们高等教育应当培养中国的大学生，使中国的大学生成为有创新开拓能力的高层次人才。还具体谈到我国学生是黄皮肤，思想也应是中国的，而不是香蕉（黄皮白心）式的人。总之，背靠"五千年"，是坚实的基础；坚持"三面向"，是行动的方向。两者相辅相成，相互促进。

第二，在关键科技领域没有知识产权，就永远不能真正自立。在22年前的演讲中，杨院士针对一般情况下建国35年左右会有诺贝尔奖的获得者，而我国本土 50 多年没有出现诺贝尔奖获得者，对外技术依存度远超过欧美国家和日本、韩国，在 50% 以上，大部分关键技术依靠进口的现状，敏锐地提出如果我们在关键科技领域没有知识产权，就永远也不能真正自立。提醒我们，这种状况绝对不行。因此，他指出我们必须严肃对待此事，这就不能不反思中国的教育。现在，回过头来看，这一富有远见的忠告，如果当时得到有关部门的重视，我国今天在"卡脖子"的关键技术上也许就不会那么被动地受制于人。

（三）杨叔子先生是一位教育家

陶行知在《第一流的教育家》一文中说，我们常见的教育家有三种：一种是政客的教育家，一种是书生的教育家，一种是经验的教育家。这三种都不是最高尚的，只有具有敢探未发明的新理和敢入未开化的边疆两种要素之一的教育家，才可以算是第一流人物。我认为，杨叔子院士就是这样的"第一流人物"，一位高明的教育家。

1993 年 1 月，杨叔子院士成为华中理工大学第四任校长。此前，他连正副系主任都没有担任过。他担任校长，治校的特点，有点像清华老校长梅贻琦"无为而治"的风格。他不是依靠权力，事必躬亲，亲力亲为；而是依靠文化，依靠党委，相信同事，大胆放手。他通过人格魅力，以文化人，像春风化雨，润物无声，感染和引领广大师生，追求卓越，争创一流。

作为教育家，杨叔子先生具有系统的教育思想，其核心是教育要"育人而非制器"。他明确提出，我们的教育要培养人，培养活生生的人。如果把学生当作机器人看待，就永远不可能给予学生原始创新的能力。因此，我们要注重培养思想感情健康的、高尚的、有思维能力的人，爱祖国、爱人民、爱民族的人，能表现出原始创新能力、能开拓的人。所以，我们应当面对学生，把学生当作人看待，很好地开发学生的思维、情感、思想。

杨叔子院士担任华中理工大学校长虽然只有四年半，但成就巨大。其中最主要的，就是针对中国高等教育中多年来存在的"五重五轻"现象，即重理工、轻人文，重专业、轻基础，重书本、轻实践，重共性、轻个性，重功利、轻素质的现象，积极倡导和大力推进我国大学文化素质教育，在中国大学掀起一场人文"风暴"，为这一顺应潮流、针砭时弊、涉及根本、载入史册的中国高等教育改革做出了卓越的贡献。与此同时，使华中科技大学成为中国大学文化素质教育的领头羊，以及大学文化素质教育研究的重镇，也大大提升了华科大在全国高校中的地位和影响力。这对于杨院士这样一位理工科出身的科学家，又是理工大学校长来说，要做成这一大事，真的很难，很了不起。

值得一提的是，杨校长任上破格把被誉为"教授中的教授"的学术大家，但因种种原因到退休时仍是副教授的涂又光先生重新评为教授，返聘到高等教育研究所任教授，使涂又光先生晚年得以充分发挥学术专长，产生了广泛而深刻的影响。杨校长接触涂先生之后，深感相见恨晚，逢年过节必定登门拜访，与涂先生交流探讨，并自谦地说，涂先生是自己的人文导师。他对我们组织开展涂又光研究给予热情支持和鼓励。他与涂先生惺惺相惜，君子互敬，连去世都碰巧在同一天：11月4日。

总之，对杨叔子先生89年的人生历程作一个深情的回望和深刻的追思，就会发现，他是一个寓高贵于质朴之中，十分纯真厚道而又聪慧过人的人；他是科学家、思想家和教育家；他是中国共产党的优秀党员和共和国伟大的儿子。在他身上，科学家、思想家和教育家三位一体，有机统一，构建了其作为大先生的完整人格，成就了其卓越的人生，使他成为那一代知识分子的优秀代表，成为我们时代知识分子成长的典范。

二、大先生之大，大在哪里

上面，从特殊性上阐述了杨叔子院士作为大先生，其之所以为大，大在其集科学家、思想家和教育家于一体。下面，从普遍性上来阐述，杨院士作为大先生，大在其具有大情怀、大学问、大德行和大影响。

（一）大先生之大，大在大情怀

情怀，是支撑一个人事业的基础。没有情怀，任何人都难以成就大事。凡成大事业者，必有大情怀。在杨叔子院士身上，我们可以看到一种强烈的家国情怀，一种出乎本心的，源于对祖国、对人民，对学校、对师生，对家庭、对亲友的无私的爱而产生的不私、不虚、不妄，毫无矫情与做作的真诚、单纯和厚道。这一大情怀，正如季羡林先生说的，一是爱国，二是骨气。"君子务本"，这个"本"，首先就是爱国情怀。这是与他从小受父亲的教导和影响分不开的。这也是激励杨叔子先生成为科学家、思想家和教育家的原动力和最深沉的力量。

正是这一大情怀，使杨叔子先生在被选送到哈尔滨工业大学进修时，在气温零下二三十度的环境下，坚持每天早上四点起床读书学习，在等电车冷得要不断跺脚的情况下，仍能坚持默默地背单词、学外语。正是这一大情怀，为了能有更多的时间用在教学和科研上，他和夫人能坚持30年在学校食堂吃饭。正是这一大情怀，使他当上校长后，依然没有丝毫的官腔和架子，在上班路上仍能不时停下来，耐心听取师生的诉求。正是这一大情怀，使他狠抓教师队伍，大胆提拔年轻干部，让他们尽快挑大梁，将来担大任。罗俊、王乘、骆清铭等被提拔时都不到40岁，他们后来分别成为中山大学、兰州大学和海南大学的校长，罗俊和骆清铭还被评为中国科学院院士。正是这一大情怀，使他十分关心教职工及其子女教育，在学校经费十分紧缺的情况下，新盖了附属幼儿园，修缮了附中、附小。正是这一大情怀，使他大力支持罗俊院士团队的科研工作，在学校经济相当困难的条件下，在引力实验室外面建了一座引力大楼，使引力实验室领先世界先进水平，被国际同行称为"世界引力中心"。

类似这样的例子，不胜枚举。这里我再讲讲自己亲身经历的两件事，来进一步说明杨校长对同事、对学生的关爱以及热情鼓励。1999 年 12 月底，华科大为周济校长被评为中国工程院院士举办庆贺大会。会上，杨叔子院士朗诵了一首诗以赠，表达自己的喜悦之情和庆贺之意。会后，我们几位学生随导师文辅相教授一起送杨院士回家。路上，杨院士把学生代表送的鲜花转送给文老师。我悄悄地问他为什么，他说，文老师是我们华工的理论家，自己写高等教育研究的文章，是向他学习求教而来的。多么谦逊和厚道的大先生，心中只有他人，常念他人的好。

还有一件事。2019 年 6 月，我应邀回华科大教科院做客"院友讲坛"。借此机会，我到杨院士住家拜访，向他汇报自己近年来的工作情况，赠送了拙作《北大校徽一解》《清华一解》以及岭南师范学院校园文化景观画册《景在哪里，教育在那里》。他赠送我一本《往事钩沉》。这是他突发脑卒中后，断断续续回忆沉淀在岁月中的往事，以顽强的意志完成的带有自传性的著作。他拿起笔，用颤抖的手在扉页上艰难地写下："天高任鸟飞，海阔凭鱼跃。海鸥同志指正。杨叔子。"十几个字，整整用了十多分钟，每写一字，都像百米短跑，气喘吁吁。对学生的深情，气字互动，渗透纸背。拜访已超时。对我而言，这分分秒秒都是历史的凝固，将永远珍藏心中，化作前进的动力。杨叔子院士就是这样，总是把温暖和鼓励赠送给学生，留给后辈。

（二）大先生之大，大在大学问

这在杨叔子院士身上，体现着"做人，做事，做学问"的统一。用他的话来说，"做人是灵魂，做事是躯体，两者的融合，就是做学问，真正地做学问"。所以，杨院士的学问，不仅体现在教学、科研和行政工作上，还体现在其生活上。他的生活，处处散发着君子的人格魅力和学问的芬芳气息。

在杨院士身上，可以看到，学问代表着一种求真务实、为国为民的精神，一种严谨认真、老老实实的态度，一种求知探索、追求真理的志趣和热诚；代表着一种追求卓越、坚毅不拔、寓高贵于质朴之中的生活方式，这是需要长期付出艰苦劳动的寂寞的生活。尤为难得的是，其追求的学问，关注的不是个人利益和琐碎小事，而是整个国家和民族的大事。其学问与人生高度融合在一起，代表着一种价值取向、思维方式和行为习惯的大学文化。

著名文化学者、香港中文大学原校长金耀基在《再思大学之道》中说，大学传授与创新的知识，有"知性之知"（科学），有"德性之知"（道德），有"审美之知"（美学），从而大学将不仅可"卓越"，亦可有"灵魂"矣。杨叔子先生是科学家、思想家、教育家和诗人，在其身上凸显出"知性之知""德性之知"和"审美之知"三位一体的大学问家的画像。我们不说杨先生作为中国科学院院士在其学科专业的大学问，也不说他作为诗人的学养境界，仅就其作为教育家提出的系统的教育思想和办学治校理念，便可知其学问之大。

杨叔子院士认为，大学定位在文化里，文化的本质是人，是化人和人化，要注重以文化人，以人化文。大学的根本任务是培养人。培养什么人？杨先生提出，要培养现代的中国人。如何培养人？就是要实现从注重专业教育、科学教育转变为科学教育和人文教育相结合，在注重专业教育的同时，高度重视素质教育。如何办学治校？杨先生认为，一靠国家，二靠朋友，三靠自己。如何当校长？校长首先应把眼光放在学校发展战略上，抓办学思想，抓发展方向；同时必须在战术上可行。无前者，是近视；无后者，是盲动。战略战术相结合，学会放手，依靠集体，聚合力量。办大学，学科建设是龙头，教学是立校之基，科研是强校之路，社会服务增加大学活力。管理就是服务，要注重办出大学氛围，办出大学特色。这样，大学才成为其大学的样子。

（三）大先生之大，大在大德行

大先生之大，大在其具有大德行。杨叔子院士在《育人而非制器——杨叔子口述史》里说："我一生的体会是，学好业务、做好工作、报效祖国，是最高的德行。"从这一点来看，杨叔子先生的德行既高又大，让人不得不敬佩和爱戴。这里只择要三点阐述如下：

杨叔子先生是华中工学院的首届学生，本科提前毕业，留校当老师，成为学校最年轻的教授，成为我国上世纪 80 年代出国留学的少数教授之一。他放弃留在美国的机会，回国后继续致力于机械科学和工程的研究。1991 年，他当选中国科学院学部委员（后改称院士），带出了一支高水平的团队，取得了卓越的科技成就。

40 多年来，杨叔子先生一共培养了 100 多名博士和硕士、10 多名博士后。他们大都学有所成，活跃在各自的学科专业领域和工作单位，挑大梁、作贡献。有的成为院士，有的成为"双一流"大学的领导，有的当上了省部级领导干部，有的成了知名企业的董事长或总经理，等等。

作为第四任校长，杨叔子院士继承传统，开拓创新，丰富发展，带领学校实现了"第四个转变"，即从注重专业教育、科学教育转向科学教育和人文教育相结合，在注重专业教育的同时，高度重视素质教育，推动学校发展更上了新台阶。率先倡导在全国高校尤其是在理工科高校中加强大学生文化素质教育。他作为专家组组长，参加了首轮普通高校本科教学工作水平评估，带队到清华大学、西安交大、哈尔滨工业大学、国防科技大学等 11 所大学开展本科教学水平评估；作为教育部高等学校文化素质教育指导委员会主任，到 100 多所高校做了 300 多场人文讲座，参与听众达 30 多万人次。

（四）大先生之大，大在大影响

大情怀、大学问、大德行，必然带来大影响。先生的本质在于积极而深刻地影响学生。作为大先生，其影响力必然是积极深刻、广泛而持久的。杨叔子院士一生诗礼传家、笃志报国。他秉承"清廉爱国，师表崇德"的家训，怀揣科技报国、文教兴国梦想，在 60 多年的科研和教学生涯中，志存高远、自强不息，勤勉敬业、尽心尽职，继承传统、开拓创新，尊重他人、依靠集体，吃苦在前、享受在后，知行合一、为人表率，把毕生的精力贡献给了党和国家的教育事业，贡献给了华中科技大学，为学校的建设和跨越式发展作出了卓越的贡献。杨叔子院士是无数师生心目中的大先生，他的影响力是积极深刻、广泛且久远的。去年11月8日杨叔子遗体告别仪式上，华科大原校长李培根院士题写的挽联"攻专业究人之本人文融教育享誉千学万塾，去机心悟器之道科技和道德竟比百家诸子"，对杨叔子一生作了高度的概括和评价。党和国家的许多领导人、省部级领导，许多著名大学的党委书记、校长，不少两院院士都发来唁电，慰问家属，或参加告别仪式，这都可以看出杨叔子院士的崇高地位和巨大影响力。

集学问家、思想家和教育家于一身的大先生杨叔子走了，但其情怀、学问、德行、影响仍在，留在人们的记忆里。杨叔子先生渐行渐远的背影，是我们的正面，前行的方向。加快建设教育强国，以中国式现代化推动中华民族伟大复兴，需要更多杨叔子院士这样的大先生。

"云山苍苍，江水泱泱，先生之风，山高水长。"

原载公众号"记忆"2023 年 9 月 13 日

【主编者言】看一个丰富生命有多种视角，读相同题材文章有不同感受。当前面已有名篇高高耸立，本文作者没有却步。他从同一片土地、同一个校门出发，追寻人生的星星点点。

陈景润：永远纯真的数学巨人

沈世豪

学人小传

陈景润（1933—1996），福建福州人。数学家，中国科学院院士。1950年考入厦门大学数理系，1953年在北京四中任教，1954年任厦门大学资料员，1957年到中国科学院数学研究所工作。1982年获国家自然科学奖一等奖。发表研究论文50余篇，出版有《初等数论》《组合数学》《组合数学简介》等。

或许是缘分。1981年4月，厦门大学建校60周年校庆，我作为校友代表应邀回母校。在庆祝大会上，我第一次见到新婚不久的数学家陈景润。那一天，他坐在主席台上，脸色红润，清秀、儒雅，很是精神。散会后，我在会场外还见到陈景润和老师谈话，但不到5分钟，他就被蜂拥而来的记者包围了。

15年后，1996年3月19日，陈景润不幸去世。1997年春，厦门大学出版社邀请我写一部回顾这位数学巨人一生的长篇传记。他的人生经历，是令人怦然心动的鲜活现实，像是个神话：一个普通得有点卑微的"丑小鸭"，仅凭着一支笔和难以计数的草稿纸，怎么能够摘取数论皇冠上的明珠"哥德巴赫猜想（1＋2）"，成为世界上至今依然无人可以跨越的巍巍高峰呢？

接受任务之后，我沿着陈景润的人生轨迹走了一遍。无数鲜活的故事，让我认识了一个徐迟先生名作《哥德巴赫猜想》之外的陈景润。

今年是陈景润诞辰 90 周年。他的样子时时浮现在我的脑海——永远纯真的数学巨人。

厦大，梦想起飞的地方

人是需要平台的，就像演员需要舞台。

1950 年春夏之交，陈景润考进厦门大学。他念的是数理系，全班只有四个学生。他酷爱读书，尤其爱读数学书。有幸进了大学，他就像高尔基所描绘的"像一个饥饿的人扑在面包上"，进入痴迷状态，把所有精力都用在学习上。

他读书有一套自己制定的"高标准"，每天，除了完成老师布置的作业，还要根据学习的课程完成一批习题，少则几十道，多则上百道。他完全进入一个忘我的境界。他的老同学杨锡安回忆：有一回，突然下起了雨，同学们都飞跑着去找可以避雨的地方，只有陈景润依旧在漫步。杨锡安惊奇地问："你不怕淋雨吗？"他才恍然大悟，说根本没有感觉到下雨——他的心绪完全沉浸在书海中了。

在厦大读书期间，陈景润没有看过一次电影，也没有去过近在咫尺、风光奇秀的鼓浪屿。他嗜书如命、舍命苦读的精神，令同学们惊叹不已，于是，有人给他起了个外号"爱因斯坦"。对陈景润最了解的林群院士，曾经说过一段非常精辟的话："科学好比登山，有的人登上一座山，浏览了峰顶的风光，就满足而归了。而陈景润却不一样，同样登山，倘若上山有十条小径，他每一条小径都要去爬一次。他重视的不全是结果，而是贵在过程。直到把上山的路径全摸透了，他才会感到满足。功底、基础就是这样一步一个脚印建立起来的。"

对于从事数学研究的人来说，读书是学习，重在掌握知识；解题则是实践，贵在提升能力。两者的结合，就像苦心修炼，为后来的攻坚克难奠定了坚实基础。陈景润后来创造的神话般的奇迹，实际是建立在超出常人的深厚基础之上的。

1953 年，陈景润大学毕业，被分配到北京第四中学任教。他虽然学识精深，但如一个独行侠，习惯于在数学王国中踽踽独行，而且天性不善言辞，无法适应中学教学。对此，他又闷又急，本来身体就不大好，一年中，居然住了六次医院，后来，不得不辞职回到福州，靠摆书摊勉强度日。

一个厦大毕业生落到如此窘境，的确很无奈。时任厦大校长王亚南得知这一消息后，决定把陈景润调到厦大数学系资料室工作。

陈景润获救了！

重回厦大的陈景润，除了日常工作，就是夜以继日地读书。对于自己读书的方法，成名之后，陈景润在一篇文章中有一段十分精彩的独白：

我读书不只满足于读懂，而是要把读懂的东西背得滚瓜烂熟，熟能生巧嘛！我国著名的文学家鲁迅先生把他搞文学创作的经验总结成四句话："静观默察，烂熟于心，凝思结想，然后一挥而就。"我走的就是这样一条路子，真是所见略同！当时我能把数、理、化的许多概念、公式、定理、定律一一装在自己的脑海里，随时拈来应用。

不得不佩服，陈景润做学问脚踏实地而又不乏强烈的独创精神，居然能把鲁迅先生从事文学创作的神思之功，融入自己在数学王国的跋涉。

不少数学著作又大又厚，携带十分不便，陈景润就把书一页页拆开来，随时带在身上，走到哪里读到哪里。像华罗庚的数学名著《堆垒素数论》，有一块砖那么厚，陈景润就是一页页拆开，一个字一个字地研究，读了30 多遍，几乎达到滚瓜烂熟的地步。陈景润日夜兼程地驰骋于学术的天地里，生活被他简化得只剩下两个字：数论。

怎样做学问？中国有句古话：本固而后枝荣。陈景润做到了极致。他好似一个久经修炼的侠客，终于携剑出山，一出手，便惊世绝俗。

他将几乎耗尽心血的成果，写成了一篇关于"他利问题"的论文。对于这篇论文的水平和价值，中国科学院数学研究所的专家们，至今的评价仍然是：一个数学家一生中能有一个这样的发现，便算幸运了。华罗庚认真审阅后，感慨万千地对他的弟子们说："你们待在我的身边，倒让一个跟我素不相识的青年，改进了我的工作。"

命运，向陈景润敞开了一扇更具诱惑力的大门。

在三平方米的卫生间谱写炫目春秋

华罗庚慧眼识英才，1957年9月，他力排众议，把陈景润调到北京的中科院数学研究所工作。

初到北京的陈景润只是研究所的实习研究员，住集体宿舍，四人一间。大家都是快乐的单身汉，但陈景润却很难快乐起来。他不善于和人交往，乐于一个人独往独来，只要关起门，便可以一个人去神游那魅力无穷的数学王国。到哪里去寻觅这个世界呢？他的目光，居然盯住了那间只有三平方米的厕所。

现在提起来，那是一个近乎荒诞的笑话了。有一天，陈景润壮着胆子和同宿舍的同事商量，希望得到他们的帮助，把厕所让出来给他一个人用。当然，这个提议要给他们增添麻烦，因为，屋内只有一个厕所，室友要方便时，只好到对门的单元房中去。说完，陈景润极为恳切而认真地凝视着他新结识的伙伴。他们一齐笑了，几乎是异口同声地回答："好！好！君子成人之美！"

得到应允，陈景润立即卷起铺盖，搬到那个三平方米的厕所，而且，一住就是两年。

厕所中没有暖气，北京的冬天寒冷，陈景润在厕所的正中吊了一个大灯泡，既能照明又能取暖。明灯高悬，照亮了700多个夜晚，也照亮了科学崎岖小径上这位独行者艰辛的旅程。

他吃得更是简单。通常的食谱是：两个馒头，五分钱的菜。不过，陈景润是颇能喝水的，还有特殊讲究：开水里总要丢下几片西洋参或人参。或许，这是他最奢侈的享受了。上好的西洋参和人参他是买不起的，常用的是参须。他不止一次向人们传授经验：喝参须和人参的效果是一样的。

陈景润的习惯是凌晨三点就起床干活。小屋真好，宁静如水，连同伴沉睡的鼾声也被隔断了。他伏在床上劳作，像往常一样，灵活的思维开始悄然起步。

他把奋斗的标尺定在攻克华林问题的目标上。这一问题希尔伯特、哈代、华罗庚等人曾研究过，迪克森取得过一些进展，剩下的问题，在数论史上尚是一个空白。

攻克华林问题这一炮，会打哑吗？

他并非盲目自信，更不是蛮干。一位了解他的老朋友这样分析：陈景润的基本功很扎实，像老工人熟悉机器零件一样熟悉数学定理公式，老工人可以用零件装起机器，他可以用这些基本演算公式开创出新的定理。长期苦读，他背诵、演算的题目，可以垒成山、汇成河，他熟悉了数论领域每一朵飘逸的白云、每一缕飘逝的春风。

征程漫漫，陈景润终于跃上峰巅。1959 年 3 月，他在《科学记录》上发表论文《华林问题 g（5）的估值》，数论史上的一段空白，被填补上了。陈景润在三平方米的特殊世界中谱写的炫目春秋，镌入永恒的史册。

在六平方米的锅炉房喋血跋涉

这是中科院数学研究所那间刀把形的锅炉房，六平方米，没有锅炉，房间一角，突起的烟囱占了一个显眼的位置。进门的左侧，正好放一张单人床，一条断腿的凳子横着放倒，正好坐人。床就成了书桌。陈景润伏在床上，仍然算他的数学。这间小屋，就是陈景润最终攻克哥德巴赫猜想（1＋2）的地方。

他是1964年悄然开始攀登哥德巴赫猜想（1＋2）险峰的。虽然1966年5月发表了那篇攻克哥德巴赫猜想（1＋2）的论文，但陈景润知道，证明过程还有许多不足：过于冗杂，不简洁，还有失之偏颇和不甚明了之处。仿佛是上山的路，他上了峰顶，但路线尚不清晰，他要进一步完善它，简化它。正值"文革"时期，陈景润也遭到冲击。窗外，浊流滚滚，嚣声震天，陈景润揩干脸上被啐的唾沫，深埋所受的创伤，仍在钻研他的数论。"两间余一卒，荷戟独彷徨。"门外越来越热闹，陈景润渐渐被人们忘却了。

陈景润小心谨慎，轻易不出门。他不善于申诉，受了天大的委屈，也只是忍着。数论，哥德巴赫猜想，是他生命中最忠实的旅伴。他把房门关得紧紧的，用沉默无言筑起一道"马其诺防线"。喋血跋涉，需要超人的意志和韧性，小屋中，他几乎成了一幅凝然不动的油画，一座岿然坚毅的雕塑。

后来，中科院绝大多数人都打起背包，去"五七干校"了，虚弱多病的陈景润意外被留了下来。恰似大潮退尽，昔日乱哄哄的办公室顷刻一派宁静。长长的走廊，一到夜晚，便空无一人，空旷、寂寞，仿佛还有淡淡的忧伤。时代，似乎忘却了这座神圣的殿堂；魂不守舍的人们，似乎也忘却了陈景润。

房间里的电线被人剪断了，陈景润购置了两盏煤油灯，一盏亮着，另一盏默默守候在墙角，随时等候主人的调遣。黄中带青的灯光，把陈景润那瘦弱的身影，幻化成一张写意变形的弓，清晰地映在白墙上。他又开始了那魂牵梦绕的神游，巡视数论艺苑里的草木春秋，品评已是长满青苔的绝壁、悬崖和吊角如翅的古亭。小径如丝，系着那飘逸的云彩，还有那总是神秘莫测的群山峻岭。低头细看，脚下荆棘丛生，石阶上湿漉漉的，莫非是孤独的跋涉者洒下的泪与汗？

陈景润的草稿、手稿被那些批斗他的人毁尽了。一片废墟，满目疮痍，一切要从零开始。陈景润就是有这么一股韧劲，认准了真理，就义无反顾地献出自己所有的一切！一个人是渺小的，然而，当他把自己的一切和光照天地的真理融会在一起的时候，就像一滴水融进浩瀚奔腾的大海，就像一棵草化入气势磅礴的草原，便产生了神奇的伟力、永恒的生机。

窗外，万家灯火，一派辉煌，陈景润的小屋中，一灯如豆。灯光无言，照亮咫尺天地，照亮那深深浅浅且不乏歪歪斜斜的一行行坚实的脚印。他把所有的精力都用在真正完善和最后攻克哥德巴赫猜想（1＋2）的"血拼"中了。

那间六平方米的小屋终日紧紧地关着，夜晚，窗口上有昏暗的灯光在摇曳。人们不知道陈景润在做什么，仿佛也不屑于去知道。偶尔，陈景润会从小屋中出来，手提一个现在已很难看到的竹壳热水瓶，或者，端着一个碗口斑驳的搪瓷碗。喝水、吃饭，生存之必需，除此之外，都免了。

四年，一千多个日日夜夜，熬了多长的灯芯，烧了多少煤油，无法统计。四年，在煤油灯下，陈景润经受过多少次失败，没有人知道。人们只是在他获得成功之后，发现他床底下有十麻袋的草稿纸。

对于陈景润硬拼硬打的精神，早在1963年，他的好朋友林群院士就为之惊叹。有一次，陈景润问："一个10阶行列式，怎么知道它一定不等于零呢？别人的一篇论文是这么说的，这个作者是用什么办法来算的呢？"

这个题目要硬算，须乘360万项，至少要10年。而仅仅过了一个月，陈景润就告诉林院士："已经算出来了，结果恰恰是零，我不相信那篇文章的作者会有时间去算它，一定是瞎蒙的。"陈景润的毅力和耐性，以及敢于去碰大计算量的勇气，是一般人所不能及的。哥德巴赫猜想具有极强的逻辑性和极为缜密的推算过程，无法用电子计算机（当时陈景润也没有此种设备），陈景润仅靠一双手、一支笔，胼手胝足，终成大业，何其不易。

科学攻关讲究组织团队，发挥集体的力量和智慧，但陈景润攻克哥德巴赫猜想（1＋2）却是独自一人拼搏获得成功的，这是中外科学史上的神话。古诗云"咬定青山不放松"，关键和根本就是那个含辛茹苦、矢志不移甚至含泪带血的"咬"字！

他在喜马拉雅山山巅上行走

早在 1966 年 5 月，陈景润就在《科学通报》发表文章，证明了哥德巴赫猜想中的（1 + 2）。不过，那篇论文仅是一个摘要式的报告，烦琐且不乏冗杂之处，而且因为后来的社会动乱，并没有引起人们应有的注意。

1972 年，经过九九八十一难的陈景润，用独特的智慧和超人的才华，改进了古老的筛法，科学、完整地证明了哥德巴赫猜想中的（1 + 2），写就一篇流光溢彩、珠圆玉润的惊天动地之作。

《中国科学》杂志于 1973 年正式发表了陈景润的论文《大偶数表为一个素数及一个不超过二个素数的乘积之和》，这就是哥德巴赫猜想（1 + 2）的证明。该文和陈景润于 1966 年 5 月发表在《科学通报》的论文题目是一样的，但内容焕然一新，文章简洁、清晰，证明过程处处闪烁着令人惊叹的异彩。

世界数学界轰动了。处于政治旋涡中的中国数学界，尚未从浓重的压抑中完全解放出来，但不少有识之士已经看到了陈景润这篇论文的真正意义：它是无价之宝，是一颗从中国大地升起的华光四射的新星！

密切关注陈景润攻克哥德巴赫猜想（1 + 2）的外国科学家，看到这篇论文以后，真正信服了。世界著名数学家哈贝斯坦从香港大学得到陈景润论文的复印件，如获至宝，立即将陈景润的（1 + 2）写入他与黎切尔特合撰的专著中。为了等待陈景润对（1 + 2）的完整证明，他们把专著的出版推延了数年之久。该书的第十一章即最后一章，以"陈氏定理"为标题，文章一开始就深情地写道："我们本章的目的是证明陈景润下面的惊人定理，我们是在前十章已经付印时才注意到这一结果的；从筛法的任何方面来说，它都是光辉的顶点。"

陈景润喋血跋涉的精神，感动了所有深知其艰辛的人。华罗庚压抑不住内心的激动，说道："我的学生的工作中，最使我感动的是（1 + 2）。"

美国著名数学家阿·威尔在读了陈景润的一系列论文，尤其是关于哥德巴赫猜想（1＋2）论文以后，充满激情地评价：陈景润的每一项工作，都好像是在喜马拉雅山山巅上行走。

这就是我认识的陈景润。虽然只是40多年前，远远见过他一面。那次见到陈景润，时间虽短，但给我最深刻的印象是：陈景润并不像此前那篇报告文学中所写的那么"傻"。20多年前，我们从陈景润的老家福州市仓山区城门镇胪雷村起步，在那个名人辈出的秀丽村庄里，听到陈景润少年时的朋友和乡亲讲述他的许多趣事；然后到福州，寻觅到陈景润的弟弟陈景光，他热情地讲述了陈景润许多鲜为人知的事情；在福州仓山英华中学，我们找到陈景润的校友了解情况，居然还在该校的档案馆里找到陈景润读中学时的成绩单和借书卡；厦大是陈景润读书和工作过的地方，他的老师和同班同学，详细讲述了他们眼中的陈景润；最后一站是北京，我们在中关村住了下来，用了近半个月的时间，认真采访陈景润的家人、同事。陈景润夫人由昆女士讲述的一个精彩细节，让我的思绪突然像被强烈的阳光照亮了一样：由昆真诚地告诉我们，陈景润其实一点都不傻，他更多的是天真。当年，他非常喜欢孩子陈由伟。他抱孩子的姿势极为有趣，头朝下、脚朝上，似乎抱着一颗炮弹！说到这里，由昆还模仿了一下陈景润当年抱孩子的姿势，笑着说道："他的那个模样，就像一个大孩子！"

"数学上的巨人，其他方面都是孩子。"一个突兀而来的感悟和发现，如汹涌的大潮，几乎要把我席卷而去。真是踏破铁鞋无觅处，得来全不费工夫！我终于找到陈景润传的人物定位了。在数学领域，他不愧是巨人；而生活中的陈景润不是傻子，更像一个天真的孩子。按照这一人物定位，我开始了创作，写得很顺利。此书出版后，由昆含着热泪说："读了这本书，一个活生生的景润就站在我面前了！"这是对我最大的鼓励。

陈景润永远是鲜活的历史。他的传奇式经历，浓缩了整整一个时代的风雨。陈景润不愧是中国知识分子的典范和楷模。去世27年后，他的雕像痴情守望在母校厦门大学校园里。

理论的突破，洋溢着强烈的根本性、全局性。中国出了陈景润，令全世界瞩目；今天，我们渴盼涌现更多陈景润式的科学家。时代将会一次次呼唤他。

原载《光明日报》2023 年 5 月 22 日

【主编者言】你们的名字刻在大地上，刻在人们的心里。你们的后人跨山越海来到这里，就为了在石碑上寻找你们的名字。找到了名字，也就找到了国人的记忆、历史的肯定。

寻找你们的名字
——黄埔军校之行

梅 朵

今年八月，离开中国之前，我从贵阳坐高铁去广州，想实现我心中长久的夙愿，看一看黄埔军校旧址——这座我的祖父和外祖父青年时期就读的学校。

火车车厢里，因为没有专设放行李的地方，我的大箱子只能靠着车厢壁放。当火车转弯或者减速等等之时，箱子会偏离靠壁，沿着地板在走道里滑行起来，我不得不一次次地起身去把它重新摆好。

邻座的年轻夫妻带着一对儿女，准备了许多食物，儿子一边吃东西一边玩手机。小女儿却累得一直躺在妈妈的臂弯里睡觉，她的母亲几个小时几乎一动不动地抱着睡着的孩子，生怕自己的扭动吵醒了女儿。

坐在窗边，窗外景物飞逝，我的眼睛不由自主地流着眼泪，模糊的泪水中是我的母亲，在她的小花园里刨着土浇着水，凝视着那些植物开出的美丽花朵，是她在厨房洗肉洗菜，炒菜炖汤，每天都想着做点好吃的给我吃。离开故乡实在是人世间最难的事，每一次别离都让人异常心酸。那天清晨临走之时，妈妈因连日的劳累，身上突然痛起来，弱弱地躺在沙发上。而我却不得不出发了，多留一刻也不能。我想弯下身去，抱一抱她瘦小的身体，告诉她我爱她，告诉她要保重，不要太劳累，不要太忧愤，等着我们再回来……轰轰的车轮踏着我的耳朵向远方不回头地奔去，任我的心拼命留在故乡的小屋。我低着头，任泪水独自流，流在别人看不见的地方。

尽管广州的早晨下起了雨，大学同学、摄影家颜长江还是到酒店来接我，陪我去黄埔军校。自从校园一别，我和这位老同学就再也没有见过，直到这一天。三十年过去了，长江依然帅气，眼里却有了成熟沧桑之感。这位著名的摄影艺术家在我眼前一出现，我就想起了珞珈山校园，那时我们吹着自由的风，像鱼一样在梧桐树间的小道上穿来穿去，或去打饭，或去图书馆，或去听易中天、邓晓芒等老师的讲座。那时候，我们都不知道脚步匆匆的自己站在一个美好的时代。

因为找不到停车的地方，长江同学让我先下。雨霖霖中，我走进了黄埔军校。展厅里，拥挤着一群群穿着绿色军训制服的十多岁的孩子，来接受爱国主义教育。长江在来的路上告诉我，黄埔军校大门口的题匾是当时的物件，被保留下来的，其他都是重建的了。穿过人流我走到大门前，只见几株巨大榕树环绕着庄严的大门，"陆军军官学校"几个字苍劲有力。我一边等老同学，一边倚着榕树想象着百年前，两位祖父和他们的同代人，受过传统教育，英气勃发的青年们是如何怀着建设现代民主国家的梦想，聚集到黄埔这个小镇。我回想着黄埔军校流传的著名笑话——调皮的外公在军校厕所里躲着抽烟，校长不巧也在厕所，闻到了烟味，大发脾气："学校规定学生不能抽烟！是哪个这么不守规矩？！"吓得外公赶快出来立正报告："学生糜藕池！"校长生气地甩手出去。第二天在会议上，蒋校长严厉批评："有些学生不守纪律偷着抽烟，还说学生没有吃！"这位浙江籍的校长把操着贵州口音的学生名字"糜藕池"听成了"没有吃"！

天空阴雨绵绵，潮湿灰暗，我心中一阵温暖一阵忧伤。外祖父就读三期，毕业以后留校任教；祖父就读六期，毕业后进入上海交通大学担任军事教官。他们是如何在这里日出而起，日落收兵，如何孜孜不倦地学习从西方传来的现代知识和观念，如何思念家乡，在烛光下给亲人写信，梦想自己的前途未来。

年轻的祖父怎会想到毕业以后他将挈妇将雏，东渡留日研读法律，写出后来成为中国重要军事著作的《军事教育》；而外祖父又何尝料到几年后自己会告别新婚爱妻，北上千里，与兵临城下的日寇在忻口决一死战！

长江大概不得不到很远的地方停车，还没有过来。我在众多的游客中请一位大姐在大门前给我拍下了一张留影。我还记得这位有些苍老但长得很美的游客，她拍照的样子非常认真庄重。她也许和我一样也是怀着思念来缅怀先人的故地吧。

几年前，我表哥曾陪他母亲，我八十多岁高龄的大姑来到这里寻觅她先父的足迹。那天军校的门卫告诉我，黄埔一至七期的教官和学员名单全在军校大门口的石碑上刻着。我走到了长长的花岗石名录碑前，低下头来，在三期与六期的名单中寻找着两个深深镌刻在我内心的名字。

找了很久，却不见。名录刻得细细密密，异常拥挤，不易辨认。既然大姑找到过，我怎么会找不到呢？慢慢地，我发现这些名字的顺序是按姓氏笔画排列的。于是我数了一下笔画，很快石碑的上方一处，"阮略"二字赫赫出现在我的眼前。那一刻，我的眼泪夺眶而出，心中同时感到强烈的骄傲和疼痛：虽然祖父被夺去生命，历史却记下了他的英名。

我继续寻找外祖父。母亲来过广州，但那是在名录碑石建成的 2011 年之前。在三期学员密密麻麻的名单中我仔细地看，依旧不见字影。我心底掠过一丝隐忧，也许外公太倔强倨傲，太不"合作"，他的名字被排除在外？当我看到他的同学，鼎鼎有名的戴安澜将军的大名时，我激动起来，鼓励自己不要泄气。我突然想起，外公的姓和名笔画都十分繁复，一定在名单的末尾。我于是从名单末尾看起，果然，三期名单的最后，接近地面的地方，就是"糜藕池"三个字。这个我和母亲无数次书写过的名字啊，我一下扑在石碑上，抽泣起来。这是他给自己取的名字——藕池，他希望自己像莲花一样纯洁无瑕。"你做到了，外公，你不仅以你的英勇见证了你的血性，而且以你的死亡见证了你的信念：宁为玉碎，不为瓦全。外公，你的名字多像一朵高贵的莲花啊！"我轻轻抚摸这三个笔画繁复的汉字，喃喃低语。这时我更加明白了母亲为什么把她的笔名取作"莲子"，这位早逝的父亲在她的生命中似乎从来没有缺席过。

参观的游客依然三三两两地冒雨走进军校旧址。我背对着他们，没有人看得见我长泪沾襟的表情。这时，手机响了，长江在电话里说："你在哪里啊，打了你半天电话你都不接。""我没有听见啊。"我对走过来的长江说，"你快来看，我找到了找到了。"记者出身的长江看着我湿润的眼睛，遗憾地说："可惜了，没有拍到那一瞬间你的样子！"

我把他牵到我祖父的名字前，手再次抚摸着它，再次抑制不住地热泪盈眶。就在这一瞬间，长江也为我拍下了一张留影。

在我外公和戴安澜将军的名字前，我们深深地鞠躬。长江说："能够和你见证寻找先辈名迹的时刻，多么有幸！"

我曾写过一些回忆家族的文章，其中有一个细节是关于外婆在外公遇害以后，带着六个孩子难以生存，被迫把一个女儿送给了一个广东人家抚养。在长诗《外婆的旗袍》里我这样写道：

> 她在街边支起了菜摊。
>
> 清晨四点，推着板车去进菜；
>
> 深夜，当孩子们睡了，
>
> 她在为别人家洗衣服，
>
> 也要完成为志愿军打鞋垫的任务。
>
> 亲戚看她太穷困，苦劝她
>
> 把最小的女儿送给成分好的人家。
>
> 外婆带着妈妈
>
> 去看送出去几个星期的女儿小胭。
>
> 小胭好像不认识母亲和姐姐了，
>
> 在养母的身边久久地打量着来客。

突然，她用力挣脱养母的手臂

大哭着喊：

"妈妈，妈妈，我要妈妈！"

跌跌撞撞地扑向母亲的怀抱。

外婆一把搂紧小女儿，

流着泪狂吻她娇嫩的脸。

在外婆的旗袍上，

小胭闻到了熟悉的乳香，

她依偎在妈妈的怀里和姐姐玩，

幸福地笑了。

外婆的胸口上沾满了女儿的泪水、

口水和欣喜天真的笑容。

那次离别后，一别六十多载，

母女再未相见。

有时我在猜想，外婆临终时，

是否想起她的旗袍身边

娇嫩幸福的小胭？

　　妈妈告诉我，小胭的学名"糜崇胭"被收养她的家庭改成了"赵筑萍"。长江同学曾建议我去广州寻找母亲的这位妹妹。那天，我再次想起小胭，外公外婆流落在外的女儿是否还在广州？她是否知道，她的亲生父亲曾在她成长的城市度过青春年华，在黄埔军校旧址上，留下了永恒的英名。

　　长江一直送我到机场，并请我吃了地道精致的广州菜。粤菜清新自然，细腻爽口，我细细地品尝。祖国的美食，同学的深情厚谊，陪我走到了最后的边境线上。

　　现代亮丽的广州白云机场，是中国最繁华热闹的国际港湾之一。但是，那天我看见进出的人流非常稀少，像一片豪华的沙漠。灯火辉煌的通道里是无数奢华的店铺奢华的商品，丝绸、瓷器、名衣，却几乎没有顾客流连。飞机起飞延迟了好几个小时，乘客在机舱里等着，雨水沿着窗蜿蜒流淌，我的心中一直响着一个旋律，罗大佑的《闪亮的日子》：

我来唱一首歌　古老的那首歌

我轻轻地唱　你慢慢地和

是否你还记得　过去的梦想

那充满希望灿烂的岁月

你我为了理想　历尽了艰苦

我们曾经哭泣　也曾共同欢笑

但愿你会记得　永远地记着

我们曾经拥有闪亮的日子

原载公众号"梅朵雅歌 2" 2023 年 9 月 22 日

【主编者言】山，与人类息息相关。不但以它的伟岸身躯影响着我们的生存世界，还以某种文化的象征、文化的传承影响着我们的心灵。其中又有多少故事任我们拾取。

巴颜喀拉

王剑冰

一

巴颜喀拉，当这个陌生的词语第一次撞进我的视线的时候，我就感觉到了它的亲切。它竟然同我身边的一条大河紧密相连。那滔滔滚滚的一莽浑黄，如何从一座雪山流下，千万里奔涌？那是一种崇敬的感觉，一种憧憬的感觉，一种遥不可及的感觉，它很快就由儿时的课本存入了我的记忆深处。

巴颜喀拉，它像一首诗的名字，它该当这奇妙而美丽的名字。

总以为那是一座很具体的山，具体到能够想象它满身白雪铠甲、昂然独立、峭入云端的形象。当对事物已经形成一种认识，那根深蒂固的认识，总是会颠覆无数试图改变它的可能。

真的是不到这里，不知道山之高，不知道天之大，不知道原之广。原以为很快就能看到那座心中的神山，不就是高高地耸立在一片凸起之间？但不是，那不是一座独立的高峰，那是一列山脉，是一片连绵不断的凸起。层层叠叠，无限往复，让你觉得永远都无法翻越。

巴颜喀拉，它竟然从西北向东南绵延1500里，而大部分地区海拔在4000到6000米之间。整体上的地势高耸，雄岭连绵，构成一种十分恢宏的景象，显现出不动声色的大手笔。

这才是众山之祖的风度，众山之祖的尊贵，众山之祖的气势！

正是这种高原上排兵布阵的大手笔，巴颜喀拉一年之中竟然有八九个月的时间飞雪不断，冬季最低温度可达零下35℃，而且空气稀薄，许多海拔5000米左右的雪山有经年不融的皑皑积雪和终年不化的冻土层，即使我来的八月，最高气温也不过10℃左右。

二

我在青海省的地图上很容易地找到了巴颜喀拉，它是昆仑山脉东段南支，西接可可西里山，东连岷山和邛崃山，整个构成一道绵延不断的隆起，而雄伟的巴颜喀拉的作用，在于它成为长江与黄河源流区的分水岭。

它的北麓约古宗列曲是黄河上源之一，南麓则是长江北源。于是便出现了"江河同源于一山"的说法。尽管有将长江的源头归为唐古拉山和昆仑山之间，但是长期的影响中，人们还是不能抹去那种久远的定论与传说，我学的课本上，就是将两条大河的源头都归为巴颜喀拉。

一山出二水，这是多么重大的担当。即使后来要被分走一水，生活在这里的人也明白，在巴颜喀拉这广大的区域中，无数终年积雪的高山峻岭，处处是冰川垂悬。只在强烈的日光照耀下，有些冰雪才会消融成水，汇成溪流，而那些溪流分不清到底有多少，到底哪一条归向了哪里，先前的定论不也是考察的结果？也就是说，不可能到这里就能看出明显的一条流水。那么，后来的科考要将长江之源从巴颜喀拉拿走，也并不影响这座山的沉厚与神圣。

古代称巴颜喀拉为"昆山"，又称"昆仑丘"或"小昆仑"。《山海经》有记载："海内昆仑之墟在西北……河水出东北隅。""出于昆仑之东北隅，实惟河源。"可见从我国远古时代，人们就已认定巴颜喀拉山为黄河的发源地。

我一路上想，如此雄伟高耸的一列山脉，横挡在西域与内地之间，那么，古代的吐蕃人要想去往内地，或者从内地到青藏高原的深处，就必然要翻越巴颜喀拉山。

好在聪慧而勇敢的古人找到了一处最佳的翻越处，那就是山脉中部鄂陵湖以南的巴颜喀拉山口。

只有山口才能通路。

我们的车子正在翻越这道山口。大马力的车子还是觉出了费力，不停地轰鸣着，一次次变挡，一次次加大油门。有时候觉得它已经气若游丝，还是喘吁吁地一点点翻上了一道陡坡。而人在车上，真的是绷紧了神经，同它一起使劲。在这里只能加油，不能泄气。

在这样颤颤抖抖的努力下，车子终于一圈圈地翻了上去。

高处再回看那条曲折如布带的山道，已经落满了雪，飘飘逸逸似洁白的哈达，悬在神圣的山前。

我的内心充满感怀，这就是我刚才翻过的地方，原来再高的山上也有雪的飘洒。原以为雪早已凝固，凝固在亿万年之前，原来雪还能在这样的地方变活，变成纷扬的舞，同我所在的中原一样。只不过这里最早承接了它的降落。

我为我幼稚的想法笑了，就像我先前以为，这一片高原上的石头同中原的石头是不一样的。到了这里看，没有看出什么不同，也是该圆的圆，该尖的尖。

三

海拔 4824 米的巴颜喀拉山口，它两边的山峰，海拔应该在 5000 米往上。这里离天尤其近，一块块白云从头顶飞过，伸手就能抓住一块似的。

天如此蓝，蓝得如湖水倒映。云又是如此洁净，像是刚从万年冰挂拉丝出来。甚至感觉连风都晶莹透亮，湿漉漉地吹在脸上，立刻如粘住一般。

"纤尘不染"，只有用在这样的地方才最合适。

看不到一只飞鸟，鸟们可能感觉飞不过去吧。在山顶也看不到活物，一切都是沉寂的，只有微动的云和猎猎的风，让你感到地球还在运行。

道路的两边，有高高的玛尼石堆。让人想到，就是再艰难，藏族人民也要将自己的虔诚献上。还有神圣的经幡，五彩的条幡发出呼呼啦啦的声响，同远处常年不化的白雪形成反差。不知道谁将它们竖起来，如何竖起来。而后不断地有成串的彩旗挂上去，彩旗印满密密麻麻的藏文咒语、经文、佛像或吉祥物。

那些有序扯起来的或方形或角形或条形的小旗，苍穹间迎风飘荡，构成一种连地接天的境界。

我曾问过文扎，文扎说，经幡也叫风马旗，音译就是隆达，"隆"在藏语中是风的意思，"达"是马的意思。藏族人民认为雪域藏地的守护神是天上的赞神和地上的年神，他们经常骑着马在崇山峻岭、草原峡谷中巡视，保护雪域部落的安宁与祥和，抵御魔怪和邪恶的入侵。所以在布条上，印一匹背驮象征福禄寿财兴旺火焰的马，也就是"诺布末巴"。

文扎说，五色经幡在藏族人民心中，白色纯洁善良，红色兴旺刚猛，绿色阴柔平和，黄色仁慈博才，蓝色勇敢机智。

文扎他们从车上拿了绣着吉祥图案的缎布和哈达，到离山峰最近的地方去了，那里的风更大，也更寒冷。

远远地看到他们几位在那里祷念，彩色的缎布和洁白的哈达被挂在了高高的经幡上。而后他们手中的风马旗一片片飞升起来，一个个口中念念有词。那些小旗子，一时间随着山口的狂风，飞洒成漫天的花雨。

我往前走了几步，身上的防寒服被强烈的寒风吹透。

空气稀薄，呼吸急促，站立在蓝天和雪山下，站立于经幡旁，会感到人有时很渺小，有时也很高大。我何尝不是垫高了这里的海拔？

呆呆地望着这道山口，望着直插苍穹的山口处的高峰，很难想象，亿万年前，这里曾经是一片海底世界，它躁动着各种可能，但绝不会想到会躁动成今天的模样。大海退去，高峰涌起，涌成了高不可攀的世界屋脊。所有的石头都经过海的浸泡，所有的石头都曾经是最黑暗的一分子。现在，它们裸露着，坦然于风雪，高耸于天地。

而这里，就是西域连通内地的唐蕃古道的必经之地。

公元 7 世纪初，吐蕃赞普松赞干布统一了青藏高原，与当时的唐王朝建立了友好关系，并多次向唐王朝请婚。这就出现了历史上一位伟大的女性——文成公主。贞观十五年，也就是公元 641 年，唐太宗派出一支隆重的车队，护送文成公主入藏和亲。以后，唐朝又遣金城公主入藏，嫁与尺带珠丹。公主入藏及唐蕃通使的隆隆车辇，就是经由巴颜喀拉山口，前往吐蕃首都。

当年，按照精心计划的行程和交通条件，文成公主正月从长安出发，走到这里，正是草原上鲜花盛开的最美季节。越过巴颜喀拉山口，地势就越走越低，氧气也越来越足。

从长安一路辗转艰难，多少天日，风霜雨雪，凛冽的寒风中，辚辚车马走过这里，文成公主下车了。

还是在山下的鄂陵湖和扎陵湖，迎候在那里的松赞干布为她举行了声势浩大的欢迎仪式。像两只天眼的鄂扎二湖，晶莹碧透，湖边排开彩色的帐篷和欢乐的歌舞。松赞干布以草原最高的礼节，迎接尊贵的文成公主。这是文成公主第一次领略到草原的胸怀与热情，那么，她也要以大唐帝国的胸怀，将身负的责任传递下去。她知道一个弱女子的行为，将决定一方水土的安宁与祥和。

她表现出了大唐公主的大方与磊落，同样热情地接受了松赞干布的友好。面对远处的一列山峰，她仰望了好久。松赞干布告诉她，那就是巴颜喀拉，是雪域百姓心目中的圣山。哦，一路上看到的那道巨大的屏障，现在终于要从它上面翻过去，翻过这最艰难的路段，就离吐蕃首都不远了，就会结束这漫长而艰辛的旅程。

现在在巴颜喀拉山口，文成公主下车了，大唐公主也要入乡随俗，她在高矗的经幡处献上吉祥的缎布和哈达，抛撒一片片风马，以表示对巴颜喀拉的景仰和对藏族人民的爱戴。她的举动，感染了周围的人，包括威武豪壮的松赞干布。人们也跟着她舞动起手臂，让巴颜喀拉一片辉煌。

车队再次启程，隆隆越过这横亘在吐蕃与内地之间的巍巍山峰。

文成公主与松赞干布和亲，带去了不少汉人的生活习俗，并且带去了茶叶。自此藏族人民完全接受了大唐的这种优雅的叶片。他们将这种叶片加入酥油和盐巴，在锅中烧煮，便有了藏区的保健品——酥油茶。酥油茶成为藏族人民除食品以外的主要饮品。可以说，文成公主不仅是和亲的具体实施者，还是一位文化使者。公主到达雪域高原之后，就有了"一半胡风似汉家"的说法。

我站在巴颜喀拉山口，望着起伏的雪山峡谷，似乎还能看见那隆隆的车队和猎猎的彩旗。历史就那么远去了，一代代的人走过这巴颜喀拉山，巴颜喀拉山却还是这样，经年飘着皑皑白雪，刮着猎猎山风，独立于世。

四

巴颜喀拉，蒙古语的意思是"富饶的青黑色山脉"，文扎说藏语叫它"职权玛尼木占木松"，意思是"祖山"。看来藏族人民最早对它的认识就是众山之祖，而大河之母出于众山之祖，就是对的了。

黄河的源头在麻多，那是玉树藏族自治州曲麻莱县的一个乡。但是我们走的大部分区域都在果洛藏族自治州的玛多草原，也就是玛多县域。这实在是让人糊涂。如果不看字，只听音，就会以为是一个地方，看了字才知道麻多和玛多其实不是一码事。

文扎说，果洛在大的区域内属于安多藏区，而麻多接近康巴藏区。文扎还说，麻多和玛多，翻译成汉语都是"黄河的源头"，就是汉字的写法不同，用藏文来写这两个地名，麻多和玛多是一样的。

我对于区域是糊涂的，但是我在这里明白一点，就是麻多乡的地域十分广大，那不是内地的乡镇，走不多远就到了另一个乡镇，麻多乡的地域，甚至比内地的一个市县还大。

在巴颜喀拉，人们对于黄河源头始终很难确定，因为很多的山麓都有水流，先确定的卡日曲，是从麻多的智西山麓流出，后来确定的约古宗列曲，是从雅拉达泽峰东北麓约古宗列盆地西南缘流出，这两座大山都是巴颜喀拉的支脉，属于古老的玛多草原。我查了百度百科，上面是这样说的：黄河发源于青藏高原巴颜喀拉山北麓海拔 4500 米的约古宗列盆地。还配有图片，图片的说明是："约古宗列——黄河正源"。

去约古宗列曲比去卡日曲还要远，路上文扎停下车子，等后面的车子跟过来，说拐向另一条路就是卡日曲，要先去卡日曲，再去雅拉达泽峰可能天就黑了，路上的情况很难确定。大家商量后同意文扎的意见，先去约古宗列曲。

约古宗列曲与卡日曲中间只隔着一座大山，但是要翻越这座大山，并非易事，还有漫长的路要走。那么，到卡日曲的人相对多一些，牛头碑在那里。约古宗列曲就成为一个向往，很多人无法到达。听说这两年去约古宗列曲的人多起来，说是多起来，路上也没有碰到一个。

我们说的雅拉达泽峰，位于巴颜喀拉山西端，主峰海拔 5214 米。"雅拉达泽"藏语意为"牛角虎峰"，雪峰拔地冲霄，极像是长了牛角的虎头。雅拉达泽峰统领着雅拉达泽雪山区数十座海拔 5000 米左右的雪峰，可想其壮观的景象。这片雪域是三条大河的分水岭，现代冰川十分发育，成为各大河流取之不竭的水源。雪山东侧的水网汇成黄河，西侧发育了长江上游通天河系，北边是内陆河格尔木河的源头水系。

我无法看清这片群峰耸峙空气稀薄的严寒雪域的真实面目，觉得它已经是世界的尽头。

黄河源头就在雅拉达泽峰的怀抱里，其四周都高，唯有那里是低洼的，所以叫约古宗列，意思就是藏族人民用的锅的底部。要到达这个"锅底"，还真是不容易，不知道要翻越多少道山岭，曲折迂回，过坎越涧。而你必须要想着，这可是在海拔四五千米之地，实际上就是在巴颜喀拉山脉中穿行。几乎没有什么道路，有的只是牧民与牛羊走过的并不明显的小道。是的，再高再艰险的地方，也有生命生长。

在这群山连绵的巴颜喀拉山脉中，我竟然能看到山的褶皱间偶尔出现的斑斑黑点，黑点中夹杂着白点。我知道，那就是被人们称为"高原之舟"的牦牛和举世闻名的藏系绵羊。巴颜喀拉的雪线以下，生长着大片牧草和灌木，是高原草甸动物群落的天然良园。

我曾经遇到过骑着马儿的牧民，他们黝黑的脸上有着两个暗红的"小太阳"，那是高原留给他们的印记。他们乐观而自在，高嗓地吆喝着他们的"子民"，放声地唱着自编的曲调。他们就是这片山野的主人。

我还见到过藏包前的女人，那是跟着男人一同放牧的妻子。她们守着藏包，守着孩子，让一缕孤独的炊烟袅然飘起。而她们自己却没有孤独感，幸福就是陪伴，幸福就是这无边无尽的大山，是大山中的一天天一年年。

不要单单去想巴颜喀拉的冷峻，其实它同我们中原的山一样，饱含着温情。在巴颜喀拉广大的怀抱里，雪山绵亘，冰川逶迤，湖沼广布，群泉出露。仍然生长着松柏和云杉，并且生长着虫草、贝母、大黄等名贵药材。而野驴、野牦牛、藏原羚、岩羊、白唇鹿、黑熊还有狼和雪豹，更是出没于山林雪原。在它碧绿的湖水中，有着高原特有的二十多种鱼。

也就是说，这绝不是一片冷酷无情的区域，而是有血有肉的可亲可感的境界。

约古宗列之地，甚至是舒缓的，起伏得十分自然，没有让人有一点惊惧的感觉。那么，你将它视为仙境，它就是仙境，把它看作凡间，它就是凡间。我想，体会最深的，就是那些常年生活在其中的藏族人民。

我已经进入了巴颜喀拉的深处，这片地域实在是太高，高到让你感受不到你的所在，就如你远远看着一座高耸无比且十分陡峭的山峰，上去才知道有那么多的平缓一样。

在黄河上源之一的约古宗列曲，我再次看到了那高高矗立的经幡。似乎那种五彩缤纷是天生的，天生就屹立在无人知晓的天界。

五.

文扎他们还站在那里，文扎的大胡子沾了一层的雪粒，沉重地随着经幡飘展，那个塑型非常严肃。

他们那么长久地对着一座山一座经幡，一定是抒发不尽内心的虔诚。他们是懂得经幡的，每一个生活在这里的人都会懂得。我尚未完全知晓，但我能感觉出它的表达，那该是人类不屈不挠的象征，是人类对于高山雪峰的祈愿，是俊美山川的突出展现。

雪越发大起来，飘飘洒洒的雪粒，带着沙啦啦的声响，似山体在轻微地颤动。随即又变作棉毛样的雪团，一团团纷扬了整个世界。

巴颜喀拉，随着雪在舞动，或者说，与雪融为了一体。

原载《鄂尔多斯》2023 年第 1 期

【主编者言】当一种物件超越实用，就进入了审美。随着投射在审美对象身上的凝视，眼光渐渐内化为冥思。这个物件和冥思的过程一起，就有了宗教般的抚慰人心的力量。

透瓷冥思

万仁辉

旧时，瓷与磁通；而后，磁字有另一层面的广义升华，这一汉字常常出现在科学技术、理论物理等文库中。然而，在陶瓷文化研究领域，它们仍旧相通，只是磁与瓷已渐行渐远，而瓷与陶则糅合为陶瓷的大概念。

上世纪七八十年代，东西方都曾流传着手握水晶，凝神许愿，皆得以偿的说法。我曾于多种参考文献里读到过有关上述内容却寓含了西方珠宝商人的潜广告的科学小品文。

然而，无独有偶，早在我读到上述介绍文章之前的六十年代初，我已观察到类似的一种文化现象——我国上层社会也短暂流行过一段握瓷玩瓷，冥想许愿的小风潮。由于随后席卷而来的社教运动和紧接着的"文革"风暴，这一小风潮很快无疾而终。记得我和老师所在的小美研室有个王筱兰老师，是当时少有的女性陶瓷美术设计师。她的画桌就在我和我老师的画桌后面，我的老师有时外出，就委托她教我。我常常看到她手握瓷珠子静坐或肃立于窗前，或凝望苍天，或闭目沉思，有时甚至仿佛念念有词。其中玄机和奥秘，她从来也未向我们说过，但她曾向我们讲述过她小时候的与此文化行为相关的真实故事。

王筱兰老师是民国时期"珠山八友"之一的王大凡老先生的小女儿，据说自小孱弱多病。有一次她无端晕厥过去，直至请来大夫都无济于事。大人们在一旁恸号而慌乱无措，眼看回天无力，在场的一亲戚知道她喜欢玩瓷珠子，竟于情急之中拿来一粒瓷珠子塞到她的手里并呼唤她的名字。奇迹居然出现，她慢慢苏醒过来，给破涕为笑的大人们还以一个微笑。从此，瓷珠成了她的护身符，据说一直佩戴到成年。

1964年初，记得是时任景德镇市市长的尹明和陶瓷生产销售方面的官员叶银、王岱宗，在艺术瓷厂党委书记方哲夫与厂长张松涛的陪同下来到小美研室，他们从提包里取出七八颗已烧制成瓷的高白釉果，那些釉果洁白温润、莹亮通透，如今回想起来，其质感之凝重可能不输于羊脂白玉，让人见了，有恨不能吻之舔之的冲动。这些釉果，小的盈寸，大的七八公分，都是不甚规则的自然流铸球体，挺像小馒头或扁蛋，少数接近规整圆球。据我想象，这些用纯高白釉果烧制成的小球，在高温烧至熔融状态时会软塌甚至扁平流动，因为它们里面肯定没有用瓷土做骨架，否则不会有这么通透。然而，他们显然成功地完成了这科学和艺术的创造。我不知道他们怎么能在烧成时控制得这么稳定，而且釉果与承托窑具（匣垫）接触面经过精心的抛光处理。

他们拿来这些釉果是为要做釉上彩绘。由于方哲夫书记和张松涛厂长的推荐，他们要求涂菊清老师画小鱼和青蛙，邓肖禹老师画草虫，其中一个最大的，想请王筱兰老师画仕女。但王筱兰老师有个条件，她要求留下一颗，哪怕是最小的。然几经交涉而未果，因为领导们说，这些都是要尽快悉数交给省领导甚至转中央的。但他们承诺，过些天，还将请老师们去红星瓷厂画些釉下青花和釉里红的瓷釉果，届时，可以协商叫他们多做一两件。后来，这一承诺果然兑现。张松涛厂长辗转取回了一件涂老师画的釉下青花《青蛙水藻》釉果：一只活泼的青蛙伸展四肢，在水藻间游弋。青花钴料，透过肥厚白腻的釉层，折射出的青蛙，活脱脱像在水里，确实爱煞人。但是最终，这件宝物并没有到王筱兰老师手里，其踪何处，不得而知。然而至此，自上而下，已有对这些器物的公开传说：上层不少高级领导特别是他们的夫人非常喜爱；据云常常把玩之，可以清心益智，诸愿得偿，延年增寿，神验胜过玉器、宝石。倘真如此，我不知道他们是否也会有像王筱兰老师一样的透瓷养神冥思的行为过程。

上世纪八十年代初，我在九华山皈依仁德大法师，被赐法名圣晖。因我名字里有个辉字，大法师摸着我的头顶，沉吟示偈："……连你，我现在有两个弟子叫圣辉，你有艺名仁晖，就以晖字区分吧。我这两个弟子都将成就大事……"后来，尽管辉、晖通用，但他与我就像磁与瓷——师兄圣辉成了中国佛教协会副会长，他升华为常常出现在政治和宗教新闻报道中的明星；而我，只是默默无闻地玩着我的陶瓷和收藏。

皈依翌年，我亲手为仁德大法师绘制了一张彩色瓷板画像并亲奉九华山。临别，大法师问我生活中最喜欢什么。我答曰："陶瓷！"大法师点头嘱曰："既是所爱，当常怀之，常佩之，常抚之，常握之，乃至于打坐冥想之时……"于是取出一串佛珠赠我。我一看，陶瓷的，而且仅从其沉着内蕴的宝气看，便知是件传世灵物。其实，我并没有明白大师的偈嘱，只是心中暗惊：难道透瓷冥思真有佛缘禅机？大法师洞察一切？后来我才知道，佛学中特别是南传佛教的冥思之修，是贯穿于修持者全部生活的意识行为和下意识行为中的全天候功课。亦因而，又联想到两千三百年前屈原《楚辞·九章》中"怀瑾握瑜兮，穷不知所示"的妙义，应该不仅仅在于对人和玉之美德的赞叹或对社会的质疑，更应是出自心灵的感验和对于完具"瑾瑜之德"的崇拜物——瑾、瑜与人的本质关联的一种求索和考问。

我一直朴素地坚持着对陶瓷的热爱。每每收藏到一件得意的藏品，或小碗，或小碟，即便是寒冬腊月，深更半夜，我也会坐在案前或床头，抚之握之，缕析把玩，怀爱呵护，乃至遁入遐想冥思，通宵达旦，不能自已。妻子一觉醒来，不厌其烦地催促埋怨，我皆若罔闻。

每当于此，我常常若有所悟，但始终无法参破。我不认为这是什么绝对的秘密修持，我从未企图从而有非分的获益，只希冀并且确实求得了心境的宁静和超脱，犹如燥时饮冰，渴时啜露！我想，这可能就是王筱兰老师的"无语偈"的解析，抑或为仁德大法师"常怀之，常佩之，常抚之，常握之，乃至于打坐冥想之时"的偈嘱的契合应验。因为瓷器不仅是"山川之精华"——它经过对瓷石坯釉配方成型的高温熔炼，而杜绝一切天然辐射源；它又不仅是简单的"人文之至美"——宋应星《天工开物·陶埏》云："共计一坯工力，过手七十二，方克成器，其中细微节目，尚不能尽也。"故它更融汇了众匠的造物智慧，赋之以多人的精神加持，也就能助你"坐驰役万景"，进入观照和冥想的统一境。

在理论物理领域，我连个初级"民科"也算不上。但我觉得，唯物论只能解释客观现象即已知存在的事物，它无法解释非客观现象和未知的存在。从弗洛伊德心理学的角度看，这些看不见的世界，似乎更接近人类的本质。且我认为，人类终将自由进入这个看不见的世界。其实，人类对世界，对宇宙，包括对人自身的了解实在是太少而又太少。钱学森院士曾说："我们应该清醒地认识到，人体科学的研究是非常难的，就我现在的认识，也可以说其难度是最大的，是今天科学技术里面的珠穆朗玛峰。"……更况乎无穷宇宙和宇宙物质。

我不知道为什么"热释光"于陶瓷器物在未经 X 射线等后天纷扰的情况下能测探它的烧成年代，但这起码说明陶瓷具有与外界沟通的潜在能量或某程度的感应释放；不管它是通过磁场的方式，还是透过量子力学概念内外的微物质或超物质包括所谓暗能量等方式，它也一定能透过这些但不限于这些方式与人沟通并影响人，且和玉、水晶等宝石对人的影响一样，或者"异曲同工"，同时让这些影响臻于美满。经过人类数千年来无形的体验证明，此种沟通和影响，大大有甚于而又有别于宇宙辐射对于太空种子所施影响之微妙。

冥思、冥想，不是梦想，也不是一般的静思和深思，它是一种超思维的境界，一种非常禅境。弗洛伊德认为："那些看不见的世界，无疑是人类感情的抒发地，梦就是典型的例子。梦想表现了人类无意识的欲求、愿望和矛盾，这也是自我本能的构造。"我不知道西方人是否尽做"黄粱美梦"，但至少我承认即使是"噩梦一场"，也正是"本能构造"的"无意识的"其实也是"潜意识"的"欲求、愿望和矛盾"的表现，它受"本能构造""无意识""潜意识"支配和驱使；而冥思、冥想则是不被"本能构造""无意识""潜意识"所支配和驱使的，而且这种"无支配""无驱使"是非主观控制的，非意志力施加的。因而，实现冥思、冥想的无思维的"无意识境""超意识境"并非人人都能轻易做到，它需要通过漫长的修习。我的切身体验是：最初，它还必须诚实地通过心理学上的积极想象和意识介入的有为功夫，慢慢过渡到心理学以外的消极接纳、精神虚无的自然发生，进入禅定。这可能正是南禅大师南怀瑾先生的"安那""般那"法门中的"息"和"止息"的境界，由此境乃至入"光明定"而毓养神识；《黄帝内经》忠告，"得神者昌，失神者亡"。此修，极可与老庄道法的"存想""精思"有相当意义的关联契合。

《人类简史》作者赫拉利曾在多个场合表示，冥想，才是真正看清世界本质的好方式，甚至认为，没有冥想，他写不出《人类简史》和《未来简史》。他说："相比科技工具，冥想让我从信息超载中抽脱出来，让我得以观察并且思考真正重要的事情。"有不少专家承认，"冥想可以改变基因表达"，包括令保持染色体完整性和控制细胞分裂周期、决定人寿命长短的基因端粒延长。

英国诗人威廉·布莱克在《天堂与地狱的婚姻》中指出，"同一棵树，愚人和智者所见不同"，所揭示的就是境界差别。这与中国的"见仁见智"类同，只是"'仁者见仁，智者见智'说"，比布莱克的"'愚人与智者'说"要博爱得多，且洞析了以大视小谓之仁，以小视大谓之智的方法论。布莱克有首四行诗："一沙一世界，一花一天堂；掌心有无限，瞬间有恒常。"所道出的物我关系与六祖惠能的"菩提本无树，明镜亦非台；本来无一物，何处惹尘埃"颇有暗合之妙，而惠能之物我两忘、无我无物的境界比布莱克的唯我、本我的物我观又高出一个层次。

冥思、冥想的标准境态，起码是物我两忘，超物、超我的空灵境态。至于此时的灵魂和躯体，是否会各相另有作为，甚至于异地做功，到目前为止，我不敢苟与人同而曰"是"，当更不容吹嘘、造作、玄化之。量子纠缠的理论，难道还不够石破天惊？尽管它是否与心灵感应有关我们暂不得而知。科学和生命未知的东西太多太多，人之所怀、所佩、所抚、所握之物，与人心身的无形互动影响，肯定是存在的，更况乎人沉浸冥思冥想之中。当然，它不会像持有放射性物质损寿害命那样显剧暴烈，相反是延年益寿于隐微长效之中。瓷，不可能是一种威力无边的法器，透瓷冥思，也不是一门通天入地的法术，它也不可能预卜吉凶，透视未来；但我绝不怀疑，透瓷冥思，即便试图浅尝临验者，也能愉悦心神，丰益修养，积聚能量，实现愿景。

原载"学者网" 2023 年 4 月 30 日

【主编者言】在等价交换为基本原则的世俗社会，看惯了锱铢必较，一点物质的溢出可能会撞入了精神层面。当然不在价格的估算之内，却携带某种超越物质的更珍贵的东西。

南瓜酱

徐南铁

最近去省中医院住了十几天。正是广州疫情紧张的时候，医院里的病人比平时少了许多。住院部不让探病，也不让住院的病人出病房，因而病房里连走廊都冷冷清清。病人每日里能接触到的就是医护人员，除此之外，就可以用形影相吊来形容了。幸好病房的窗口视野开阔，遇到晴天可以欣赏朝阳喷薄，阴天则可以遥望压城的漫天阴霾，体验疫情笼罩下的城市心情。

中医院除了服用中药，还有很多传统的"外治"手段，如扎耳针、敷穴位、拔火龙罐、浸泡等等。而且如今的中医也吸纳了西医的现代手段，有各种检查、治疗仪器。这一切都要护士来操作，因而病人与护士们相处的时间就比较多。

遇到一个从外地来进修的护士小温。小温三十岁左右，白净的圆脸，说话有很明显的赣南口音。一问，果然是从那边来的，于是平添了几分亲切，难免多聊几句。我与她的世界相去甚远，在此之前，时空都没有任何交集，好在我当知青时在赣南山区插队落户多年，对那里的风土人情很熟悉。离开之后又曾回去做过苏区文艺调查，赣南的18个县市都跑过，所以我跟小温有很多话题。不过谈的都是关于那块土地，以及生活在那块土地上的人。

也许因为独自在外少人说话，小温很愿意跟我"操天"。"操"读平声，"操天"即赣南客家话的"聊天"之意。我零零星星地听她讲老家医院的事，听她讲在广州的进修生活，也听她讲当年在外地读书的事。但是她讲得最多的是自己的日常生活。她年纪轻轻就有了两个孩子，由公公婆婆管着。大孩子已经上小学了。公公婆婆的家在城市近郊的农村，来去很方便。但是公公是能人，家里置了拖拉机、插秧机、脱粒机等农业机械，农忙时不但要忙自己田里的事，还得忙村里其他人家的农活，当然是收费的。由此可知家庭年收入不低，但是也就必然忙碌。婆婆不但忙着操持家务，还得下田干活，所以最近不太乐意带孩子了，一家人现在正在协调中。

在小温断断续续的叙说中，我的脑海里不断浮现赣南农村的景象，既熟悉又陌生。如今农民的生活，与我熟悉的人民公社时期大不相同。但土地还是那块土地，人也还是生活在那块土地上的客家人，所以依然令我感到十分亲切。

我们谈得多的是农村的习俗。我问，老家的妇女们还戴不戴"头帕"？"头帕"是过去赣南客家妇女常年戴在头上的头巾。可是小温居然不知道"头帕"是什么东西，可见历史的翻页何其快速。我们又说到饮食，我问现在还有没有"南瓜酱"。这一回小温倒是答得很快，她对"南瓜酱"很熟悉。看来饮食的改变没有衣着那么快。

赣南的南瓜酱尤以南康的出产最为著名。而南康，正是小温现在的家。从字面上看，南瓜酱似乎是一种调料，但是赣南老百姓所谓的南瓜酱，其实是一种固体的零食，实际就是南瓜干。每年秋天，将成熟了的南瓜去皮，切薄片晾晒，再洗净蒸熟，拌以糯米粉、食盐和白砂糖，有的人家还加上辣椒粉，然后又拿到太阳下晒。晒的时间长短可根据自己对软硬的喜好，一般也就三两天，然后收藏进坛子里，可以随时解孩子们嘴馋，也供大人们喝茶时作为茶点。

小温告诉我，如今做南瓜酱的人家很少了，因为太麻烦。我说，听闻食品厂有包装好的产品售卖。小温说，那种怕不干净。

见我对南瓜酱似乎颇有兴趣，小温问我，你喜欢吃吗？我随口应她，喜欢。其实，我早已经淡忘南瓜酱的滋味，只记得它不黄不黑的模样。要不是说起，记忆中似乎已经没有它。但是说起它来，却又立即生出满怀思念。不知道是在想念一种味道，还是在想念逝去的青春时光。也许，对于我来说，作为实物的形和味已经不再重要，记忆牵扯着岁月，深深埋藏在心里。这或许就是文化吧。

小温听我说喜欢，就说让自己婆婆寄点过来。我并没有把这话当回事。在平时的生活里，我们听惯了"有空请你喝茶""找时间请你吃饭"之类的客套话，往往说者无心，听者无意。此刻，在远离赣南近千里之外，这个萍水相逢的女子只是这座城市的过客，更是我生活中的短暂过客。她似乎许了一个愿给我，我并没有把它放在心上。

时光飞逝，我要出院了。出院的前两天，小温来告诉我，她的婆婆找了好多家村民，终于买到了南瓜酱，正准备快递过来。我有点意外，也有点感动。既然大家都怕麻烦不愿意做，自己家的一点肯定是要留着自己吃的，甚至要留到春节待客时摆"九龙盘"。真难为小温的婆婆了。所谓礼轻情意重，其中蕴含的情感丰富而纯粹。

听我说后天就出院，她说："那可能来不及了，怎么办？要是不在意，你就把家里的地址告诉我，我让婆婆直接寄到你家里去。"

我告诉了她地址，接下来不由反复考虑怎样回报她的好心。给她钱？我觉得不太合适。至少她的婆婆挨家挨户去找南瓜酱的热心，就难以定价。送东西给她？我没办法出去买。中医院的领导有一天给我送了一个果篮，可以转送给她。但是让一个护士从病房里拎着一只果篮回去，似乎更不合适。我跟小温谈不上熟，不知道她需要什么帮助，也不知道我有没有能力帮助她。我们习惯了对等交换，所以一点受惠竟然也感到不安。如果她是我的下属，也许我就难免"心安理得"，知道以后会有回报的机会。但是小温连我是做什么的都不知道，显然对我并没有什么希冀。我实在想不出怎样处理，只好暂且不管了，希望出院后有机会请她喝茶。

如此费事给我寄南瓜酱，小温有什么实质性的获得吗？当然没有，但是她的热心比南瓜酱更温暖。似乎好久没有仔细感受如此单纯的情谊了。在时下对等交换的社交氛围里浸润久了，我们跟人打交道时，潜意识里不免有一种是否于自己有利的衡量。住院的时候，住院部有一个梅州来的年轻实习医生，独自来查房时，会在我的病房多待一会。他对我很关心，对我的身体有很多建议，劝我这劝我那的。有一阵子，我竟以为这个小伙子有什么事情想让我帮他。后来发现这纯粹是在"以小人之心度君子之腹"。我们总在功利的泥淖里挣扎，回想起来自己都觉得不好意思。

出院的那天，没有看见小温。但是回到家里的第二天，就收到了她的婆婆寄来的南瓜酱，那东西压秤，应该有三四斤吧。迫不及待打开快递包，立即吃了两块。熟悉的味道穿透岁月的风尘，让我刹那回到了赣南，甚至让我想起童年，想起母亲……正好，卡塔尔世界杯即将开赛，这南瓜酱可以作为熬夜看球的零食之一。感谢小温的婆婆，那位未曾谋面的乡村妇女。我似乎看见了她在闾巷间寻找南瓜酱的身影。

马上给小温发微信："南瓜酱快递刚才才收到，谢谢！好吃，小小遗憾是没放辣椒。昨天走时没来得及道别，本想走时让你摘下口罩看看，否则下次街上遇见都不知道是你。"

小温回信说："没事，您喜欢就好，有缘再见！"

说得好，有缘！生命就是在"有缘"中徐徐展开的。人生一路走来，沿途有许多利益交关的人和事，于我们很重要，值得我们珍惜。但是有些突如其来、可遇而不可求的缘，那些短暂的缘，不需考虑投入产出，不用损益表计算，却让我们体验到生活的坦率、善良和美好，让我们享受到人生的惊喜和快乐。

南瓜酱也是缘，给了我的疫情岁月一小段美好生活感受。

可是我终于没有机会给小温"回礼"。不久得知，小温这一批外地的医生护士已经结束了实习，各自回到自己的家乡去了。在广州的短暂岁月，只是从他们头顶悠然飘过的一片云彩。

后来，我给小温发过两次微信，她都没有复我。

原载《羊城晚报》2023 年 1 月 12 日

【主编者言】一切都可以溯源到大学时代，溯源到寄存着我们青春岁月的母校。无论是关于书本、关于专业、关于理想，还是关于爱情。我们的一切与当年息息相关。

别梦依稀忆珞"家"

江 霞

1984 年 9 月初，扎着两条小辫的女生背着行囊步履轻快地走进珞珈山。

虽是轻快，却不无怯意。她打量着那些绿树掩映中琉璃屋顶的建筑，想象着这些建筑里深藏的学问和厚重的历史，想着自己将在这美丽而又神圣的所在享受憧憬已久的大学生活，忍不住双手合十，向着山顶的那片葱绿悄悄行了一个礼。

那个女生，是我；那一年，21 岁。

武汉大学新闻系刚刚成立，我幸运地作为新闻系首届生，也是干部专修生入住凌波门附近的湖滨八舍。宿舍楼恰也是新的，一切都是新的！

写这篇文章时，我已经归于"老"的行列，刚刚从湖北广播电视台"退役"。

别梦依稀。我的珞"家"，我的院系，那些在心中发酵了近 40 年的美好记忆如佳酿，在瓶盖开启的瞬间，酒香四溢，沁我心脾。

珞珈山畅想曲

大学生活刚开始不久，就赶上武汉大学第七届大学生写作竞赛开赛，我大着胆子报名了。

竞赛的题目是《珞珈山畅想曲》。这题目于我简直不能更好了，因为我有满心的话儿要借题倾吐啊！

当年几分之差与大学失之交臂的沮丧，进入传媒工作后一直期待圆梦大学的向往，闻知武汉大学新闻系干部专修班招考消息时的果敢：1984年2月，作为县级广播站小播音员的我被湖北人民广播电台播音组借调工作。借调借调，先借后调，三个月后我将被正式调往省台工作。对于每天清晨练声只呼"中央人民广播电台"和"湖北人民广播电台"的我来说，这是多么难得的人生跃迁之良机！可就在一个月后，我接到原工作单位潜江广播站人事部门打来的电话，说新成立的武汉大学新闻系将开设一个干部专修班，并给了潜江站两个考试指标，现已经有十多人报名。报名者要先参加县里的考试，前两名胜出者才有资格参加武汉大学的正式考试。人事部门征求我的意见是否报名，我几乎不假思索地报了。当我向播音组负责带我的柳棣老师报告我将放弃省台回县站参加考试时，柳老师不无担心地对我说："小江霞，你可要想好啊！台里已经决定再过两个月就调你了，你若是回去，万一考不上武大，这边的岗位可不会等你呀！"我稍加犹豫，而后坚定地说："我知道。我想上大学，想读武汉大学新闻系，这个愿望太强烈了！老师，我还是只能做这个选择。"于是，我毅然决然地从省台返回县站。原先报考的十多位，听说莫名地撤出了好几位，剩下的三个报考者一起角逐那两个武汉大学的考试指标，我有幸考得第一；接下来的武汉大学考试，我有幸考得第二。孤注一掷的结果是：如愿以偿，进入我的大学我的系。

写作竞赛结果揭晓，我获得三等奖。奖次委实不高，但却是新闻系两个本科班加一个专科班参赛选手中唯一的获奖者。系里熊玉莲书记在召集新闻系首届生开会时特别表扬了我，并鼓励本科生向专科生学习。哈，那个怯怯的21岁女生终于有了一点儿小小的自信。

书 虫

　　班上同学年龄参差不齐，我是最小的，与本科生年龄更接近。其他同学大多已为人父母，最长者整整大我 20 岁。告别爱人孩子，告别父母亲人，这些来自各省电台、电视台和报社的编辑、记者、播音员，尤为珍惜两年的大学时光，认真上课，贪婪读书。

　　每天，我们的常态是：按着课程表赶课，从樱园的理学院到梅园的教一楼，再到桂园的教三楼，趁着课间 10—15 分钟的休息时间拼命地在偌大的校园里穿梭奔跑，等到下一个教室里坐定时，个个还喘着粗气。

　　我们常去中文系以及别的院系蹭课。哪个班的课好，哪个教授的课好，同学们总是第一时间互传信息，相约旁听。教室坐不下，就站在过道上或趴在窗台上听。美学、哲学、逻辑学、历史、地理、社会学、心理学……我感到自己每一个毛孔都是张开的，因为吸纳与激活，更因为由知识快充而产生的多巴胺效应。

　　从湖滨八舍出来，上到标本楼，拐两个弯往行政大楼，再下坡、上坡，就到了珞珈山书店，这里是我和同学们常去的地方。八十年代中期，人们求知欲强，思想活跃，大量人文社科类书籍不断摆上这个小小书店的柜橱。我在这里经常一待就是半天，遇到心仪的书立马拿下，由于手头拮据暂时还不舍得拿下的书就在店里翻翻读读，再悄悄放回书架。很快，我的上铺小床靠墙一侧就挤挤满满地摆上了一溜新购的书籍，它们成为我的"亲密伙伴"。每晚爬上上铺，我便是一条十足的书虫，一头钻进我的书里，就着一盏床头夹子灯，读书，画线，写笔记，直到熄灯。哦，一天中最放松最惬意的时光！

　　毕业前新闻采访课实习，我们暂别学校，分赴各地采访写稿。我所住的湖滨八舍410号女大学生宿舍遭遇小偷入室扒窃，临走，小偷放一个电炉在被褥里欲烧毁现场。幸而大楼里其他同学发现了从窗口滚滚而出的浓烟，大家拼命提水灭火，这才避免了一场大灾难。正在潜江采访农民企业家周作亮的我，接学校保卫部门通知提前返校，赶回宿舍。衣服被子是否幸存，似乎不那么重要，我最急于查看的是那些一直陪伴我的"亲密伙伴"。尚好，除有几本烧焦烧缺外，大多还在，只是灭火时浇的水几乎湿透了所有的书。赶紧整理，晾干，翻晒，再一本本叠放，压平……

时隔近四十年，那些从珞"家"带出的书，早已发黄，有些书封或书页上依然留着斑斑点点的痕迹。许多年来，我搬过近十次家，也曾多次为书橱"减肥瘦身"，但这些大学时代的"亲密伙伴"一直珍藏在我不同时期的家里，一本也不舍得丢弃。

珞"家"情缘

班长黄新心争取到一个机会，他带了几个爱好写作的同学前往珞珈山脚下的军区四招旁听湖北省作协的一次会议，我在其中。

我们这群学生识趣地在会议室最不起眼的角落里坐下。黄新心是湖南省作协会员，多写儿童文学作品，他认识会议中心桌那一圈坐着的作家们，悄悄地一一指给我们看："这是徐迟，那位是曾卓，白桦、碧野……"如雷贯耳，终得一见，我心里好有几分激动。"快看，祖慰！"班长指着一位刚刚起身的作家对我们说。我知道祖慰，报告文学作家，写了关于天门冤案的《啊，父老兄弟！》，还有写我们敬爱的校长刘道玉先生的名篇《刘道玉晶核》。班上几位写作好的同学经常说到他的名字，夸赞其文采。那时刻，我看到一个中等个子的年轻作家，似有几分清瘦，却显出活力满满。只见他潇洒地甩了一下带卷的头发，快节奏绕过会场转向电梯间，瞬间不见了踪影。

21 岁的年龄，是做梦的年龄，玫瑰色的爱情梦也是这个年龄的特色。可是，那时候，任我如何放飞梦想的翅膀也无法想象：眼前这位年轻作家，会成为我未来的爱人，会成为我亦夫亦师的灵魂伴侣！

我要如何感恩我的珞"家"呀！距那次匆匆一面 21 年后，2005 年底，作家祖慰先生受《南方周末》邀请从广州来到武汉大学，再次采访老校长刘道玉先生。一个偶然的晚宴让我与他同桌并邻座，尔后迅速地相知、相爱。5 年后，当我们以夫妻的身份第一次到珞珈山看望我们老校长时，校长向我打听我与先生是否就是祖慰来采访他（后来祖慰发表于《南方周末》的文章，题目是《棒喝教育》）那回相识的，我说："正是！"校长舒展开一向紧锁的眉头，孩子一样拍着手说："啊，那我不就是你们俩的媒人吗？""是啊是啊！您就是我们的大媒人啊！"一向视祖慰为"莫逆之交"（校长语）的老校长激动地说："江霞，好姑娘！把祖慰交给你，我可就放心了！"

许多年过去，那个 21 岁的辫子女生已升级为 2 岁小女生的奶奶。可那些属于青春的记忆：曲曲弯弯的幽静小径，笔直悠长的樱花大道，鲲鹏展翅雕塑下面红耳赤的讨论，小操场上的电影与讲座，图书馆里的氛围与书香，凌波门外东湖的粼粼碧波，学生食堂大厅里的嗨歌劲舞……珞珈山，武汉大学，新闻学院，我永远的朝圣之地！那些激情与美好，将永续回放，温暖、滋养我的余生。

原载公众号"我思故我在"2023 年 6 月 16 日

【主编者言】终于见到那个"百度"上搜不到的小学校长了。能在"百度"上找到的人有几何？社会绝大多数人都只是"沉默的存在"，但他们润滑着社会车轮的滚动。

沉默的存在

王　韵

　　我没想到，能够再一次见到我的小学校长。

　　去年暑假，我陪着父亲回了一趟老家。一路奔波，拜访了几家多年没见过面的亲戚。

　　说是陪父亲回家乡，其实我是有很大私心的，我的脐带埋在了那片土地上，我的童年和少年时光都是在那儿度过的。十一岁那年，我跟随父母回到现在这座县级小城。隔了三十多年，不知楼后那棵总让我想起爷爷的老梧桐树还枝繁叶茂吗？那汪映出我寂寞身影，不声不响地陪着我与蜻蜓捉迷藏的池塘，还一望如镜吗？那些与我一同分享幸福童年又坐在同一间教室朝夕相处的小伙伴都出落成了什么样子？……

　　我无法想象得到。在强大如飓风的时光裹挟下，它们都是微不足道的纸片，被它巨大的手掌推来搡去，揉搓碎了，随风散了。

　　临行前，我打了一连串的电话，他们中有我的亲人、我的同学、我的朋友。我只是想告诉他们，虽然我人还没上路，但我的心已经提前扑向了他们。

　　那天下午，堂兄驾车，堂嫂和侄女专程陪着我们，去看我就读过的小学。操场、教室、办公室仍是老样子，只是周围的环境变了。原来黑瓦覆顶的平房没了，盖起了楼房，道路也改了，一切都像水，悄无声息地溢出了记忆之杯。

曾与我坐在同一间教室的堂兄，虽然一直住在当地，但也很多年没来过这儿了。

我与树下乘凉的一位大妈攀谈起来。人在故园，我自然地想起教过我们的老师们，脱口问她："毛校长还在吗？"

这话问得有些冒失。掐指算算，毛校长若还健在，也已经八十上下。但对隔了三十多年、消息闭塞的我来说，猛地从梦中回到了现场，激动与期待兼有，一时想不起该怎样问才好。

大妈答："在，就在坡下住。"

真是意外的惊喜，我压抑不住兴奋。此前想到毛校长时，我曾经以"百度"搜他，却一无所获。不意此刻竟一下子听到了他的准确信息，而且，马上就要见到他了。

我是跟随着到处调动工作的父母，转学到这所父母工作单位附近的金矿子弟小学读书的，并与本来就是金矿职工家属的堂兄成了同班同学。

它的规模很小。一幢两层楼房，五六间教室，两三间办公室，十几个老师，还有毛校长。毛校长大名叫毛永明，毛校长是南方人。他是怎样跋山涉水来到这所北方小城，又是怎样当的校长，当时只是一名幼稚学童的我不清楚，也从没想过。毛校长是典型的南方人，个子不高，脸红红的，头发不太长，到了额前自然地卷起。那时他应该差不多有五十岁了，已经生了白发。他最显著的是鼻子，像中心公园的那只老鹰的嘴巴，大而尖，还红。他的口音一点都不像我们，语调平缓，出口干脆，废话很少。

他教我们思想品德，每周两三节课。他总是戴了老花镜，在一楼最南头那间有些昏暗的办公室，趴在那儿备课。休息时就倒背着手，从一楼的教室开始看和听，上了台阶，往左拐向二楼的教室，继续看和听。有时仿佛被吸引住了，一直站在教室后门外。

他慈眉善目，不够威风，也不够严厉，他不像他教的课本那样严肃。课堂上他从我们身边的点滴生活小事开始，培养和呵护着我们每一个人心中那一株向善的小苗，引导它向上生长，不偏不斜。

我那时身体比较弱，三天两头感冒发烧，经常请假不去上学。整个小学阶段，我在校时间大约只有一半。剩下一半的时间，是在家里自学度过的。那时小小年纪的我，已经半认半猜认识了很多字。《人民文学》《儿童文学》《少年文艺》《连环画报》等，基本当时能够看到的刊物，我都撒娇求爸爸妈妈想办法借来，并且如饥似渴地阅读。白天父母上班，家里没人，我生病了又不能去学校，就自己在家看画报、读报纸、听收音机。知道了段元星、黄道婆、祖冲之，半认半猜读完了徐迟的《哥德巴赫猜想》、李准的《黄河东流去》、杨沫的《青春之歌》、张扬的《第二次握手》，啃读繁体字版的《西游记》《红楼梦》，听完了《钢铁是怎样炼成的》《许茂和他的女儿们》等等。书籍将小小年纪的我带入了另一个世界，同时也为我的文字功底打下了很好的基础。对文字对文学，我始终有种特殊的感情，特别的敏感。就这样，我由喜欢读开始了自己学着写。生病在床，不能出门上学，我就尝试着写童话故事。

毛校长几乎每次在我生病请假时，都会去家访，给我补课，鼓励我养好身体，早点返校学习。在一次次家访中，毛校长了解到我喜欢读书，并且正在尝试着写儿童故事，便多次给予我鼓励。毛校长每次都会认真地看我歪歪扭扭文字加拼音的涂鸦，在上面提笔勾勾画画为我修改。我的学生时代就是这样度过的，它们像一条抒情性很强的河流，以波澜不惊的快乐、丰盈与充实，承载了我幼小如鸟儿的心灵，使它一路无忧无虑地漂流过我多病而又充实的少年时光，永远竖起了最美好最轻松的航标。鲁迅说，童年的情形，就是你将来的命运。就这样，毛校长的理解、鼓励和最初的文学启蒙，让我最终走上了这条文学路。也从此，文学成为我一生无法割舍的情结。

还记得有一次，我上课时突然恶心呕吐，任课老师脱不开身，扶我到办公室休息，然后又匆忙赶回去上课了。那一节恰好没有毛校长的课，毛校长没多说话，推过当时唯一的交通工具——他的大金鹿自行车，扶我在后座坐好，一路急匆匆带我去金矿医院。那着急的神态、匆忙的步履，全不见了往日的沉稳儒雅。

整个学生时代，我的名字不是现在的"王韵"，而是出生时父亲为我起的名字"王赟"。也因为这个名字，每次转学，或者进入新学校，都会被误读成"王赞"，甚至被读成父亲的名字"王斌"。误读多了，我也慢慢有些习惯，每当被陌生的老师或者同学迟疑着喊成"王赞"或者"王斌"时，为了不让老师、同学尴尬，我也都会配合着应答。包括课堂上站起来回答问题，甚至作为学生代表在全校师生大会上发言。而唯一从来没有叫错过我的名字的，就是操着一口软糯南方普通话的毛校长。

毛校长善于从小处和细节入手，发现每个学生的优点与特长，像对待一件独一无二的稀世珍宝一样去呵护和浇灌他们。他懂得理解和尊重我们幼小的心灵，更有着深厚的学养与严谨的治学态度，以及对待学生如子女般的细心与爱护。也正是在他的精心呵护和鼓励下，我培养起了对文学的兴趣，尝试着写起了童话。

渐渐地，我们听说了他有一个右腿残疾的女儿，好像是小儿麻痹症造成的。她十分要强，学习刻苦，但那时的环境不比现在，一个残疾人又有多大的空间，多远的出路呢？我们听说她考取了某名牌大学却被拒之门外了。我们也看到过，他和爱人搀着女儿在路上散步，女儿倔强地甩开他们，执意要自己走，身体一歪一斜，终于摔倒在了地上。看着毛校长上前扶起女儿，拍打她身上的尘土，我的泪水禁不住唰地涌了出来。

人生来如初雪后的处女地，白茫茫一片真干净。许多记忆和往事如雪泥鸿爪驻留在脑海，时不时因了某些触景生情的吉光片羽，真真切切地跳将出来，领着你将过去走过的路重新再走一遍，将过去经历过的事重新再经历一遍，一切都如在昨日。现在回忆起这些小事，我的内心涌起一波一波的温暖。

而现在，我又要见到他本人了，在三十多年之后，这怎么能不让我兴奋得心潮难抑呢？

待一路打听着寻到他的家，却只有师母在，他住在市内的女儿家。师母恰好要回去，答应领我们去。趁她关窗子的工夫，我打量了一圈室内。陈设简陋朴素，墙上挂着几幅装裱好的国画，看落款出自毛校长之手，有牡丹、苍鹰、孔雀、松树等等，都是他退休后读老年大学的习作。由此看出他的晚年生活是丰富充实的。

终于见到了毛校长。进门那一刹那，我一眼认出了坐在沙发中央的毛校长，他穿一件月白色的老头衫、一条咖啡色的短裤，一头积雪似的白发，那只大而尖的鼻子仍然醒目，只是不那么红了。他仿佛预知到我们要来似的，始终含笑的脸上没有一丝意外，我以为他已经记起了我。我走上前问他："毛校长，我来看您了，您还记得我吗？"

他仍然面露微笑，盯着我的脸，似乎有点儿抱歉地摇摇头，说："记不起来了。"

我有些失望，我真的没想到会是这样。我在路上设想了无数遍，他见了我可能会一下子认出我，马上张口叫出我的名字。正感叹时光的残酷，但转念一想，我只是他教过的学生中的一个，而他教过的学生成千上万，他不可能一一记得，似也在情理之中。况且隔着三十多年的漫长时光，还会有几分年少时的模样？或许经过提示，相信毛校长会慢慢从记忆之河中打捞出来。于是，我提示道："毛校长，我是王赟，您教过的学生，回来看您的，我转学后还给您写过信呢。"

毛校长一下子激动了起来，鼻子又醒目地红了，颤巍巍握着我的手，说："你是王赟？这么多年没见到了，完全不认识了。不过你这一说，你小时候的样子又回来了！"我又问起其他的老师和同学，譬如我的语文老师张明楠、数学老师杨玉荣、班长郝丽、同学付娟等等。他一一地回答，他记得他们每一个人的去向和现状，此刻他的记忆牢固而准确，像一张坚韧有力的大网，罩住了每一个人。

他们中有的是和他共事多年的同事，有的是他自始至终教了五年的学生，都镌刻在他的脑海里，仿佛又回到了那所三十多年前的小学校。

他的女儿趔趄着来给我们倒茶。她经过个人的不懈努力，终于考入了市图书馆。图书馆是爱书人的天堂，能够天天穿行在书籍的丛林中，呼吸着浓郁的书香，她感到幸福而踏实。

毛校长招呼女儿过来，提起了我的名字，并打趣地说："这是我的学生王赟，是当时学校小有名气的小作家，她的父亲王斌的'宝贝'的意思。那时候，这个名字可没少给王赟添麻烦啊。"我赶忙接过话，因为名字屡屡被人误读，我现在已经改名"王韵"了，并且拿出送给毛校长的签名散文集，上面落款工工整整写着"王韵"。毛校长又提到我当时是一个特别文静的女孩子，因为身体不是太好，下课不太喜欢运动，总是一个人安安静静地读书，这是毛校长对我印象深刻的重要原因。因为常生病，一个学期常常只能来读一半的课程，但是因为母亲是教师，总会给我及时补课，所以每次考试，始终是班级第一。"每次期中考试、期末考试前，我都会去你家家访，记得我对你妈妈说过，孩子平时身体不好不能来上学，但是考试一定要来参加，要给班级拉分争名次啊。"

的确，也许是性格，也许是身体的原因，从小我就是一个特别内向、不善言辞的孩子，喜欢一个人默默地、悄无声息地生活。喜欢安静的我，对于内心的感受，相对于语言，原本就更偏重于文字的表达。即使是今天，有了手机和电脑这些便捷的通信方式，不但没有增加我与外界的接触，反而让我为这种习惯找到了最好的理由。日常能打电话就不见面，能发微信就不通话，有事能简短留言就不聊天。甚至连手机和微信铃声都设在静音，总是怕骤然响起的电话铃声会打破我习惯的宁静无声，这已经成了我生活的方式。除非有什么非出门不可的事情，否则总喜欢宅在家里。习惯独自沉浸在文字中，静静享受无声的世界。没有想到，三十多年的光阴过去，原以为毛校长肯定早就忘了我这个在学校习惯于静默无息独处的学生，却没想到居然能让一位桃李满天下的老校长挂怀。

时间过得很快，我提议堂哥一家和我，与我们的毛校长和师母合影。

堂哥的女儿，我，我们，与毛校长夫妇，被定格在了一刹那，记录下毛校长干净温暖的欣慰笑容。

我们要告辞了。毛校长挣扎着要起来送我们，却没能站起来。

我才知道，他因为腿脚不便，基本下不了楼了，最多就在阳台上透透气，晒晒太阳。

出门后我突然伤感起来，隔了三十多年，我这一次来了，下一次来还不知道是什么时候。即使来了，还能见到毛校长吗？如果再来，他还能认识我吗？

路上我在想，一个学生，如何才能让他（她）的老师记住呢？

一直到回来，我都在想这个问题。

我就此请教过一位老师。他沉吟片刻，说自己教过的学生中，他印象深刻的两类，一类是最好的，另一类是最有特点的。他娓娓解释，每一个学生进入校园前，本身就是一张白纸，是一茬又一茬的老师教他帮他画上了美丽的图画。在老师眼中，每一个学生都有可取之处，都有自己能够照亮世界一角的光斑。即使是那些所谓"最坏"的学生，也不是真的就坏，而是包含了与众不同的淘气、调皮和捣蛋，他们以自己别出心裁的语言和别开生面的举动，让他们的老师从另一个方向记住了他们。而校园里安静沉默、成绩好、爱读书的孩子，则是最能够给老师留下深刻印象的。

我想到，我们终究一天一天地老去，追随着我们的老师们渐渐苍老的背影。与一位老师一生所教过的庞大阵容的学生相比，我们一生沐浴过阳光雨露的老师数都数得清，他们也许在两位数内，至多刚过三位数。一个人用他的一生，默默地去记住两位数或三位数的人，是完全能够做到的。

而一个老师能记住他教过的数以千计的学生中的大多数，真的是一件伟大的事，甚至可以说是奇迹。而奇迹的发生，源于爱与责任。就像一根推上火柴皮等待擦亮的火柴，在渴望漾开世上一角黑夜的同时，让我们回望滑行过的那条深深浅浅的足迹。

原载《青岛文学》2023年第4期

跋：一卷编罢秋已深

徐南铁

　　总以为编个选本不会太难，多翻多看罢了。毕竟不是编《昭明文选》或者《新文学大系》之类。《昭明文选》需要代表一个朝代的眼光，而《新文学大系》则是一种政治对文学的正式表态样本。所以，入选这样的图书就是取得一种身份认同，意味着跻身于典范行列。尽管历史对于文章的标准同样会处于变动不居之中，但并不妨碍我们煞有介事地选取范本。这样一来，所有的文章就必须反复慎重挑选，以经得起当时的各种挑剔。

　　而如今我之所编，只不过是本年度所发表文章的选本，而且只是全国好些个选本之一。如今随笔写、写随笔的人多了去，只是作者和作品虽多，却未必能够体现文化的真正繁盛。每年是否能够产生领这个时代风骚而成为经典的文章，我们其实没有真正的把握。何况我的选本并不代表任何权威，因而也不成其为权威版本。我只想眼界高深一点，心境阔大一点。脑海里记着"文章千古事"之古训，不把它当作一本泛泛的图书。至于选取标准、把关尺度、编校水准，因为都是已经刊发过的文章，都经过许多做编辑的兄弟姊妹之手，有过三审三校的流程，包括主编大人的终审。我以为应该没有什么问题的了。但是却不尽然。所以在出版社拥有多种体裁选本的庞大方阵之中，随笔总是最后一个走完程序，姗姗迟来。因而它常常扰乱整体的序列。甚至也有未来得及开花就过了开花季节的日子。我不得不没有任何松懈地选和编，在心灵和社会的磨合中反复寻找……

一卷编罢秋已深。按照往常的经验，书最后印出来的时候，已经可以见到陌上有春花点点了。好几次，在我所处的岭南，性急的木棉花竟已经攀在还没有萌生绿叶的枝上，高擎起耀眼火把。春花秋月，起点终点。脚步蹒跚，令人感叹。

但是做书毕竟是千古大事，与一般生活用品不一样。我们无法着急，只能心里叨念着它负载的传承任务，默默地前行在山路上。

2023 年选系列封面绘图画家介绍

黄少鹏 中国油画学会学术委员会委员、广西美术家协会油画艺委会主任、漓江画派促进会副会长、国家一级美术师、硕士生导师。

《艺圃·松与石》 黄少鹏　80 cm×100 cm　2018 年

黄少鹏画作短评

　　如果说印象派的条件色体系关注的是物象的光色变化，少鹏在意的则是色彩的文化属性。这种属性是古迹在岁月浸润过程中残留下来的永恒色泽。少鹏崇尚魏碑的雄强古拙，这铸就了其艺术强悍的风貌，具有表现主义的性质，又因为书法运笔入画而兼有写意的蕴含。油画讲究画面的结构性和层次感，中国画则以骨法用笔见长。他汲取两者所长，兼具表现主义的强烈情感表达和中国传统写意画的文人内蕴，呈现出一种既粗犷又含蓄温润的个人风格。

——汪鹏飞（油画家）